U0920393

[意]多纳托·卡瑞西 —— 著 顾力冰 —— 译

Donato Carrisi

消失者

L'ipotesi del male

上海译文出版社

目　录

国立停尸房的十三号房是安放沉睡者的。

它位于地下四层，也就是最底层，宛如一个由冷冻库组成的冰寒地狱。这一层是专门放置不明身份的尸体的，很少有人造访。

然而，那天夜里来了一位访客。

看守在电梯前等候，他抬头望着显示屏上一个接着一个亮起的数字，念着轿厢下降的楼层，纳闷这位不速之客到底是谁。不过，他尤其想知道的是，究竟是什么原因驱使这位访客来到这个远离生灵的偏僻边界。

最后一个数字灯亮起时，四下一片漫长的寂静，随后，轿厢的门开了。看守仔细打量着访客，他是一个四十出头的男人，穿着深蓝色西装。和所有初次踏足这里的人一样，当他发现映入眼帘的是绿色墙壁和橙色光源，而不是白色瓷砖和惨白的氖灯时，脸上立刻露出讶异之色。

“彩色可以避免产生恐慌。”看守解答了他心中的疑问，随即递给他一件蓝色工作服。

访客沉默不语。穿戴好后不一会儿，两人便出发了。

“这层存放的尸体主要是无家可归的人或者非法移民。他们没有证件，没有亲属，一命呜呼后被送来这里。他们全都在一号到九号房。”看守解释道，“而十号和十一号房是给像我和像您一样的人的，他们交税，从电视上观看比赛，却在一天早晨心脏病发作死在了地铁上。某个乘客装作去帮忙，其实是拿他们的钱包，瞧，好戏上演了：那个人就这么永远消失了。不过，有时候纯粹是官僚习气惹出的麻烦：某个女公务员的文书工作乱七八糟，把你的亲属叫来认尸，看的却是另一个人的尸体。于是，他们会继续找寻你的下落，好像你没死一样。”看守即兴当起了导游，想在访客面前出出风头，然而男人不为所动。“然后是自杀或意外，集中在十二号房。尸体状况可能实在惨不忍睹，以至于根本无法相信那原来是个人。”看守补充道，想看看访客会不会觉得恶心受不了，这看起来应该不难，“不管怎样，法律规定所有人都应得到一视同仁的待遇：在冷冻库里待上不少于十八个月的时间。过了这个期限，如果没人认领或取回遗体，警方也没有进一步调查的需要，他们就能被批准火化处理。”看守背出这项规定。

这时，他的语气变得不安起来，因为接下来是今晚这场怪异来访的缘由。

“接下来是十三号房的尸体。”

谋杀悬案的无名被害人。

“法律规定，在确定凶杀案被害人的身份前，尸体被视为证据的一部分。”看守说道，“在没有证明被害人真实存在之前是不能判谋杀嫌疑人有罪的。没有名字的尸体是这个人存在过的唯一证据，所以它没有保存期限。这是律师们喜欢的那些吹毛求疵的法律规定之一。”

根据规定，只要与死亡相关联的罪行不被确定，遗体就不能被销毁或任其自然腐烂。

“我们管他们叫沉睡者。”

他们是无名的男人、女人和孩童，杀害他们的罪犯还逍遥法外。他们年复一年地等待着某个人出现，把他们从仿佛依然在世的魔咒中解放出来。就像是恐怖故事里的情节那样，解救他们只消一个密语。

他们的名字。

收容他们的十三号房位于走廊尽头。

他们来到金属大门前，看守在一串钥匙里胡乱翻找着，直至找到正确的那一把。他打开门，然后退后让出路来。访客一踏入漆黑的房间，天花板上的一排黄色感应灯随即亮了起来。正中央有一张尸体解剖台，周围环绕着数十个冷冻柜组成的高墙。

那是一个钢铁铸成的蜂巢。

“您得在这里签字，这是规定。”看守边说边递给他一本登记簿，然后带着些许不安问道，“您想看哪一具？”

访客终于开口说道：“在这里存放时间最久的那一具。”

AHF－93－K999。

看守早已熟记那个编号，想到陈年旧案有可能被侦破，他精神为之一振。他立马找到手柄上贴着标签的柜子，它在左边那面墙，下面数上去第三个。他对访客指了指柜子。“在所有的尸体中，他的故事也算不上是最独特的。”看守觉得有必要进一步解释，说道，“一个星期六的下午，几个男孩在公园里踢足球，球掉进灌木丛里：他们就这样发现了他。头部中枪。没有身份证件，也没有家里的钥匙。面部完全可以辨认，但是没有人打紧急救助电话询问他的下落，也没有失踪人口报案纪录。在等待一个可能永远无法确认的罪犯出现时，唯一能证明罪行的证据就是这具尸体。所以法院决定保存他，直到侦破这个案件，正义得到伸张。”他停顿了一下，然后说，“那么多年过去了，他还在这里。”

有很长一段时间，看守都会纳闷保留一件已无人记得的犯罪证据有什么意义。他也一直觉得十三号房的无名住客早就被这个世界遗忘了。不过，访客接下来的请求让他意识到，藏在那几厘米厚的钢板背后的秘密远不止一个身份那么简单。

“打开吧，我想看看他。”

AHF-93-K999。许多年来，这就是他的名字。然而那天晚上，事情可能变得不同了。亡者看守转动气阀，准备打开柜子。

沉睡者即将被唤醒。

米　拉

397 - H/5 号证物

××××9月21日6时40分录音文字整理

主题：拨打到××××警局的紧急求助电话。接线员：克拉拉·萨尔加多探员。

接线员：急救中心。请问您是从哪里打来的？

×：……

接线员：先生，我听不清您说的话。请问您从哪里打来的？

×：我叫杰斯。

接线员：您必须告诉我全名，先生。

×：杰斯·贝尔曼。

接线员：你几岁了，杰斯？

×：十岁。

接线员：你从哪儿打来的？

×：家里。

接线员：可以告诉我地址吗？

×：……

接线员：杰斯，请把地址告诉我好吗？

×：我住在××××。

接线员：好。发生什么事了？你知道这个是警察局的号码，对吗？你为什么打过来呢？

×：我知道。他们死了。

接线员：你刚才说“他们死了”，杰斯？

×：……

接线员：杰斯，你在吗？谁死了？

×：是的。所有人。所有人都死了。

接线员：这不是玩笑，是吗，杰斯？

×：不是，女士。

接线员：可以告诉我发生了什么事吗？

×：好。

接线员：杰斯，你还在吗？

×：在。

接线员：为什么不和我说说发生了什么？如果你愿意的话，你可以慢慢地讲。

×：好。他是昨天晚上来的。我们那时候在吃晚餐。

接线员：谁来了？

×：……

接线员：谁，杰斯？

×：他开枪了。

接线员：好吧，杰斯。我想要帮你，但是现在你得先帮我一个忙，好吗？

×：好。

接线员：你是不是说，有一个男人在你们吃晚餐的时候闯进你们家，然后开枪？

×：对。

接线员：然后他离开了，他没有朝你开枪。你没事，对吗？

×：不。

接线员：你的意思是你受伤了是吗，杰斯？

×：不，他没有走。

接线员：开枪的男人还在那里？

×：……

接线员：杰斯，请你回答我。
×：他说你们必须过来，马上过来。

通话中断。录音结束。

1

距离六点还差几分钟时，街道开始恢复生机。

市政清洁车像服从命令的玩具士兵一样，清理着小别墅门前垃圾桶里的垃圾。接着，轮到环卫车用滚动刷清扫柏油路面。之后，立即出现的是园丁的小货车。英式草坪和小巷里的落叶与杂草被清理得干干净净，树篱也恢复到理想的高度。在完成各自的工作后，它们便离开了，留下一个有条不紊的世界和一片无声的寂静。

*这片幸福之地准备好迎接这里的幸福居民了。*米拉想着。

就像每个夜晚一样，这一晚也在平静中度过。快到七点时，家家户户懒洋洋地醒来。一扇扇窗户后面，爸爸、妈妈和孩子们似乎在为迎接新的一天而兴高采烈地忙碌着。

幸福生活的又一天。

米拉坐在她停靠在街区入口的现代牌轿车里看着他们，并没有一丝嫉妒，因为她知道，稍稍刮开镀金的表面，总会露出其他东西。有时候是真实的画面，有光亮也有阴影，这无可厚非。而有时候露出的却是一个黑洞。贪婪的深渊中一股腐烂的气息向你涌来，感觉那最深处有人在轻声低语你的名字。

米拉·瓦斯克兹太清楚黑暗的召唤是什么滋味。从她出生那天起，黑影就与她为伴。

她用左手食指和大拇指使劲打着响指。短暂的疼痛有助于维持注意力高度集中。不一会儿，家家户户陆续打开大门。里面的人准备离开自己的居所去迎接这个世界的挑战，这对他们来说一直都是再容易不过的了。米拉想着。

她看到康纳一家出门了。父亲康纳律师，四十岁，瘦削身材，穿着毫无瑕疵的灰色西装，头发有些斑白，突显出他晒黑的脸。母亲一头金发，身材和面容看上去还像是一个年轻的姑娘。米拉确信，岁月是绝对不会残忍地对待她的。然后是两个女儿。大的那个上中学了。小的那个一头长长的卷发，还在上幼儿园。她们就是父母的翻版。要是有谁还怀疑进化论的话，米拉会让他们看看康纳一家，好打消这个疑虑。他们长得漂亮，完美无瑕，很显然，他们只可能住在这样的幸福之地。

在亲吻过妻子和女儿们之后，律师上了一辆蓝色奥迪 A6，奔赴他的远大前程。康纳太太开了一辆绿色尼桑 SUV 送孩子们上学。这时，米拉从她的旧车上下来，准备走进康纳一家的别墅，也走进他们的生活一探究竟。尽管天气炎热，米拉还是选择了一套慢跑运动服作为伪装。入秋刚一天而已，但如果她穿的是 T 恤和短裤，身上的伤疤可能会引起更多人的注意。根据她几天前监视时做的计算，大约四十分钟后，康纳太太就会回家。

有四十分钟的时间去发现这个幸福之地是否藏着一个幽灵。

她调查康纳一家已经有几个星期了。一切的开始都是出于偶然。

处理失踪案的警察不能坐在办公桌前等着案件自己送上门，因为有时候，失踪的人没有家人可以替他们报案。可能因为他们是外国人，或者他们很久以前就切断与所有人的联系，又或者纯粹是因为他们在这个世上已无亲无故。

米拉称他们为“命定之人”。

他们被一片虚无包围，不曾想到有一天会被吞噬。也就是说，她先要找的是案件，然后才是失踪的人。米拉在街上仔细寻访那些黑暗如影随形、对你死缠不放的绝望之地。不过，失踪案也会发生在一个能给人安全感和庇护的场所。

比如，失踪的是一个小男孩。

他的父母可能忙于磨人的例行公事而没有察觉某些细微但非常关键的变化，令人遗憾的是，这种事确实会发生。可能有人在外面接近他们的孩子，而他们对此毫不知情。孩子在受到某个成人的关注时往往会感到忐忑不安，因为父母通常会给出两个截然不同的意见，让他们无所适从：一方面他们应该在大人面前表现得有教养，另一方面又要避免与陌生人接触，这实际上是很难选择的。不管选择哪一种行为，他们终究要隐藏部分真相。不过，米拉却找到了一个能够了解一个小男孩的生活状况的绝妙途径。

她每个月都会走访一所不同的学校。

她会请求校方许可，让她趁小学生不在的时候在教室里转转，驻足观察墙上的画作。那些想象世界中往往藏着真实的生活，但更重要的是，它凝结着各种复杂隐秘的情感，有时候它们是潜意识的，孩子就如同一块海绵一般吸收和保存着它们。米拉喜欢走访学校。她特别喜欢那些东西的气味——彩色蜡笔、糊纸用的胶水、崭新的书本还有口香糖。它们会给她逐渐带来一种不可思议的宁静，让她觉得自己能够一直平安无事。

因为对成年人而言，最安全的地方就是孩子们待的地方。

事情发生在那些探访中的一次，米拉在一面墙上展示的数十幅画中发现了康纳家小女儿的画。她在学年开始的时候随机选择了那家幼儿园，去的时候正值课间休息，孩子们都聚集在院子里。她在他们的小小世界里流连忘返，尽情享受外边传来的欢叫声。

小康纳的画中触动她的是它展现的那个幸福家庭。她、妈妈、爸爸和姐姐一起在家门前的草地上。天气很好，太阳露出了笑脸。四个人手牵着手。但是，主画面的边上有一个突兀的元素——第五个人。这立刻让米拉产生一种诡异的不安感。那个人看上去在摇摆晃动，没有面孔。

一个幽灵，米拉立刻想到。

她本想就此作罢，但继续在墙上寻找小康纳的其他画作后，她发现每次都能找到这个幽灵。

这个细节过于精确，不可能是偶然的。直觉告诉她必须深入调查。

她询问了小女孩的老师，老师非常友好，她告诉米拉这个幽灵已经出现一段时间了。老师向她解释，根据经验，这没有什么可担心的，通常孩子在亲属或熟人过世后会发生这种事情，这是小孩子表达哀悼的方式。为了保险起见，老师问过康纳太太。尽管他们家里最近没有人过世，但不久之前，小女孩曾经在夜里做过一个噩梦。这可能就是起因。

但是，米拉从儿童心理学家那儿学到的是，小孩子会赋予真实世界的人以相似的幻想角色，它们不一定都是反面形象。所以，一个陌生人可能会变成吸血鬼，也可能变成一个讨人喜欢的小丑甚至蜘蛛侠。不过，总有什么蛛丝马迹可以揭开分身的面具，证实他是真实存在的人。她还记得萨曼莎·埃尔南德斯的案子，她把每天在公园里接近她的男人描绘成圣诞老人一样的白胡子男性。而在现实世界中，这名男子和在画里一样，前臂上有一个圣诞老人纹身。但是没有人注意到这点。所以，这个卑劣的凶手只不过佯装要送她礼物就能顺利将她绑架并杀害。

在小康纳的画作中，揭露事实的因素是形象的重复性。

米拉确信，小女孩一定受到了什么东西的惊吓。她必须弄明白它是否真实存在，尤其要确定它不会伤人。

和往常一样，她决定不通知孩子的父母。没有必要为了一个不确定的疑虑而制造恐慌或没有根据的忧惧。她开始监视小康纳，调查她在家外面或者离开父母视线的几个少数场合，比如，在幼儿园或者去上舞蹈课的时候接触的人。

没有陌生人特别关注这个小女孩。

她的怀疑是没有根据的。这是常有的事，但数天的工作就这么白白浪费了，这对她来说也没什么大不了的，作为补偿，她可以如释重负了。

不过，为了确保万无一失，她决定走访一下康纳家的大女儿的学校。她的画里没有出现任何模糊的元素。但是诡异的事情隐藏在女老师布置的家庭作业——一个童话故事里。

女孩选择了一个恐怖故事，主角是一个幽灵。

它可能只是姐姐幻想出来的，然后影响了妹妹，或许只是为了吓唬她。或者这是一个决定性证据，证明这不是一个想象中的人物。也许，找不到可疑的陌生人意味着这种威胁远比一开始料想的要近在咫尺。

他不是陌生人，而是家里的一员。

因此，米拉决定进行一次新的调查，这次是去康纳家的府邸。她也得转换身份了。

从追寻儿童的下落变成追查幽灵的行踪。

快到早上八点了，米拉戴上 MP3 播放器的耳机，机器是关着的，这么做是让自己看上去像在慢跑锻炼，她快步通过了通往小径入口的那段街道。快到康纳家的那栋小别墅时，她右转沿着建筑物跑到了它的背面。她先试了一下后门然后是窗户，都是关着的。要是她找到一扇开着的门，那么在被人意外发现时，她可以借口说自己是因为怀疑有人行窃才进屋的。她可能逃不过私闯民宅的指控，但不受处罚的可能性更大。而如果撬锁进去，那么她就是在愚蠢而无用地冒险了。

她重新想了想来到那里的原因。直觉是无法解释的，所有警察都明白这一点。但对于米拉，总有一种她无法抵抗的冲动怂恿她不断越界。即便如此，她也不能直接去敲康纳家的大门，然后说："你们好，有迹象告诉我，你们女儿因为一个幽灵正处于危险之中，这个幽灵有可能是一个有血有肉的人。"所以，她和以往一样，不安的感觉还是战胜了理智：她回到后门，硬是破门而入。

空调的强劲力道立刻朝她扑来。厨房里还放着早餐盘，冰箱上贴着度假照和打着高分的课堂作业。

米拉从运动服口袋里取出一个黑色塑料袋，里面有一个纽扣大小的微型摄像机，上面接一条传输线。多亏无线和互联网系统，她可以远距离监视家里发生了什么。现在只要找到放置微型摄像机的最佳位置就行了。米拉看了下时间，然后走进去搜查屋内的其他地方。时间不多了，所以她决定将注意力集中在家庭活动最多的几个房间。

客厅里有沙发、电视和一个有木瘤纹的移动书柜。里面放的不是书卷，而是康纳律师在自己的专业领域或是因为为社区服务而获得的荣誉证书。他是一位模范市民，备受敬仰。其中一层展示着大女儿在滑冰比赛上赢得的奖杯。*和另外一位家庭成员共享展示荣誉的空间这个想法不错。*米拉想。

壁炉上放着一张照片，康纳一家微笑着，其乐融融，身上穿着一模一样的宽松的红色套头衫。这很可能是一种家庭传统，每个圣诞节拍一张新的全家福。米拉永远不可能拍一张类似的照片，她的生活太与众不同了。她和他们不一样。她无法看着那张照片，于是迅速挪开了视线。

米拉决定上楼一探究竟。

卧室里的床没有整理好，等待着康纳太太归来，为了照顾家里和女儿，她辞去了工作。米拉迅速看了一下小女孩们的房间。父母的卧室里，衣橱是开着的。她停下来查看康纳太太的衣服。她对一位幸运的母亲充满了好奇。米拉体内好像有一种消除情感的抗体，所以她不知道做一位幸运的母亲是什么感觉。不过她可以想象一下。

一个丈夫，两个女儿，一个舒适的、给人庇护的爱巢。

有那么一刻，米拉忘记了搜查的目的，她注意到挂在衣架上的一些衣服尺码和别的不一样。*美若天仙的女人也会发胖，*她自满地想。这从来不会发生在米拉身上，她一直非常苗条。不管怎样，根据那么多隐藏严重发福身材的衣服来看，康纳太太之后为了恢复理想的线条应该费了不少力气。忽然，米拉意识到自己正在做什么。她失控了。她来的目的是追查危险人物，可她自己反而成了那个家庭的潜在威胁。

她是一个闯入他们生活空间的陌生人。

她也失去了时间观念，康纳太太现在可能已经在回来的路上了。于是她当机立断，决定客厅是放微型摄像机的最佳地点。

她在放着家庭奖杯的移动书柜上确定了一个最合适的位置，

用双面胶带把装置尽可能地隐藏在装饰品中间。在她忙着动手的时候，眼角余光的右侧注意到一个红点，好像壁炉上方的墙上有个不停闪烁的红色光点。

米拉停下手边的工作转过身，再一次盯着那张穿着圣诞套衫的全家福，先前她出于荒唐的嫉妒而匆忙地忽略了。在更为仔细的观察下，这幅田园诗般的画面出现了一些裂痕。尤其是康纳太太，她的双眼如同荒宅的窗户般死寂。康纳律师似乎努力想显得容光焕发，但是他搂着妻女的手臂传递的并不是一种安全感，反而更像是在宣示主权。照片里还有别的什么，但米拉说不上来。围绕在康纳一家周围的虚假幸福隐藏着什么不对劲的东西。然后，她看到了。

小女孩们是对的。他们之中确实有一个幽灵。

照片中的背景不是那个放满了荣誉的移动书柜，而是一扇门。

2

幽灵通常会藏在哪里？

不会被打扰的暗处，比如阁楼。或者像这起案件一样，待在地下室里。轮到我唤醒它了，这是件吃力不讨好的差事。米拉想。

她低头看了看，这时候才注意到木地板上的划痕，这是家具经常被移动的迹象。她移到书柜一侧，瞥见了那扇门。她把手指伸到缝隙里拉书柜。纪念品叮当作响，柜子险些倒下来，不过米拉最后还是成功地挪出一个足够她通过的空隙。

她打开门，日光立刻照射进地下室的空间。但米拉反而觉得是里面的黑暗向她袭来。这扇门包裹着隔音材料，为了阻断外面的声响或者不让里面的声音传出来。

她的脚下，两面粗水泥墙之间是通往地下室的楼梯。

她从运动服口袋里找出一个小手电筒，开始往下走。

她保持着警惕，绷紧的肌肉时刻准备行动。底下的楼梯转向了右边，地下室很可能就在那里。到了最下面以后，米拉发现自己身处一个深陷黑暗之中的空间。她移动光束搜寻着。光照亮了不该出现在那下面的家具和物品。一个换尿布台，一张小床和一个游戏围栏。围栏里传来了有规律的声音。

它是活着的。

她调整步子慢慢靠近，免得吵醒那个睡着的生物。它的装扮的确像个幽灵，被床单包裹着，背对着米拉，露出一条腿，看起来营养不良。缺少光照是不利于生长发育的。它的肤色苍白。应该有一岁了，或者更大一些。

她必须摸摸它，确定它是真实存在的。

眼前的东西与康纳太太的饮食失调和装出来的笑容有关。那个女人并不是发胖那么简单。她怀孕了。

笨拙的小生物动了，它被手电筒弄醒了。小生物转过来看着她，怀里抱着一个布娃娃。米拉以为它要哇哇大哭了，但它只是观察她，然后冲着她笑。

幽灵有一双巨大的眼睛。

它向她伸出两只小手，想要被抱在怀里。米拉满足了它。小家伙马上用尽全力抓住她的脖子。谁知道它是不是预见到米拉会出现在那儿营救它。米拉注意到，尽管它的身体很虚弱，身上却干干净净的。那种照料预示着爱与仇恨之间的摇摆冲突，是存于善恶之间的某种矛盾。

“她喜欢被人抱在怀里。”

女婴认出了那个声音，高兴地拍起手来。米拉转过身。康纳太太站在楼梯底。

“他和别人不一样。他总是喜欢掌控一切，我不想让他失望。所以，当他发现我怀孕时，他并没有失去理智。”她说的是她丈夫，却没有说出他的名字，“他从来没有问过我父亲是谁。我们的生活原本应该很美满，可我毁了他的计划。这才是让他恼火的原因，不是出轨。”

米拉一言不发，一动不动地盯着她看。她不知道该如何看待这个女人。她没有动怒，也没有因为发现一个陌生人而吃惊。好像她已经等了她很久了。也许，她也想得到解救。

“我求他让我把孩子流掉，但是他不愿意。他让我对所有人隐瞒了怀孕的事情，九个月来，我一直相信他内心深处是想要留着这个孩子的。然后，有一天，他给我看了他是怎么改建这个地方的，我才恍然大悟。鄙视对他来说还不够，真的，他必须要惩罚我。”

米拉感觉喉中凝结了一股怒气。

“他逼我在地下室分娩然后把她留在这里。我一直告诉他，就连现在也依然没有放弃，我们可以把她留在警察局或者医院门口。不会有人知道的，但他再也没有理睬我。”

女婴在米拉的臂弯里微笑着，似乎没有什么能打扰到她。

“他不在的时候，我常在夜里把她抱上楼给她熟睡的姐姐们看。我猜她们应该察觉到婴儿的存在，但可能以为只是一个梦。”

或者是个噩梦，想到画里和童话故事里的幽灵，米拉自言自语着。她觉得已经听得够多的了，她转身朝着摇篮，拿出里面的布娃娃，想要尽快离开那里。

“她叫娜。”女人说道，“至少她是这么叫的。”她停顿了一下，“要是我连我女儿最喜欢的洋娃娃叫什么名字都不知道，我又算哪门子母亲呢？”

那你给她取名字了吗？米拉怒火中烧，但是她没有把这句话说出口。外面的世界对这个小家伙一无所知。如果她没有来，她会有怎样的结局，自然也不难想象。

没有人会寻找一个不存在的女婴。

女人看出了米拉眼神中的厌恶，转而怀着敌意说道：“我知道你在想什么，但我们不是谋杀犯。我们不会杀她的。”

“是没错。”米拉回道，“你们在等她自己死掉。”

3

要是我连我女儿最喜欢的洋娃娃叫什么名字都不知道，我又算哪门子母亲呢？

米拉一路上在车里反复问自己这个问题。它的回答一直是一样的。

我也没比她好到哪儿去。

每一次浮现这个意识，就好像同样的伤口一再被撕裂。

十一点四十分，她踏过了“灵薄狱[①]”的门槛。

他们都是这么叫联邦警察局总部失踪人口办公室的。它位于西翼，在距离大门口最远的一栋小楼的地下室。它的名字暗示着没有人在乎那个地方。

迎接米拉的是一台旧空调持续不断的轰鸣声和一股陈烟的味道，那是办公室允许抽烟的那个遥远年代遗留下的产物，此外还混杂着地基下面冒出来的湿气。

“灵薄狱”有好几个隔间，外加一间存放旧纸质档案和证据的地下室。这里一共有三间办公室，除了队长的那间以外，每间办公室里有四张办公桌。但是最开阔的空间在进门的地方。

前厅。

对许多人而言，这里就像是路的尽头。踏进这里你会注意到三件事。第一是空无一物：因为没有一件家具，回声在这里自由回荡。第二是幽闭恐惧感：尽管有挑高天花板，这里没有窗户，唯一的光线来自灰色的氖灯。第三件，你会注意到数百双眼睛。

墙上贴满了失踪者的照片。

男人，女人。年轻人，老人。还有小孩，你会在他们中间一眼看到小孩。米拉从很久前就在思索个中原因。后来她明白了。他们之所以如此突出，是因为他们的存在让人产生一种令人惴惴不安的不公平的情绪。小孩不会自愿消失，肯定是某个成人抓住他们，把他们拽到一个隐形空间。然而，他们在这些墙上并没有受到任何特殊待遇，他们的脸孔被严格按照时间顺序和其他人排在一起。

这面寂静无声的墙上的居民一律平等，没有种族、宗教、性别或者是年龄的分别。这些照片只不过是他们还活在世上的最后证据。它可能是在生日蛋糕前拍摄的相片，又或是监控录像里定格的画面。他们可能无忧无虑地笑着，甚至根本不知道自己会被拍下来。最重要的是，他们中没有人会想到这将成为最后一次留影。

从那一刻起，世界在没有他们的情况下继续运转。但是他们不会被抛弃，“灵薄狱”的人不会遗忘他们。

“他们并不是人。”米拉的上司斯蒂夫这么说，“他们只是我们工作的处理对象而已。要是你不这么想，你在这儿是待不久的。我在这里干了二十年了。”

但米拉无法把这些人当作“工作的处理对象”。在其他部门，他们会被称为“受害者”。这是一个笼统的术语，纯粹表示

① 在天主教中指天堂与地狱之间的区域，那些不曾判罚但又无福与上帝共处天堂的灵魂在此居住。

他们遭受了某种暴行。然而，米拉那些不在“灵薄狱”工作的同事不知道，能够用这个词语是多么幸运的事。

在失踪案件中，他们无法立刻确定失踪者是受害者还是自愿人间蒸发。

事实上，在“灵薄狱”工作的人不知道自己调查的是什么案子，可能是绑架，也可能是谋杀或是离家出走。在“灵薄狱”工作的人不会因为伸张正义得到嘉奖。他们办案的动机不是抓到歹徒。在“灵薄狱”工作的人只要有机会发现真相就应该感到心满意足。对一切存疑可能会变成某种偏执，这种情况不仅仅会出现在那些挚爱失踪后一直耿耿于怀的人身上，“灵薄狱”的警察也是一样。

米拉对此感触很深。在那儿的头四年里她有一位同事，名叫埃瑞克·文森迪，他是一个安静友好的小伙子，有一回他告诉米拉，女孩子总是因为同一个理由把他甩了。因为他带她们出去吃晚饭或喝一杯的时候，目光总在桌子或者过路人之间打转。“我女友跟我讲话的时候，我总是心不在焉。我也试过专心听她们说的东西，但我就是做不到。其中一个还对我说，和她在一起的时候不许看别的女孩子。”

米拉还记得埃瑞克·文森迪说起这件事时淡淡的微笑，他有些沙哑的细小声音，还有他点头的方式，好像他对此已无可奈何，现在说出来也就是个陈年笑话罢了。但是随后他变得严肃起来。

“不管走到哪儿，我都在找他们。我一直都在找他们。”

寥寥数语让她感到一阵出乎意料的寒意，自那以后那种感觉再也没有从她心头消失。

三月的一个星期天，埃瑞克·文森迪失踪了。他的单身公寓里，床铺得整整齐齐，家钥匙搁在进门的家具上，衣服全挂在衣柜里。他们找到的唯一一张照片是他和几个老友的合照，他微笑着，骄傲地展示着刚刚钓到的一条鲇鱼。最后，他的脸和其他人一起出现在东面的墙上。

“他再也承受不住了。”这是斯蒂夫的判断。

是黑暗带走了他。米拉心想。

她一边走向自己的办公桌，一边观察着埃瑞克·文森迪的桌子，从他失踪到现在的两年间，桌上的东西原封不动地摆在那儿。这是他存在过的最后痕迹。

就这样，只剩下两个人在“灵薄狱”工作了。

局里其他部门的警察多到不得不挤在一起办公，还得为上司定的绩效标准发愁。而她和斯蒂夫有大片的地方可以用，而且不必说明他们的办案方式，也不用保证任何结果。然而，但凡有一点最起码的抱负的警察是不会想待在那儿的，当墙上那一起起悬案的主角盯着你看的时候，建功立业的希望也就变得渺茫了。

不过，七年前，米拉侦破了一起空前重大的案件，他们给了她一个升职机会，但米拉却刻意选择了“灵薄狱”。上司们大为吃惊，对许多人而言，把自己埋没在那个小地方是没有任何意义的。但是米拉并没有改变主意。

她已经脱掉早上用作乔装服的慢跑运动衣，换上平日里常穿的衣服——没有牌子的长袖T恤，深色牛仔裤和运动鞋——准备坐到电脑前撰写康纳事件的报告。那个没有人给她起名字的幽灵女婴已经移交给社会福利部门。两名女心理学家在巡逻警车的护送下去女孩们的学校接她们。康纳太太被捕了，就米拉所知，一旦警方在她丈夫上班的地方找到他，他也会有同样的命运。

在等待那台老电脑启动的时候，一整个早上萦绕在她耳边的声音又出现了。

我也没比她好到哪儿去。

那一刻，她抬头望向斯蒂夫办公室的房门。他把门关上了，平时他都是开着的。正当她琢磨这个异样时，队长从他的办公室里探头向外张望。

“啊，你在啊。”他说，“过来一下好吗？”

他的语气不咸不淡，但米拉察觉到一丝紧张的气氛。不待她向他提出任何问题，斯蒂夫便消失在视线外，只留下半敞的门等她进去。她站起身，小心翼翼地朝那个方向走去。在走近那儿的时候，她听到了一段对话的只言片语。但说话的不止一个人。

没有人会下楼跑到“灵薄狱”来。

但是，似乎有人和斯蒂夫在一起。

4

来访的事由想必很重要。

高楼层的同事都对“灵薄狱”敬而远之，仿佛这里受到了诅咒，会给人带来厄运一样。上司对这里不闻不问。与其于心有愧，他们宁可将它抛诸脑后。或许大家都害怕被吸入前厅的墙上无法脱身，求生不得，求死不能。

米拉打开门，斯蒂夫正坐在他的办公桌前，对面坐着一个男人，他肩膀很宽，褐色的西装都快包裹不住了。男人身材发福，发际线后移，那条领带非但没有让他看起来更有型，反而像是勒得他快要窒息了一样。尽管如此，米拉还是一眼认出了克劳斯·鲍里斯的亲切笑容。

他站起身朝她走来。“你好吗，瓦斯克兹？”他本打算拥抱她，但是突然想起米拉不喜欢被人触碰，于是别扭地打住。

“我很好，你瘦了。”米拉为了缓解尴尬的场面说道。

鲍里斯发出洪亮的笑声。“我能怎么说呢，我是靠身手吃饭的。”他拍了拍自己的大肚腩。

他不再是过去那个鲍里斯了。米拉心想。他结了婚，生了两个孩子，当上了督察，成了她的上司。也因为这个，她更确信他的来访绝不是客套寒暄。

“‘法官’对你今天早晨的破案成果表示祝贺。”

甚至连“法官”都与此有关。米拉心想。如果警局的最高长官对“灵薄狱”某个警官的表现感兴趣，事情一定有蹊跷。这很简单：如果可以确定一件失踪案的始作俑者是个杀人犯，那么这件案子会被自动移交给凶杀案小组，一旦破案，所有的功劳就是他们的了。

论功行赏，根本轮不到“灵薄狱”的人。

康纳的案子也是一样。米拉得到的回报是，他们对她不符合惯例的办案手法睁一只眼闭一只眼。犯罪侦查小组非常乐意接手调查。毕竟这就只是一起绑架案。

“‘法官’派你过来就是为了告诉我这个？她可以给我打个电话。”

鲍里斯又笑了，但这次很勉强。“我们为什么不放松一点……”

米拉看了一眼斯蒂夫，想弄明白到底是怎么一回事，但是队长刻意回避她的目光。现在没有轮到他说话。鲍里斯又坐了下来，向米拉指了指对面的椅子。她却转过身关上门，仍旧站着。

“说吧，鲍里斯，发生了什么事？”米拉看都没有看他，问道。当她转身回去的时候，看到鲍里斯的额头出现了一道深纹。房间里的灯光好像不知不觉地一下子暗了。好了，这才是重点，客套话已经结束了。米拉心想。

“我接下来要告诉你们的事情是高度机密。我们不想让媒体知道。”

“为什么这么小心？”斯蒂夫问。

“‘法官’下令对此要严格保密，所有知道这个案子的人都会有正式纪录，这样如果有消息泄露，可以查到是谁走漏了风声。”

这不是一个单纯的嘱托，而是一个隐晦的威胁。米拉心想。

“意思是从现在起我们两个也在名单上了。”队长打断了他的话，“现在可以知道到底发生了什么吗？”

鲍里斯在说话之前停顿了一会儿。“今天早上六点四十分，郊外的警察分局接到一个电话。”

“哪里？”米拉问道。

鲍里斯抬起手说：“别急，先听完整个故事吧。”

米拉走过去在他对面坐下。

鲍里斯把双手放在膝盖上，仿佛他要说的事情会耗费他很大力气。“一个十岁的男孩，杰斯·贝尔曼，说有人在晚餐时间闯进他家然后开枪射击。所有人都死了。”

米拉感觉房间里的灯光变得更加暗淡了。

“那个住址是一栋山上的房子，距离市中心十五公里。屋主名叫托马斯·贝尔曼，是同名医药公司的创始人兼总裁。”

“我知道。”斯蒂夫说，“我的降血压药就是这家公司的。”

“杰斯是最小的儿子。贝尔曼有另外两个孩子，一男一女：克里斯和莉萨。”

他用了过去未完成时的动词[①]，这触发了米拉脑子里的一个红色警报。令人痛心疾首的部分来了。她心想。

“分别是十六岁和十九岁。”鲍里斯详细说明道，“贝尔曼的妻子名叫辛西娅，四十七岁。地方警察局的探员到那儿去检查的时候……”他停顿了一下，眼神中充满了愤怒，“算了，兜圈子或者长篇大论也没什么用处……小男孩说的都是真的：昨天晚上

---

① “贝尔曼有另外两个孩子”的意大利语原文中“有”用了过去未完成时aveva，这个时态用来描述过去的人、事和物的状态，意味着现在已经不存在了。

他们都在家。那是一场大屠杀。除了杰斯以外，所有人都死了。”

“为什么会这样？”米拉问，她的提问如此急切，连她自己都吓了一跳。

“我们认为谋杀犯是针对一家之主的。”他就此打住。

“为什么你们会这么认为呢？”斯蒂夫皱着眉头问。

“他是最后一个被杀的。”

显然，选择那么做是为了施虐。托马斯·贝尔曼应该知道他挚爱的家人正在走向死亡，他应该为此备受煎熬。

“最小的儿子是逃跑了还是躲起来了？”米拉想要表现得镇定自若，但是这短短的案件报告已经令她颤栗不止。

鲍里斯苦笑一声，露出不可置信的神情。“谋杀犯放过了他，好让他打电话报警，告诉警察事发经过。”

“你的意思是说，他打那通电话的时候，那个混蛋也在场？”斯蒂夫问。

“他想要确定我们知道出事了。”

*极端暴力和寻求关注行为。*米拉心想。这是一类特殊的谋杀犯——大规模谋杀犯的典型行为模式。

尽管人们和媒体有时会把这类谋杀犯和连环杀手混淆起来，但是和连环杀手相比，他们更加高深莫测，而且也更危险。“连环杀手”犯案间隔一般较长，而“大规模谋杀犯”将谋杀集中在一场头脑清醒的、精心策划的大屠杀。比如被公司辞退的家伙又回到办公室杀光同事，或者拿着突击步枪出现在学校，像打电子游戏一样射杀老师和同学的高中生。

他们的动机是仇恨。反政府、反社会、反权威，或者单纯就是反人类。

连环杀手和大规模谋杀犯的根本区别在于你可能有幸阻止连环杀手，给他们扣上手铐，在逮捕他们后注视他们的眼睛，当着他们的面说“一切都结束了”，而大规模谋杀犯只有在死亡人数达到他们心中设下的既定数目时才会停止杀戮。他们会用实施大屠杀的武器几乎毫无痛苦地一枪了断自己得到解脱，再不然就是以极端挑衅的行为蓄意让警察朝自己开枪。但是，他们总会留给警察一种不愉快的感觉，让警察觉得自己来得太迟了，因为他们想带着尽可能多的生命一起下地狱的目的已经达到了。

要是没办法逮捕罪犯将其绳之以法，那么，那些受害者就会和罪犯一起消失，只留下无法报仇雪恨的怒火。凶手想用这种方式剥夺警方为死者伸张正义的慰藉。

但是这件案子似乎并非如此，米拉这么觉得。如果这起事件真的是以凶手自杀身亡落下帷幕，鲍里斯早就告诉他们了。

“他还逍遥法外，但天知道他在哪儿。”她的督察朋友仿佛有读心术一般，“他还在外面，你们明白吗？他带着武器。或许对他而言还没有结束。”

“你们知道那个变态是谁吗？”斯蒂夫问。

鲍里斯回避了他的问题。“我们知道他是穿过树林来到这儿的，也是用同样的方式离开的。我们还知道他用的是一把半自动的大毒蛇.223 步枪和一把左轮手枪。”

这似乎就是全部内容了，但米拉觉得鲍里斯讲述的案情里缺少了什么。有一部分内容他还没有透露，正是因为这部分隐情，他才大费周章地来到“灵薄狱”。

“‘法官’想要你去看一下。”

“不。”

米拉的回答如此直接，连她自己都吓了一跳。仿佛一瞬间，她眼前出现四具尸体，鲜血溅满墙壁，红色的油亮液体流了一地。她也闻到了那个气味。那弥漫在空气中的凶残气味好像认得你，笑着对你说，你也终有一死，也会散发出同样的气味。

“不。”她重复了一遍，这一次更加决绝，“我不会去的，抱歉。”

“等等，我不明白。”斯蒂夫问，“为什么她必须要去呢？她不是犯罪学家，更不是侧写师。”

鲍里斯没有理睬队长，又一次冲着米拉说道。“凶手有个计划，不久之后他可能就会再次行动，可能会有更多无辜的人丧命。我知道，我们对你提出的要求很高。”

她已经七年没有踏足犯罪现场了。*你是它的。你属于它。你知道你将要看到的东西……*“不。”她第三次说道，打断了黑暗世界发出的声音。

“等我们上去之后，我会跟你解释一切的。最多一个小时，我保证。我们认为……”

斯蒂夫突然不屑地笑起来。“从你走进这间办公室的那一刻起，你用的代名词一直都是复数……我们决定，我们认为……上帝啊，大家心知肚明，这都是‘法官’的想法和决定，而你在这里只是传话罢了。好了，这背后到底隐藏了什么？”

古斯·斯蒂凡诺普洛斯——为了省事，大家都叫他斯蒂夫——是一个聪明机灵的警察，他快要退休了，所以毫不在乎自己恶言恶语的后果。米拉喜欢他，因为一直以来，他看上去都像个见机行事、从来不愿得罪任何人、说该说的话、做该做的事的警察，一个服从他工作身份的公仆。然而，就在你最料想不到的时候，他会流露出他的真性情。鲍里斯的脸上浮现出诧异的神色，这种神情米拉先前也见过几次。斯蒂夫转向她，打趣地说：

“你觉得我应该做什么呢？踹督察屁股一脚然后把他打发到楼上去？”

米拉沉默不语。她慢慢将目光转向鲍里斯。“你们有完整无缺的犯罪现场，这对你们来说是再好不过的了。你们还有贝尔曼的儿子这个目击证人，我想你们早就有一张辨认嫌疑犯的人像拼图了。也许你们还没有掌握作案动机，但查出真相应该不难，这种案件的动机一般都是寻仇之类的。我看好像也没有人失踪，所以我们‘灵薄狱’的人和这件案子有什么关系呢？我和这件案子有什么关系呢？”米拉短暂停顿了一下，“所以，你来这里，一定和凶手的身份有关……”

她停下来，等待鲍里斯消化这句话的意思。但他自始至终保持沉默，现在仍然没有改变态度。

斯蒂夫逼问他。“你们没办法确认他的身份，对不对？”有时候别的部门会请求他们协助找出一张脸孔的姓名：要是他们找不到人，至少挖到了一个名字。“你们需要米拉，因为如果你们没办法在他再次行凶前确定他是谁，至少可以把责任推到‘灵薄狱’头上。苦差事是我们的，是不是？”

“你错了，队长。”鲍里斯终于打破沉默，“我们知道他是谁。”

这句话让米拉和斯蒂夫都目瞪口呆。两人都不知该说什么是好。

“他叫罗杰·瓦林。”

米拉脑海一下子涌入了一系列无序的信息。会计，三十岁，生病的母亲，不得不照看她直到她过世，没有家人，没有朋友，业余爱好是收藏手表，个性温厚随和，不引人注目，不合群。

米拉的思绪瞬间飞到办公室外，经过“灵薄狱”的走廊直至前厅。她停在了左边的那面墙前，抬起头，看着上面，然后找到了他。

罗杰·瓦林。憔悴的脸孔，心不在焉的眼神。头发已有少年白。他们能找到的唯一一张照片是贴在他出入办公室的工作证上的，他穿着浅灰色西装，细条纹衬衫，戴着绿色领带。

一个十月的早晨，他莫名其妙消失得无影无踪。

那是十七年前的事了。

5

道路依山而建。

小轿车慢慢上行，将笼罩在烟雾中的城市抛在后面。之后的景色一下子变了。空气变得更清新，高耸的云杉缓和了夏末的余热。

车窗外，阳光在树梢之间玩着捉迷藏，稍纵即逝的阴影投射到米拉摊开在膝盖上的案卷上。罗杰·瓦林的故事都在那上面了。米拉到现在还很难相信，如此残忍之举的始作俑者竟然是“灵薄狱”照片墙上那个忧郁职员。像其他大规模谋杀犯一样，他没有犯罪前科。在没有任何预兆的情况下，他的暴行就这么全部爆发出来。瓦林从来没有触犯过法律，自然也没有留下任何刑事资料。

所以，他们是如何确定他的身份的？

当米拉向鲍里斯提出这个问题时，他只是拜托她少安毋躁，因为很快她就会知道所有的事了。

督察现在开的是一辆没有标识的轿车，她纳闷那么谨慎的原因到底是什么。猜想各种可能的答案让她更加焦虑不安。

如果原因真的如此可怕，那么她也不想知道。

她花了七年的时间学会如何在低语者[①]一案的阴影下继续生活。她还会做噩梦，只是不在夜里。困意来的时候一切都消失了，然而在阳光下她却会感到突如其来的恐惧。就像猫凭着直觉可以感知危险一样，她也能察觉身边存在的危险。在明白不可能摆脱那些记忆之后，她找到了对自己妥协的办法，也就是为自己定下几条必须严格遵守的规则。第一条，也是最重要的一条。

绝对不要说出那个恶魔的名字。

但是那天早晨，米拉不得不违背自己定下的另外一条规则。她曾经立誓再也不去犯罪现场，米拉担心身处一个鲜血淋漓充满暴力的场景不知道会产生何种情绪。她努力说服自己，其实你的感受和大家一样。然而，她体内有一个黑暗的声音说的却截然不同。

你是它的。你属于它。你知道你将要看到的东西……“我们快到了。”鲍里斯的话打断了那个心咒。

米拉听见后点点头，努力掩饰她的不安。随后，她把目光投向车窗外，恐惧感进一步加剧：两名警察拿着一台测速器检查路过车辆的速度。这只是一个幌子，他们真正的任务是管控前往大屠杀发生地的入口。当他们的车开到测速器前时，两名警察用眼神示意他们通过。没开出几米远，鲍里斯转进一条很窄的小路。

车子在没有铺沥青的路上颠簸着。两侧的树枝交织成一条隧道，好像快要在驾驶员座舱前合拢了。树林像个不怀好意的恶人，伸出枝丫假意轻柔地拂过他们的车。但是，当他们穿过枝条形成的拱门后，映入眼帘的却是一片沐浴在阳光下的林中空地。他们从树荫中出来，出乎意料地来到了一栋别墅前。

这是一幢错层式的三层建筑，除了当地传统的木屋风格——斜面屋顶和裸露的木结构之外，也融合了现代建筑风格，楼上的阳台四周环绕着玻璃幕墙。

---

① 指《魔鬼在呢喃》一书中的案子，可以看作本书前传。

一栋有钱人的豪宅。这是米拉的第一个念头。

他们从车上下来，米拉环顾四周。有四辆轿车和一辆科学鉴证组的厢式货车，所有车辆都没有标识。可观的警力部署。

两名探员过来迎接鲍里斯并向他报告最新情况。米拉听不见他们在说什么，她跟在他们后面，保持着几米的距离，沿着石阶来到别墅门口。

鲍里斯在路上告诉她屋主托马斯·贝尔曼原来是一名医生，后来转而经商创办了一家医药公司成功发迹。他五十出头，只有一段婚姻，有三个孩子。热衷古董飞机和摩托车。一个一生中只有好运的男人，最后却死得那么凄惨。米拉想不到还有什么更可怕的死法：目睹自己的家人被赶尽杀绝后死去。

“来吧，我们进去吧。”鲍里斯催促她。

米拉这才意识到自己一直杵在门口。中间有个大壁炉的宽敞客厅里至少有二十名警察，他们突然全部转过身看着她。他们认出她了。她也能猜出来他们在想什么。这个局面让她很难堪，可她的双脚却固执地不愿往前再迈一步。她低头看着自己的脚，好像它们是别人的一样。*如果我这么做了就不能反悔了。如果我迈出这一步，就再也不能回头了。*那个心咒再一次出现，令她心生恐惧。

*你是它的。你属于它。你知道你将要看到的东西……是你会喜欢的。*米拉在脑海中自言自语地把这句话说完。

她的左脚动了。她进入了屋内。

大规模谋杀犯下面有个子类是任何警察都不愿意碰上的，那就是纵欲杀手。纵欲杀手在相当短的时间段内实施数起大屠杀。也许罗杰·瓦林就是这一类凶犯。目前过去的每一分钟和每一小时都对调查不利。因此，别墅里充斥着愤怒与无可奈何的气氛。

米拉望着忙进忙出的同事们，她提醒自己，要记住，能为死者做的也只有这么多了。

罗杰·瓦林在那栋房子里唤起的仇恨仍在产生某种令人捉摸不透的影响，它像一个隐形的雷达，干扰着所有在大屠杀后来到这里的人。

那些警察在毫无察觉的情况下被仇恨侵蚀。

同样的情感可能滋生助长了凶手的偏执，促使他拿起突击步枪，想要平息他脑袋里那带着精准节奏骚动着、让他不胜其扰、怂恿他为所受的伤害和羞辱报仇雪恨的声音。

主要的屠杀现场在楼上，不过在上楼之前，他们让她穿上塑料鞋套，戴上乳胶手套，然后给她一个帽子罩住头发。在他们做准备的时候，米拉看见一位同事递给鲍里斯一部手机。

“对，她来了，她在这里。”她听到他说。

米拉敢打赌她的督察朋友正在和“法官”通话。其实，警察局的新局长和司法部或者法庭没有任何关系。这是一个多年前为了取笑她不苟言笑才起的外号。“法官”并没有生气，反而把那个玩笑当作某种功绩欣然接受。随着她步步高升，这个外号渐渐失去嘲弄的意味，取而代之的是每次提到它时的又敬又怕。在她势不可挡的升迁过程中，当初开这个玩笑的人不得不活在担惊受怕中，觉得自己早晚得为此付出代价。但“法官”并没有流露出恨意，她宁愿让敌人提心吊胆。

米拉和“法官”只见过一次面，那是四年前，当时的警察局长特伦斯·莫斯因为心肌梗塞终止任期。新任领导匆匆来过一次“灵薄狱”和同事们打招呼，为他们打气，给他们嘱托。之后她再也没有见过“法官”，直到那个早上。

鲍里斯关上手机，穿戴好后走到她身边。“准备好了吗？”

他们走进电梯轿厢，这部小电梯连通着房子的三个楼面——这不是必需品，而是奢侈品。督察戴上耳机，等楼上的人通过无线电授权让他上去，他又一次转向她。“谢谢你能来。”

但米拉再也不想听这些恭维话了。“告诉我昨晚发生了什么。”

“当时差不多九点，他们在吃晚餐，至少，这是我们的小证人杰斯记得的。餐厅在二楼，面对着后阳台。瓦林是从树林那边过来的，所以他从外面的楼梯上来的时候他们并没有看见他。小男孩说，他们发现有个男人一动不动地站在落地窗外，一开始没人知道他在那儿干什么。”

起初他们并没有恐慌，米拉心想。他们只是停止了交谈，然后所有人转过去看着他。遇到危险的时候，最常见的反应不是恐惧而是不可置信。

“然后贝尔曼从餐桌那儿站起身，走过去打开落地窗，问那男人到底想要什么。”

“他打开了落地窗？难道他没看到步枪吗？”

“他当然看到了，但是他觉得他还能掌控大局。”

这是位高权重的人的典型行为，米拉很清楚。他们总以为自己有决定的特权。托马斯·贝尔曼不能接受别人对他颐指气使，尤其是在他自己家里，即使那个人手里拿着一把半自动大毒蛇.223步枪。作为一个精明的商人，他立刻开始了谈判，好像他真有什么让人无法拒绝的诱人提议一样。

但罗杰·瓦林去那里并不是为了谈判。

就在那时，米拉注意到鲍里斯把手放到了耳机上。楼上应该是告诉他可以上去了。他随即转向按钮面板，按下了三楼的按键。

“男孩在电话里只提到瓦林开枪射击。”电梯上升的时候，督察继续说道，“事实上，事情并不完全是这样。一开始他们曾经有过短暂的争吵，然后他把杰斯关在地下室，让其余人上楼。”

轿厢在抵达三楼之前放慢了速度。米拉趁着那短暂的片刻深呼吸。

我们到了。她告诉自己。

6

电梯门打开了。

走廊里摆放在支架上的卤素灯照得鲍里斯和米拉睁不开眼睛，犯罪现场的工作必须在夜里或者是拉上窗帘的情况下进行，因为日光可能会导致技术人员错判。米拉记得那种感觉，就像是走进一个冰窖。而这里的感受更为强烈，因为空调被开到了最大。不过，不能让九月清晨的暖流钻进这些房间还有另外一个特殊原因。

*尸体还在现场。*她对自己说。*他们就在附近。*

科学鉴证组的探员们在走廊和几个房间之间来来往往地忙碌着。他们身着白色工作服，像沉默不语、遵守纪律的外星生物一样在犯罪现场走来走去。米拉跨过生灵与亡者世界之间的边界。电梯在她身后关上门下楼了，给她一种再也无处可逃的感觉。

鲍里斯为她带路。“凶手没有一次杀光所有人。他把他们分开，然后一个一个杀害。”

米拉数了数那层，有四个房间。

“你们好。”和他们打招呼的是法医雷纳德·弗洛斯，因为容貌长得像东方人，大家都叫他常。

“你好，医生。”鲍里斯回道。

“准备好参观罗杰·瓦林的奇幻世界了吗？”法医不合时宜

地打趣说，但这无法掩饰他的局促不安。他递给他们一小瓶樟脑膏，让他们涂在鼻孔下面阻挡气味。“三楼有四个第一现场，外加楼下一个第二现场。你们也看到了，我们进行了彻底的检查，任何细节都没放过。”

第一现场和第二现场的区别取决于凶犯实施犯罪的模式。在确定主要行凶过程的时候，第二现场并没有那么重要，但在重建犯罪动机时，它却能发挥至关重要的作用。

因为鲍里斯没有提到第二现场，米拉很好奇楼下究竟出了什么事。

与此同时，法医带他们走向贝尔曼十六岁的儿子克里斯的卧室。

墙上挂着重金属海报。角落放着好几双运动鞋。一台电脑、一台液晶电视，还有一台游戏机。一把椅子的椅背上放着一件赞美魔鬼撒旦的 T 恤。但真正的魔鬼和那件 T 恤上的模样一点儿也不像，他伪装成一个无害的会计现身在那个房间里。

一位技术人员正在一把转椅和躺在鲜血浸染的床单上的尸体之间进行弹道测试。

“尸体腹部有大面积枪伤。”

米拉仔细看了看湿透的衣服：他的血流尽了。“他没有朝头部或者心脏开枪。”她考虑着，“凶手选择了胃部，为了延长痛苦。”

“瓦林想要享受这一幕。”鲍里斯指着床前的椅子。

“表演不是为他准备的。”米拉纠正他，“是给孩子的父亲准备的。他在自己的房间听见儿子哭喊。”她想象着那漫长的折磨过程。受害者被囚禁在各自的房间里，他们在这个拥有一家人最幸福回忆的地方亲耳听到亲人的遇害过程，想到自己马上会受到相同的待遇而吓得瑟瑟发抖。

“罗杰·瓦林是个狗娘养的虐待狂。”常断言，“也许他在每个房间都待了一段时间，和他们交谈。说不定他想让他们以为还有一条生路，要是他们说了或做了正确的事情，他们的命运是可以改变的。”

“这是一场审判。”米拉补充道。

“或者虐待。”常纠正了她。

一次枪击，而瓦林没有止步于此。他们也继续下去。隔壁房间是一个女孩儿的。莉萨，十九岁。粉红色窗帘，紫罗兰色的小雏菊图案墙纸。尽管她不再是个小姑娘了，她还是不想过多地改变自己的房间。所以，洋娃娃和毛绒玩具，化妆包和口红共处一室。学校的荣誉证书旁边是一张站在布鲁托和小美人鱼中间的迪士尼乐园合影，墙上还贴着许多摇滚乐团的海报。

浅色地毯上，女孩的姿势很诡异。她在被杀前打破了窗户玻璃企图逃跑，但是绝望中的勇气还不足以让她冒险从四米高的地方跳下去。她放弃了，幻想着凶手会饶她一命：她的尸体是跪着的。

“他在右侧肺部的位置向她开枪。”常指着背部的子弹射出口。

“瓦林没有带刀，对吗？”米拉出于某个特殊原因提出这个问题。

“没有任何身体接触。”常猜到了她的疑问，确认道，“他一直都和被害者保持一定距离。”

这一点很重要。他不想被他们的血弄脏双手，这排除了大规模谋杀犯精神错乱的可能性。她想到有一个词能够完美地描述房间里发生的事——处决。

他们走到第三个房间——洗手间。贝尔曼太太倒在门边。

法医指着窗户。“这儿面朝路堤。和这一层的其他地方不同，这里距离地面只有两米。她大可以跳下去。也许她会摔断一条腿，但也可能安然无恙，然后跑到马路上拦下一辆车求救。”

但米拉明白她为什么没有这么做。尸体靠近门这一点证实了她的想法。她猜贝尔曼太太自始至终一直都在那里，哭着哀求凶手手下留情，或者呼唤她的孩子们，让他们知道他们的妈妈还在那里。她绝不会抛下他们，即使是为了试图救他们。母性的本能战胜了求生欲。

杀人犯没有任何怜悯之心，他朝她的腿开了好几枪。这次他用的也是步枪。那么他为什么还要带一把左轮手枪呢？米拉无法解释这一点。

“各位，我相信这次参观的终点绝不会让你们失望的。”常确定地说，“因为瓦林把最好的留到了最后。”

7

主卧位于走廊尽头。

目前只有警局科学鉴证组的资深专家才能进入。无菌服的帽子下露出了克莱普那张苍老的椭圆形脸孔，这是唯一能够认出他的部位。他鼻子和眉毛上的穿环非常醒目。那个彬彬有礼，带着智者的神情却满是纹身和穿环的男人总是给米拉留下深刻的印象。克莱普虽然古怪，他也拥有旗鼓相当的天赋和能力。

房间里面一团乱。显然，托马斯·贝尔曼曾用家具狠狠地砸房门，想要逃出那个牢笼。

尸体躺在床上，肩靠着软包床头板，双眼圆睁，手臂张开，仿佛等待着一颗子弹让他得到解脱。枪伤位于心脏的位置。

房间里，技术团队的另一侧有一个人，他和米拉、鲍里斯一样只穿戴了鞋套、手套和帽子。深色西装，小眼睛，鹰钩鼻。他把手插在口袋里观察科学鉴证组的工作。当他朝他们转过身时，米拉认出了他。

古列维奇和鲍里斯的级别一样，但是所有人都知道，他是“法官”唯一完全信赖的人。由于上司对他言听计从，他被认为是警察局的幕后掌权者。虽然他野心勃勃，但什么都无法收买他，而且个性严厉冷酷无情。古列维奇是一个毫不妥协的人，人人都知道他是个讨厌鬼。他仅有的极少数优点被发挥到极致，以至于变成了他的缺点。

常博士似乎因为督察在这里而感到不自在，于是告辞说："祝你们玩得尽兴，抱歉我还有几具尸体要搬。"

鲍里斯和古列维奇虽然知道彼此的存在，但就是把对方当作空气。鲍里斯问克莱普："你的假设得到证实了吗？"

克莱普想了一会儿。"我想是的。现在我给你们看看。"他挑眉看了一眼米拉，算是和她打招呼，他一直都懒得和人过度寒暄。

米拉发现床上有一把左轮手枪，凶手竟把它留在现场，这让她觉得匪夷所思。除非，这是某个特定场景中的一部分。瓦林希望警方重建那个房间里发生的每一个细节。

克莱普把左轮手枪装进一个透明袋子，然后重新放回他们发现它的位置，那里摆着一块写着字母 A 的标记板。另外还有两块标记板，一块指着一个没被拿来砸门的床头柜，上面放着一颗子弹，另一块放在尸体的右手位置，死者的手指做出了胜利的姿势。

克莱普在房间里转了最后一圈，确信所有东西都在自己的位置上，然后开始还原案件经过。"好吧。"他一边调整着手套一边说，"我们抵达现场时，差不多是现在这个样子。凶器也就是这把史密斯 · 威森.686 被放在床上。弹膛里有六发子弹，少了两发。一发在已故的托马斯 · 贝尔曼的心脏里。而另一发在床头柜上，躺在它的外壳里原封未动。"

所有人转向放着那颗.357 麦格农子弹的床头柜。

"现在，我觉得解释起来非常简单。"克莱普继续说道，"瓦林想给他的客人一个活命的机会。就像一场反转俄罗斯轮盘赌，他取出了弹膛里的一发子弹，确切地说，就是床头柜上的那颗，然后要贝尔曼选一个数字。”

米拉再一次仔细看了看尸体的右手。那个看上去像是胜利的手势其实是被害者的选择。

数字二。

“贝尔曼有六分之一的可能性逃过一死。他运气不好。”克莱普总结道。

“瓦林也想试探贝尔曼在家人死后有多想活下来。”米拉说，这让所有人吃了一惊，“让他以为自己还有机会向屠杀他家人的凶手报仇雪恨，把他逼向生死之间的脆弱的临界点。但这还不能解释这一切的动机……”

就在那一刻，古列维奇督察从他一个人待着的角落走出来，轻轻鼓起掌。“好，非常好。”他边靠近边说，“我很高兴您来了，瓦斯克兹探员。”他用悦耳的语调补充道，然后掌声停了。

*因为我别无选择。*她心想。“这是我应该做的，长官。”

或许是听出她语气中的敷衍，古列维奇靠得更近了，米拉能更清楚地观察他的脸，他薄如刀锋的鼻梁格外显眼，两侧太阳穴的头发已经全秃光了，让整个头看起来像个龟壳。

“瓦斯克兹探员，请告诉我，根据您刚才说的，您是不是能做出凶手的侧写？”

米拉打印了一份档案在路上重新看过一遍，于是试着进行侧写。“罗杰·瓦林一辈子都在照顾生病的母亲。他在这个世上只有他母亲。那女人得了一种罕见的退化性疾病，需要有人长期看护。瓦林在一家审计公司当会计，所以在他白天上班的时候，他母亲由一位专业护士照看，他的工资几乎全部被用来支付护士的工资。他失踪后，他的同事被警方问话，他们无法准确描述他的习惯，有的甚至连他的名字都不知道。瓦林不和任何人说话，也不和别人交朋友，就连圣诞节聚会的照片上也没有他。”

“我觉得这很符合一个一生积恨的心理变态的形象，不知道哪一天会带着一把 AK－47 走进办公室。”古列维奇总结道。

“我想问题其实更复杂，长官。”米拉纠正他。

“您为什么会这么想？”

“我们是从我们自身的视角看瓦林的生活。但是那个看上去被母亲的疾病挟持的不幸人生其实别有他意。”

“什么意思？”

“我并不怀疑它一开始是一种负担，但随着时间流逝，罗杰·瓦林把这种累赘变成了一种使命。照顾母亲成了他的人生目标。换句话讲，那个才是他真正的工作。而其他的一切——办公室、人际关系——他都懒得理会。母亲死后他的世界就崩塌了，他觉得自己毫无用处。”

“您为什么会这么觉得？”

“因为我刚才在他的故事里读到一个细节，或许能解释许多事情。他母亲咽气的时候，瓦林在尸体旁守了四天四夜。是邻居闻到气味叫来了消防队。葬礼后的三个月，这个会计消失得无影无踪。显然，瓦林的情感耐受度有限，他无法应对痛苦。在这类情况下，通常出现的结果不是杀人，而是自杀。”

“您认为他最后会这么做吗，瓦斯克兹探员？”古列维奇挑衅地问。

“我不知道。”她尴尬地承认道。克莱普把目光投向她，默默表示支持。就在这时，米拉恍然大悟。“你们早就知道来龙去脉了，对不对？”

“我承认，我们对您不太公平。”古列维奇确认道。

米拉吓了一跳。督察递给她一个透明文件夹，里面放着一本科学杂志的几页内容。文章旁边赫然印着托马斯·贝尔曼的照片。

“我帮您省去阅读的麻烦吧，简而言之，上面写着贝尔曼的公司拥有一种药的专利，它是唯一能保证一种罕见疾病的病患存活的药。”古列维奇一字一顿地说出这句话，享受着这一刻，“这是一种非常奇特的药，它能改善病人的状况，有一定概率能大大延长他们的寿命。可惜，这药非常贵。您猜我们说的是哪种罕见疾病？”

“罗杰·瓦林的工资负担不起母亲的治疗费用。”鲍里斯开口了，“他花光了所有的钱，弹尽粮绝后，不得不看着她死去。”

这就是那深仇大恨的根源。米拉心想。随即她明白了瓦林为了报复贝尔曼给他造成的伤害而设计的俄罗斯轮盘赌仪式的另一层含义。“手枪弹膛里少了一发子弹——他给被害人提供了一次活命的机会，这是他母亲一直可望而不可得的东西。”

“正是如此。”鲍里斯确认道，“现在我们需要一份瓦林失踪案的完整报告，包括他的心理侧写。”

“为什么你们要问我？找犯罪学家不是更合适吗？”米拉仍然不明白。

古列维奇重新加入了对话。“十七年前是谁报案说瓦林失踪了？”

这个问题没有回答米拉的疑惑，但她还是回答了。“他供职的那家公司，在他无故缺勤一星期后报案的。他们联络不到他。”

“他最后一次被看见是什么时候？”

“没人记得。”

然后督察转向鲍里斯。“你还没告诉她，是吗？”

“还没有。”鲍里斯小声承认。

米拉盯着他们两个。“告诉我什么？”

8

大屠杀的序幕发生在厨房。

瓦林从花园那儿过来，来到落地窗前，出现在厨房。但是把这里列为“第二犯罪现场”另有原因。

漫漫长夜的最后一幕也是在这里上演的。

为此，古列维奇、鲍里斯和米拉回到楼下。米拉跟在两位上司后面，不再多问什么，她确信很快就会知道所有答案。他们沿着木贴皮楼梯走下来，来到一个宽敞的空间，这里比起厨房更像是客厅。周围是面朝花园的玻璃墙，目前还没有被科学鉴证组用黑布遮起来。

*这里没有尸体。*米拉对自己说。可她轻松不起来，因为她立刻预感到，等待她去发现的是更可怕的事情。

古列维奇转向她。“瓦林失踪后，你们用哪张照片寻找他的下落？”

“办公室门禁卡上的那张照片，他刚重拍不久。”

“照片上的男人长什么样？”

米拉回忆起“灵薄狱”前厅墙上的那张照片。“白发，瘦削的脸。浅灰色西装，细条纹衬衫，绿色领带。”

“浅灰色西装，细条纹衬衫，绿色领带。”古列维奇慢慢地重复。

米拉纳闷为什么要提那些奇怪的问题，督察应该已经知道这些细节了。

古列维奇不作任何解释，而是走到厨房中间，这里有一个设备齐全的料理台，上方是一个镶铜的大型抽油烟机。边上摆放了一张实木餐桌，上面除了前一天晚餐的脏餐盘之外，还有另一顿饭吃剩的食物。

一顿早餐。

古列维奇知道米拉已经察觉到异常，于是走到她面前。“他们有没有告诉您我们是怎么确认罗杰·瓦林的身份的？”

“还没有。”

“早上六点刚过，日出的时候，瓦林把小杰斯从地下室里放出来，他把他带到这里，给他做了燕麦片、橙汁和巧克力松饼。”

恐怖故事里突然出现了正常行为。那些出人意料的转变才是真正让米拉不安的。疯狂中的平静通常预示着有什么事情要发生。

“瓦林和小男孩坐在一块儿，等他把饭吃完。”古列维奇继续说道，“就像您说的，十七年前，他在母亲的尸体旁守了四天四夜。也许今天早上他让小杰斯活下来，也是为了让他体会这种滋味。事实上，他趁小男孩吃早饭的时候表明身份。为了确保他全都记住了，他甚至让他写下来。”

“他为什么要这么做？”米拉问。

古列维奇示意她少安毋躁，很快她就会明白一切。“杰斯是个勇敢的小男孩，你说是不是，鲍里斯？”

“非常勇敢。”督察朋友确认道。

“尽管发生了这种事情，他一直很冷静，直到不久前才崩溃到绝望痛哭。不过，在那之前，他回答了所有的问题。”

“当我们把瓦林的照片，也就是穿着浅灰色西装、细条纹衬衫、绿色领带的会计照片给他看时，他立刻就认出来了。”鲍里斯补充道，随后脸色一沉，“但是当我们让他给我们描述其他细节，比如他的穿着时，他又指着照片对我们说‘就是这样’。”

这个细节让米拉吓了一跳。“不可能。”她一边回想前厅里的那张照片，一边脱口而出。

“是啊。”古列维奇表示赞同，“一个男人在他三十岁的时候消失了，然后在四十七岁的时候重返人间，而且身上穿着十七年前的衣服。”

米拉不知该说什么是好。

古列维奇继续说道。“他这段时间去了哪儿？被外星人绑架了吗？”他讽刺地说，“他从树林里走出来。难道是一架宇宙飞船把他搁在贝尔曼的家门口？”

“还有一件事。”鲍里斯指着墙上的电话，“今天早上，杰斯在瓦林的指示下用那台电话报了警。但根据电话纪录，差不多快凌晨三点的时候，瓦林曾暂停杀戮，用它拨打了另外一通电话。”

“电话号码是一家市中心的二十四小时自助洗衣店的。”古列维奇解释道，“顾客主要是老人和移民，所以有一台公用电话。”

“没有员工，也没有门卫，只有一个视频监控系统防备破坏分子和罪犯。”鲍里斯认真注视着米拉。

“所以你们知道是谁接听那通电话。”米拉确信地说。

“重点就是这个。”鲍里斯承认道，“没人接听电话。瓦林让电话响了好一会儿，然后就挂了，也没有重拨。”

“这说不通，您不觉得么，瓦斯克兹探员？”古列维奇发表他的意见。

米拉理解为什么两位督察忧心忡忡，可是她不明白自己在这起案件中要扮演什么角色。“我应该做什么呢？”

“我们需要瓦林过往生活中的每个细节，这样才能明白他现在要去哪儿，因为毋庸置疑的是，他早有计划。”古列维奇断言，“昨晚他想要打给谁？为什么只试了一次？是不是还有一名共犯？他下一步是什么？他带着一把大毒蛇.223 步枪要去哪儿？”

“所有答案都和唯一一个问题有关。”鲍里斯总结道，“这十七年里罗杰·瓦林到底去哪儿了？”

9

纵欲杀手的暴虐行为是有周期的。

每个周期持续约十二小时，分为三阶段：冷静期，酝酿期和爆发期。第一阶段发生在首次袭击行为之后。这个阶段表现为一种暂时的满足感，可紧接着的是一个新的酝酿阶段。憎恨与狂怒交织在一起。这两种情感就像起了化学反应一样，它们单个未必具有破坏力，但是一旦混合就会引发一种极度不稳定的心理状态。到那时，第三阶段就无法避免了，唯一可能的结果就是死亡。

不过，米拉希望自己还来得及。

大规模谋杀犯通常是以自杀收场的。假如瓦林还没有这么做，那么他一定有一个必须要完成的计划。

他会去哪儿犯案，这次是针对谁呢？

下午的时光渐渐逝去，傍晚就要来临了，天空开始呈现出夏末的色彩。现代牌轿车缓慢地前进着，米拉把头伸出方向盘外看着住宅的门牌号码。

小别墅的外观都是一样的——两层楼，斜面屋顶，前面有一个小花园。唯一的区别是颜色，白色、米色、绿色和咖啡色，但相同的是它们都已经褪色了。很久以前，这些房子里住着年轻的家庭，孩子们在草地上玩耍，每扇窗户后面都亮着温暖舒适的灯光守护着他们。

现在这里是老人的居所。

昔日用来划分不同住宅界限的白色木栅栏如今成了铁丝网。花园里杂草丛生，到处是垃圾和废品。快到四十二号的时候，米拉放慢车速直到停了下来。街对面就是罗杰 · 瓦林一直住的房子。

十七年过去了，这栋房子现在属于另外一个家庭，但那里仍然是瓦林长大的地方。他在那里蹒跚学步，在草地上玩耍，学会骑自行车。他每天从那扇门走出来去上学，然后去上班。这里上演着他的惯常生活。罗杰也是在这里不得不照顾生病的母亲，和她一起等待一个漫长的、无法避免的结局。

在寻找消失者的生涯中，米拉得到的深刻体会是，不管逃得多远，无论我们走到哪儿，家永远如影随形跟着我们。我们可以经常更换住所，但总有一个让我们情牵心系的地方。就好像我们是属于它的，并非它属于我们。好像我们和那栋屋子是由同样的材料构成的，泥土如同鲜血，木头如同关节，水泥如同骨骼。

想要找到罗杰 · 瓦林的下落，米拉唯一的希望是他怀着愤怒和赴死的决心不知在哪个地方度过那么长时间后，依然有一份回忆让他难以抗拒。

她把现代停在人行道旁，下车后环顾四周。风从树木间的空隙穿过，一阵狂风断断续续地传来远处的防盗警报声，忽高忽低的声音和其他背景杂音混在一起。瓦林旧宅的花园里有一辆破旧的深红色旅行车，轮子已经没了，只能靠四叠砖块支撑。房子里面可以瞥见新住户的身影。罗杰最多只可能离那栋房子这么近了。为了找到他来过的证据，米拉只能试试别的地方。她看了一下四周，锁定了对面的住家。

一位老妇人正在收起挂在两根杆子之间的晾衣绳上的衣服。她两手抱得满满的，走上门廊下的楼梯。米拉赶紧快步走向她，好在她进屋前拦住她。

“打扰一下。”

老妇人转过身，犹疑地看着她。米拉站在步道中间，拿出警察证件好让她安心。

“您好，很抱歉打扰您，我想要和您谈谈。”

“没问题，亲爱的。”她和蔼地笑着回答。她穿着毛巾布齐膝袜，其中一只滑落到了脚踝，睡衣料子上有斑斑点点的污渍，手肘那儿都磨旧了。

“您在这儿住了很久吗？”

她似乎被这个问题逗乐了，但有一瞬间她的眼睛忧郁地扫过四周。“四十三年了。”

“那我找对人了。”米拉礼貌地说。她不想直截了当地问她最近是否见过她那个失踪了十七年的老邻居罗杰·瓦林，这样会吓到她。再说，她也怀疑上了年纪的她脑袋可能已经糊里糊涂了。

“要不要进来坐坐？”

“好的。”米拉早就在等这句话了，她立刻回答。

老妇人在前面带路，这时一阵恼人的风吹乱了她稀疏的头发。

沃尔科特太太拖着羊毛拖鞋在地毯和老旧的木地板上小步移动，在笨重的家具和玻璃小摆设、有缺口的瓷器、放着老照片的相框这些不同材质的物件之间沿着精确的路线行走。她手里拿着一个茶盘，上面有两个茶杯和一个茶壶。米拉从沙发上起身帮她把茶盘放到茶几上。

“谢谢您，亲爱的。”

“您不用这么客气的。”

“我很乐意这么做。”她边说边倒茶，“我这儿不常来客人。”

米拉观察着她，自问是不是有一天自己也会像她一样孤独。唯一陪伴沃尔科特的估计只有一只在沙发上蜷成一团的红毛猫，它时不时微睁着眼睛查探一下情况，然后又继续打起盹来。

“萨奇莫对陌生人不是特别友好，但是它很棒。”

米拉等着她在她对面坐下来，然后拿起茶杯，开始切入话题。“您可能会对我要问您的事情感到奇怪，因为那是很久以前的事了。不知您是不是还记得住在对面的瓦林一家？”她指着街对面的房子，然后立刻发现沃尔科特太太变得忧伤起来。

“可怜的人啊。”她轻声说，显然她的确记得他们，“我和丈夫亚瑟买下这栋房子的时候，他们也刚搬来不久。他们和我们一样年轻，这个街区刚建好，是个可以和睦生活、让孩子们成长的好地方。房地产中介是这么对我们说的，这话没错，至少头几年是这样。不少人从市中心搬到这儿，大部分是上班族或是商人，完全看不到工人或者移民。”

对沃尔科特太太这一代人来说，会说出这种政治不正确的话并不令人意外。米拉听了很不舒服，但她仍旧保持彬彬有礼的态度。“请您和我说说瓦林一家吧。他们是怎样的人？”

“他们很有教养。妻子照看家里，丈夫是店员，一份不错的工作。瓦林太太是个大美人，他们看上去很幸福。我们很快就成了朋友。每个星期天一起准备烧烤，一起参加弥撒。亚瑟和我新婚不久，而他们已经有一个儿子了。”

“您还记得罗杰吗？”

“我怎么会忘了他这个乖孩子呢。他五岁就能在街上来来回回地骑自行车了。亚瑟真的非常喜欢那个孩子，他甚至为他盖了树屋。之后没多久我们确信不可能有孩子，可我们俩谁都没有怨天尤人，尤其是不想让对方伤心。您知道吗，亚瑟是个好男人。如果上帝给他机会，他会是最好的父亲。”

米拉点点头。和许多老人一样，沃尔科特太太快要跑题了，需要时不时地把她重新带回谈话的主线。“之后罗杰的父母怎么了？”

“瓦林太太得了重病。”女人摇着头说，“医生们一开始就讲得很清楚，她不可能痊愈。但他们说上帝不会那么快带走她。在这之前，她必须忍受疼痛和疾苦。她丈夫大概是因为这事才决定抛弃家庭的。”

“瓦林的父亲离开了他们？”米拉没有在档案里找到这个信息。

“对，他再婚了，然后再也没有出现，就连看看他们在这儿过得怎样都没有。”沃尔科特太太用责备的口吻说道，“而罗杰，他开始慢慢地把自己封闭起来，不久以前，他还是个活泼好动的孩子。我和亚瑟看着他和别人越来越疏远，之前他从来不缺朋友。他连着好几个小时一个人待着或者陪在妈妈身边。真是个有责任心的孩子。”

沃尔科特太太为此感到发自内心的悲痛。要是她知道罗杰·瓦林昨天晚上做了什么，可能会很难过。

“我丈夫很同情那个孩子，也很生他爸爸的气，我常听丈夫说他的不是，说他们曾经是那么要好的朋友。但他从来不当着罗杰的面说。亚瑟和他的关系很特别，只有他才能让罗杰走出家门。”

“他是怎么办到的？”

“手表。”沃尔科特太太一边把空茶杯放到茶盘上一边说，米拉意识到她刚刚才尝了一口自己的茶，“亚瑟有收藏手表的爱好，都是他从旧货店或是拍卖会上买来的。他会一整天坐在一张小桌子前拆卸或者维修它们。他退休后便进入废寝忘食的状态，每次都要我提醒他。真是难以置信，他周围都是手表，可他就是不知道时间。”

“罗杰也和他一样有这个爱好。”米拉已经知道瓦林的嗜好，于是敦促她继续说下去。

“他把他知道的所有东西都教给了他。那孩子为了那个充满嘀嗒声的精密世界疯狂。亚瑟说他真的是很有天分。”

*郁郁寡欢的人都向往沉浸在微小至极的事物之中。*米拉对自己说。这就有点像在别人的视线中消失，但在这个世界上还发挥着某种作用，比如计算时间这样的重要作用。然而，到了最后，罗杰·瓦林还是决定就此消失。

“这上面有个阁楼。”沃尔科特太太解释道，“本来是想当作儿童房的，但我们没能有自己的孩子。我们总说要把它租出去，可后来它变成了亚瑟的工作室。他和罗杰把自己关在上面，有时候一整个下午都四处看不到他们。后来我丈夫病了，随着时间一天天过去，那孩子不再来这个家了。亚瑟还为他辩解，说所有青春期的孩子都有点冷血无情，罗杰这么做并非出于恶意。况且他已经不得不每天看着他妈妈慢慢走向死亡，他不能指望他愿意目睹另外一个人的生命终结，即使这个人是他仅有的唯一一个朋友。”她从睡衣口袋里掏出一块皱巴巴的手帕，擦干眼角上的一滴眼泪，然后把它握在拳头里放在膝上，以备不时之需。“但我确信亚瑟当时很难过。我想他心里每天都在盼望罗杰会再次走进这个门。”

“所以之后你们就失去联络了。”米拉下结论道。

“并没有。”沃尔科特太太有些讶异，否认道，“我丈夫死后，罗杰连葬礼都没来，之后过了大概六个月，一天早上，他出乎意料地出现在我家门口，问我能不能上阁楼给手表上发条。自那天起，他就经常一个人来我家。”

米拉本能地抬头往上看。“来这上面？”

“当然。”老妇人确认，“他从学校回来以后马上去照顾母亲。要是她没有别的需要，他就来这上面待几个小时。在找到会计的工作后他还是继续这样，不过，从某一天开始，我就再也没有他的消息了。”

米拉知道她说的是他消失的那一天。“根据您对我说的，除了她母亲和同事之外，您是最常见到他的人。可是向警方报案的并不是您。非常抱歉，我就直接问了，罗杰再也不来了，您不感到惊讶吗？”

“他一个人进来，一个人出去。上阁楼的唯一办法是走屋子外面的楼梯，所以我们有时候根本不会打照面。”女人说道，“他总是很安静，可奇怪的是，只要他在上面，我一定能知道。我也不知道该怎么解释……这是一种直觉。我能感应到他是不是在这个屋子里。”

米拉发现老妇人眼中和脸上的不安。她担心没有人相信她，担心被人当成一个发疯的老太婆。但还有别的什么。是恐惧。米拉靠向她，握住她的双手。“沃尔科特太太，请您跟我说实话，最近这十七年来，您有没有感觉到罗杰和您一起在这个屋子里？”

女人的眼眶满是泪水，可她绷直着身体，紧闭着嘴唇，试着不让眼泪流出来。然后，她仿佛下定了决心，果断地点了点头。

“如果您不介意的话，我想看看那个阁楼。”

10

刚到这个街区时听到的防盗警报还在远处响个不停。

踏上通往阁楼的室外楼梯时，米拉本能地把一只手放在手枪枪托上。她并不觉得罗杰·瓦林会出现在她面前，但年老的沃尔科特太太对她最后一个提问的反应让她觉得这也不无可能。那或许只是一个独居老太婆的无稽之谈，可米拉确信，恐惧绝不会是毫无根据的。

这个家可能来了一位安静的不速之客。

这是米拉今天第二次搜查别人的居所了。清晨她去了康纳一家，在地下室找到一个幽灵女婴。计算一下可能性的话，她现在应该不会有相同的命运，不过这种事也很难说。

阁楼的门上了锁，但沃尔科特太太把她的钥匙给她了。在她忙着开门的时候，防盗警报声变成了一种恼人的警告，那声音好像在守卫这扇门，又好像在捉弄米拉。

米拉把手掌放在门把上满怀希望地朝下按。她以为会听到咯吱咯吱的响声，可门却随着一声轻响开了。她面前是个夹在屋顶斜坡下的长条形小公寓。里面有一个五斗柜，一张弃置的床，床垫被卷起来放在一边，一个带两个煤气灶的小厨房，还有一个壁橱改造的小厕所。公寓的最里面，日光穿过天窗照射到靠墙的工作桌上，上面摆放着一个布满灰尘的玻璃柜。米拉松开手枪缓缓走过去，觉得自己好像闯入了某个私人空间。

这是某个人的藏身地。她心想。

没有罗杰·瓦林来过的迹象。所有东西似乎一动不动，多年来不曾受过任何惊扰。她在工作桌前坐下。一个夹钳被固定在桌角，桌上有一个台灯，一盏中间配有放大镜的圆灯。她的目光扫过那些整齐有序的小工具。她认出了螺丝刀、镊子、一把用来打开表壳的小刀和一副修表匠专用的单片眼镜，许多装满了零部件和齿轮的小盒子，一个装配用轴承，一把木槌还有一个油壶，还有其他她不认识的精密器材。

如果不是那该死的警报一直在疯狂地响着，那些东西的寂静应该会引起她的注意。米拉抬头望着面前的玻璃柜。里面有两层，整齐摆放着沃尔科特先生收藏的手表。

所有手表都定格在唯一能够打败时间的力量——死亡的魔咒中。

大约有五十来块，有腕表也有怀表。米拉隔着玻璃检查了一遍。她认出几块浪琴、一块天梭、一块放在银质盒子里带蓝色皮表带的梭曼和一块非常漂亮的钢质芝柏。米拉不明白，在她看来，沃尔科特太太的丈夫给她留下了一小笔财富，而她似乎全然不知。她只要卖掉几块表就能过上更富裕的生活。但米拉转念一想，一个孤身女人在这个世界上最期许的是什么呢？她只需要一只猫对她慵懒的爱以及陈旧的装饰物和老照片承载的无数回忆就够了。

透过阁楼的天窗可以看到对面的小别墅。米拉试着和罗杰·瓦林的思想交流。你可以看到你的家，这样你就会觉得从没把母亲一个人扔在那儿。但同时，坐在这儿可以给你一个逃离她的机会。她死后你为什么消失了？你去了哪儿？为什么现在又回来了？你那迟来的复仇有什么意义？现在你又要做什么呢？

这些疑问和防盗警报铃声交织在一起，让人越来越无法喘息。为什么罗杰·瓦林在贝尔曼家进行大屠杀前穿上了他失踪时穿着的衣服？为什么那个晚上他打电话给一家自助洗衣店？为什么没有人接听电话？罗杰，向我证明你来过这里吧。你的心灵深处还是眷恋这个你逃离的世界的，你想要回来看看你从前的老巢。

突然，警报声停了。但那个声音仍然回荡在米拉的脑海中。要让阁楼和她的内心恢复平静还需要一点时间。

就在这个时候，她听见了滴答声。

这声音像加密讯息一般规律，又像是一种无休无止的秘密召唤，仿佛在重复叫着她的名字，也引起了她的注意。就在那时，米拉打开了玻璃柜寻找那块发出含糊信号的手表。

那是一块不值钱的旧兰柯，仿鳄鱼皮印花表带，表壳生锈了，玻璃碎了，象牙表面因为时间久远变黑了。

靠着发条的机械功能，即使过了许多年后，一块手表或许还能重新走动。但米拉把这块表拿在手里时，却发现它并非在沉睡多时的状态下缓缓醒来。

有谁最近给它上过发条，因为表面的时间是准的。

11

“毫无疑问，他来过这儿。”

米拉坐上停在沃尔科特太太家门口的车。晚上十点刚过，直到这会儿她才和鲍里斯联系上，他整个下午都忙着在各种会议上讨论是否向媒体公布大屠杀事件以及凶犯的身份和照片。鲍里斯觉得这样做有助于孤立罗杰·瓦林，说不定有人认出他，至少可以帮助警方解开他消失十七年的部分谜团。但古列维奇非常强硬，他认为散播这个消息正合瓦林的意，搞不好会促使他再次犯案。最终警局的幕后掌权者占了上风。

“干得漂亮。”鲍里斯对她说，“不过我们目前有其他要事。”

罗杰·瓦林在大屠杀后完全销声匿迹。他们手里没有任何线索。夜幕又要再次降临。这次他会闯进哪户人家？他会对谁宣泄他的仇恨？

“问题是促使瓦林杀害贝尔曼一家的动机是真实存在的，但同时也过于随机。他屠杀了医药企业老板一家，因为救命药过于昂贵但不能说明他是有计划行凶，你不觉得吗？现在瓦林要针对谁？‘抛弃生病的妻子和子女的丈夫联合会’主席吗？”

米拉理解鲍里斯的挫败感。

“对不起。”然后他对她说，“今天实在很难熬。不管怎样，你真的带来了一个好结果。也许我可以叫人监视沃尔科特太太的房子，希望我们的嫌犯会再次出现。”

米拉转身观察街对面的那栋小别墅。“我觉得这不可能，瓦林给我们留下的那块手表只是某种暗示。”

“你确定不是老太太自己给机械装置上了发条？这个线索有点站不住脚，我不知道这对我们追查出瓦林的下落有多大帮助。”

鲍里斯没有错，但米拉觉得这还有别的含义。不过，考虑到瓦林可能再次袭击这个实际危险，她目前很难弄清个中原因。

“好吧，我们明天再说。”米拉说，和朋友告别后，她发动汽车准备回家。

到了晚上那个时间，她唯一能找到停放现代的地方离她的公寓楼有三条街远。太阳下山后，白天近似夏天的气温被刺骨的湿气取而代之。米拉只穿着 T 恤衫和牛仔裤，于是加快了步伐。

这片社区是大约一个世纪前建成的，最近被雅皮士和知名建筑师重新改造，他们很快就会把这儿变成新的潮流聚集地。这种风潮越来越兴盛。大都市就是处于不断变化中的一片混乱。永远不变的是它的罪恶。各个社区被改建翻新，街道被冠上新的名字，这样，这儿的居民就觉得自己是时髦的人了，却忘了他们的生活其实和先前的住户一模一样，重复着相同的行为，犯着相同的错误。

命中注定的大屠杀，命中注定的受害者。

或许瓦林试图通过大屠杀逆转这个轮回。贝尔曼是一位重要人物，他就像个异教神，拥有治愈疾病和赐予生命的能力，但他却由着自己任性妄为地使用这种能力。米拉不解的是，为什么罗杰要让他的妻子和孩子为一家之主的罪过付出代价。

她一边继续思考一边朝家里走。她刚才在一家快餐店买了两个汉堡包。米拉在车上吃了一个，另一个还在袋子里。经过一条小巷子的时候，她把袋子放在一个垃圾桶盖上，并没有把它扔进去。然后她走上通往一栋四层高的公寓楼入口的台阶。在把钥匙插入大门的时候，如她所预料的一样，她瞥见两只脏手从暗处伸出来，拿走了那团宝贵的食物。那个流浪汉不久之后也会不得不离开这个街区，他和即将变样的环境格格不入。米拉的公寓对面那栋改建中的大楼外立面被一幅巨大的广告牌覆盖着，上面的错视画描绘了未来这一街区的幸福居民。

米拉驻足注视广告牌上那对高大的幸福夫妇，每次她都会这么做，他们微笑着。但她就是无法羡慕他们。

关上公寓门后，她在开灯前又等了几秒钟。她筋疲力尽了，她要享受什么都不用想的那份宁静，但持续的时间很短暂。

你是它的。你属于它。你知道你将要看到的东西是你会喜欢的。

确实如此。再次踏足犯罪现场直接接触罪恶留下的残迹让她产生一种熟悉的悸动。看电视新闻的人以为他们了解这种感觉，但他们根本不知道真正站在被害者的尸体前意味着什么。在警察身上总会发生一件诡异的事，它算是一种所有人都要经历的自然过程。起初你会觉得恶心，然后开始习惯，最后变成一种依赖。一开始你会把死亡和恐惧联系在一起——被杀的恐惧，杀人的恐惧，看到别人被杀的恐惧。可后来这种想法就像DNA链里的邪恶基因一样进入你的体内，不断复制直到变成你的一部分。到那个时候，唯一能让你感到自己活着的就是死亡。这是低语者一案留给米拉的，但它的后遗症还不止这点。

她终于把手伸向开关，房间另一头的台灯亮了。客厅里堆满了书，卧室、浴室甚至小厨房也无法幸免，其中有小说、散文、哲学书、历史书，有的是新书，有的是二手书，都是她在书店或者路边摊买的。

自从她“灵薄狱”的同事埃瑞克·文森迪消失得无影无踪后，米拉就开始囤书了。她害怕自己和他一样，被寻找消失者的执念吞噬。

不管走到哪儿，我都在找他们。我一直都在找他们。

她也害怕被那个自己拼命摸索的黑暗世界吞噬。在某种意义上，书能让她抓住与生活的联系，因为每本书都有一个结局。她不在乎这结局是否皆大欢喜，因为她每天处理的那些案件永远看不到这种东西。书也是对抗寂静的办法，因为它们用必要的话语填补受害者在米拉脑海中留下的空白。但最重要的是，书是她逃避的法宝，是她消失的方式。沉浸在阅读里，包括她自己在内的其他一切都不复存在。在书的世界里，她可以是任何人，同样也可以任何人都不是。

每次回到公寓，迎接她的只有这些书。

米拉走近分隔客厅和小厨房的吧台，从腰间解下手枪，和警察证还有石英表一起放在台子上。她脱掉T恤衫，从一扇窗户里瞥见自己满是伤疤的瘦削身体。她庆幸自己没有丰满的曲线，不然她一定会想拿刀刺进去。这些年来，她无法体会那些承受他人罪恶的受害者的痛苦，她给自己留下的伤疤就是见证。自残是她提醒自己归根结底也是一个人的唯一方法。

上一次割伤自己已经是快一年前的事了。尽管没有对自己承诺过什么，但她的确很努力。她尝试着不断提升自己，而这是其中的一部分。三百六十五天没有新的刀伤，真是难以置信。但看到镜子里的自己对她来说仍然是一种诱惑，她赤裸的身体在召唤她。于是她移开目光，不过在躲到淋浴房洗澡之前，她还是先打开了桌上的笔记本电脑。

一会儿她有约。

12

这已经是例行公事了。

米拉身上只穿着浴袍，一边用毛巾擦干头发，一边拿起桌上的电脑，把它带上床。她把它放在大腿上，然后打开几个程序中的一个。她关上灯，等待连线。某个地方的对应系统回应了，屏幕上出现一个昏暗的窗口。米拉立刻辨认出一个声音，一个微弱但持续不断的声音，虽然来自黑暗，但没有任何敌意。

它是呼吸的声音。

米拉专注聆听了好一会儿，享受那个宁静的节奏给自己带来的安谧。几秒钟后，她在键盘上输入指令，黑色的屏幕消失了，出现了一个影像。

那是一个被绿色微光照亮的小房间。

一台微型摄像机——和之前她放在康纳家的那个类似——用红外线模式在黑暗中探视着。可以依稀看见右边有一个衣橱，中间是一张柔软的毛地毯，四处散落的玩具，卡通人物海报，一个洋娃娃之家，左边是一张单人床。

毯子下面睡着一个小女孩。

米拉没有发现任何异常，似乎一切都很平静。她又看了好一会儿，着迷于这宁静的一幕。她很自然地想起另一个小女孩——那个她几小时前救出的被关在地下室的幽灵女婴。如果凝神回想，她还能感觉到抱走她时臂弯间的重量。她无法感到一丝怜悯或者柔情。唯一残存的是触觉记忆，算是一种惩罚她没有共情能力的连带反应。然而，和康纳太太的那场偶遇却让她铭记在心。

要是我连我女儿最喜欢的洋娃娃叫什么名字都不知道，我又算哪门子母亲呢？

小房间里出了什么状况。一道远处的灯光沿着走廊缓慢地从敞开的门里进入，很快被拉长的人影填满，影子不断靠近变得越来越短。不久后，门口出现一个人。是个女人，但无法分辨她的面容。她走近给小女孩重新盖好毯子，然后，她靠在门柱上凝视着熟睡的小家伙。

"你知道她最喜欢的洋娃娃叫什么名字吗？"米拉本想问屏幕上的女人。

但忽然之间，她觉得自己像个入侵者。她没有切断连线，而是在键盘上输入一个指令，现场直播画面的窗口旁出现了另一个窗口，那是罗杰 · 瓦林的档案。她想在睡觉前再看一遍。有一个关键点尚未被侦破——那通打给自助洗衣店的神秘电话。

她无法理解瓦林打电话找某个人的动机。就算假设存在一个共犯，那为什么没有人接听电话？

米拉觉得有什么地方不对劲，一定有原因。那种行为是不合常理的，同样，瓦林为什么决定穿上十七年前的照片上的衣服也让人匪夷所思。

浅灰色西装，细条纹衬衫，绿色领带。

瓦林在大屠杀后和贝尔曼的儿子一起吃早饭，借机向他表明自己的身份。他甚至费心让杰斯在纸上写下他的名字，以免他和警方说的时候搞错。但最重要的是，他要让小男孩好好记住他的脸和他的穿着。

古列维奇曾经讽刺这个着装细节，说也许这十七年他是被外星人绑架了。但在造访沃尔科特太太的家，看到那些手表以后，米拉觉得把瓦林比作一个时间旅行者更为合适，他能够穿过一个连接着遥远时代的黑洞。这两种不可能发生的假设的差别在于它们代表不同的调查方法。来自凶杀组的古列维奇习惯于根据因果关系关注当下，将注意力集中在“此地和此时此刻”。而“灵薄狱”调查的是过去。

这一差别是埃瑞克·文森迪告诉她的。米拉还记得这些闲谈，他一直在追查消失者的下落，最后自己也走上了同样的路。

“凶杀案发生在死亡的那一刻。”文森迪说，“而至于‘失踪案’，仅仅消失是不够的，必须要经过一段时间酝酿，法律规定失踪三十六小时后才能开始搜寻工作，但其实真正需要的时间还要更久。一个人消失后，留下的一切开始支离破碎，这才是失踪案显形的开端：电力公司因为其欠费而暂停供电，阳台上的植物因为没人浇水而枯萎，衣橱里的衣服变得过时。如此分崩离析的动机必须追溯到多年前去寻找。”埃瑞克·文森迪有些夸大其词了，但米拉知道其实他是对的。

早在失踪行为实际发生很久之前，一个人就开始消失了。

对于绑架案，当将要掳走你的人第一次注意到你，然后开始像一个看不见的鬼魂出现在你的生活中，在远处观察你时，它就已经发生了。至于那些主动逃离人世的人，当他们第一次感到一种无法解释的莫名不安时，它就已经发生了。这种感觉就像是一种未得到满足的需要在你的身体里滋长着，即使你不知道它到底是什么。它就像是一个瘙痒得要命，想要被抓个痛快的地方，你明知这么做只会雪上加霜，但就是忍不住。唯一让它消停的方法就是听从它的召唤，跟着它到黑暗中去。想必罗杰·瓦林还有可怜的埃瑞克·文森迪都是这样。

消失的理由得从过去中寻找，米拉告诉自己。

她继续把注意力集中在罗杰·瓦林身上。没有一封信或是字条解释他的行为。米拉不断告诉自己，大规模谋杀犯的行动源于仇恨、积怨或者报复。大规模谋杀犯通过犯罪行为表达自己的想法，他不关心是否被理解。

假如他的穿着、打给洗衣店的那通电话还有沃尔科特太太家那个正常运作的手表都是同一条讯息的组成要素呢？

答案是“时间”。

瓦林正在把我们的注意力吸引到他消失的那一刻。

米拉在电脑上打开了搜索引擎。瓦林穿着那些衣服是想要告诉我们，我们应该设想自己还在十七年前。她告诉自己。所以，他那晚从那户人家打电话的时候，根本没有弄错电话号码。

对他来说，那个号码是正确的。

米拉在网上找到了电话公司的网站，上面有一个用户名单历史档案版块。她在专门的搜索文本框里输入自助洗衣店的电话号码，查找瓦林消失时使用那个号码的用户姓名和地址，然后按下“搜索”。

屏幕上一个沙漏形状的小图标标示着过去的每一秒钟。米拉盯着那个图标看，并没有意识到自己因为不耐烦而咬起了嘴唇。没过多久，结果出来了。她猜得没错。这个电话号码在十七年前确实有人使用。

号码是爱情教堂的，它位于通向湖泊的国道附近。

米拉马上查询那地方是否换了新的电话号码，却发现爱情教堂已经在多年前停业了。她停下来开始思考。她该怎么做呢？可以立即通知鲍里斯，或者等到明天再告诉他。也许这条线索也不太站得住脚，搞不好只是纯属偶然罢了。

她再次注视屏幕上的夜间拍摄画面中那个安睡的小女孩。她不是在监视她，她在保护她。米拉又想到发生在康纳家的事情。*我是那个闯进别人家，偷偷放置隐藏摄像机的人*。她对自己说。多亏了她这种鲁莽行为，那天早上一个幽灵女婴被米拉从她的囚牢中救出来。

米拉知道她不能这么等下去。

她关上笔记本电脑，从床上起身重新换好衣服。

13

皎洁的月亮在晴朗的天空中闪烁着光芒。

通往湖泊的公路荒无人烟，这并非是因为现在是深夜的缘故，即使在白天情况也没有差别。这个地区一度是度假胜地，有酒店、餐厅和设施一应俱全的沙滩。但是十二年前的春天，湖里的鱼和其他动物出现了人们无法解释的大规模死亡。当局一直找不到原因，有人把它归咎于严重污染的水质。恐慌迅速传播开来，人们再也不愿来这个地方。问题没多久就消失了，动物种群的数量又增加了，生态系统恢复了平衡。但一切为时已晚，度假客们不会再回来了。那些曾招待过几代人的接待设施关门歇业，因为缺少维护开始破败，整个地区不可避免地走向衰败。

爱情教堂应该也在劫难逃。

它曾经是热门的结婚场地之一，为那些不信奉任何宗教，但又不希望在市政厅结婚的人举办世俗婚礼。

驶过一个减速带后，米拉透过现代的挡风玻璃看见砖石砌成的拱门，那是爱情教堂的入口和招牌，中间有一对用霓虹管做成的红心，现在已经一片漆黑。上方有一个金属板做的丘比特，被锈迹损毁了一部分的脸庞扭曲了他的表情，看上去像个守护着一个诈欺天堂的邪恶天使。

整个建筑群环绕着停车广场而建，由一系列低矮建筑物和中间那个看上去像是一座后现代教堂的建筑物组成。月光让它免于淹没在夜色中，但也毫不留情地突显出它的颓败。

米拉把车停在作为接待处的小屋旁，熄火下车。迎接她的是一个早已不与任何生灵打交道的世界，一片荒凉和充满敌意的寂静。

爱情教堂坐落在一片可以俯瞰湖泊的高地上。这儿不是风景最秀丽的地方，但可以看见河岸边各处矗立着废弃的酒店。

米拉走上接待处门廊的三级台阶，发现办公室的入口被木板封死了。要挪走它们是不可能的了。门边上有一扇窗户，也被大大小小的木板封住了。不过，透过缝隙可以看到屋子内部。米拉从皮夹克口袋里拿出手电筒，把脸凑近木板，照亮里面的空间。

一张笑脸让正在窥视的她吓了一跳。

米拉后退一步。等回过神来后，才意识到她看到的是和入口处的那个一样的丘比特。有一瞬间，她以为那个丘比特擅离岗位过来吓唬她，但其实它只是一个硬纸板模型罢了。她再次靠近那儿，除了自己在玻璃中的倒影外，米拉看到一个布满灰尘的柜台和一个宣传单展架，其中一些传单散落在地上。一面墙上精美地展示着一幅海报：爱情教堂所在的湖边罗列出顾客专享的产品和服务。根据文案内容，新人可以采用不同的布景让自己美梦成真。这座教堂可以采用不同的装饰风格，推荐的场景都带着具有异国风情和引人遐想的名字。你可以选择威尼斯或者巴黎，也可以选择以电影《乱世佳人》或者《星球大战》为灵感的场景。海报的最下方列出了仪式的价格，其中包括商家赠送的一小瓶法国香槟。

一阵劲风吹过米拉的肩，迫使她颤抖着转过身。风继续沿着它的路径一直吹到了教堂入口，其中一扇大门因此而嘎吱作响。

看来有人没有关门。

她关上手电筒，要看清路月光就足够了。她冒险进入广场，脚步在经历了漫长冬季的破碎沥青路面上发出吱啦吱啦的响声。那阵幽风依然紧追不舍，在她的双腿间狂舞。她在路上拿出佩枪，紧握住不放。周围的低矮建筑物就像是一片经历核灾难的废墟。门窗像是阴暗的洞穴张开的嘴巴，守护着秘密世界的黑暗抑或是让人徒生恐惧的空地。米拉继续前行，把它们抛诸身后。屋内的黑暗世界睁大黑色的眼睛，紧盯着她的一举一动。

她应该叫上谁的，尤其是鲍里斯。*我的这种行为就像那些恐怖电影里自寻死路的女主角一样。*米拉心想。但她知道她的动机。这只是她永无休止的挑战中的另一场比赛罢了。怂恿她继续下去的是她心中那个假装酣睡的怪物。每次也是它引诱米拉拿刀割伤自己。她用她的痛苦和恐惧滋养着它，希望能填饱它的肚子，否则她不知道它会对她做什么，或让她做出什么样的事。

到门口时，她停了一小会儿，然后踏上通往大门的台阶。米拉的脸正对着教堂内部，她立刻感受到扑面而来的幽暗气息。她闻出了那个气味。这是死亡积极的一面，它从不躲藏，总是让生灵一闻到就觉得格外刺鼻。随后她听到了那个声音，轻得像沙沙作响的低语，狂躁得像一台机械装置。

她把手电筒的光束照向教堂里面，一大群骚动着的、密密麻麻的生物瞬间消失不见了。不过，其中有一些并不担心被她打扰，继续忙着它们的要事。

在这个以中世纪建筑为灵感的布景中央放着一张脏兮兮的床垫，上面躺着一个人，那人被约束带绑着不得动弹。

米拉朝空中开了一枪，回声响彻广场直到湖边，那些老鼠终于离开了尸体。只有一只犹豫了，它转过来盯着米拉看了无比漫长的一秒钟，红色的小眼睛充满了愤怒，因为她这个闯入者打断了它的大餐。随后它也消失在阴影中。

米拉花了很长时间观察尸体。他是一名男性，无法确定年龄，穿着T恤衫和蓝色平脚短裤。

他被塑料袋套住头，喉部被绝缘胶带封死。

米拉后退一步，移动手电筒，正打算从口袋里拿手机，却发现床垫上有个光点。月光从她身后照射进来，死者的手上有什么东西闪闪发亮。她凑近好看得更清楚。

被老鼠啃到只剩些许残肉的左手无名指上有一枚结婚戒指。

14

这个区域被封锁了。

道路设下路障，以防有人想要进入湖区一探究竟，巨大的闪灯发出前方山体滑坡的警示。而目前，只有警察出现在这个废弃的地方。

米拉在冒牌教堂前的阶梯上坐下来等待同事抵达爱情教堂。在看守尸体时，她看着努力从地平线上升起的太阳慢慢照亮整个河谷。水平如镜的湖面被染成鲜红色，初秋的树叶赋予它更加浓烈的色彩。

苍白的日光无情地揭开她身后的景象，而米拉却沉浸在一种诡异的祥和之中。她像是被恐惧耗得筋疲力尽一样已没有任何知觉。她就这样坐在原地，听见警笛的声音越来越近，然后看见警灯出现在道路尽头的洼地，像一支解放军朝她挺进。

当卤素灯在犯罪现场亮起时，恐怖的气氛消失了，剩下的只有冰冷无情的分析。

科学鉴证组已经封锁周边，开始收集证物，为每件物品拍摄照片，确定可能的证据。按照尸体的惯例调查流程，现在轮到法医和运送尸体的工作人员了。

“一切看似简单，一切又没那么简单。”常弯下身看着被害者，他的话令人费解。

探员们在教堂外面忙进忙出，和专家组一起待在教堂里面的只有米拉和古列维奇，古列维奇似乎对医生的判断不是很满意。“您能说得更准确些吗？”

常再次检查躺在床垫上的尸体，上面是各种生物组织，只穿着内衣，头被套在一个塑料袋里。“事实上，不能。”他的回答流露出忧虑。

常的犹疑让古列维奇变得紧张不安。“我们必须尽快知道死亡时间。”

问题在于老鼠改变了尸体的原始状态。四肢是重灾区，上面的肉几乎全被吃光了。腋窝和腹股沟的伤口最深。因为这种破坏，他们很难从外观来判断死亡时间，也更难确定这起案件的凶手是否是罗杰·瓦林。

但米拉认为，如果这真的是那个瓦林所为，那么他的作案手法发生了巨大而且罕见的转变。他从使用一把大毒蛇.223 半自动步枪这种与目标没有任何肢体接触的方式到眼前这种手法的转变是令人无法理解的。正是出于这一原因，气氛才如此紧张。

鲍里斯也来教堂了，他站在角落听着对话。

“应该需要尸检才能提出一个可靠的假设，确定受害者在这里有多久了。”法医依然支支吾吾的。

这让古列维奇更加恼火了。“我不是问您要一份报告，我只想知道您的意见。”

常想了想，好像心中已经有一个答案，但他还是不愿弄巧成拙，犯下拙劣的错误，之后再受到责骂。“我想，死亡时间至少超过二十四小时以上。”

这个回答有两层含义。次要的那层含义是，即使有人提前解开自助洗衣店电话号码的谜团，他们也救不了这个脑袋被套在塑料袋里的男人。而更重要的一层含义是，凶手不可能是罗杰·瓦林。

显然，这种可能性并没有吓到古列维奇。“另一起谋杀。另一个凶手。”他摇着头想着这一发现可能导致的后果，“好吧，我们来看看死者是谁。”

终于可以揭开塑料袋看到被害者的脸了。或许有什么重要的发现能帮我们解开这个新的谜团。米拉想。

“我现在准备取下尸体头部的袋子了。”常宣布。他换上乳胶手套，戴上 LED 头灯，拿起解剖刀走向尸体。

他用两根手指掀起那个依附在面部的诡异覆盖物，用另一只手在顶骨的位置精准地切开塑料袋。

在场的所有人都全神贯注地看着他的动作，焦急地等待着结果，而米拉却一直盯着尸体左手无名指上的结婚戒指。她心想，他的另一半还不知道自己已经成了寡妇。

常切开了被害者脖子下面的塑料袋，他放下刀，小心翼翼地取下他切割出来的塑料条。

终于，受害者的脸露了出来。

“见鬼。”古列维奇立刻说道。所有人都明白，他认出他了。

“他是兰迪·菲利普斯。”鲍里斯确认道。在说话的同时，他想起上衣口袋里有早上的报纸，于是把它递给他同事。“第三页。”

上面赫然印着一张照片，照片上的男人文质彬彬，笑容却非常傲慢。虽然这几乎已经毋庸置疑，古列维奇还是比对了照片和尸体的脸，然后念出标题：“‘菲利普斯临阵脱逃’……‘因被告律师缺席法庭，法官宣判被告有罪’”。

常继续检查死者的头部，而鲍里斯对在场的人说道：“兰德尔·菲利普斯，绰号‘兰迪’，三十六岁，家暴案件的专家。不过他的当事人通常都是男性。他的辩护策略就是，查出妻子或者女友最龌龊的行为。要是他找不到，那就瞎编一些。他的专长是让这些不幸的女人满身污秽，把她们贬得一无是处。这真是难以置信：就算那些可怜的女人全身青一块紫一块、戴着墨镜或者坐着轮椅出现在法庭上，菲利普斯总能用他的故事让陪审员相信她们是自找的。”

米拉发现常的手下互相使眼色，大家都觉得好笑。这种男同胞之间常有的粗俗情谊让她想起电视上的兰迪·菲利普斯。那个律师的座右铭是：“要审判一个女人何其容易……就算由其他女人担任审判工作也是一样。”就这样，在大多数案子中，他的当事人都被宣判无罪，其余的都能成功获得大幅度减刑。他为自己赢得了“人妻制裁者”的称号，不喜欢他的人则叫他“混蛋兰迪”。

“也许我们可以还原事发经过。”常做完初步检查后说，“首先，他们用一把泰瑟枪或者是电牛棒之类的武器击晕了他。”他指着脖子上的一处伤口，尽管电击时间很短，仍然可以看到清晰的灼痕。“然后用约束带把他绑得不得动弹。最后在他头上套上了袋子。没过多久，呼吸性酸中毒导致其死亡。”

最后一句话引来众人一片沉默。

“兰迪·菲利普斯结婚了吗？”

所有人转向米拉，对这个突如其来的问题感到意外。古列维奇一脸怀疑地看着她。

“不知道我有没有记错，但我记得他没有老婆。”鲍里斯确认道。

米拉一言不发，抬起手臂指着尸体的左手和那个她在发现尸体时因为月光反射而注意到的结婚戒指。

所有人都不说话了。

这算是一种报应。

“兰迪被迫在爱情教堂与死亡共结连理，这真叫人难以置信，是不是？”常在离开犯罪现场，确定古列维奇不会听到他的话时嘲讽地说。他似乎还未尽兴，于是又说：“这就像是在说：你被困在一段你无法脱身的婚姻里了。”

正如那些女人陷在爱情的美梦中，却不知后面隐藏的是一个噩梦。米拉心想。由于没有收入或者工作，她们不可能提出离婚，只能不得不忍受虐待，因为相较于被痛打，她们更害怕失去一切。那些女人一度鼓起勇气举报暴力行为，但因为兰迪的缘故，她们只能眼看着施暴者逍遥法外。

“我们需要确定杀害他的是否不止一个人。”古列维奇确定道，这时，克莱普和他的人重新接管了现场好完成之前为了让法医作业而中断的工作。

“凶手只有一个人。”克莱普排除了其他任何假设，带着他一贯的没好气的口吻立刻说道。

“你确定？”鲍里斯问。

“我们到这儿的时候保存了现场，我叫我的人核查了教堂地面上的脚印，多年来的积灰在这方面帮了我们大忙。除了瓦斯克兹探员的脚印之外，其他脚印都是被害者和一名穿三十八码鞋的人的。”

“请您继续说。”古列维奇对这个事件还原理论充满好奇，怂恿他继续讲下去。

“至于广场，我们找不到明显的轮胎印迹。我们还在研究菲利普斯和凶手是怎么到这里的。我觉得应该请潜水员搜寻一下湖里。”

凶手要处理掉兰迪·菲利普斯的车，唯一原因就是不想让发现尸体的人过早获得这个意外发现。米拉想着。这是一个完美的伪装。

“也许我们该仔细看一下那个结婚戒指。”克莱普立刻指着菲利普斯手指上的戒指。

“要是上面有指纹，您一定得替我找到它。”古列维奇命令他。

克莱普咕哝了些什么，然后跪在床垫边抬起尸体上那只肉被吃光的手，他是那么温文尔雅以至于让人觉得这几乎是一个浪漫的举动。他取下戒指，把它带到停在外面的配有检验设备的厢式货车上。

广场上面，一位探员递给古列维奇和鲍里斯两杯咖啡，并没有管米拉。她与两位上司保持着适当距离，但也不忘听他们在说些什么。

“兰迪失踪后没有人报案。”

“如果他独居的话，这也没什么可惊讶的。也许他经常不去律师事务所或者没把自己的行踪告诉秘书。毕竟他是个大忙人，而且还有许多秘密。”鲍里斯闷闷不乐地把双手放在身体两侧。“我觉得罗杰·瓦林没有杀人动机，但如果不是他，那杀他的又会是谁呢？”

米拉觉得正在发生的一切是一个更加复杂的计划的一部分。

她本想加入上司的讨论，但她止步不前。反倒是古列维奇向她发出了邀请。

“您怎么认为，瓦斯克兹？有人跟踪那个律师然后把他带到这里将其杀害。您如何解释呢？”

直到那一刻之前，她一直都像是隐形的，而现在古列维奇突然和她说话了。为了回答这个问题，米拉走上前。“我觉得凶手并没有绑架菲利普斯，这太复杂也太冒险了。我认为凶手是把他骗到这个地方来的。凶手把他电昏后绑起来，然后做了之后的一切。”

“为什么兰迪这样一个机敏的家伙会来这个偏僻的地方？”古列维奇的提问听上去并不是对米拉的非难。他在想方设法去更好地理解她的理论之前是不会否定它的。

“那个律师会接受邀请来到这儿，我想有以下几个理由：凶手手上有或者装作有菲利普斯想要的东西，也许是他某位当事人妻子或者女伴的丑闻。或者他们本来就认识，所以被害人没有理由怀疑。”

古列维奇嚅动嘴唇。“您把所有的都说出来吧，瓦斯克兹探员，不用害怕。”

他的直觉告诉他，米拉已经有另一个成熟、确信的想法，即使她并没有决定把它说出来。

“我觉得凶手是个女人。”

鲍里斯挑眉，暗示米拉的想法非常大胆。“为什么这么说？”

“菲利普斯认为我们是弱者，所以他相信自己有能力控制局面：他太过自信了。而且，只有女人才会对那个律师心怀报复的动机。”

“你认为这是复仇，就像瓦林一样？”鲍里斯问。

“我没有任何结论，现在下结论还为时过早。不过，我认为菲利普斯的天真行为还有他戴着的那枚戒指的尺寸让人想到的就是这个解释，戒指的戒围显然是女人的尺寸。”

“这儿有什么东西。”

克莱普的声音从不远处科学鉴证组的厢式货车里传来，立刻引起了注意。他们三人同时走了过去。

克莱普坐在设备工作台边上，正用一台显微镜观察那枚在被害人手指上发现的结婚戒指。

“没有指纹。”他说道，“但是里面有一个我觉得很有意思的刻字。”他伸出手臂打开与设备连接的一个显示屏。屏幕上出现了戒指的放大画面。“是个日期，我猜是结婚日期……9月22日。”

“就是今天。”鲍里斯一边念着一边惊呼。

“是的，但是刻字的时间肯定要追溯到好几年前了。”克莱普作出详细说明，“覆盖在表面的漆已经失去光泽，这证明了这一点。”

“结婚周年快乐。”古列维奇评论道。

“除了日期之外还有别的东西。”克莱普转动着显微镜镜头下的戒指，发现了另一个刻字，是之后加上去的。事实上，它的字迹和之前的刻字有明显的区别，它的轮廓模糊粗糙，肯定不是出自熟练的珠宝匠之手。几近于划痕的刻槽里的金属更加光泽明亮。

“这个是刚刻不久的。”克莱普确认道。

这最后的鉴证让刻字的意义变得更加重要了。

H21。

古列维奇和鲍里斯交换了担忧的眼神。“9 月 22 日二十一点。看来除了两个要抓捕的凶杀犯之外，我们还收到了一个最后通牒。”

15

没人知道二十一点会发生什么。

不过，与此同时，已经确认兰迪·菲利普斯是开着自己的梅赛德斯-奔驰来到爱情教堂的。正如克莱普所料，他们在湖底找到了汽车。所以凶手也有自己的车，在行凶之后离开这里。

排除了绑架的可能之后，需要弄明白为什么那个律师会那么天真地落入陷阱，一个人来到这个偏僻的地方。米拉凭直觉提出的有一个女人涉案的理论立刻深入人心，为她赢得了不少支持者。

一组警察还在兰迪·菲利普斯的律师事务所彻底搜查各种档案资料，想找出与结婚戒指上的日期相关的线索。

9 月 22 日是许多也是太多谜团中的唯一一条线索。

首先要找出别墅大屠杀和教堂凶杀案之间的联系。得益于米拉的直觉，他们唯一发现的关联是那个老电话号码。受害者之间似乎没有关系，所以唯一可能的联系只能存在于凶手之间。

罗杰·瓦林在逃离一切的那些年里认识了某个人或者说某个女人，然后联手策划了谋杀计划？

米拉像个跑龙套的一样在警局走廊里转悠，这是她目前能够想到的唯一解释。然而，较之于过去发生了什么事，未来可能要出什么事才更重要。

现在迫在眉睫的是那个最后通牒。

随着一个又一个小时过去，警方设计了各种行动来防止或阻碍新案件发生。他们叫了许多警察回来执勤，并且增加了轮班的次数。为了让凶手或凶手们知道这座城市已经做好了万全准备，他们设下路障，增加巡逻警车。常和联邦警察局合作的线人接到通知要眼观六路，耳听八方。城里大批的警察部队应该会让一些犯罪组织的老大予以配合，他们这么做也无外乎是为了能尽快撤除道路安全管控，不要再妨碍他们做生意。

为了不引起媒体的怀疑，警方发布公告声称这是一次大规模打击犯罪团伙的行动。报纸、电视和网络也热情地加入围剿队伍，殊不知这只是又一次浪费纳税人的钱、毫无意义的公关运动罢了。

与此同时，警察局总部召开了一系列秘密会议商讨对策。最高级别的会议有“法官”出席，其余会议的参会人员根据等级由高到低确定。尽管米拉对调查工作作出了贡献，但她很快就被贬为无关紧要的人员。她明显感觉到她的作用被刻意削弱了，就好像有人想要把她踢出调查一样。

快到十七点的时候，她离开警察局的高层区回到了“灵薄狱”。随着夜晚临近，不知道会出什么事的那种恐惧感越来越强烈，但米拉已经太久没有睡觉了，要想保持清醒的头脑，她必须休息一会儿。

米拉躲进曾经的杂物间，她在那里放了一张小床，每次她在过了值班时间后继续留在办公室时可以用。她脱掉运动鞋，把皮夹克当作盖毯。狭小的房间如同一个秘密庇护所般舒适，除了从门缝里透进来的微黄色灯光之外一片漆黑。昏暗的光线足以给她安全感，好像外面有谁在守护着黑暗中的她一样。她侧过身，双腿弯曲，双臂交叉，起初她无法入睡，后来，肾上腺素渐渐褪去，倦意赢得了最后的胜利。

“我们找到了。”

米拉半睁着双眼，不确定这句话来自现实还是梦境。说话的语气很镇定，以免吓到她。她定睛看了看，门是半关着的，这样光线就不会刺痛她的眼睛。斯蒂夫坐在小床边上，手里拿着一个热气腾腾的杯子。他把杯子递给她，但米拉对此置之不理，而是立刻看时间。

“放心吧，现在是十九点，最后通牒的时间还没到。”

米拉坐起身，终于接过杯子，在喝之前先闻了闻里面的气味。“那我们找到了什么？”

“在菲利普斯的律师事务所的调查得到了预期的结果，现在我们有一个名字了——娜迪亚·尼韦尔曼。”

尽管是她提出了这个假设，米拉在听到队长说出一个女人的名字时还是大为惊讶。“娜迪亚·尼韦尔曼。”她重复了一遍，完全没有意识到她的杯子还举在半空中。

“她是埃瑞克·文森迪负责的最后一个失踪案。”斯蒂夫回忆起来，“他们刚打电话过来，似乎大人物们又需要你了。”

接下来的十分钟，米拉和鲍里斯通了电话。她首先要做的是打开埃瑞克·文森迪的办公桌上的电脑，把关于这个两年前失踪的女人的调查档案发给他。

娜迪亚·尼韦尔曼是一位三十五岁的家庭主妇，一米七，金发。她是9月22日结婚的。三年之后因为丈夫经常家暴和他分居。

“不用说，她丈夫是兰迪·菲利普斯的客户。”鲍里斯在电话里说道，“这是个不错的复仇动机。”

米拉不明白为什么会这样。

“米拉，这是怎么了？为什么这些失踪人口都回来了？”

“我不知道。”她只能说。她不明白。这一切令人无法理解，正因为如此，她才会害怕。

罗杰·瓦林和娜迪亚·尼韦尔曼失踪的时间相去甚远。

“要是媒体知道了，一定会把他们叫作‘杀手夫妇’。这里所有人都忙疯了，‘法官’召集了紧急会议。”

“我知道，斯蒂夫刚上你们那儿去了。”

“我不明白为什么娜迪亚杀的是那个律师，而不是她丈夫。”鲍里斯向她吐露自己的想法，“或许最后通牒是针对他的。”他立刻纠正道。

“你们通知他了吗？”

“我们把约翰·尼韦尔曼带到了一个安全的地方。现在他在我们的监视中，你真该看看他被吓成什么样子了。”

和瓦林一样，警方没有把娜迪亚的照片公布给媒体。和瓦林不同的是，那个女人失踪的时间相对短一些，所以找出她在那段时间里去了哪儿的希望更大。

“鲍里斯，你想要我怎么做？要我去那里吗？”

“不用。我们在审讯她丈夫，尽力从那个王八蛋那儿弄明白他前妻的生活中是否有什么细节是她在失踪前没有对我们说的。然后，我们会想办法从那个女人的档案中查出她两年前失踪时有没有人帮助过她，比如一个熟人或者是闺蜜。我希望你也查查。能不能帮忙调查一下除了正式报告之外，埃瑞克·文森迪是否做过这个案件的笔记？”

他们结束了通话，米拉立刻开始工作。

她在电脑屏幕上浏览文档。埃瑞克·文森迪是按照时间先后顺序整理内容的。只有失踪案会采用这种方法。拿凶杀案来说，还原案件总是从结局也就是被害人的死亡日期出发的。

埃瑞克·文森迪在撰写报告上面非常花心思，它们看上去就像小说故事一样。

“我们必须保留故事的情感冲击，这样对它们的记忆才会历久弥新。”他总是这么说，“无论之后谁翻看档案，一定会喜欢上那个消失者。”

文森迪觉得只有这样，他的继任才会孜孜不倦地寻找真相。*就像他曾经做的那样。*米拉心想。

不管走到哪儿，我都在找他们。我一直都在找他们。

米拉快速翻看了文档里的照片。它们见证了娜迪亚·尼韦尔曼这些年的变化，她的双眸是衰老得最明显的。只有一个原因会导致这种结果。

痛苦的侵蚀能力，这一点米拉再清楚不过了。

16

娜迪亚 · 尼韦尔曼曾经是个美丽的姑娘。她是所有男生都想娶回家的那个高中女同学。田径冠军，成绩优异，学校剧团演员。她在学业上的非凡表现在念大学哲学系的头几年里再次得到印证。二十四岁的时候，娜迪亚就是一个独立成熟的女人了。大学毕业后，她念了新闻学硕士，在一家电视台的新闻编辑室兼职。她本该前程似锦，然而有一天，她在人生路上遇见了错的男人。

和她相比，约翰 · 尼韦尔曼一无是处。高中辍学，服兵役中途退出，还有一段失败的婚姻。他从父亲那儿继承了一家生意兴隆的小运输公司，但自从他接手后，业务就一落千丈。

一个破坏分子。米拉心想。

娜迪亚在一个派对上认识了约翰。他又高又帅，带着所有人都喜欢的那种可爱的痞子的神情。娜迪亚坠入了爱河。他们交往的时间非常短，两个月后就结婚了。

米拉可以猜到接下来发生的事情。娜迪亚从一开始就知道约翰喜欢喝酒，但她以为他能够控制自己，觉得能够逐渐改变他。

这是她犯的最大的错误。

根据她对社工所描述的，婚后没几个月，问题就出现了。他们为了那些交往时就有的琐事争吵，只不过这个时候的争论中出现了一些娜迪亚无法明确定义的东西。她一时说不清楚那是什么。主要是约翰的某些态度给她的一种感觉。比方说，他会对她破口大骂，而且每一次都比上一次靠得更近，一次接近一厘米。但是他会在最后一刻退后。

然后有一天，他打了她。

他说是无意的，她相信了。可是她注意到他眼中有一种从未见过的目光。

一种邪恶的目光。

埃瑞克·文森迪在阅读娜迪亚这些年来在警局的报案记录时获得了大量的私密信息。所有报案都在数天后准时撤销。或许是怕亲友们知道了尴尬，或许是羞于面对审讯，又或许是因为约翰清醒后请求她原谅时是那么令人心悦诚服，以至于娜迪亚愿意给他第二次机会。几年来，发生过好几次这样的事情，和她身上的乌青一样可以被细数过来。一开始的时候都是一些淤青，用一件高领毛衣或者多涂点粉底就能轻易掩盖。娜迪亚觉得只要没见血，就没什么好担心的。米拉知道有些女人就是靠这种心态过日子：只要不断提高自己能够容忍的底线，她就能继续生活下去。如果她受伤了，她会庆幸还好没有骨折。而当她骨折的时候，她又会说服自己事情本可以更糟糕。

然而，还有比挨打更伤人的。无助和恐惧感一直纠缠着娜迪亚·尼韦尔曼。她知道暴力一直蠢蠢欲动，随时会因为微不足道的事情爆发。只要她说错话或者做错事，约翰就会惩罚她。比如多问了一个问题，即使是像几点回来吃晚饭这样再正常不过的问题。或者仅仅是因为丈夫发现她对他的态度或语气不太好。任何一件琐事都有可能变成他的借口。

米拉觉得，任何一个没有类似经历的人看了那份报告后，都会感到讶异，为什么娜迪亚没有立刻逃走？他们可能会得出结论，认为如果她能够接受这种事，那么事情或许并没有那么糟。但是米拉清楚家暴的过程，他们各自扮演着明确的、不可改变的角色。正是恐惧把受害人紧紧地拴在施暴者身边，这是因为它会产生一种矛盾的影响。

在娜迪亚受创的心灵中，唯一能够保护她不受约翰伤害的就是约翰本人。

只有一件事情是娜迪亚坚守住立场没听丈夫的。他想要孩子，但她却偷偷服用避孕药。

尽管她确信约翰时不时地在醉得毫无意识时迫使她与他发生的性行为不构成危险，但她还是非常谨慎地吃药。她绝不可能把她愿意忍受的一切强加给一个新生命。

然而，三月的一个早晨，她从超市回到家后觉得肚子有一种奇怪的感觉。她的妇产科医生告诉过她，就算服用避孕药，仍然会有非常小的几率怀孕。娜迪亚的直觉马上告诉她自己怀孕了。

测试结果证实了她的想法。

她本想把孩子流掉的，但始终无法说服自己这么做是对的。

不知怎么了，她还是把这件事告诉了约翰，没多久她就惊讶地发现，得知这个消息后，他突然变得沉稳多了。她怕他的愤怒会积攒在一起爆发。虽然酒后争吵继续发生，但是他不管多愤怒都不会出手打人。她的大肚子变成了防身的盔甲。她不敢置信，渐渐地，她又变得幸福快乐了。

一天清晨，娜迪亚准备去妇产科医生那儿做超声检查，因为开始下雪了，约翰提出陪她一块儿去。他带着刚醒的酒鬼特有的那种心不在焉和些许忧伤的神情，行为举止中没有一丝愤怒的迹象。娜迪亚穿上大衣，拿好包，站在楼梯的顶端正要戴手套。那是一瞬间的事情。背后突然有一双手猛地推过来，世界顷刻消失在她脚下，她再也分不清哪儿是上哪儿是下。她先是撞上了一个木阶，两手本能地护住了肚子。接着是一个比前一次更猛烈的翻滚。她的脸撞到墙上，颧骨磕在扶手角上，双手在离心力的作用下再也无法护住腹部。然后是重力支配下的第三次撞击，这一次是在肚子上。终于，跌落停止了。没有痛苦，也没有喧闹的声响，但最可怕的是，约翰没有任何反应。屋子里的一切看上去是那么平静，太平静了。娜迪亚还记得站在最高一级楼梯上的约翰的脸，那是一张无动于衷的脸，然后他扔下她转身离开了。

米拉没有共情能力，所以无法理解娜迪亚的感受。唯一能够触动她的是愤怒。她当然为那个女人感到难过，但她怕自己其实更像约翰那样的人。

娜迪亚从楼梯摔下去之后，不管她报不报案，警方都不能无视这又一次的攻击行为。发生的事情太像谋杀未遂了。探员明白地告诉娜迪亚，如果她为了让约翰得以脱罪而撒谎，比如宣称自己是绊倒的，那么他肯定会再犯，而到时候死的就不是孩子而是她了。

于是，她鼓足勇气。报案之后她做了该做的事情，在受虐待妇女收容所住下，以免被他找到。约翰被逮捕了，他因为拒捕而无法获得申辩的自由。娜迪亚最大的胜利并不是多年忍受那个禽兽，而是立刻获判离婚。

然后，兰迪 · 菲利普斯出现了。

这位律师只要在法庭上展示几双高跟鞋就足够了。不需要证人或是其他证据证明她是怎样的母亲。她是一个在孕期不愿放弃穿高跟鞋的女人，即使这么做在一个下雪的冬日会带来走不稳路的危险。一个不知道为肚子里的小生命考虑的女人。

约翰在那天被无罪释放，而娜迪亚也在那天失踪了。

她没有带走任何一件过去生活中的衣服或物品，或许是为了让所有人相信她被前夫弄死了。事实证明，约翰有好一段时间一直垂头丧气的。但兰迪 · 菲利普斯认为没有证据能定他的罪。就这样，娜迪亚第无数次输掉了比赛。

看完档案后，米拉开始思考案情。她必须保持清醒的头脑，把对此案的愤怒之情抛到一边。在经历了那一切之后，娜迪亚不该被当作一个普通的罪犯遭到追捕。或许瓦林应该被这样对待。即使他母亲的死给他带来的愤怒是真实的、情有可原的，他本该克服一切继续生活。罗杰有十七年的时间做到这些，天哪。

事实上，鲍里斯所定义的“杀手夫妇”是由两个截然不同的人组成的。在亡命天涯的某个时刻——米拉是这么看一个从施暴的丈夫身边逃走的妻子的——娜迪亚遇到了罗杰，他们告诉对方彼此的经历，然后发现他们有一个相同的秘密，也许，他们对这个世界也怀有相同的仇恨。他们分享了自己的怨恨，一起行凶。

“我不明白为什么娜迪亚杀的是那个律师，而不是她丈夫。”鲍里斯不久前在电话里说，“或许最后通牒是针对他的。”他立刻更正道。

对此米拉持保留态度。如果娜迪亚真的想杀他，他应该是先被杀的那个。用如此引人注目的方式杀死兰迪，她的前夫肯定会被警方保护起来，这又有什么意义呢？如果反过来，那么没有人会怀疑菲利普斯也会被杀害。

最后通牒不是针对约翰 · 尼韦尔曼的，米拉对此十分确信。鲍里斯曾说，那个男人被吓得魂飞魄散。娜迪亚报复菲利普斯的方式是给他的手指戴上婚戒，让他在一座专门给新人举行婚礼的教堂里痛苦地死去。而她对前夫的报复是让他处于恐惧之中。她不想给约翰一个干脆痛快的了断。他必须经历她经历过的一切，让他有一种持续的危机感，让他意识到随时会轮到他，尝尝等待一个必然的命运是多么难熬。

埃瑞克·文森迪写字桌上的电话响了。米拉吓了一跳，愣了一会儿才接起电话。

“你还在那儿干什么？”打来的是斯蒂夫。“晚上十一点已经过了，最后通牒到期已经有一会儿了。”

米拉看看墙上的时钟，她之前并没有意识到。“现在怎么样了？”她焦急地问。

“什么都没发生。只有两个家伙在一场酒吧斗殴中被刺伤，还有一个家伙偏偏在今晚想干掉他的生意伙伴。”

“你见到‘法官’了吗？”

“她十五分钟前离开了，我知道你还在那儿，所以打电话给你。回家吧，瓦斯克兹。好吗？”

“好的，队长。”

17

一阵冰冷的薄雾宛如一条冥河幽幽飘过街道。

快到午夜了，米拉去警察局外面的停车场取车。当她走到现代边上时，发现有两个轮胎没气了。这个意外让她立刻警觉起来：在她的头脑里，所有出乎意料的事情都是一种潜在的威胁。两个瘪气的轮胎可能意味着一会儿有人想利用这个机会在街上袭击她。但是米拉很快克服了恐慌，都是这起案子害她紧张兮兮。其实，她只需看看四周就会发现附近的汽车也受到了同样的待遇。这肯定是小混混报复警察的杰作。上个月就发生过一次。

于是米拉决定坐地铁，动身朝最近的地铁站走去。

街上没有一个人，橡胶鞋底因为潮湿发出了呻吟般的声响，她的脚步声回响在一栋栋大楼之间。到地铁入口的时候，一股列车进站产生的气流朝她扑面而来。她赶紧跑下楼梯，希望能赶上。她把车票插入闸机口，却被挡在了外面。她又试了一次，还是不行。她听见列车驶离的声音，于是决定放弃。

过了一会儿，她来到了自动售票机前，准备买新车票。

“有多的可以给我吗？”

米拉被突如其来的声音吓了一跳，猛地转过身去。她背后是一个穿着连帽衫的小伙子，正朝她伸出手要零钱。她第一反应是一拳朝他的脸挥去，但她还是把售票机退出的零钱全部放在他的掌心，看着他心满意足地离开了。

终于，她成功通过了闸机口的栏杆。她走上自动扶梯，只要有人踏上第一级台阶，扶梯就会自动运转。她走到站台上，一群乘客正从停在对面站台的列车上下来。几秒钟后，车厢空了一半的列车又开走了。

米拉抬头看着显示屏，还要等待四分钟。

整个地铁站只有她一个人。但这种情况并没有持续很久。她听到一声机械声响，于是转过身，看到自动扶梯又动了。另一名乘客随时都会出现。可是米拉并没有看到他。扶梯如同一个不锈钢瀑布般继续往下滚动，但是没有人在上面。*他太磨蹭了*。她对自己说。就在那一刹那，她想起在低语者一案中学到的教训。

敌人永远不会立刻现身，他会先分散你的注意力。

米拉一只手握住佩枪，转向另一边的站台找寻是否有埋伏。就在那个时候，她看到了她。

她面前的铁轨另一侧的人行步道上，娜迪亚眼神空洞地盯着她，苍老的面容像是一个刚从长途旅行归来的人。她的双臂疲倦地耷拉在身体两侧，身上穿着一件尺码过大的露营大衣。

两人一动不动地站了一会儿，仿佛永无止境。然后，娜迪亚把右手举到脸旁，一根手指放在嘴唇上，示意她保持沉默。

铁轨上的几张废纸像是挂在隐形提线上的木偶一般飘了起来，为她们表演了一场短暂的舞蹈。米拉一时没有发现其实这股把它们吹起来的微风过后还有一阵冰凉的疾风，但她马上意识到另一边正有一辆列车驶来。

它已经很近了，马上会在两个站台之间形成一道屏障。

“娜迪亚！”她喊道。当她看到那个女人向前走了一步的时候，她害怕了。她的内心知道她必须做些什么，但头脑一片空白。她想也没想就准备跳下站台，打算穿过那条尘土和劲风形成的隐形河流。隧道里出现了列车的灯光。它的速度很快，太快了。她不可能成功的。“等等！”米拉对那个一动不动地盯着她看的女人说。

列车距离她们五十多米了。米拉感到一阵气流迎面扑来。“求求你，不要！”她的恳求声消散在金属的疾驰中。

娜迪亚笑了。她又往前走了一步。

当第一节车厢开始刹车时，她优雅地纵身跃下站台，那是米拉永远也忘不了的。顷刻一声闷响淹没在刺耳的刹车声中。

米拉愣了好一会儿，望着挡在她和案发现场之间的那堵金属幕墙，然后从楼梯跑了上去。不一会儿，她从另一边下来，来到刚才娜迪亚站的人行步道。

一小群从列车上下来的人聚集在隧道出口附近的站台尽头。米拉推搡着挤出人群。“警察。”她边出示警察证边说。

列车司机怒不可遏。“妈的，这是我今年第二次碰上这种事了。他们就不能去另外一边跳吗？妈的。”他毫无同情心地重复着。

米拉望着铁轨。她并不觉得会看见鲜血或是人体组织碎片。她想，发生这种事时，看起来总像是列车吞噬了那个人。

事实上，铁轨之间只有一只女鞋。

不知道为什么这个画面让她想起自己的母亲，那次她在陪她去学校的路上绊倒了。举止总是那么高贵和注重外表的母亲因为没发现鞋跟坏了而摔在地上狼狈不堪。她记得她头发乱蓬蓬的，只穿着一只鞋，膝盖处的肉色丝袜抽丝了。男人总是对她得体的美丽投来赞许的眼神，可那次她名誉扫地，他们窃笑着，却没人停下来帮她一把。米拉对那种无礼行为感到愤慨，而且觉得母亲很可怜——那是她的内心在空无一物之前，最后几次体会到的强烈情绪。

这段记忆让她想起聚集在她身后的那群乘客。“你们都走开！”她命令道。那时她才发现不远处站着那个她先前遇到的穿连帽衫的小伙子。也许他听到了混乱的声音，所以下来看看怎么回事，不过，他一直站在靠近楼梯的地方。米拉注意到那个年轻人手里拿着什么，表情很困惑。

“喂！你。”她喊道。

那个小伙子猛地转过身。

“喂，放下那个东西！”她一边向他走去，一边命令。

年轻人害怕地后退一步，随即把他那个东西递给她。“我是在这儿找到的。”他指着人行步道说，“我不想偷的，我发誓。”

他给她看的是一个丝绒戒盒。

米拉拿走他手中的盒子。“你走吧。”她只说了这一句。那人听话地离开了。米拉打量着盒子，立刻将它和兰迪·菲利普斯的死联系起来。不过，如果结婚戒指已经在尸体的手指上了，那么现在这个盒子里又装了什么呢？

米拉犹豫不决。随后，她小心翼翼地打开盒子，害怕揭开它即将昭告天下的秘密。虽然她立刻认出了里面的东西，但她还是盯着它看，不明白它的意义是什么。

那是一颗沾满鲜血的牙齿，人的牙齿。

18

“我见过许多尸体上的人体组织，相信我。”

年轻的警官纳闷被害者的前臼齿去了哪儿，凶手又为什么决定要带走它留作纪念。

“有人选择一只耳朵或者一根手指。有一次，我们在一个毒贩的床底下找到了他几小时前杀害的瘾君子的脑袋。谁知道他是怎么想到要把它带回家的。”

这件轶事并没有吓到米拉和鲍里斯。如果他们没有出现的话，牙齿事件最后也不过是年轻警官午休时间和同事们调侃的奇闻轶事之一。米拉现在没心情听那些血腥暴力的小故事，因为就在此时此刻，距离她几公里外，殡仪馆的工作人员正在把娜迪亚·尼韦尔曼的尸体从那辆该死的列车驶过的铁轨上搬走。

所幸的是，年轻的警官闭嘴了，他们三人穿过乡村风格的厨房，然后是一间涂着灰色涂料的卧室，再是一个维多利亚式的客厅，最后是一间现代风格的厨房。在通过这间巨大的二手家具店的各个展厅时，米拉把那天晚上发生的事情重新想了一遍，首先是现代的轮胎被扎破了：这肯定是娜迪亚为了把她引到地铁站而想出的权宜之计。那个女人在自杀前对她做了一个保持沉默的手势，然后给了她那条线索。米拉仍然讶异为什么他们会如此轻易地找到最新的犯罪现场。只要在警察局的电脑里输入“牙齿”这个词就能找到恰巧在那天早上黎明时分发生的一件匪夷所思的凶杀案，就在同一时间，联邦警察局的精英都把精力集中在爱情教堂。

“我们完全找不到凶手的踪迹。”警官说，“现场有好多血，但一个指纹也没找到。我跟你们讲，这是内行干的。”

被害人名叫哈赖什，五十五岁男性，阿拉伯人。

“他的外号叫‘挖墓人’，他干的行当就是收死人的家当。”警官说道，然后开始简短的描述。“死者一去世，他就造访其家属，出价买走死者所有的东西。他是一次性全部买走的。有许多人是独居的，你们知道吗？作为继承人的儿孙不知道该怎么处理那些家具和家用电器。哈赖什解决了他们的问题，那些人万万没想到这些旧货可以赚钱。‘挖墓人’只要看一下讣告就能找到最佳商机。所有人都知道他后来开始放高利贷。和其他放高利贷的人不同的是，当借钱的人还不出钱时，哈赖什不会马上打断他们的骨头，而是将他们的财产占为己有然后转卖出去，把收入作为预支的利息留着。”

米拉看着她周围的物品。它们来自另一个时代，来自其他生灵。它们每一件都有一个故事。谁曾经坐在那张沙发上？谁曾经睡在那张床上或看过那台电视？它们是某个存在过的人留下的遗物，在他们死后成了回收品。

“哈赖什就这样七拼八凑地开了这家店。”他们穿过第 N 个说不出风格的客厅时，警官继续说，“过了一段时间后，他不再放高利贷了，开始做起合法的生意，没有任何见不得光的。他也算走运，只坐了两年牢。他本该息事宁人的，但是他私底下还是又偷偷干起放高利贷的勾当。俗话说：本性难移。毫无疑问，哈赖什是贪婪的，但我觉得他这么做主要是为了继续陶醉于掌控那些需要钱的穷光蛋的生活。”

警官在一扇紧急逃生门前立定。他推开门，三人进入了一间塞满家具的储藏室，这些家具的品质比展厅里的那些要差。警官把他们带到了房间尽头，那里有一间小办公室。

“这里就是案发现场。”

他给他们看了地上的陈尸位置。现在那里只剩下用黄色胶带标出的轮廓。

“凶手用钳子把他的牙齿一颗一颗拔下来，想逼他说出那东西的密码。”他指着嵌在墙上的保险箱，“这个是老式的双把手保险箱。”

有人用黑色记号笔在墙上写下一组数字和字母，字迹歪歪扭扭的。

6-7-d-5-6-f-8-9-t。

米拉和鲍里斯望着保险箱的门，它依然关得紧紧的。

“他没撑住。”警官猜到他们在想什么，于是说，“那个吝啬的混蛋‘挖墓人’顽固不化，自以为能够挺住。那个小偷迫使他一个数字一个数字、一个字母一个字母地说出密码，但哈赖什还没说出最后一部分就死了。法医确认了他肥大的心脏没能承受住压力。你们知道不上麻药拔牙的疼痛相当于挨枪子吗？”不知道是觉得这说法不可信还是好笑，他摇着头，“凶手拔了他八颗牙齿，我们找到七颗，最后一颗在你们那儿。谁知道为什么他要带走那东西……”

“因为你们不知道凶手的真正目的。”米拉确定地说。

“什么？”警官没有明白。

“你们应该认为这是一桩抢劫未遂案。”米拉从大衣口袋里拿出一副乳胶手套戴上，然后走到保险箱前。

“她要干什么？”警官问鲍里斯，鲍里斯没有回答，而是示意他安静地看着就行了。

米拉开始拨弄门上的把手，一个输入数字，另一个输入字母。她的目光在保险箱和墙壁之间来回移动，转动把手拼出黑色记号笔留下的序列。“应该不能说杀害哈赖什的凶手没能逼他说出全部密码，只不过最后一部分被写在其他地方罢了。”

米拉在序列的最后加上了h－2－1。

当她朝着自己拉动把手时，她确信，兰迪·菲利普斯手指上的婚戒内侧的刻字并不是最后通牒。

“天呐。”警官大叫起来。

金属匣子里堆满了一捆捆钞票，还有一把手枪。不过，看起来没有人碰过任何东西。

“我马上叫克莱普过来。”鲍里斯激动地说，“我们需要专家重新彻查这里，找找看有没有指纹。”

“当地的科学鉴证小组已经干得很出色了。”警官因为上级表现出的不信任而感到不快，于是辩解道。毕竟，米拉和鲍里斯不是他同事，他们只是警局派来质疑他办案手法的两个管闲事的人。

“这不是在针对你们，警官。”督察试着打发他，“我们很感谢贵方同仁的协助，但我们已经浪费太多时间了。现在需要顶尖高手来调查。”随后，他准备用手机拨通电话。

米拉继续检查保险箱的内部。她大失所望，本以为能找到一条确定的线索。到此为止了？她真希望自己错了。这不可能，我不信。

与此同时，她身后的两人还在争执不休。“您想怎么做就怎么做吧，但您错了，长官。”显然，警官恼火了，“要是您能再听我解释一分钟，我就可以告诉您，那个凶手……”

“是啊，那正是问题所在：那个凶手。”鲍里斯抑制不住自己的怒气，一下子打断他，“您一直说凶手只有一个人，但是可能有两个，或者说不定是三个。现在还没有办法知晓，您不觉得吗？”

“不，长官。只有一个人。”警官斩钉截铁地回答，语气带着挑衅的意味。

“您怎么这么确定？”

“我们有一段录像。”

19

那段录像可能成为关键的转折点。

警官在他的办公室里安排了一场小范围的放映，享受着他刚刚透露的信息引起的始料未及的人气。

凌晨两点刚过，米拉意识到睡眠和糖分不足带来的影响。在看录像之前，她从电梯旁的自动贩卖机买了条巧克力。

“不知道为什么，这个案子不管出现什么情况，我都不觉得有什么好意外的了。”鲍里斯在屏幕前的座位上坐下来，小声说。

米拉没有发表任何评论。

警官清了清嗓子。“我们几乎可以确定，凶手是从家具店的大门进来的。他可能是在傍晚时分或者是混在其他客人中进来的，然后藏起来等待行动的最佳时机——这一点我们不知道。但是，他是从紧急出口逃走的。所幸的是，就在距离那里几米远的地方有一家药店装了监控探头。”

地方警察局立刻查抄了他们即将要看的那段录像。

一位精通 IT 的警察负责操作连接着投影仪的电脑。“一切发生得相当快。”他说道，“所以你们一定要全神贯注。”

广角镜头里出现了空无一人的街道。人行道边上停着几辆汽车。画面上方的字幕显示的时间是早上五点四十五分。录像的画质不怎么样，画面都是粗粒，有时候还断断续续的。米拉和鲍里斯一言不发地等待着。忽然，一个人影飞快地经过探头下面，然后瞬间消失了。

“这就是凶手行凶后离开现场的画面。”警官宣布。

“就这些？”鲍里斯问。

“最精彩的部分来了。”警官安抚着说，示意控制电脑的警察。

屏幕画面变了：那是街道的另外一段，不过是纵向拍摄的。日期、时间和刚才一样。

“锁定嫌犯后，我们用那个区域的其他安全监控探头跟踪他，重建他的活动路线，比如这段录像是在一家超市拍到的。”

就在那一刻，凶手走向探头。他们清楚地看到他穿着一件雨衣，戴着一顶帽子。

“可惜，他的脸被帽檐遮住了。”警官说。

画面继续变化着。从自动取款机到健身房，然后是十字路口监控交通的探头。但这些镜头都没有捕捉到嫌犯的面部特征。

“他知道。”米拉说。所有人看向她。“他知道怎样能避免被拍到。他很狡猾。”

“我不信。”警官立刻说，“那个地区至少有四十来台监控探头，有的位置不是很显眼。没人能做到这样的难事。”

“但他就是做到了。”米拉自信地说。

他们紧盯着屏幕，希望凶手犯下什么错误。录像又持续了五分钟。然后，嫌犯突然消失在转角。

“怎么回事？”鲍里斯很不高兴，怒气冲冲地问。

“我们把他跟丢了。”警官急忙对他说。

“什么叫你们把他跟丢了？”

“我从来没说过可以让你看到嫌犯的脸，我只是确认他是单独行动的。”

“那您干吗要让我们花十分钟看这种东西？”

督察已经怒不可遏了。警官不知该怎么回应。他显然尴尬不已，示意操作电脑的警察。“现在我们用慢镜头再看一遍。”

“我希望您这次能发现什么。”

“等等。”米拉阻止了他们。“你们有没有凶杀案前一天下午的录像？”

警官没明白这有什么关联。“是的，我们查抄了一整天的录像。为什么问这个？”

“他知道摄像机的位置，所以他一定来现场勘查过。”

“但未必是在凶杀案前一天。”督察更正了她的说法。

米拉的脑子里正在酝酿一个想法。他想要被认出来，但不是被这些外行。就像罗杰·瓦林的衣服或者娜迪亚·尼韦尔曼的婚戒。他正在测试我们。谋杀犯想要确信屏幕前是合适的人选，确切地说是已经在负责这个案子的人。这是为什么？

“无论如何我们还是试试看。”米拉说，“说不定我们走运。”尽管她确信这靠的不是运气。

鲍里斯转向她。“如果你是对的，只要看一台监控探头的录像就够了。我们选哪一个？”

“管控交通的那个，它的视野更广，图像更清晰。”

警官命令操作电脑的警察照着执行。

屏幕上出现了刚才的街道，不过画面是白天的，车水马龙，人来人往。

“您快进就可以了。”米拉请求道。

行人和汽车加快了行进速度。他们好像在观看一部无声喜剧电影，不过没有人有心思笑，紧张的气氛昭然若揭。米拉祈祷自己没有错。这是他们唯一的希望，但她明白直觉也可能是错误的。

“他在这儿！”警官指着屏幕一角，得意洋洋地宣告。

那名警察用正常速度又播放了一遍画面。他们看见那个戴帽子的男人在画面底部的人行道上走着。他低着头，双手插在雨衣口袋里。走到十字路口时，他和其他行人一起停了下来，等待绿灯亮起后再过马路。

你得抬头往上看，不然你是怎么知道探头的位置的？米拉对自己说。快啊，快往上看。她怂恿着他。

行人开始走起来了，这意味着信号灯已经跳转了。但他们的嫌犯却一动不动。

“他在干什么？”警官困惑地问道。

他们继续观察着这个怪异的行为。米拉恍然大悟。他和我们一样出于同样的原因选择监控交通的探头：它的视野更广，画面更清晰，她对自己重复着。她确信，他一定会给他们看什么东西。

嫌犯在一个窨井盖边弯下腰系鞋带。系完后，他对着探头抬起了头。然后极为镇定地举起一只手，摘下头上的帽子挥了几下。

他在和他们打招呼。

“他不是罗杰·瓦林。”鲍里斯说。

“混蛋。”警官恼怒地叫道。

他们不认识他。

那间房间里只有一个人还记得他，那就是米拉。并不是因为那张脸在前厅的墙上。真正的原因是这个人每天都在她的眼前，他有血有肉，有好长一段时间都坐在她对面的办公桌上，在“灵薄狱”的办公室里。

不管走到哪儿，我都在找他们。我一直都在找他们。

埃瑞克·文森迪在消失前是这么对她说的。

贝　里　什

511－GJ/8 号证物

谋杀维克多·毛斯塔克（9月19日溺死）的凶杀犯用被害人手机发送的短信抄本：

“漫漫长夜来临。影子军团已经进驻这座城市。他们已经准备好迎接他的登场，因为很快他就会抵达。魔术师，灵魂诱惑者，安眠主宰者：凯鲁斯的名字有上千个。”

20

所有人都愿意和西蒙·贝里什谈心。

他有某种特质，能促使人敞开心扉向他透露最私密的细节。这并不是最近的新发现，回想起来，他一直都知道自己有这种天赋。比方说，他的女老师不知出于什么原因，只对他一人透露了她和副系主任有婚外情。虽然原话不是这么说的，但是意思就是那个："西蒙，乔丹先生那天在我家读了你的论文。他说你文笔真好。"

还有一回，学校里最可爱的姑娘温蒂只告诉他一个人她吻了她的女同桌。然后她评价道："那太神妙了。"温蒂甚至发明了一个形容词来向他透露最令人烦扰的真相。可是为什么偏偏要告诉学校里最书呆子气的小男孩呢？

其实，在温蒂和女老师的事发生几年前，他的父亲就做过几乎一模一样的事情。"要是哪天你没听到我汽车的声响，别为我担心，好好照顾你妈妈就是了。"事实上，这不是该对一个只有八岁的男孩说的话。他父亲这么做并不是为了让孩子担起责任，而是从自己身上卸下重担。

那些记忆突然间全部回来了，现在，万千思绪如潮水般涌向他的脑海。它们算不上是悲伤或者不快的回忆。只是过了那么长时间，他不知道该如何面对。

"……朱利叶斯酩酊大醉，走错了牛棚，盯着他的不是一头奶牛，而是一头一吨重的公牛。"方丹在这个小故事的结尾玩味地笑了，贝里什附和着，即便他在这个奇闻轶事说到一半的时候就走神了。在过去的半小时里，方丹说的都是农场的奇遇。这是一个好迹象，表示这个农夫开始放松了。

"你种多少燕麦？"贝里什问。

"收割季的时候我能填满两个带升降机的谷仓。要我说还不坏。"

"天哪，我没想到有那么多。"他恭维道，"今年怎么样？听说你们碰上了降雨的问题。"

方丹耸耸肩。"收成不好的时候，我就勒紧点裤带，增加休耕地的比重，隔年种玉米从头再来。"

"我以为现在都用循环耕种法了。"贝里什用上了他还记得的高中农学课内容。不过他的知识已经快要用尽了。过去的一个小时里，他们已经熟络了不少了，绝不能让两人的关系冷掉。不过，他必须转换话题了，而且不能太突兀。"我打赌，你挣的钱有一半都用来缴税了。"

"是啊，那些王八蛋总把手伸到我的口袋里。"

税收，一个绝好的话题，屡试不爽。它能产生共鸣，这正是他需要的。于是他进一步深入下去。"有两个人打电话给我的时候会让我直冒冷汗：我的会计师和我的前妻。"

他们一同笑了。其实贝里什从来没有结过婚。他撒了谎，以便进入关于妻子这个禁忌词的话题。

已经是凌晨四点多了，他们还没有聊到这个。尽管这才是他们在那里的真正原因，为此西蒙·贝里什赶了足足七十公里路。他想，要是现在有谁看到他们，可能会以为他们两个刚在酒吧吧台认识，正在喝着啤酒聊天打发时间。只不过他们现在待的地方离酒吧相去甚远。

乡村派出所的审讯室空间狭小，里面一股烟臭味。

这里或许是唯一几个能抽烟的公共场所之一了。贝里什答应让方丹带上烟和卷烟纸。他的同事们把香烟视作一种奖励。根据法律，他们不能阻止嫌犯去厕所，要是对方提出要求，他们也必须提供食物和水。所以，警方会想方设法拖延允许嫌犯上厕所的时间，或者只给一小瓶热水，味道就像是尿一样。不过，他们总是要冒风险被指控滥用逼供手段。而抽烟并没有被列在那些权利当中，如果被审讯的对象不幸是个老烟枪，那么禁烟可以成为一项有用的施压工具。贝里什不信这一套，他也不相信威胁之道或者唱红脸唱白脸的战术。或许这是因为他从来就不需要类似的雕虫小技，又或许是因为他认为在压力下说出的口供并不完全可信。有的警察就此满足了。但贝里什觉得认罪只有一次，只会在唯一一个地点在唯一的时间段发生，有些罪行是不可能分期供认的。

尤其是一时冲动的谋杀。

所有之后发生的，包括给律师的口供或者是在法庭审判各个阶段为了陪审员的利益而重复的口供，都只是出于对自己妥协的需要而避重就轻地草草认罪罢了。因为真正困难的并不是面对他人的审判，而是要在余生的每个日日夜夜时刻想着自己并不是那个自认为的好人。

所以，为了从这个意识中解脱出来，只能期盼仅有的一个神奇时刻。

方丹的那个时刻已经快要到了，贝里什可以感觉得到。他从农夫听到“妻子”这个字眼的反应就能明白。

“女人真是麻烦。”贝里什用颇为乏味的方式评论道。就这样，他为伯纳黛特·方丹的鬼魂打开了门，她走进审讯室，默默坐在他们中间。

这已经是她丈夫第四次被叫来解释为什么她近一个月杳无音讯。这不是失踪，更别说是谋杀了，因为缺少证据证实其中任何一种假设。

她这种情况用正确的法律术语来说叫作“失联”。

每次有人承诺带她远离那个浑身肥料味的愚蠢丈夫，伯纳黛特都会离家出走，这已经是她的习惯了。这些男人通常是货车司机或者出差的生意人，他们发现她对花言巧语毫无招架之力，哄骗着说她是如此可爱聪明，不该待在一个肮脏不堪的乡下小地方。她每次都会上当，和他们一起上了货车或者汽车，但最远也就到过路上的第一间汽车旅馆。他们在那里住上几天，逍遥快活过后，那些人甩给她两个巴掌然后把她打发回娶她的废物那里。方丹什么都不问，连一个字都不说就重新接受了她。*也许，伯纳黛特因为这点更瞧不起他。*贝里什想。说不定有那么一次，她很想被打个耳光。然而，她这辈子得到的只有一个从来没有爱过她的窝囊废，这一点她确信。

因为认真去爱的人会由爱生恨。

她的丈夫是她牢笼的看守。他用婚姻拴住她，深信反正她也找不到比他更好的男人。看着方丹的每一天甚至是每一秒都让她想到，就算自己比别的女孩更漂亮更聪明，她这辈子也只配和他在一起。

不过，伯纳黛特每次离家出走最多持续一个星期，可最近这一次比往常的要长。

她和一个化肥销售代表逃跑以后，假如有几个人说没看到她回农场的家，并没有人会怀疑什么。但是她再也没有去镇上买东西，也没在星期天去做弥撒。就这样开始有传言说方丹终于厌倦了白痴老公的角色，把她宰了。

当地警察对这些流言蜚语信以为真，因为据伯纳黛特的一位女性好友说，她为了弄明白为什么她不接电话也不露面，曾去她家一探究竟，发现她所有的东西都还在那儿。而当一支巡逻队去那儿搜查时，她的丈夫确信地说她是在深夜离开的，身上只穿着睡衣和睡袍，光着脚，一分钱也没带。

显然，没有人相信这种鬼话。但是鉴于伯纳黛特曾经数次离家出走，警察并没有将方丹定罪的证据。

如果他真的杀了她，要毁尸灭迹的话最容易的办法就是把她埋在农场的一块地里。

警方带着搜尸犬搜寻了其中一部分，但考虑到小农场的面积，这个工作需要上百人花好几个月。

就这样，方丹被叫来警察局三次。他们轮番拷问了他几个小时，但都一无所获。他总是坚持他的版本。每次他们都只能让他回家。到了第四次审讯，他们从城里叫来了一位专家。许多人都说他是这方面的高手。

所有人都愿意和西蒙 · 贝里什谈心。

贝里什知道，他的同事把事情搞砸了。因为最难让一个嫌犯供认的并不是谋杀，而是藏尸的地点。

正是出于这个原因，有百分之四的谋杀案找不到尸体在哪儿。所以，即使他让方丹承认自己杀了年轻的妻子，他也没法从他那儿套出关于藏尸地点的只言片语，这一点他很清楚。这是一种常见的行为。通过那种方式，凶手不会被迫接受他犯下的罪行。招供变成了一种妥协：我告诉你们是我杀的人，而你们允许我把被害人从我的生活中永远地除掉，让她待在她现在待的地方就是了。

当然，从法律角度来讲，绝不可能达成类似的协议。不过贝里什很明白，所有负责审讯的警察都会让嫌犯产生这种错觉。

“我只结过一次婚，对我来说，一次也太多了。”贝里什讽刺地说，继续他的表演，“三年的地狱生活，所幸没有孩子。不过，我现在不得不负担她和一只吉娃娃的开销。你想象不到那条该死的狗要花掉我多少钱，而且那条狗还恨我。”

“我有两条杂种狗，很好的看门狗。”

他换话题了，这可不妙。贝里什心想。他必须在他偏离谈话主线之前把他带回来。“几年前我买了一条霍夫瓦尔特犬。”

“那是什么品种？”

“它的名字意思是‘守护庭院的卫士’。是一条漂亮的金色长毛大型犬。”贝里什没有说谎，他给它起名叫希什。“我老婆的狗像蚊子一样没用。但我爸爸总是说：把女人娶回家，你就要对她和她爱的一切负责。”事实不是这样，他那个混蛋父亲不愿承担他的义务，把责任推到一个只有八岁的小男孩肩上。不过，现在他的故事需要一位诚实正直、能够给出难忘的人生训诫的父亲。

“我爸爸教会了我繁重的工作。”方丹变得忧伤起来，说道，“我之所以会变成现在的模样，完全是他的缘故。我继承了田里的活儿还有所有干这行要做的牺牲。这种生活一点儿也不轻松，相信我。一点儿也不。”男人歪斜着头，慢慢地摇了几下，陷入了一种奇怪的悲伤中。

他正在封闭自己。

贝里什感觉伯纳黛特的鬼魂盯着自己，似乎在责怪他不该让他失去谈话的兴趣。他必须赶快补救，不然就没办法与他交流了。只能铤而走险了，但如果没有正中目标，那么一切都结束了。如果他没有猜错的话，方丹的父亲和他父亲一样是个混蛋，于是说道："我们之所以会变成现在的模样，并不是我们的错。这得看看在这个该死的世界上，我们的父辈是什么样的人。"

他引入了一个重要的概念，就是"过错"。如果方丹是一个敏感易怒的家伙，或者他认为他的父亲是全世界最棒的，那他一定会生气，而长达六个小时的"闲聊"就白费了。但如果他痛恨自己一直这么软弱，那么贝里什刚刚给了他一个机会，把自己的错误怪罪到别人身上。

"我爸爸很严厉。"方丹说道，"我必须五点起床，在上学前抓紧干完农场的活儿。他希望事情都按照他的方式做好。如果我搞砸了那就惨了。"

"我也尝过巴掌的滋味。"贝里什怂恿他继续说下去。

"我爸爸不是，他用的是皮带。"他失落地说，没有一丝仇恨，"但他是对的。有时候我脑子不太正常，或者做些白日梦。"

"我从小就一直想着太空旅行，特别喜欢看科幻漫画。"

"可我连自己在想什么都不知道。我要花很大力气才能集中精神，但过了一会儿脑子就不好使了，我一点办法都没有。老师也说我迟钝。可我爸爸听不进任何理由，因为田里的活儿是不能分神的。所以，每次我做错什么，他都会教训我，这样我就记住了。"

"想必从那以后你就再也没有犯过错。"

方丹停顿了一会儿。

然后，他近乎小声地说："距离沼泽地不远的地方有一块地，今年应该是长不出任何东西了。"

贝里什有一刹那不相信他真的说出了这句话。他没有作答，任由他们之间的寂静像幕帷一样落下。如果方丹觉得这惹人厌的话，那么应该由他来移走这幕帷，向他展示背后的东西，也就是剩下的那部分可怕的故事。

方丹继续说了下去："这很可能是我的错，我用了太多除草剂。"

他把自己和"过错"放在同一句话里。

"能带我去沼泽附近的那块地吗？要知道，我很想看看它……"贝里什冷静地提议。

方丹点了点头，然后抬起头，脸上露出淡淡的微笑。这样就对了。隐瞒那件事令人身心俱疲，他终于解脱了，不用继续伪装下去。

贝里什转过身。伯纳黛特的鬼魂消失了。

不一会儿后，巡逻警车就迅速地开到田里。坐车过去的一路上，方丹似乎很平静。*这份宁静是他应得的*。贝里什想。方丹尽到了他照顾妻子的义务，现在伯纳黛特会有一个葬礼，然后用更体面的方式入土为安。

所有人都愿意和西蒙·贝里什谈心。

不过，更准确的说法是，所有人都愿意向西蒙·贝里什坦白他们干的一些坏事。

21

埃瑞克·文森迪在办公桌抽屉里放着一本《白鲸》。

米拉很难想象，一个在梅尔维尔的著作中找到人生意义的男人会是拔掉被害人的牙齿，将他折磨致死的杀人犯。

埃瑞克觉得这本小说蕴含了干他们这一行需要知道的一切，亚哈苦苦寻找白鲸，就像他们寻找那些在虚无的汪洋中迷失的人一样。“可有的时候，你不知道这个故事里的坏人，真正的怪物到底是谁。”他说，“白鲸还是船长？为什么亚哈要执意寻找一个不想被人知道下落的生物呢？”

那个简单的问题概括出他对他们工作意义的质疑。

杀害“挖墓人”哈赖什的凶手是一个心思极为细腻的人，他的举止体贴友好，比如他在“灵薄狱”上班的时候，每天早上都会记得给米拉带一杯咖啡。他在工作的时候开着一台小收音机，用几乎察觉不到的音量收听歌剧频道，轻声哼唱着咏叹调。埃瑞克·文森迪在和失踪者的父母谈话时总是在口袋里放一块干净的手帕，在他们落泪时能用上。埃瑞克·文森迪总是带着薄荷糖给别人吃。埃瑞克·文森迪从来不发火。埃瑞克·文森迪是米拉遇到过的最不像警察的警察。

“埃瑞克酗酒。”斯蒂夫小声告诉米拉。他的办公室如同教堂一般肃静。“他是酒精的奴隶。”

“我从来没有发现。”

“因为他和娜迪亚·尼韦尔曼的老公不同，不会在饮酒作乐后对妻子施暴。我管埃瑞克这种人叫专业酒鬼。他们知道怎样在一整天里慢慢地喝烈性酒，因为他们从不喝醉，所以不会露出马脚。即使你觉得他是个不错的家伙，但他总有自己的阴暗面。我们所有人都戴着一张面具，把最丑陋的部分隐藏起来。埃瑞克的面具就是薄荷糖。”

与此同时，犯罪侦查小组的探员们正在门外搬走文森迪办公桌上的所有物品——除了那本《白鲸》，很多年前这本书就和他一起消失了——希望能找到某条线索，把他们带向这个错综复杂的谜团的下一环节。

目前，他们没有找到任何预告下一次犯罪行为的蛛丝马迹。

“挖墓人”哈赖什的保险箱里没有，他的尸体上也没有。这可能是个令人安心的消息，一切已经结束的希望也许成真了，但警察生性多疑。这往往是好事。米拉想。比如，她曾经很信任埃瑞克，如今她为此付出了惨痛的代价。

“娜迪亚在地铁站里跑到我面前自杀，留下了牙齿的线索……因为只有我能从那段录像里认出埃瑞克。”米拉的话语中夹杂着痛苦和不安，“但为什么是哈赖什？一个放高利贷的人和文森迪或者他的酒瘾有什么关联呢？”

罗杰·瓦林和娜迪亚·尼韦尔曼的动机是复仇，但埃瑞克似乎不是。还有，娜迪亚选择了自杀，而埃瑞克·文森迪和罗杰·瓦林出现了一次，然后再度消失得无影无踪。这一切肯定让事情变得更加扑朔迷离。

“埃瑞克被这个地方诅咒了。”斯蒂夫继续说，“他的脸已经出现在前厅的照片墙上了。只是他没有意识到罢了，我也没有意识到。”他遗憾地说，“我本该预料到他已经接近崩溃的边缘，再也不能承受那些悬案的压力。每个警察都必须坦然面对他的职业和它的阴暗面。我们在‘灵薄狱’追捕的不是小偷或者杀人犯，我们的敌人是空气和阴影造就的空洞。你越是注视它，它就显得越真实。人们被它吞噬后就再也回不来了，至少再也无法变回从前的自己。警局的同事不会想到他们调查的东西会让他们堕落。那空无之声会在某一天开始和你交谈，对有些人来说这可能是诱人的。它送你一条线索，让你以为还会得到更多。就这样，你开始交出一部分的自己。但我们毕竟不能和那空无之声共存，也没办法和它讨价还价。最终你会为它敞开大门，仿佛它是一个向你伸出援手的朋友。它走了进来，然后开始掠夺你的一切。”

“就像一个放高利贷的人。”米拉说。

斯蒂夫停了下来，他没有想到这一点。“是啊，就像哈赖什。”队长凝望着办公室，若有所思。“我想文森迪选择他是因为‘挖墓人’是一个寄生虫，那些被欺压者的痛苦，和迫使人们不得不失踪的压力不相上下。”

谁才是怪物，亚哈还是白鲸呢？

队长脸部表情放松了许多。“老实说，我并不想谴责埃瑞克对那个混蛋的所作所为。”

斯蒂夫的话令人心惊，他向黑暗妥协了。他的立场本该是“我们站在这边，他站在那边”。*然而影子总是无孔不入。*米拉想。即使是执法人员也不知该如何抵御它的诱惑，忍住不去窥探另一边到底有什么。其实，所有人都需要一条他们可以佯装追捕的白鲸。

队长从座椅上站起身，看着她说：“楼上的会议马上要开始了，不管他们说埃瑞克什么，我们都不会改变对他的看法。”然后他严肃地补充道：“‘灵薄狱’的罪孽就让它留在‘灵薄狱’。”

米拉点点头。这个举动无异于赦免了同事的罪行。

22

警局召开了紧急情况通报会。

重要人物和他们的副手还有犯罪侦查小组的分析人员都到场了，一共有五十来人。目前案情仍然属于最高机密。

米拉和斯蒂凡诺普洛斯队长一起走进会议室。通常一个小探员是不能参加高层会议的，所以她觉得浑身不自在。斯蒂夫朝她使了个眼色，当下他们必须统一战线，因为埃瑞克·文森迪涉案，“灵薄狱”的成员负有全体责任，仅仅是因为他们曾和他共事，众人便用怀疑的目光看着他们。不过，米拉觉得不自在的另一个原因是，她是在场的唯一一名女性。

在阿尔法男性聚集的会议上，更加突出“法官”不在场这个事实。

尽管她不愿屈尊出席，她仍然心系这里。米拉确信，安在会议室一侧上方的监视器看上去处于关机状态，其实不然。

“先生们，请坐，我们要开始了。”一些人围在一张小桌子前，上面放着两个专门为这次会议准备的大保温桶，里面装着热咖啡，为了让他们停止吵闹，鲍里斯说道。

所有人在几秒钟内就座。

当灯光调暗以便看清屏幕时，米拉有一种奇怪的感觉。她的脖子下面痒痒的，通常这是在提醒她有什么事要发生不可挽回的变化了。

她已经有七年没有这种感觉了。

这未必是保护她不受危险的警示，有可能只是蜷伏在米拉心中的黑暗复苏了，想要得到她的关注。

一束浅灰色的灯光穿过会议室，照射到鲍里斯身后的屏幕上。上面并排出现了罗杰·瓦林、娜迪亚·尼韦尔曼和埃瑞克·文森迪的照片。

“不到四十八小时，六名受害者。”鲍里斯说道，“至于罪魁祸首，我们目前掌握的只有诸多疑问。这些人为什么决定在许多年前消失？他们这段时间去了哪儿？为什么他们偏偏要现在回来行凶？这背后的阴谋是什么？”为了加强效果，他刻意停顿了一会儿，“正如你们看到的，现在有许多不清楚的疑点，它们之间也不是全部有关联。不过，有一件事情是可以确定的：不管它是什么，我们一定会阻止它。”

在警察的行话里，这些措辞是为了传递某种安全感和决心。但米拉从鲍里斯的肢体语言中觉察出一种无力和迷惘感。

*当敌人攻击我们的时候，我们担心的不是如何反击，而是想方设法掩饰我们的软弱无能。*米拉心想。

不过，她也犯了一个错误。她以为瓦林和尼韦尔曼从这个世界消失后认识了对方，他们分享各自的不幸生活和仇恨，共同策划了杀人计划。但是，第三个杀人犯的出现给“杀手夫妇”理论打上了问号。埃瑞克·文森迪的现身证明他们和一个更庞大、更难以预料的阴谋有关。所以，她也害怕了，真心希望这场会议能够讨论出一些有效的对策。

“我们和‘法官’商议了很久才决定要采取的战略。不过，为了阻止正在发生的一切，我们必须先了解案情的性质。”鲍里斯向古列维奇示意，古列维奇从自己的座位上站起来和鲍里斯交换位置，转过身走向舞台前部。

“我们面对的是一个极端主义性质的准军事组织。”他立即在众人面前确定地说道。

有那么一瞬间，米拉以为自己听错了。但随后，她意识到古列维奇是认真的。恐怖主义？这太疯狂了。

“其实，这些事件的本质显而易见。”督察为了巩固这个理论继续说道，“这一系列谋杀案的最后一起让我们看出了端倪。凶手没有复仇动机，他和被害人之间的联系尚不清楚，剩下的只有一个解释。”古列维奇的目光扫过在场的每一个人，观察他们的反应。然后加重语气说道：“恐怖主义。”

一阵焦虑的骚动从会议室最后面传来，古列维奇举起手，示意大家安静。

“诸位，拜托。”他安抚众人，“他们发起攻击时，由单个个体进行表面上看似是复仇的行为，实际上，其唯一目的是制造恐慌，扰乱既有体制。我们都清楚，恐惧的威力胜过一千颗炸弹。”他过于自信地断定，“他们想要高曝光率，但我们偏不让他们如愿，这个案件要保持最高机密。”

这个案情重建理论太荒谬了。米拉心想。不过，牵强附会本来就是警察的强项：当他们束手无策时，他们不会承认自己遇到了困境，而是重新编排事实来证明他们距离凶手只有一步之遥。毕竟对他们而言，罪犯的动机是审判和法庭的事情。警察关心的是“谁干的”和“怎么干的”，至于“为什么要行凶”，那完全是相对的或者理所当然的。

就在那一刻，古列维奇身后播放起交通监控探头拍摄的画面，埃瑞克 · 文森迪在人行道上走着，他和其他行人一起在路口停下，然后在一个窨井盖上面弯下身系鞋带，随后摘下帽子，挑衅地向正在看着他的人问好。

米拉觉得，把她“灵薄狱”的同事说成是反对社会及其象征机制的狂热分子，实在太可笑了。然而，她也觉得没有别的理由能解释画面中的埃瑞克了。

“很难预测他们下一个目标是什么，这一点我们无须否认。”古列维奇双手交叉着放在微驼的背后继续说，“此外，我们不要忘了，到目前为止犯案的三个杀人犯没有前科，所以没有任何档案资料。我们之所以能确认瓦林的身份，是因为他把名字告诉了唯一一名幸存者，而幸存者能够描述出他身上穿的什么衣服。而尼韦尔曼的身份是通过被害者手指上的婚戒确认的。埃瑞克 · 文森迪则是被一位同事认出来的。”

米拉感激他没有说出她的名字。

“这也证实了他们不是职业罪犯的理论，所以，今后我们也别指望在档案里找到指纹、血液或是 DNA。不过我们也不需要。”他自信地断言，“从现在开始，启动反恐程序。当前的首要任务是缉拿凶犯：我们必须抓到罗杰 · 瓦林和埃瑞克 · 文森迪，弄清楚谁是他们的同伙，谁帮助他们潜逃。”古列维奇伸出手指列明事项，“第一，瓦林在大屠杀时用了一把大毒蛇.223步枪，他是在哪儿弄到的？一个小会计不可能自己搞到那种玩具。第二，我们要彻查互联网，寻找那些疯狂的言论，看看狂热分子会聚在哪些网站上一起密谋讨论如何反对政府，甚至为了实施他们疯狂的计划交换具体的建议。第三，我要你们对那些政治活跃分子、军火商和所有那些曾经扬言要攻击既有体制的人施压，就算他们的意图不明显，也必须彻查。我们的座右铭是‘手段强硬，绝不容忍’。我们一定会抓住那些混蛋，这毋庸置疑。”

众人自发地鼓起掌来。与其说是因为心悦诚服，他们更像出于半信半疑才这么做的。掌声可以驱赶走疑虑，不过，这么做就好比是在一个水坑上面铺上毯子。米拉很清楚，所有人内心深处都害怕最终身陷一个摸不着头绪的案子中。古列维奇给了他们一条简单的出路，尽管没有足够的证据支撑他的理论，但目前大家觉得也没有别的选择。不过，督察犯下了一个严重的错误：为杀人犯贴上“恐怖分子”的标签能够令人心安仅仅是因为这样就不必费心思考虑别的可能性了。

“如果我们对他们采取焦土政策，捣毁他们行动的根基，就能阻止新一波袭击。”古列维奇得意地总结道。

米拉浑然不知自己摇头的幅度未免太大了，连督察都注意到了。

“您有不同意见吗，探员？”

所有人都转向她，米拉这才意识到她的上司问的是她。现在，作为会议室里唯一一名女性，她就像置身于一个巨大的微波炉，困窘得浑身不自在。“是的长官，不过……”她不无尴尬地回答。

“很好，瓦斯克兹。也许您另有高见……”

“我不认为他们是恐怖分子。”她竟然把这句话说出口了，米拉自己也吓了一跳，但现在已经不能回头了。“罗杰·瓦林个性软弱。或许我们该问自己的并不是他在失踪后的这些年里是如何改变的，而是什么造成了他的改变，让他决定拿着一把突击步枪进行大屠杀的。老实说，我不认为他的复仇源于一种恐怖主义思想。一定有更隐秘、更私人的原因。”

“但我觉得他恰恰属于那种典型的罪犯——一个因为得不到社会关注而怀恨在心的普通人。”

“至于娜迪亚·尼韦尔曼，”米拉毫无惧色地继续说着，“她无法逃脱对她施暴让她差点送命的丈夫。坦白说，我很难把她想象成一个恐怖分子。”

会议室里的负面评论越来越多，鲍里斯和斯蒂夫担心地看着她。

米拉明知她四周全是怀有敌意的低语声，但她还是决定继续说下去。“埃瑞克·文森迪就更不用说了，他全身心地投入到失踪案中，他的生活全部被那些消失的人占据。”

“您想要用这些故事打动我们吗？您是不是想说他们也是受害者？”古列维奇带着责难的神情对她说，“我建议您要非常小心您的措辞，瓦斯克兹探员，不然很有可能被误解。”

“我所指的是，就像您刚才说的，他们之中没有人有前科，在他们放弃这个世界之前，他们早就被这个世界抛弃了，这是事实。”

“正是如此。所以他们是恐怖组织的完美人选，他们几乎一无所有或者完全一无所有，与社会格格不入，想要把自己受的委屈以牙还牙一些给社会。显然，有人在招募这些人，帮助他们消失。这个人为他们掩护，负责训练他们，然后派给他们一个任务。”

“您说得对，他们有一个目的。”米拉表示赞同，这让古列维奇不知所措。“但是我们不能仅仅凭经验而错误地满足于第一印象。”会议室里不断响起抱怨声。那一刻，米拉抬起头看着那个打从一开始就一动不动、默默监视着这场讨论的摄像机。“我认为，这背后肯定有一个阴谋，而且我们无法预见下一个受害者或下一个凶手。”为了盖过四周混乱的评论声，她不得不提高嗓门，“我只想说，我真心希望这是恐怖主义。因为如果它不是，想要阻止它，将会非常困难。”

23

更换现代的轮胎已经花了一个多小时了。

米拉本想在会议结束后马上回家的。但是警局的停车场又发生了令人不快的意外，她把上回的事忘得一干二净，而这次就像是又重新经历了一遍。不过，她比上回更恼火了。

她不得不叫来拖车把她的车运到修理站。现在，米拉正看着他们更换两个被戳破的轮胎，不过实际上她却另有所思，她的沉着冷静只是表象罢了。

他们并没有当场把她从情况通报会上轰出去，不过，在米拉发言后，后续的讨论就好像她没有开口发表过意见一样进行着。于是，她重新坐下，被所有人忽视，静静等待会议结束。因为这点她在生自己的气。米拉觉得自己很可笑。她也生埃瑞克·文森迪的气，因为她觉得自己一直敬重的人竟然欺骗了她。

*你是亚哈还是白鲸？*她心想。*两个都不是，或许两个都是，难怪我一直没有察觉异样。*

如果拔掉某个人的牙齿直至其死亡算是谋杀的话，埃瑞克的谋杀缺少明确的动机。这种无端的虐待行为困扰着米拉。此外，这个案件没有留下任何把她带向下一次行凶的提示。这也是大家坐立不安的另一个原因。

他们不知道下次会是谁在哪里犯案。但是所有人都确信：事情不会那么快结束。

直到现在，这一连串的事件都是通过准确的线索被发现的。它们就像是一场寻宝游戏里的谜团：瓦林的衣服，哈赖什的牙齿，文森迪的录像……可为什么埃瑞克没在犯罪现场留下指纹或者生物信息，而是在探头前展示那些动作呢？

或许，答案太简单了，但我们就是想不到。米拉心想。

不过，警局并没有将精力集中在连环事件的下一条线索上，反而陷入疯狂的猜测中。恐怖主义？他们真的认为给自己的恐惧起个名字就够了吗？

不一会儿，修理站把换上新轮胎的现代交还给她。米拉拿起仪表盘上的墨镜，准备动身回家。天气特别好，四散的云朵从湛蓝的天空中掠过，周围散落着稍纵即逝的斑驳阴影。

不过，米拉在开车时双眼看到的却是另一幅景象。埃瑞克·文森迪的录像画面在她的脑海中不断重复播放。

她一直觉得，埃瑞克有一天会再次出现。就像是吃了一大口不消化的东西那样，黑暗世界会把他吐出来，让他回到“灵薄狱”，这是消失者也能重返人间的明证。

她幻想着埃瑞克走进办公室，手里拿着给她的咖啡，好像距离他们上次见面才过去不到一天时间那样，他会坐到他平时用的办公桌前，打开调频收音机收听只播放歌剧的那个频道，然后开始工作。

但是，米拉在最意想不到的地方再次遇见了他。

她永远忘不了交通监控探头拍下的那个画面。那个穿着雨衣的男子在窨井盖上弯下身系鞋带，他摘下帽子致意，这是一个让她一想到就颤栗不止的狂妄举动。

为什么要做那个手势？只是为了被认出来而已吗？

这看上去就像是他在宣告对此事负责，恰恰证实了恐怖主义理论。不过，米拉在那些画面中发现了别的线索：她的同事——她仍然很难把他当成前同事——接受了黑暗世界的洗礼。他在摄像机镜头前的表演有着一层特别的意味。

埃瑞克·文森迪正在与黑暗共舞。

夕阳已经西沉到房屋后面，金色的阳光洒在米拉公寓的客厅里，它追逐着书堆四周的灰尘，仿佛要把它们驱散开。街对面的广告牌上，那对巨大的夫妇微笑地看着从他们下面经过的行人，就连推着堆满塑料袋和旧毯子的超市推车的流浪汉也不例外。米拉等一会儿还会放些食物在巷子里的垃圾桶盖上。这次不是汉堡了，可能是鸡汤。

恢复冷静后，米拉离开窗台。她在笔记本电脑前坐下，然后打开电源。几分钟后，连接着小型监视摄像机的软件开始工作了。屏幕上再次出现她远程监控的那个小女孩的小房间。

小家伙正坐在一张圆形矮桌前画画，周围摆满了洋娃娃。

谁知道她最喜欢的洋娃娃是哪个呢？

灰金色的长发扎成马尾，只露出半边脸。她手里拿着一支彩色铅笔，神情看起来非常专注于她的画作——一个六岁的小淑女。米拉心想。她调高音量，但目前扬声器里只有背景的杂音而已。

画面里出现了一个女人，那个几天前的晚上她登录时看到的女人。她拿着一个托盘。尽管已经五十多岁了，她依然光彩照人。“点心来了。”她说道。

小女孩转过身，但马上又继续回去作画了。“等一下。”

女人把托盘放到小圆桌上。上面有一杯牛奶，几片饼干和几颗彩色药丸。“快点，等一下再画吧。现在你得吃维生素了。”

“不行。”她坚持着，仿佛她正忙着完成全世界最重要的任务一样。

女人走过去，拿走她手里的铅笔。固执的小女孩什么都没有说。这没有危险。米拉对自己说。一切安然无恙。然后小女孩拿起一只红发洋娃娃，把她当作一种保护屏障抱在怀里，小脸蛋噘着嘴闷闷不乐的样子。

要是我连我女儿最喜欢的洋娃娃叫什么名字都不知道，我又算哪门子母亲呢？

“把那个东西放下来。”屏幕中的女人责怪她道。她不知道。米拉对自己说。她不知道，该死。

“它不是一个‘东西’。”小女孩抗议道。

女人叹了口气，递给她维生素药丸和牛奶，然后转身收拾小桌子。“你看看这里多乱。”她训斥着。

小女孩装作系鞋带，趁女人不注意，把药丸藏进红发洋娃娃的衣服里。

看到小家伙的诡计，米拉忍不住露出微笑。但她的笑容几乎立刻僵住了，虽然电脑屏幕还在眼前，她看到的景象却变了，取而代之的是另一台摄像机的画面。

埃瑞克·文森迪在十字路口前和其他行人一起停下来，等待绿灯亮起。埃瑞克·文森迪没有过马路，而是在一个窨井盖上弯下身系鞋带。埃瑞克·文森迪摘下帽子打招呼。

不，这么说不确切。他不只是单纯在打招呼。他当然想被人认出来，但他也想要引起注意。米拉心想。

埃瑞克了解警察的个性，他知道怎样让他们发疯，也知道他们会沉溺在复杂的推测中，就是不愿承认自己陷入了困境。恐怖主义理论就是证明。

或许，答案太简单了，但我们就是想不到。米拉对自己重复着。随后，像用慢镜头播放影片的每一个画面那样，她重新回想了一遍那个片段的每一个瞬间。

小女孩藏维生素的小伎俩让她受到了启发。

或许弯下身的文森迪在人行道上藏了什么东西。

24

街角涌来着急回家的人流。

米拉在马路的另一侧盯着来往行人的高跟鞋、运动鞋、软皮平底鞋和夹脚拖鞋。他们不知道自己的脚下可能藏着一条决定某个人生死的极其重要的线索。

米拉为了慎重起见，穿过马路，打算把埃瑞克·文森迪在录像中的所有动作原样做一遍。

首先，她低头盯着地面沿着人行道走，撞上了心不在焉的路人，有几个还抱怨他们的速度被她拖慢了。但是米拉依然盯着路面，仔细检查每一厘米，直到走到文森迪在朝着探头打招呼前弯下身的窨井盖附近。

她把同事的动作重复一遍。弯下身，像一块石头那样待在人流中一动不动，行人不得不从她身边绕过。米拉盯着铸铁井盖，上面刻着市徽和铸造厂的名字，人们通常不会留意这些细节。它只是一件大家踩踏过去的时候也不会多看一眼的东西罢了。

米拉伸手摸井盖的边缘，触碰到一张折起来的小纸条。她试着用指尖把它抽出来，但纸条塞得太里面了。她又试了好几次，有一个指甲都断开出血了。最后，她终于成功了。

她一边吸吮手指止血，一边站起来。她就像个在寻宝游戏中第一个发现线索的小女孩那样好奇，目光一刻都没有离开那张纸条，她转过街角走进某条小巷，避开其他行人。然后颤抖着双手，充满期待地打开那张纸。

那是一张剪报。

确切地说，是一段有关 9 月 19 日，也就是罗杰 · 瓦林实施大屠杀的前一天发生的凶杀案的简短报道。

因为被害人的死法怪诞痛苦，所以这起事件登上了新闻栏。但考虑到他只是一个毒贩子，这条新闻沦落到了页脚。

米拉读了起来。

据被害人兄弟称，维克多 · 毛斯塔克天生讨厌水，但他却是溺死的。确切地说，是在三厘米深的浊水中溺死的。凶手绑住他的手脚，然后把他的脸浸在一个喂狗喝水的金属盆里。

调查员在毛斯塔克身上的绳子上找到了凶手的指纹。然而，档案里找不到相关纪录，凶手的身份不得而知。

此外，记者还提到这件凶杀案的另一个诡异之处。

凶手在离开前用毛斯塔克的手机发送了一条短信给死者的兄弟——但很有可能这个联系方式是从通讯录里随机选的。警方不愿公布短信的内容。

看完之后，米拉发现剪报底部用铅笔写了几个字：

P.V.O.①

她从口袋里拿出手机，拨通电话。

“我是斯蒂凡诺普洛斯。”“灵薄狱”的队长立刻接听了。

“或许这一系列的凶杀案在罗杰 · 瓦林实施大屠杀之前就已经开始了。”

“你是怎么知道的？”

“埃瑞克 · 文森迪给我留了一条线索。”

---

① Potenziale vittima di omicidio 的缩写形式，意为：谋杀案的潜在受害人。

斯蒂夫沉默了几秒钟，直觉告诉米拉他不是一个人。

“我们可以回头再说吗？”队长问。

“我需要你用我的电脑进入警局的档案系统。”

“给我十分钟，我从我办公室里打回给你。”

十五分钟后，米拉的手机响了。

“这是怎么回事？你应该通知鲍里斯和古列维奇。”

“为了证实他们的恐怖主义阴谋论吗？别闹了。等我把情况弄清楚后，我会给他们打电话的。”

“拜托，米拉。”他知道无法让她改变主意，只能说。

“别担心。”她立刻和他讲了藏在窨井盖里的剪报内容。说完后，米拉请他在档案里查一下维克多·毛斯塔克的案子。“我想知道那条短信写的是什么。”

队长花了些时间阅读和概括警方的各种报告。看到短信那部分的时候，他不禁笑了起来。

“什么事情这么好笑？”

“你搞错方向了，米拉，相信我。”

“你到底告不告诉我？”

他念了出来。

“漫漫长夜来临。影子军团已经进驻这座城市。他们已经准备好迎接他的登场，因为很快他就会抵达。魔术师，灵魂诱惑者，安眠主宰者：凯鲁斯的名字有上千个。”

*影子军团。多么完美无缺的定义。*米拉心想。“这段话在讲什么？”

“根本不知所云，这就是警方没有向媒体透露的原因。放弃调查吧，听我的。”

可米拉并没有让步的打算。“我要知道更多细节。然后，我会决定是否放弃调查。”

斯蒂夫叹了口气，他知道他面前的人固执得要命。“有一个人能告诉你一切。但在见他之前，你必须知道一些关于他的事情。”

“什么事情？”

“他曾是一名身手矫健的老派刑警。可是随着时间流逝，事情变了，他脱胎换骨，转而研究人类学。”

“人类学？”米拉惊讶地问。

“他成了警察局里最厉害的审讯专家。”

“那为什么我从来没有听说过这号人物？”

“这是他个性中的另一面，你会自己发现的。我只想告诉你，不要和他要小把戏。你应该说服他和你合作，那可不是件容易的事情。”

“他叫什么名字？”

“他叫西蒙·贝里什。”

“我能在哪儿找到他？”

“每天早上他都在中国城的警察快餐厅吃早餐。”

“好的。我还需要你查查那个溺死案的凶手指纹是否在P.V.O.的证据库里。因为那份剪报上出现了这个关键字。”

“我把调查申请转给克莱普，不过我不会告诉他为什么我要知道这个。”队长说。

“谢谢。”

“瓦斯克兹……”

“嗯？”

“小心贝里什。”

“为什么？”

“他是个边缘人。”

25

警察都爱去那家中餐馆。

他们和消防员一样，一旦选定自己最爱的餐馆就再也不换了。这个选择到底是基于什么标准一直是个谜，通常和食物或服务质量无关，和距离工作地点的远近也没有关系。同样，你也很难弄明白这种习惯是什么时候产生的。第一个踏进那间餐厅的探员是谁？为什么之后其他人都效仿他？那些地方已经成了一种专属领地，在这里，其他顾客，也就是那些“普通老百姓”是可以来光顾但不怎么受欢迎的少数派。对老板们来说，这也没什么好抱怨的，反而是上天的恩赐：除了有稳定的收入之外，还能得到特别关照，不用担心遇到小偷、恶棍或者不老实的供应商。

米拉一走进去就闻到了一股油炸食品的刺鼻气味。喧哗声和餐厅里挤满蓝色制服的景象也颇为令人生厌。一个中国女服务生过来招呼她，她看出米拉是新来的客人，所以立即告诉她午饭时间才会供应传统菜式，早餐时段供应的是西式早餐。有那么一瞬间，米拉冲动地想问她为什么一家广东菜餐馆在早上九点前只卖鸡蛋和培根，但她还是谢过服务生，然后开始四处张望。只需一眼，她就明白斯蒂夫说她要找的男人是个边缘人是什么意思了。

在数十个一边聊天打趣一边吃早饭的警察中间，西蒙 · 贝里什是唯一一个独自用餐的。

米拉从餐桌的空隙之间挤过去，走到最里面的两个卡座之间的那张餐桌。男人穿着外套系着领带，一边全神贯注地看报纸一边端起咖啡递到嘴边。他的左侧放着一个盘子，上面有吃剩的炒鸡蛋和培根，还有半杯柠檬冰水。他脚边蜷缩着一只金色毛发的中型犬，正在安静地打盹。

“抱歉。”为了引起他的注意，米拉开口问道，“是贝里什特别探员吗？”

男人放下报纸，似乎没想到有人会找他说话，有些惊讶。“是我。”

“我叫米拉 · 瓦斯克兹，我们是同事。”她向他伸出手，但贝里什置之不理，他盯着她的手，好像她正拿枪对着他一样。与此同时，米拉发觉餐厅里的目光朝他们这个方向聚来，好像她刚触犯了一个禁忌一样。“我想聊聊一件你经手的旧案。”她边说边放下手，没有理会周遭发生的事情。

贝里什一脸狐疑地仔细打量着她，没有请她坐下，把她晾在原地。“什么案子？”

“魔术师，灵魂诱惑者，安眠主宰者。或者说，凯鲁斯。”

贝里什僵住了。

在那种情况下，米拉觉得越来越不自在了。“我只占用你几分钟时间。”

“我不认为这是个好主意。”贝里什环顾四周，确信没人听见。

“至少告诉我这是为什么，然后我就不会再烦你了。”米拉知道这位同事会不惜一切打发她走，于是坚持说，“谁是魔术师、灵魂诱惑者、安眠主宰者？”

“一个童话故事的主人公。”贝里什轻声说，“它和魔鬼或者尼斯湖水怪一样，是二十年前人们集体想象的产物，一个所有人的臆想。只要有人失踪，媒体就会把它搬出来：只要给新闻加上那几个名字中的一个，读者和观众人数就会飙升。这就像是衣柜里有件蓝色西服一样，你可以穿着它去参加葬礼，也能穿着它参加婚礼。”

“但你当时相信。”

“那是很久以前的事了，你当时还是个小孩子。”贝里什对米拉的话置之不理，“现在，如果你不介意的话，我要继续吃早餐了。”于是他又继续看起报纸来。

米拉正准备离开。就在那个时候，隔壁桌穿着制服的几个探员结完账后站了起来。其中一个从她边上经过时，身体一侧撞翻了贝里什放在餐桌边上的盘子。鸡蛋溅到了他的领带上。他这么做是故意的。桌下的狗也察觉到紧张的气氛，立刻抬起头。

米拉已经想象到最坏的情况了，然而贝里什只是摸了摸它，让它继续打瞌睡。随后，他装作什么都没有发生，镇定自若地从外套里拿出一块烫好的手帕，蘸了蘸水杯里的水，擦干净身上的食物残渍。米拉大为震惊。一名下属大胆犯上，而且是在众目睽睽下，现在他却能安然无事地离开，不用为此付出任何代价，甚至还对同事们露出洋洋得意的笑容。米拉正打算出面干涉，贝里什却拉住了她的手腕。

“算了。”贝里什看也没看她，边递给她手帕边说。

米拉从他彬彬有礼的口吻中明白了许多事，这其中也包括他为什么没有邀请她在他的餐桌就坐。他并不是粗鲁无礼，只是不习惯有人做伴。说来也奇怪，米拉能够明白他的感受。可惜这并不是共情能力，纯粹是经验罢了。根据警察不成文的荣誉守则，会被贴上边缘人的标签的状况并不多，但全都是罪无可赦的。其中最严重的是背叛和泄密。它们的惩罚等同于丧失部分公民权利，特别是受人保护的权利。因为那些依据法律本该保护你的人再也不会向你伸出援手。不过，贝里什面对这种处境似乎已经处之泰然了。

米拉接过手帕，擦掉她皮夹克上的污渍。

“要不要吃点东西？”贝里什忽然问，“我请。”

米拉在餐桌另一边坐下。“鸡蛋和咖啡，谢谢。”

贝里什叫来女服务员，帮她点了餐，自己叫了一杯浓缩咖啡。在他们等待送餐的时候，贝里什小心翼翼地折好报纸，然后把背靠在卡座椅背上。“为什么像你这样有个好听的西班牙语名字的人会给自己取名叫米拉呢？”

“你怎么知道我真名叫什么？”

“玛利亚·埃莱娜，对吗？这个是缩写的原名。”

“那个名字不属于我，或者应该说我不属于它。”

贝里什接受了她的说法，然后继续用他那双深色的眼眸仔细观察她。米拉一点也不介意。那双眼睛带有一种动人的神采，她并不讨厌被他这么看着。贝里什在那种状态下似乎也神态自若。他沉思的模样、精壮的身形还有透过衬衫可以隐约看到的结实肌肉让人觉得他身上穿的正装像是某种铠甲。过去他并不是这个样子，斯蒂夫对她说过，贝里什后来开始研究人类学了。不过，目前她没有兴趣知道是什么让他发生如此巨大的转变。

“那么，可以告诉我凯鲁斯的事吗？”

贝里什看了看手表。“十五分钟后，这个地方就没人了。所以，好好享用早餐，然后我会回答你的问题。在那之后，我们就分道扬镳，不要让我再看到你了。一言为定？”

“好。”

他们点的东西到了。米拉开始吃鸡蛋，贝里什喝他的咖啡。不久之后，正如他预料的，中餐馆里空无一人。女服务生在那儿收拾餐桌。几分钟前充斥在这里的喧闹声完全消失，取而代之的是撤盘子的声响。

对贝里什脚边的狗来说，一切都没有变，它继续悠然自得地打着盹。贝里什开口说话了。

“我不知道你来这儿的原因，我也没兴趣知道。早在多年前我就不管这个案子了，但我还是会把我知道的都告诉你，不过，这些事情应该都能在相关的档案里找到。”

“是我的队长斯蒂凡诺普洛斯建议我来和你谈谈的。”

“老斯蒂夫啊。”贝里什说，“他是我从警校毕业后的第一位长官。”

“这个我之前不知道，我以为斯蒂夫一直在‘灵薄狱’工作。”

“其实不是，他是证人保护计划的负责人。”

“我从没听说过。”

“其实这个计划已经不复存在了。当时大型犯罪集团活动猖獗，好几个黑帮老大正在接受审判。等到紧急情况结束后，工作小组就解散了，所有人都被重新分配到其他部门。”他停顿了一下，“而你……”

“我什么？”

贝里什仔细端详着她。“是你，对不对？”

“我不懂你在说什么。”

“你参与了低语者一案，现在我想起来了。”

“你的记性不错。但如果你不介意的话，这次就不提我的过去了，我们就说说你的故事。”米拉注视着他，“和我说说凯鲁斯吧。”

贝里什深吸一口气，仿佛她打开了他内心深处那扇紧闭许久的门。米拉的直觉是对的，陈年旧事中的鬼影仍在门背后骚动着。当贝里什讲起往事时，他们轮流浮现在他的脸庞上。

26

世界末日来临的前一天通常都是平静无事的。

人们上班，坐地铁，缴税。没有人会怀疑什么。何必怀疑什么呢？他们基于一个再简单不过的心得埋头在日常事务中，那就是：如果今天和昨天一模一样，明天又怎么可能有所不同呢？贝里什的话差不多就是这个意思，米拉也同意他的观点。

有时候，世界末日会降临在所有人身上。而有时候它只针对某个人。

某个家伙一早醒来，全然不知那是他生命中的最后一天。不过，有些时候，末日的到来是悄无声息甚至不见踪迹的。它不会受到任何干扰，待时机成熟的时候，通过一个与周遭事物格格不入的细节或是形式显现出来。

比如，“安眠主宰者”一案就是从一张违章停车的罚单开始的。

汽车挡风玻璃上贴着允许居民在这条路上停车的标志，但它的两个轮子不在停车区域内。受雇于市政府的交通协管员工作很勤快，马上发现了违章行为。一个再寻常不过的周二早晨，一张罚单被夹在了雨刮器下。第二天，又是一张一模一样的罚单。就这样过了一整个星期，挡风玻璃上贴了一张告示单，警告车主立刻把汽车挪走。最后，在过了二十天之后，市政府的拖车把车拖走了。那辆汽车——一辆金属灰色的福特——被扔在了司法部的停车场。如果车主想赎回它，就得缴纳一笔数目不小的罚款。根据法律规定，违停车辆在被强制拖走的四个月后会被充公，然后，车主还有六十天的宽限期，如果依然不缴纳罚款，车子会交由拍卖行拍卖以抵扣拖欠市政府的罚款。这个期限也徒劳无功地过了。福特车的拍卖会无人竞标，车子只能被送去销毁。为了收回欠款，市政府派了一名司法官员去那个倒霉车主家查抄财产。

直到那个时候他们才发现一个名叫安德雷·加西亚的男子已经失踪好几个月了，他没有家人，因为被发现是同性恋而中途退伍，一直靠国家救济金生活。

信箱里塞满了广告传单。由于欠费，水电煤等都停了。冰箱成了腐败食物的储藏室。

当时的记者一直热衷于寻找一些小故事来揭露政客是如何利用法律和官僚制度，无所不用其极地搜刮民脂民膏的。

安德雷·加西亚就这样上了报纸。

文章详细描述了政府如何对他加以迫害，以及为何在司法官员介入之前，没有人想到去敲敲那个市民的门，问问他为什么不愿把那辆该死的车往后挪半米。各类报纸都讽刺这一事件，把标题定为:“世界把他忘了，可市政府并没有！”还有:“市长发表声明：加西亚，把我们的钱给我们！”

尽管如此，没有人花精力去调查可怜的安德雷到底怎么了。他可能离开这座城市，或者跳河自尽了，但如果没有迹象显示他遭人杀害，那么他完全有权选择如何度过自己的余生。不过，他还是有功的：他提供了一个范例。因为公众喜欢为这种事情震怒，所以媒体找了一些类似的案件，在这些案子中，市政府、银行或是税务局继续向那些已经过世下葬一段时间的人，或是单纯因为一次无聊的追尾事故在医院里昏迷的人非法收取欠款。

所以，像在开玩笑一样，他们又找到了六个人。四名女性，两名男性，年龄在十八岁到五十九岁之间，先后在十二个月内消失。

失眠者。

“他们都是普通人，就像每天早上我们常去的快餐厅里为我们端早餐的女服务生，或是每个周末给我们洗车的洗车工，又或是每个月为我们理发的理发师。”贝里什解释道，“他们都是孤身一人。也许大家会反驳说许多人都是这样。但他们的孤独有所不同。孤独像一株攀缘植物一样在他们身上生长着，一点一点把他们包裹起来，占据所有空间，把里面那个人完全掩盖起来。这些人在和他们相似的人群中徘徊游荡，身上的寄生虫蚕食的不是他们的鲜血，而是他们的灵魂。他们不是隐形人，你可以和他们互动，在等咖啡、埋单或找你钱的时候闲聊几句或相视一笑。你经常遇到他们，但下一秒就把他们忘得一干二净，好像他们从来没有存在过一样，这些人只会在下一次重新出现，然后再次消失。他们微不足道，这比隐形更可怕。他们注定无法在别人的生活中留下任何印迹。”

他们存在的时候无法引起周围人的任何兴趣。但他们消失以后，大家突然意识到他们的存在，甚至还会献上为时已晚的敬意。

“我怎么会忘了那个送货上门的小伙子，或是那个收藏独角兽的女学生？那个自然课的退休老师或者有三个子女但从不来探望的寡妇？那个腿有残疾的床上用品商店女老板，或那个每周六晚上坐在酒吧的同一张桌子，期盼有人注意到她的大型百货公司女售货员？”

“基于机缘巧合，媒体把这七起失踪案关联在一起，提出假设，认为这背后有同一个原因，或许是同一人所为。和通常发生这类案子时的处理方式一样，警方开始追查是否有第三方该为此负责。当时有许多假设和讨论。虽然没有人点破，但其中一种假设认为可能有一个连环杀手。”

“这就像一场真人秀，尽管当时还没有真人秀节目。”贝里什说道，“七名消失者是这场真人秀的主人公。所有人都觉得谈论他们、挖掘他们生活的隐私、对他们评头论足是理所当然的事。联邦警局也被置于放大镜下，害怕在公众面前出丑。唯一缺席的是真正的主角——凶手。当然，是假设的凶手，因为没有发现尸体。由于无从知晓名字，凶手被冠上了不同绰号。*魔术师*，因为他能让人消失。*灵魂诱惑者*，因为根本找不到尸体——这个名字有点‘恐怖’，但是颇受欢迎。不过，最深入人心的还是*安眠主宰者*，因为这是唯一一个调查结果，也是消失者们的唯一一个共通点，他们七人都被失眠困扰，要服用安眠药才能入睡。”

通常情况下，如果不是遇到那么大的压力，联邦警局是不会耗费太多精力在一件基于一个小巧合的案子上的。

“不过，这件案子引起了强烈关注，就算我们没人觉得它算得上是一件真正的案子，也不能对它置之不理。最后的结果和许多人料想的一样：没有其他失眠者失踪，人们听腻这个故事，媒体为了迎合公众把兴趣转到了别的地方。一开始这就是一场闹剧，起因于可怜的安德雷·加西亚的那张罚单，而收场也像一场闹剧，这个事件一直找不到真凶，在那之后就不了了之了。”

“直到今天。”米拉补充道。

“我想这就是你来这里的原因吧。”西蒙·贝里什说，“可我什么都不想知道。”

十点刚过一会儿，中餐馆里因为来了新的顾客热闹起来。他们都是普通老百姓，趁着警察不在的时候吃些东西，忙着吸引服务生的注意。

“你跟我解释了这名嫌犯为什么会有那些绰号，可你没有说为什么他叫凯鲁斯。”米拉说。

“这是我第一次听到这个名字，真的。”

米拉察觉贝里什在刻意回避她的目光。他可能是警局里最优秀的审讯专家，但他撒谎的本事不怎么样。不过，米拉也不是完全确定。他表现得很配合，她不想指责他对她有所隐瞒而惹恼了他。“好，这个我会让人帮你洗干净。”她说的是他刚才借给她擦污渍的那块手帕。“谢谢早餐。”

“不客气。”

米拉的手机发出了有短信进来的提示音。她看了看消息随后把手机和那块手帕一起放回口袋，准备起身离去。

“关于我，斯蒂夫和你说了什么？”贝里什拦住她问。

“他说你是一个边缘人，叫我小心。”

贝里什点点头。“他很明智。”

米拉弯下身摸了摸贝里什的狗。“有件事我一直觉得很奇怪……他为什么建议我来找你，同时又要我小心呢？”

“你知道同情一个被排挤的警察会有什么结果，对吗？你也会遭殃，这就像是一种传染病。”

“我没什么好担心的，我看你在这种处境下也挺自在的。”

贝里什被米拉的挖苦逗笑了。“看到这个地方了吗？”他指着餐厅问，“许多年前，两个巡警和你一样在早餐时间从那扇门进来，提出要吃鸡蛋和咖啡。餐厅老板刚巧刚从中国搬过来，他有两个选择：告诉他们菜单上没有他们点的东西，错失两个顾客，或者是去厨房打鸡蛋。他选择了后者，自那以后，他每天会有三小时供应和传统广东菜毫不相干的食物，但他因此发了大财。这都是因为他学会了一件特别重要的事情。”

“顾客永远是对的？”

“不是。让千年文化作出一些改变要比让一个想在中餐馆吃鸡蛋和培根的警察改变主意容易得多。”

“不知道我这么说有没有安慰到你，但我完全不在乎同事对我的看法。”

“你觉得这是一场游戏，更强的人能得分是吗？可你错了。”

“所以刚才一个下属对你不敬，你没有作出任何反应？”

“你可能觉得我是个懦夫，但那个人并不是针对我的。”贝里什觉得很好笑，说道，“我一个人坐在这桌的时候，没有人敢来找我麻烦。他们装作我不在这里，或者最多是像看着盘子里的一根头发那样看着我：你觉得恶心，然后把它拨到一边继续吃饭。今天早上会发生那样的事情都是因为你。他们想要警告的人是你，讯息相当清楚：‘离这个人远一点，否则你也会有同样的下场。’如果我是你，我会听他们的话。”

米拉为贝里什的直率感到又惊又恼。“那你为什么每天早上都来这儿？斯蒂夫确信我会在这儿找到你。你是不是什么受虐狂？”

贝里什笑了。“我刚进警局的时候就开始来这儿了，从没想过要换餐厅。即使不瞒你说，这儿的东西不怎么样，而且身上会弄得满是油烟味。但是，如果我不出现，那么那些一心想要把我赶出警局的人就更得意了。”

米拉不知道贝里什先前做了什么，必须要受到这种处罚，她只知道看起来已经没有补救的办法了。但关于凯鲁斯一案，她明白了一件事情。她把一只手放在桌上，身体前倾，威胁着说："斯蒂夫叫我来找你是因为你和其他人不一样，你无法就此作罢，对不对？当所有人都放弃的时候，你还在寻找关于那七名消失者的真相。也就是在那个时候你犯了让你变成边缘人的错误。我觉得你还没有放弃调查。也许你也想放弃的，但是有一部分你就是做不到，尽管我不知道这其中的原因。你像个僧侣一样淡定，但那只不过是愤怒转化的沉默罢了。真相是如果你就此放手，你永远也不会原谅自己。"

贝里什注视着她。"为什么会这么说？"

"因为我也是这样的人。"

贝里什似乎对这个回答感到吃惊。也许他习惯了别人恶毒、有时候甚至不公平的批评，但他还从没遇到像她这样的警察，对于他身上带着的诅咒毫无惧色。"你最好忘掉这个案子，我这么说是为你好。根本没有凯鲁斯这个人，其余的也只是人们的集体幻想。"

"你知道 P.V.O.是什么意思吗？"米拉想到埃瑞克·文森迪留在窨井盖里的报纸上的铅笔字迹，突然问道。

"你想说什么？"

"谋杀案的潜在受害人。'灵薄狱'有一个专门的档案室。我们保存了那些可能被杀害的消失者的指纹、血样或 DNA 样本。主要是些个人物品——遥控器，牙刷，夹在梳子上的头发，玩具等等。我们保留这些证物，在辨识人体残骸时能派上用场。"

"为什么要跟我说这个？"

"四天前，一个毒贩被杀了。确切地说，他被淹死在一个喂狗喝水的盆里，里面盛着三厘米深的脏水。凶手在捆绑被害人的绳子上留下了指纹，但是无法识别其身份。”

“凶手没有纪录。”

“其实有，但不是犯罪前科，而是在谋杀案的潜在受害人档案里。”米拉从口袋里拿出手机给贝里什看。“五分钟前，我收到这条短信。根据科学鉴证组的调查，指纹的主人名叫安德雷·加西亚，同性恋退伍军人，二十年来杳无音信。”

贝里什脸色瞬间变得煞白。

“现在，如果你想的话，你也可以跟我说你完全不想知道这背后是什么。”贝里什无言以对，他沉默的每一秒钟都让米拉得意洋洋。“但看起来，安眠主宰者的受害者中，已经有一个人重返人间了。”

27

那个女警官已经知道了。

这毫无疑问。她走出中餐馆后，留他一个人在那儿，耳边依然回响着她最后那句话。

安德雷·加西亚从幽暗世界回来了。

这不是一个随机或出乎意料的事件。他是为了杀人才回来的。这可能会让许多秘密被迫曝光。它们是西蒙·贝里什虽然不情愿，但仍然决定守住的秘密。

贝里什把脚搁在办公室的写字台上。他毫不顾忌地在椅子上摇晃着，眼神迷失在空洞之中，宛如一个踏在自己的思绪之上、颤颤巍巍表演走钢丝的疯狂演员。

希什窝在它习惯待的角落观察着他——身为边缘人的好处之一是可以把自己的狗带到办公室，不会有人反对。

屋子外面，这一区比往常还要乱成一团。然而，这种忙乱从来不会踏过他办公室的门槛，贝里什的同事也一样，他们总是和他的办公室保持应有的距离。对他而言，这些人只是在磨砂玻璃门前匆匆而过的幽影罢了。

办公室是他的流亡之所。

不过，他还是保持着这里的整洁，好像他一直在等待一位访客一样。文件夹被整齐地排列在架子上。他在桌上小心翼翼地摆放着一盏光谱灯、一个笔筒、一本台历和一部电话。办公桌前等距放着两把椅子。

在被孤立的多年岁月里，是这些日常事务救了他。

他用这些消磨精力的习惯为自己筑起一道防御屏障，让他能够经受住他人的鄙视和自己的孤独。名誉扫地后，他不得不为自己想出一个新的生活和工作方式。既然失去所有人的尊重，他应该要有自知之明，赶紧辞职才对。然而，他却发现，他最难咽下的那口气恰恰就是含冤莫白。如果他交出警察证，那么他只会继续跌入深渊。而这样，他却制止了坠落。

尽管他每天都要为此付出代价，那些无礼的举动和恶意的眼神却给了他抗争下去的正当理由。

在他购买第一本人类学书的时候，这场战争便开始了。在这以前，他一直是靠身手吃饭的警察，但他决定唤醒他忽视太久的那部分自我，用来替代手枪的作用。

他的头脑变成了他的武器。

他一丝不苟地全身心投入到人类学的学习中。起初他只是出于单纯的好奇，但很快他就发觉其中的潜能。这是一门可以将所学运用到警察日常工作中的学科。

人类学为他开拓了新的视野，让他明白关于其他人和关于自己的事情。

当然，警局的人都以为他疯了，因为他在当班时总是花上好几个小时把自己关在房间里埋头看一本又一本的书。不过，反正他也没有别的事情可做。上司再也不给他案子，同事再也不愿和他共事。

所有人都希望他就此作罢，主动辞职。

所以他必须用什么方式来打发工作时的空闲时间，那些书是再好不过的选择。起初它们读起来晦涩难懂，让他几度想拿起其中一本朝墙上扔去。但渐渐地，那些句子的意义开始从书页上显现出来，像是失落的文明从汪洋里再次出现一样。

同事们用怀疑的目光看着他把一箱箱书带到办公室，纳闷他脑袋里究竟在想什么。其实，贝里什自己也不知道最后会怎么样，但他相信自己早晚会知道答案。

事情发生在许多年后的一次审讯。他没有对嫌犯严刑逼供，而是站在平等的地位把审讯变成了闲聊。他成功的秘诀在于一个简单的体会。

人们不喜欢说话，但肯定喜欢被聆听。

有些人一定觉得这话自相矛盾。只有少数人能参透两者的区别，贝里什就是其中一个。而且，自那以后便一发不可收拾。虽然他这个特殊天赋并没有抹掉边缘人的污点，但还是像一个共济会的秘密那样被传开了——当遇到特别棘手的案子而无计可施的时候，这一招就能派上用场。只要审讯遇到瓶颈，他们就会把他叫来。

他就这样找到了自己的定位，尽管对其他人来说他依然是隐形的。

他多年苦心经营得来的栖息环境一直维持着脆弱的平衡，而米拉·瓦斯克兹的出现正在威胁这种状态。尽管米拉没有就此说过什么，贝里什觉得除了安德雷·加西亚外，还有别的案子。

消失者为了杀人而重返人间。

最近这段时间，他发现警局里的气氛格外紧张。当然，没有人会向他透露半点风声，但他确信，一定出事了。光是从那个女警官口中得知警方在一个毒贩的谋杀现场找到了加西亚的指纹，就已经让他担忧不已。

而且，她提到了“凯鲁斯”这个名字。这让他害怕了。

在中餐馆的时候，他极力掩饰自己的惊讶，他告诉米拉·瓦斯克兹，这是他头一回听到那个名字。但事实并非如此。

她知道了。他不断对自己说。她知道我撒谎了。

二十年前的七人失踪案中，“凯鲁斯”这个名字是联邦警察局不愿公诸于世的一个细节。

遇到棘手的案子时，警方通常会隐瞒某些决定性细节，这样可以揭穿谎言或者检验证人证词的准确度。而当时之所以不公布凯鲁斯这个名字，考量因素其实要复杂得多。所以，只有真正涉案的人才可能知道那个词。

不过，斯蒂凡诺普洛斯却建议那名女警官找他谈谈。如果老队长泄露了那么多信息，事情肯定有什么决定性的变化。

西蒙·贝里什感到隐隐不安，什么东西正渐渐从暗处露出端倪。

或许，他刚才有点太急于把米拉·瓦斯克兹打发走了，应该让她多待一会儿才是。

28

已经超过三十六个小时没有发现新的谋杀案了。

所有人都认定这是恐怖组织所为，正在等待他们下一步行动。不过，米拉越来越相信自己的调查方向才是对的，而目前她并不打算向上级汇报她的发现。

这很冒险，但这是她天性中的一部分。

在中餐馆和贝里什聊过后，她有了许多新发现。她确信，贝里什没有告诉她所有实情。斯蒂夫队长当初警告她要小心那个男人，但他没有告诉她贝里什刚从警校毕业的时候，曾经听他的指挥，而他是证人保护计划的负责人。

不管怎样，米拉有自己的看法。无论贝里什的职业生涯中发生了什么事情，让他沦落为一个叛徒，他并没有投降。他没有像许多灰心丧志的警察那样靠着买醉来消解自己的挫败感和怨恨。他采取了另一个策略。

脱胎换骨。

离开中餐馆后，米拉回到警局。自从她在那次会议上出丑后，鲍里斯和古列维奇再也没有找过她，他们八成正在全力以赴追捕一名大规模谋杀犯和一名行凶杀人的警察。

他们不知道连环凶杀案不会以埃瑞克·文森迪的杀人案终止，也没想到事件的起始点必须往前推，在9月19日也就是罗杰·瓦林进行大屠杀的前一天，一名毒贩被淹死了。这一系列谋杀案的犯案手法已经非常清楚，只有回到过去，才能找到问题的答案。她必须追溯到二十多年前发生的事情，拿它们和现在发生的那些事进行比对。

现在和过去之间必定存在强烈的关联。

回到过去的时光机就在“灵薄狱”地下室的档案室。

米拉走下楼梯，进入一个没有门窗的地下室。走到尽头时，她在黑暗中伸出手臂，打开开关。像是一眨一眨的眼睛般，低矮的天花板下的氖灯一个接着一个亮了，展现在眼前的是迷宫般的走廊，上面竖着一堵堵由柜子组成的墙。

地下室的味道和一股冰凉的潮气朝她扑面而来。这是个远离人间的地方，日光照不进来，手机也收不到信号，它们仿佛心生胆怯，到门口就止步不前了。

米拉迈着坚定的步子朝左边走去。

她经过的那些柜子都按照时间先后顺序被贴上标签，柜门是透明玻璃的，可以透过它们看见里面的东西，编了号的塑胶袋里放着各式各样的物件。其中有折叠整齐堆放好的一叠叠衣服、不同材质的牙刷、落单的鞋子——这是因为留着一双也没用。还有眼镜、帽子、梳子，甚至还有香烟屁股。除了废弃的日常生活用品和私人物品之外，还有电视遥控器、沾着污渍的枕套和床单、脏餐具以及电话。

所有可能带有消失者生物信息的物品都被保存在本人的档案后面。

“灵薄狱”的探员总会想方设法找到这些失踪人口日常使用的某件东西，这样就能提取 DNA，或者干脆采集到指纹。要是他们能够掌握足够的线索，怀疑他们不是自愿消失时，就会把他们归入 P.V.O.，也就是谋杀案的潜在受害人。

对于儿童失踪案而言，这是标准程序，当失踪案中有暴力犯罪迹象时，也会采用这套流程。

每一位心智健全的成年人如果想的话，都有人间蒸发的自由。“我们‘灵薄狱’的人不会强迫任何人走回头路。”斯蒂夫总是这么说，“我们只是想确定他们平安无事。”

每次踏足档案室，米拉都会想起队长的话。

靠着先前数次造访的记忆，米拉在走了一小段路后来到一个算是某个房间的地方，其实，这是一块由柜子围成的方形空地，位于迷宫的中心区域。

空地中央有一张胶木桌、一把椅子和一台旧电脑。

在开始工作前，米拉把夹克放在椅背上，把口袋里的东西全部拿出来，这样衣服搁在上面就不会太沉了。除了家门钥匙、现代车钥匙和手机之外，还有贝里什在中餐馆借给她的手帕。她不假思索地拿起来闻了闻。

上面有古龙水的气味。

她喜欢那个味道，但为了打消这个想法，却对自己说：*这有点太浓了*。她把手帕重新放回那些物品中，决定忘了这件事，随即开始寻找二十年前的七人失踪案的档案。档案室的数字化工作是一年后才进行的，所以她只能看纸质版材料。

她找到档案，然后带着它回到胶木桌前。

打开之后，她立刻发现里面只有个别失踪者的资料——所有都被归为 P.V.O.——除此之外别无其他。没有关于魔术师、灵魂诱惑者或是安眠主宰者的只言片语，更别说凯鲁斯了。只有寥寥几句提到这些失踪案可能出自同一人之手。

米拉觉得文档被人“清理”过了，也就是说真正的调查结果在别的地方，“灵薄狱”档案室里的那份只是他们称之为“镜像档案”的文件，那是出于某种便利或安全考虑，刻意隐藏机密资料的档案。

不过，她有安德雷 · 加西亚。

那个没交罚款的男人就像是一种流行病的首例病患。一切源于他。

在二十年前的七件失踪案里，那个退伍军人是第一个销声匿迹的。而在这几天出现的四名杀人犯中，他也是第一个回来的。

第一个回来下手行凶的。米拉提醒自己。

所以，她应该能从安德雷 · 加西亚身上挖出很多线索，就像一个流行病学家要找到最初的感染源，好弄明白这个疾病是如何演化的。

她灵机一动，想到一个能够找出加西亚、瓦林、尼韦尔曼和文森迪的共同点的方法。

当一个人决定从世上消失时，通常不会带任何行李，部分原因是因为私人物品可能会让他或她记起那个拼命想要逃离的生活。不过，如果失踪者带走了某件东西，那么这件东西，或者更确切地说是它代表的那种情感联系可能会变成一条安全绳索，让他们随时都能掉过头回到自己的家。然而，大多数失踪案都不是预先策划好的，它们也更难被侦破。

有时候，他们就这么做了，就此而已。米拉告诉自己。他们想要逃离执念、逃离痛苦或者逃离某个人，而他们唯一能想到的方法就是彻底从世上消失。为了找到这些人，“灵薄狱”会使用几个小伎俩，也要靠一些运气。

他们总是期望失踪者会改变心意或者疏忽大意，比如用自动取款机取钱或者用信用卡付款，或者购买他们定期服用的药品。比方说，如果失踪者患有糖尿病，那么他或她就需要胰岛素。因此，“灵薄狱”的探员一定会找失踪者的医生，查出他们是否患病，第一次去失踪者家中调查时，他们也会列出药箱里的药品清单。

恰恰是这最后一个办案技巧让米拉灵机一动。

她先是启动了面前的旧电脑，这样她就不用再回到楼上的办公桌前了。她用这台电脑进入“灵薄狱”的数字档案。

她在电脑键盘上输入罗杰·瓦林、娜迪亚·尼韦尔曼和埃瑞克·文森迪的名字。三人的档案一个一个从字节组成的汪洋中浮现在屏幕上。米拉边看边在鼠标旁的笔记本上做笔记。调查结束后，她重新阅读纸上的笔记。七名二十年前消失的失踪者都在服用安眠药——她想起了安眠主宰者。

确实如此：罗杰·瓦林的家里有配给他生病的母亲的酣乐欣。娜迪亚·尼韦尔曼刚买了一盒劳拉西泮，而埃瑞克·文森迪有一张氟硝安定的处方，尽管警方一直没有在他的公寓里找到药。

加西亚和其他几名二十年前失踪的消失者之间存在着一个共通点——失眠。

对于这个发现，米拉不知道该兴奋还是害怕才好。一起陈年连环失踪案的背后可能存在幕后黑手，也许是一个连环杀手？但这一点始终无法得到证实。这些失踪案无缘无故地开始，又无缘无故地终止。

但她刚才的发现可能会推翻最后这个说法。

米拉心想。假设失眠者消失事件停止了一段时间。平静无事地过了三年，这样人们不再关注此案了，然后罗杰·瓦林消失了，事实上，他是在十七年前失踪的。没人会把这名会计的失踪和之前的案子联系在一起，一切又像之前那样重新开始。

“如果这些人重返人间，那就说明他们没有死，所以不能被称为受害者。”米拉对着一片寂静自言自语。

同样，这些失踪案背后可能有一个幕后黑手——魔术师，灵魂诱惑者，安眠主宰者——目前来看，这种假设太过武断。

但是当我提到凯鲁斯这个名字的时候，贝里什的反应很奇怪。米拉关掉电脑准备回到楼上时想起这个来。他重述当年的事情时有什么地方不对劲，缺少一小部分事实真相。关于二十年前所发生的事，贝里什掌握着一条关键信息，但他对她隐瞒了。

凯鲁斯绝对不是什么集体想象的产物。她肯定地对自己说。

米拉从桌上拿起笔记本和贝里什那块喷了香水的手帕，沿着走廊回到楼梯口，上楼朝“灵薄狱”的办公室走去，这时候九点刚过。

这一系列事件后面如果有一个思维缜密的凶手，会产生怎样的后果？为了继续思考这个问题，米拉几乎没有察觉到，在离出口只有几级台阶的时候，她皮夹克口袋里的手机在不断振动。

她取出手机看了看屏幕，有十来条短信提示有人打了许多次电话给她。

那是警局业务大厅的号码。米拉感到背脊一阵战栗，他们打电话给“灵薄狱”的探员只有一个原因。

她一到前厅便马上拨了那个号码。电话另一头很快就有人接听了。

“瓦斯克兹探员吗？”一个男人的声音问道。

“对，我就是。”她颤抖地说。

“我们一整个下午都在想方设法联系您。我们这里有一个紧急状况。”

米拉知道那句话意味着什么。

青少年失踪案的当事人通常都是自愿离开或者逃跑的，这类案子在短时间内就能被成功侦破。新生代太过依赖科技，如果他们身上带着手机，那么只需耐心等待就能找到他们的踪迹。

他们通常会关掉手机，以免被人找到，这么做也让他们的父母更加焦虑。但通常情况下，他们坚持不到二十四小时就会忍不住查看自己最要好的朋友有没有发来短信。一旦手机开机，无需拨打电话或发送短信，SIM 卡就会连上那一地区的信号站，警方立刻就能知道他们的确切位置。

运气不好的时候，失踪案会很长时间没有动静，“灵薄狱”会要求电话公司不要注销用户，因为一部手机或者一张 SIM 卡可能会在多年以后被激活。警局的业务大厅会监控那台设备等待重启信号。

“我们发现一部手机被激活了。”操作员说，“我们查过了，尽管这个号码没有拨出过电话，但它不是虚假信号。确定是被激活了。”

如果没有弄错的话，米拉觉得事情非同小可。“是谁的手机？”她马上问道。

“机主名叫迪安娜 · 穆勒。”

十四岁，棕发，深色眼睛。二月的一个早晨，她在去学校的路上失踪了。根据通话记录，她的手机是八点十八分关机的。

沉寂了九年后，这部手机又开机了。

“你们找到信号的位置了吗？”

“当然。”操作员说。

“好的，请把地址给我。”

29

那是一部老旧的诺基亚手机。

迪安娜·穆勒在公园里的一张长凳上找到了它，大概是谁忘在了那里，不过已经不可能找到它的主人了。它还能用，但不是一部特别好的手机——电池只能撑没几个小时，因为经常被乱摔，屏幕已经碎了——它自然不能和最新款的智能手机媲美，更何况小女孩失踪那会儿也根本没有那种产品。

然而，对于从没拥有过手机的迪安娜而言，它意义非凡。

它等于是一张进入成人世界的通行证。尽管它的型号已经过时了，小女孩还是把它当作一部新手机那样爱惜，甚至系上一个蓝色天使模样的手机挂件，套上满是金色星星的手机壳，把它变得美美的。她在电池盒盖里面写上迪安娜·穆勒所有，还画了一颗小爱心，上面写着她暗恋的男同学的名字首字母。对她来说，这个举动好像有魔力一般，或许会让那个男生在某一天打电话给她。

一个现在的十四岁少女很可能对这部她如此引以为豪的手机没有任何兴趣。它不能上网、收邮件或者下载小游戏和软件，不能导航，连照相功能也没有。

它只能被用来打电话或者发短信。

“你到底错过了多少东西，迪安娜。”米拉一边开车前往手机定位显示的那个地址一边轻声说。那里离她失踪的地方不远，这让她颇为感慨。

九年前，一个年轻的生命好像就这么化为乌有消散在风中。米拉相信，那部在黑暗中发出信号的手机对迪安娜有着某种意义，而她的失踪之谜正源于此。

这是一种执念。

迪安娜到了会把流浪小动物带回家的年纪的时候，有一天带着一台旧收音机从学校回来，据她说是在街上找到的。她坚持说收音机的主人把它扔掉的时候肯定不知道自己在做什么，就这么把它留在街上实在是太可惜了。

和手机不同的是，那台收音机早就坏了，根本修不好了。但对迪安娜来说这并没有任何区别。

那一次，她的母亲也任由她那么做了，她并不知道从那时起，那个小女孩开始把各式各样的东西带回家——毯子、婴儿推车、玻璃罐、旧杂志等等——每一次都振振有词。

尽管迪安娜的母亲知道女儿的怪习惯有点不对劲，但她想不出任何正当理由让她停止这种行为。隐藏在这种狂热背后的是一种对物品的病态依恋，它叫作“丢失恐惧症”。

和迪安娜的母亲不同，米拉知道这是一种令人烦扰的强迫症。受其困扰的人会不断堆积东西，根本没有办法扔掉其中的任何一件。

对迪安娜而言，只要堆积在她房间里的东西没有过分妨碍到她，她就会不停地把它们带回来。她房间里的东西已经多到让人无法轻松自如地在里面走动了。此外还有卫生问题，因为那些迪安娜宣称是偶然找到的“宝贝”实际上可能都是从垃圾堆里捡来的。

有一天，她母亲发现家里有蟑螂，这才意识到事态的严重。衣橱里、厨房的橱柜里、地毯下面到处都是蟑螂。它们是从迪安娜的房间里跑出来的，她去房间检查到底是怎么回事，然后震惊地发现几袋产生蟑螂的垃圾。她的女儿出于常人无法理解的原因把它们带回家藏在其他东西里面，她这么做已经有一段时间了。

米拉可以想象看到类似的东西时会感到多么害怕和惊讶，按照消费社会的习惯，你会自然地认为它们已经不存在于这个世界上，也因此不存在于你的记忆中了。我们扔掉吃剩的食物或再也不用的东西，确信它们从此与我们无关，会由其他人来处理。但是，一想到这些被扔掉的东西会突然回到我们身边折磨我们，就足以让人担惊受怕了，这就好比是一个我们以为已经死掉的人又突然复活了一样。

这是一件令人费解同时又毛骨悚然的事情，就像是疯子的诡异行事动机或是恋尸者的病态冲动一样。

迪安娜的母亲吓坏了，决定把女儿的东西统统丢掉。小女孩放学回家以后不得不一个人面对一片空寂。短短几天后，这片空寂吞噬了她。

迪安娜的母亲叫克莉斯，女儿就是她的一切。米拉脑海中浮现出她那迷茫的眼神。她女儿失踪那会儿，米拉还没有进入“灵薄狱”工作。她们是后来才认识的，因为克莉斯定期会来他们部门了解是否有什么新发现。每一次她的来访对他们来说也是一种煎熬。

他们看到她站在前厅门口找迪安娜的照片，确认它还在墙上，没有被人遗忘。找到照片后，她近乎蹑手蹑脚地走进来，默默等着有人注意到她。

通常接待她的是埃瑞克·文森迪。他请她坐下，给她倒杯茶，然后和她聊一会儿，直到确定她情绪平稳，可以回家。自从埃瑞克失踪后，安抚克莉斯的重任就交给了米拉。

米拉没有共情能力，所以她很难想象她的心情是怎样的，她又经历着怎样的苦痛。她精于如何对自己的痛苦进行分类：刀伤、烧伤、擦伤。这些痛苦和愤怒还有恐惧是她能够体会到的少数情感。或许，正是因为这个，她从来没有办法像文森迪那样真正和她交流沟通。尽管如此，她还是了解了许多她的事情。

比如，克莉斯不是个坏妈妈。虽然没有丈夫或是能扮演父亲角色的伴侣，她还是知道怎么抚养女儿，也知道在必要的时候严厉。她容忍迪安娜荒谬疯狂的行为是因为她知道自己并不完美，这也常常让她处于劣势地位。有一次，她告诉米拉，她确信她的女儿过得不幸福，而且偷偷恨着自己，尽管迪安娜是那么温柔体贴，实在很难想象会对人心生仇恨。

克莉斯的过错在于她太喜欢男人了。

她总是让他们占便宜，这种自讨苦吃的受虐想法让她一错再错。

不过，她这种行为的真正受害者却是迪安娜。

多少次她情人的老婆在超市里放话，叫克莉斯别招惹别人的丈夫？又有多少次她的上司厌倦了和她的私情辞退她，让她被迫换工作？她们为了躲避闲言碎语和人们的敌意被逼得抛弃一切不停地搬家。

所以，当迪安娜开始“收集”那些东西时，很可能是想给她母亲一个讯息，划出终于归自己所有的领地。因为她没有任何可以牵念的旧物件，所以只能把别人扔掉的垃圾也就是别人的过去占为己有。

可是，当克莉斯意识到这一点的时候已经太晚了，她把女儿当作一个可怜的精神病人对待。有一回，她告诉米拉，她十分确定迪安娜并没有失踪或遭人绑架。她深信自己的女儿为了逃离她这个不守妇道的妈妈而自杀，因为家里有盒氟硝安定不见了。

米拉突然猛踩刹车停下现代，发动机也跟着熄火了。她停在荒无人烟的街道中央，引擎盖里传出咔嗒咔嗒的声响，记忆中的那句话不知从哪儿冒了出来。

迪安娜失踪案中也牵涉安眠药，这绝非巧合。

这不是真的。不可能。我不信。她对自己重复着。这次她必须通知鲍里斯。她不能冒这个险。

然后，她的内心好像有一个声音对她说：可你已经走到了这个地步，他们会把你彻底从调查组中踢出去的。

那部手机在九年之后被激活了，这条讯息是给米拉一个人的。一定有什么东西或是什么人正在等待她。米拉又发动了现代。

她不想失约。

30

商务区靠近河畔。

高耸的银色建筑物主要是办公大楼，到了晚上那个时间，它们就像是空无一人的透明教堂。上班族都下班了，取而代之的是清洁工，可以看到他们正推着抛光机和地毯清洗机，倾倒垃圾桶里的废纸。

米拉开过三个街区，然后来到她要找的那个路口。

她向左转，然后沿着街行驶，直到一道竖在两栋建筑物之间的金属围栏挡住了去路。几块巨大的路牌显示这里正在施工。

她停好车，一边环顾四周一边从车上下来。那个地址在路障另一边。她又打给业务大厅确认迪安娜的手机是否还有信号并且还在原来的地址。

“手机还在那儿。”操作员说。

通话结束后，米拉开始寻找围栏入口，然后在右侧的建筑物那里找到一个。她弯下身从向内凹陷的金属网那儿通过。

她站起身，拂去双手和牛仔裤上的灰尘。面前的工地是一片废墟。她原以为至少会有个门卫，可实际上根本没有人看管这个地方。有一栋在建的大楼，目前不超过十层，但从地基的规模来看，它应该更高。大楼边上有一个大坑，那是还没有开建的另一栋双子楼的地基。走到尽头是其他在建的两栋主楼的配套建筑。

就在这些建筑物中间，伫立着一栋上世纪的红砖小楼，它是这个为了建造高楼大厦而被推土机夷为平地的旧街区仅存的建筑了。米拉仔细看了看外立面上的门牌号，然后穿过摆放大型机械设备的空地，朝它走去。恐惧的无形之手并没有阻止她前进，相反地，它正推着她继续向前走。

她朝那栋房子走去。而那栋房子也朝她迎面而来。

红砖小楼共两层。窗户内侧钉上了胶合板，上面用喷漆写着预防坍塌的字样。在新建筑中间，这座老房子看上去就像是一颗蛀牙，似乎完全被人遗弃了。

米拉靠近厚重的木门，门上贴了一张纸。那是一张市政府在二十多天前签发的征收令。根据市长下达的命令，这栋小楼会依照新的城市规划被拆除，腾出地方建造新的楼宇，所以勒令业主在三周内搬离。

米拉算了一下。根据文件，拆除工作明天就会开始。

她推了推大门看能不能进去。门框纹丝不动。她又检查了一下门锁，但是也没有打开的办法。

于是她后退一步，助跑冲过去，用肩撞向木门。一次，两次，门仍然纹丝不动。

米拉四处寻找一件能够帮她开门的东西。她在距她几米远的地方看到一把铲子，于是走过去拿起它，然后把铲尖插入大门中间的缝隙。她使劲将它往里插了几厘米，门上落下了一些小碎片。随后，她把铲子当作杠杆，用全身的重量压在手柄上然后用力推。木头发出吱吱声，门开始松动了。米拉继续努力，才不过几秒钟的时间，汗珠便从她的额头上落下来。

然后，里面有什么东西裂了，大门开了。

米拉扔掉铲子上前一步，漆黑的门廊里迎接她的只有回声。一股浓烈的恶臭扑面而来。那是一股令人作呕的甜腻气味，像一个腐烂的巨型水果。她不知道这味道是从哪儿来的。

米拉立刻从皮夹克里拿出手电筒打开，然后照向前方。光束立刻照亮了一个空旷的大开间和通往楼上的楼梯。

她转向刚刚撬开的大门，发现门的内侧其实有一根当作门闩的棍子。棍子完好无损，而铁质的门挡已经锈迹斑斑，没能经受住杠杆的压力。

米拉再次听了一下回声，希望能发现里边是否有人。

这里的声音、气味和幽暗的质地让人联想到一口神秘的井，我们把再也不用的东西或者无法忘却的东西丢进井里好让它们远离我们的视线。

米拉受不了那股恶臭，她从口袋里找出西蒙 · 贝里什在中餐馆给她擦鸡蛋渍的手帕，用它捂住了嘴。

上面还有贝里什的古龙水气味。

随后，她自信满满地仔细观察起她要面对的黑暗世界。米拉不惧怕黑暗，因为在她还是小孩子的时候就觉得自己是黑暗的一部分。不过，这并不能让她变成一个勇敢的人。她只是不会在恐惧面前逃跑，因为她需要这种感受。对那种情绪的依赖让她变得冲动行事，她很清楚这一点。她本该转身回到车上打电话给警局同事的。但她拔出佩枪，慢慢走上楼，看看在上面等待着她的究竟是什么。

31

楼梯尽头有一扇门。

那股令人作呕的臭气就是从那儿传来的，即使用手帕遮住鼻子和嘴巴，她仍然能闻到那股味道。米拉伸出手试推了一下门，但只是用手指轻轻一按，它就开了。

她举起手电筒。

一叠叠旧报纸堆得像柱子一样高，都快顶到至少有三米高的天花板了。它们一个挨着一个，筑成一道无法逾越的墙，只留了一个刚够开门的空间。

米拉进入那条通道，正苦恼怎样才能越过那道屏障，当她移动手电筒的光束时，发现了一个缝隙。

她毫不犹豫地挤身进去。

在她面前的是一条刚够一个人通过的走廊，它像是一座峡谷，两边是废旧物品堆砌成的高墙。她在那条小径里行走着。像一名拿着鞭子留心一头凶猛野兽的驯兽师，米拉靠着手电筒驱赶伺机袭击她的黑暗。

她的周围应有尽有。

塑料容器、空瓶、罐子还有金属废料。各种款式和颜色的衣服。一台 20 年代的缝纫机。皮革装订的古董书，或是彩色封面的现代图书，但它们的封皮全都因为年代久远而损毁了。洋娃娃的脑袋、褶皱不堪的香烟盒、帽子、行李箱、盒子、老音响、发动机部件还有鸟标本。

这里像是一个疯了的旧货店老板的仓库。或者说是一头巨大的鲸鱼的胃，它在漫长的海洋旅途中吞下了各式各样的东西。

不过，这种杂乱无序是有它的逻辑的。

米拉虽然无法理解，但她就是看得出来。它就在眼前，但很难解释清楚，她明白这一点。它似乎是有章法的。好像每件东西都被准确地放在它该在的地方。仿佛有人出于什么不得而知的原因，试图整理好一个巨大的垃圾填埋场，根据一个不可告人的标准对垃圾进行分类，每件东西都发挥着重要作用。

眼前这幅景象的解释只有一个——丢失恐惧症，迪安娜·穆勒的偏执强迫症。

不过，这一次她的工程浩大。这里是一个令人难以置信的塞满东西的大仓库，一个变成迷宫的庞大空间。

在走道中行进的过程中，米拉感觉脚下有别的东西。它们是从那些垃圾堆上掉下来的，这让她清楚地意识到她周围的东西有多不稳固，于是她更小心地走下去。

到达尽头后，她发现垃圾堆形成的峡谷分出了两条岔路。米拉用手电筒照了照两边，看看是否能发现什么线索让她作出正确的选择。她选了右边那条路，因为它看上去是通往迷宫中心的。

这里就像是“灵薄狱”的档案室，里面塞满了数千人的遗物，它们是唯一能够证明这些人曾经活在这个世上的证据。

影子军团。米拉想起这个词来。他们怎么了？迪安娜·穆勒的手机在哪儿？那个女孩在哪儿？

突然响起一阵沙沙声，米拉不得不停下脚步。是老鼠。这里应该到处都是老鼠，还有蟑螂。她把手电筒照向地面，她的猜测得到了证实。地上散落着它们的粪便。

她感觉有许多双眼睛正注视着自己，搞不好有数千双吧。它们躲在暗处观察米拉，想弄明白她究竟要做什么，同时，它们出于本能地琢磨着米拉这个闯入者是一个威胁还是一顿可口的大餐。

为了驱散这个念头，米拉加快了行进的速度，她的膝盖撞到了突出的墙角。她及时抬头看见一团东西从顶上滚落下来砸向她。她举起双臂遮住脑袋，或硬或软的杂物轰隆作响地滚落下来掉到她身上。她的手电筒被砸中后掉了，然后被埋在坠落的东西下面熄灭了。手枪也掉落在地上，不慎走火，在那个极其狭小的空间内发出了令米拉震耳欲聋的轰鸣声。米拉蹲下身等待塌方停止，那一刻无比漫长。

终于，一切停止了。她慢慢睁开双眼。

米拉耳鸣得厉害，那单调刺耳的声音响个不停。疼痛和恐惧交织在一起，衣服下的脊椎和双臂隐隐作痛。不过她的皮夹克还是缓冲了部分撞击。米拉的心脏剧烈地跳动着，她感觉胸口快要被这搏动捅破了，这才想起自己得好好呼吸，于是忍着恶臭扯掉脸上的手帕。多年的自残行为告诉她，没有骨折。

她站起身，移开盖在她身上的东西。黑暗借机向她袭来，她能感觉到脸上的那股邪恶的气息。所以，她立刻找起手电筒来。

如果有什么是比被一大堆垃圾压扁送命更糟糕的话，那一定是留在一片漆黑中找不到出口了。

终于，米拉找到了手电筒。她的双手颤抖着，当按下开关键时，有一瞬间她不确定灯是否能亮起，这让她快要吓出心脏病了。

她摇动着手电筒，看看到底发生了什么，还要找她的手枪。

她的周围堆起了一座小山。米拉把双手伸进那堆东西，希望能靠指尖摸到武器。她尽可能地俯下身，终于看见了手枪。

它距离她一米远，但它上面的东西支撑着整座垃圾墙。只要从里面抽出哪怕是一件东西，那座山就会再次坍塌。

*该死。*她心想。

她一只手捂住嘴，另一只手放在疼痛的身侧。米拉尝试着思考，但无休止的耳鸣让这变得很困难。她必须继续往前走，之后再回来找枪。除此之外没有别的办法。米拉环顾四周想找一件可以当作武器的东西。她找到了一根铁棒，握住掂了掂分量，应该可以。

塌方让原本的垃圾墙裂出一道缝隙。这是唯一一条能走的路了，米拉跨了过去，来到一个平行的走廊。

她小心翼翼地走着，时不时会瞥见类似一窝昆虫的东西，但她选择视而不见。她也能听到老鼠逃窜的声音。

它们好像在引导她朝某个特定的方向走。

转了几个弯后，米拉计算了一下，应该走了至少有五十米。光束照亮了一个几步开外的障碍物。另一堵垃圾墙也坍塌了，通道被堵住了。她正打算往回走，这时却发现废墟底部有什么东西。那是一根白色的长条物体。米拉不想弄错，所以她又靠近了一些。

是一根胫骨。

这不是幻觉。米拉移动手电筒，发现垃圾堆里露出了人骨的其他部分。一个手肘，还有一根手指。

毋庸置疑，那是迪安娜·穆勒。

天知道她死了有多久了，很可能至少有一年了。*我的下场差*

点和她一样。她心想。如果刚才的塌方没有停止的话，米拉肯定也会遭遇相同的命运。她打消这个念头，然后试着越过那个障碍物，这过程中尽量避免踩到尸体残骸。

不远处有一块空地。

她走过去后才发现那是一间凹室，地上扔着一张床垫，上面铺着脏兮兮的毯子和床单，迪安娜就睡在那儿？桌上放着一些发出腐臭味道的食品罐头，还有各式各样的东西，比如塑料叉子，CD 或者玩具，出于某种人们无法理解的原因，它们被视为更值钱的东西，所以值得拥有一个特别的安身之处。

在这堆乱七八糟的东西中，米拉认出了一个蓝色天使挂件，这才惊觉它还挂在迪安娜的手机上。

米拉放下铁棒，用嘴咬住手电筒。她拿起手机，仔细看着金色星星手机壳。

屏幕是开着的，但是没有来电或拨出电话记录。

她打开手机背板，确认后面是否有迪安娜·穆勒所有的字样还有那个她喜欢的男同学名字的首字母，这将证明它就是那个消失的女孩的手机。就在这时，她发现手机电池是最近才被更换的。这很正常，迪安娜也抱怨电池寿命短，不然它也不会连一个下午都撑不到。

米拉猛然意识到，这肯定不是那个躺在几步开外咽了气的女人换的，她也不可能在九年后重启这部手机。

米拉僵住不动，觉得黑暗在她的身后蠢蠢欲动。她又拿起铁棒，然后握住手电筒。为了看清环境，她缓慢地转动手电，这才意识到她正后方的垃圾堆中间还有另外一条路。

米拉避让着身边的东西朝那个缝隙走去，她不得不匍匐着通过那里。她用拿着铁棒的那只手撑在盖着一层报纸的脏地板上往前爬，另一只手举着手电筒，照亮前面的路。终于，她爬出了那条通道。

这里还有一间房。

不过，和第一间不同的是，这间房间里有一种特殊的秩序，一种精心打理的秩序。正中央放着一张真正意义的床，上面铺着床单和毯子，边上有一个床头柜。一张矮桌上堆着形状各异的蜡烛。这种对房间装饰的重视不禁让米拉想起她母亲引以为豪的客卧。

她觉得这个房间不只是迪安娜·穆勒的避难所，它还是某个深受敬重的重要人士的藏身之处。毕竟，这个地方是让一个人从世界上消失的不二之选。

米拉完全沉浸在这个新发现中。当她听到迷宫远处又有东西坍塌下来的声响时，她毫不迟疑地立即关上手电筒。

有人在那里。

32

持续不断的耳鸣声害她没有察觉到那个人的存在。

多亏了塌方的轰响声，她这才意识到。她看到那个人也有手电筒，它的光被折射在了天花板上。

他躲过了塌方，这会儿正朝她靠近。

米拉从那个她称之为“客卧”的房间里出来，她不想在一个死胡同里被突袭。她应该回到走廊，这样至少能有一条逃跑的路。不过为了不被发现，她只能关上手电筒，这样就很难在行进中不引起另一次塌方。

她得想出什么法子。她身上没有手枪，而之前找到的铁棒只有在近身打斗时才管用。但是如果那个人有枪的话，她该怎么办呢?

她心想，如果他是这儿招待的“贵客”，那么他会朝他的藏身处走，也就是朝她这个方向过来。眼下唯一的办法只能是朝他那边走，与他正面对决。但这是疯狂的举动。

米拉努力保持冷静，回想在警校时学到的守则，那些知识在她多年的警察生涯中很有用。首先必须精准判断自己所处的位置。四周一片漆黑，米拉只能尽量靠记忆拼凑她周围的环境结构。

她想起迪安娜睡觉的地方，地上的床垫上有几条毯子。她拿起一条，然后摸索着，小心翼翼避开她的遗骸，离开那里。

或许有个躲开那个人的办法。

不过，她得先找到最合适的地点才能让计划奏效。走廊里有个靠近柱子的地方比较宽敞，米拉觉得那个宽度应该够了。她躺下来，把散发着恶臭的毯子卷在身上。

她的计划是先躲起来，等待对方走过去。

然后她就能畅通无阻地跑到出口了。既然别无他法，米拉觉得这是个好主意。但她必须赶快，不管那人是谁，他已经很近了。

那儿的空间够大，就算他走过去，也不会注意到她。如果不幸被发现了，米拉就会出其不意地从毯子里出来，用铁棒对付他。不过，她希望这一招不要派上用场。她告诉自己，不会有事的。

她躺好后静静聆听四下的动静。枪响造成的耳鸣完全没有消退的迹象，或许恐惧还让它有增无减。米拉躲在毯子下面，眼睛的位置露出缝隙，这样可以观察周遭状况。但是她不能动，所以视线非常有限。

米拉看见光束穿过通道照射进来。尽管听不见在废弃物铺成的地毯上发出咯吱咯吱声响的脚步，她还是知道对方的每一步都走得小心翼翼。

他知道有人闯进来了。一个声音在米拉的脑海里不断重复着。他知道。

那人越来越近了，她几乎能听见他的呼吸。随后，人影不偏不倚地停在她的身旁。从那条缝隙中，她能辨别出那人穿的是一双男鞋。她屏住呼吸，努力不发出任何声响。

为什么他待在这儿不走了？

时间停滞了，米拉觉得有什么东西重重地坠落在她的腹部，宛如一阵冷流在她的血脉中蔓延开。是恐惧，多次向她召唤的恐惧。刹那间，她觉得脑袋里不断响着的嗡嗡声快要把她逼疯了。人影朝着她的方向转过来，就在手电筒的光照到她的藏身处的那一刻，米拉使出浑身力气挥舞着铁棒从毯子下面冲出来。刺眼的灯光阻碍了她的视线，但她还是豁出去用力一击。铁棒持续下落，这意味着她没有击中目标。她又试了一次，这次擦到了他，足以让他失去平衡倒在地上。他手里的手电筒掉了，这里再一次被黑暗笼罩。

“米拉！”她听见地板上的那个人叫着，“等等！”

米拉气喘吁吁地继续挥动着棒子，想在黑暗中找到目标，她吃了一惊，近乎尖叫地喊道:“你是谁？”

人影默不出声。

“你是谁？”她又问了一遍，这次语气更坚定了。

“是我，贝里什。”

因为耳鸣的缘故，米拉无法辨别他的声音。“你怎么知道我在这里？”她的音调因为焦虑而变得刺耳。

“我打电话到警局，他们告诉我你在这儿。”

“你为什么来这儿？”

“我改主意了，我现在才发现形势很严峻，所以打算帮助你。”

米拉想了一下，觉得他的说法是合理的。“去你的，贝里什。”她放下棒子说道，“你快点找到你那该死的手电筒。我没办法待在黑漆漆的地方。”

“那你扶我起来。”

米拉正准备倾身向前好在黑暗中摸到他，就在那一刻，有人从背后抓住了她的手。她本能地转过身，闻到一股熟悉的味道。她吓坏了，但没有做出任何反应。那一瞬间像是被放慢了速度。她身后的那个人把她拉向自己，随后响起了枪声。枪击在寂静无声的走道里发出隆隆响声，出现短暂的火光，米拉这时才明白那个猛拽她的人才是西蒙·贝里什，而那个让她镇静下来的气味正是他的古龙水。

躺在地上的那个男人骗了她。在连续射击带来的几次短暂光芒下，那个冒牌贝里什转身逃跑了，米拉没有看清他的脸。她看见他躲过子弹，消失在第一个拐角后面，峡谷两边的垃圾墙像是在为他掩护一般，在他身后坍塌了。

枪响停止后，真正的贝里什转向她。“我们快走！”他叫道。

他在黑暗中拽着她，走了几米后，随即打开带在身上的手电筒。米拉紧紧握着他的手跟在他身后，小心自己的步伐，不想随便乱踩一气。贝里什奔跑着，他好像很熟悉通往出口的那条路。

米拉陷入了恐慌，她的步子慢了下来，那是在噩梦中逃跑时总会出现的可怕缓滞感。她想要加快脚步，可自己就像在一堆油腻的液体上奔跑，而且黑暗让它变得愈发黏滑。

不一会儿，米拉认出了她刚到这里时看见的那个门厅。大门就在那里。它是那么近，以至于看上去如此遥不可及，走出那扇门的想法美好得有些不真实。那扇门好像会呼吸一般，让她嗅到了门外的新鲜空气。

他们跨过门槛，面前就是楼梯了。米拉觉得脚下的阶梯仿佛在摇晃，像是某个怪物血盆大口中的利牙。在那一刻，她听见屋外不断传来狗吠声，似乎在呼唤他们。自由越来越近了。

在走出大门的那一刻前，米拉感觉红砖小楼正虎视眈眈地想要把他们关在里面。她闭上眼睛，默默计算步伐。

贝里什走到爱犬身旁，弯下身安抚它。“安静点，希什，没事了。”

他们喘了一口气。希什平静下来。贝里什看着米拉，她惊魂未定，双手捂着耳朵，五官因为痛苦而扭成一团。他觉得有必要向她解释。

“我打电话到警察局才找到你，是他们告诉我你来这儿了。”他猜米拉还听不太清，于是大声对她说。

“所以，那个假冒你的家伙知道我找过你，需要你的帮助。如果是这样的话，说明那个人在跟踪我。”米拉一下子觉得又气又恼。“那个男人是谁？”她指着那栋小楼问。

但贝里什没有理睬她的提问。“该死！这是个藏身的地方。我还从来没见过。”

“你在说什么？”

贝里什仍然蹲在那里。“那个丢失恐惧症患者的避难所。”

一个什么东西藏身的地方？米拉感到一阵嫌恶。迪安娜·穆勒把自己关在那个房子里，与世隔绝，却为某个人准备了一个藏身之处。“那里面有个房间，她准备接待某个客人。”

贝里什抓住米拉的肩。“你得通知大家，让他们都过来。他被困在里面了，你难道看不出来吗？他已经无路可逃。”

贝里什的眼神流露出担忧。米拉什么也没有问，正当她拿起电话想要打给警局里的鲍里斯时，希什又叫了起来，这次更响了。它是冲着他们背后的什么东西叫的。米拉和贝里什立刻转身看向红砖小楼。

灰烟从钉着胶合板的窗户里飘了出来。几秒钟后，窗户在火焰中爆炸了。

两人赶紧用手遮住脸，迅速和希什一起撤离，而房子内部已是一片火海。

到了安全的地方后，他们转身看着那场大火。

“不，千万不要。”贝里什不由得叫出声来，嗓音因为痛苦和无力而扭曲。

“看着我。”米拉迫使他看着自己，“那个男人是谁？你明明认识他。”

贝里什目光低垂。“我没有看到他的脸，但我想应该是他。”

“谁？”

“凯鲁斯。”

爱 丽 丝

443 - **Y**/27 号证物

2012 年 9 月 26 日晚救护车当班护理人员的证词：

“我们在快到夜里十二点的时候抵达伤者的住所。先前已经通过电台得知他的状况，也知道他是一名警察。我们到的时候，伤患身上有大面积的三级和四级烧伤，而且有严重的窒息症状。尽管临床征象危急，但那个男人的意识是清醒的。我和救护队员们准备实施标准急救程序，避免引起可能的并发症，并努力稳定住他的呼吸，他看上去非常激动，坚持有话跟我们说。他把呼吸器扯下来，在几秒钟的时间里重复着断断续续的话，我们只听明白一句，就是‘求求你们，我不想死’。但是他在去医院的救护车上断气了。”

33

大家都在等“法官”。

工地上驻扎着警察部队，但在警察局长抵达之前没有人敢说什么或是做什么。案发现场就像是被封冻了一样。

与此同时，火势已被控制住，但红砖小楼也已经被彻底烧毁。房子里堆积的那些东西在燃烧后产生了一片有毒的蒸汽云，在黎明时分的光线下，天空呈现出一种璀璨的颜色。

它产生的效果是迷人的，同时也是致命的。米拉一边欣赏着这个景象一边想。

邪恶的事物也可能具有美丽的外表。不过，消防队员为此不得不疏散整个街区的人员。

“这还真是我们需要的曝光呢。”鲍里斯是这么评价的。

他不愿和她说话。鲍里斯气坏了，但米拉担心除此之外，他对自己大失所望。她把他当作外人，没有把自己的新发现告诉他，但更重要的是，米拉不相信他。他们俩的关系已经出现了无可挽回的裂痕。

古列维奇也对她视而不见。那天晚上米拉打电话给他而不是鲍里斯，这么做是为了避嫌，免得别人怀疑她和老朋友鲍里斯串通一气。增援部队抵达之后，古列维奇不动声色地听完她的报告。米拉对他说了她独自调查的进展，从窨井盖里找到的剪报，到那条提到凯鲁斯的短信，最后是迪安娜·穆勒的事情。

她只省略了一个细节——西蒙·贝里什。

是她让他走的。她不想让上司看到他在那里。他的名声已经够臭的了，不需要因为一起别人的案子受到责难。米拉向他保证，之后一定会去找他，告诉他最新情况。

十来分钟前，消防队员通知他们可以摘掉防毒面具。火场废墟散发的有毒气体已经被喷射的泡沫控制住了。

米拉的耳鸣停止了，但那个男人在幽暗世界中的声音却在她脑海中挥之不去。

他巧妙地将米拉引入藏身的那个陷阱。*他在监视我。他知道我会听从恐惧的召唤。*她心想。

贝里什说他就是凯鲁斯，这样他就承认了安眠主宰者是真实存在的。可在他们第一次见面的时候，他为什么要隐瞒真相呢？

一辆深色玻璃的黑色宝马从警方为杜绝媒体与好事民众进入事发现场而设下的路障中穿行而过。车子正好停到了在建中的那栋高楼下面。米拉认出了“法官”的车。古列维奇和鲍里斯立马迎上前去。

车上的乘客没有下来，而是继续坐在里面，她摇下车窗和站在外面的两人交谈起来。米拉站在车子的另一边，所以听不到他们的对话。几分钟过去了，两位督察终于侧身，好让车门打开。

十二厘米的高跟踏上布满灰尘的水泥地。随即出现的是一头闪亮的金发。不变的黑色长裤套装，即使是大清早也毫无瑕疵的妆容。

“法官”乔安娜·肖顿总是如此无可挑剔。

警局里流传着许多关于她的故事，但全部都只是小道传闻。

大家只知道她是单身，且私生活极为保密。更重要的是，那些流言蜚语中没有一个涉及她的性别，这足以说明她有多么令人望而生畏。她的履历完美无缺，能够升到总指挥官的位置当之无愧。

乔安娜·肖顿在警校时就以最优异的成绩崭露头角，但她刚进入警局的时候，他们并没有立刻给她一个像样的职位。她看起来大有机会，但她总是让男同事们相形见绌，而自以为是的个性更让人头痛不已，所以上级只把一些小案子派给她。然而，她总是有办法凭借学习能力、承担责任的勇气和自我牺牲精神脱颖而出。她甚至很快就把“法官”这个贬义绰号变成一个令人敬仰的头衔。

记者们立马爱上了她。

她拥有模特般的外貌和老派警察的严肃个性，是上头版和电视的不二人选。她的上司一直担心联邦警局的形象通过一个性感的金发女郎渗透人心，而他们害怕的事情真的发生了。

在短短的两年时间里，乔安娜·肖顿面对各种不同的工作游刃有余，成为警察局史上最年轻的督察。在那之后，她便一路平步青云。

她摘下太阳眼镜，迈着自信的步伐走向案发现场的中心位置，开始打量红砖小楼的废墟。

“谁能跟我报告一下最新情况？”

工作卖力的古列维奇、鲍里斯和消防队长立刻围到她身边。先开口的是消防队长。

“我们在一小时前控制住火势。但是那座房子几乎立刻就坍塌了。据一名你们的探员说，火是突然着起来的。但我不认为这是一起纵火案，那里边积压着那么多的易燃物，只需一撮火花就会起火。”

“法官”琢磨起那句话。“显然，这一撮火花等了那么多年，恰好选择今晚把所有东西都烧了。”

肖顿尖酸刻薄的评论像一粒掉进池塘的石子一般，只换来一片寂静。米拉发现他们永远都不知道如何应对她。没人知道她是在开玩笑还是用这种讽刺来鞭策他们规矩行事。

“瓦斯克兹探员。”“法官”看都没有看米拉一眼就叫她过来。

米拉朝那几个人走去。“法官”身上散发出香奈儿香水的味道，像一个强大的气场笼罩着包括米拉在内的几人。“是，长官。”

“他们跟我说您在里面看见一名男子，他曾企图袭击您。”

事实并不完全是这样，但米拉还是按照和贝里什商量下来的版本说。“在短暂的打斗中，我的手电筒掉了。周围一片漆黑，但我还是开了几枪，然后他逃走了。”

“所以您没有打中他？”

“我想没有。”这次米拉说的是实话，“我看见他逃跑了。然后我也逃出来了，因为那里面的东西可能会全部倒下来压在我身上。”

“您弄丢了手枪，对吗？”

米拉目光低垂。对一名警察来说，弄丢佩枪并不是件光彩的事情。她不能说出是贝里什开的枪，所以也不必承认其实她是因为愚蠢的分心才弄掉手里的枪。不管怎样，最后她还是颜面扫地。“是的，‘法官’。”

肖顿暂且把注意力从她身上移开，四下张望着问：“常在哪里？”

不一会儿，法医穿着一身石棉工作服出现在炽热的废墟中。

他摘掉头罩然后加入他们的行列。

“您找我？”

“你们在现场找到尸体了吗？”

“房子里有大量化学物质、碳氢化合物和塑料制品，所有这些东西在燃烧时都会产生非常高的温度。再加上建筑物是砖结构的，简直就像个大火炉。在这种情况下，任何人体残骸实际上都会被融化掉。”法医确信地说道。

“可那个男人明明就在里面。”米拉近于尖叫着说道，但其实并没有人在指责她说谎。“那里面有迪安娜·穆勒的尸骨，她是在十四岁时失踪的，九年来杳无音讯。”

“从来没人发现异状吗？这怎么可能？”“法官”问。

“这个房子属于未分割财产的一部分。”古列维奇无视米拉澄清道，“据那家公司说，他们本来要在今天拆除这栋房子的，里面没有人住。这段时间里，社会福利部门从没接到任何报告，这真是太不可思议了。你们看看周围：我们所在的地方又不是人迹罕至的郊区。这里是商务区，每天来来往往或在这里工作的人数以千计。”

没错，但黄昏过后这个地方就荒无人烟了。米拉很想开口反驳，但是她只是摇头，表示自己并不认同。

只有鲍里斯没有雪上加霜，他只是回避米拉的目光。比起古列维奇暗有所指的指控，沉默更让米拉受伤。不过，乔安娜·肖顿却显得镇定自若。

“如果事情像瓦斯克兹探员说的，那么那个袭击她的男人放了火，然后选择葬身火海。”古列维奇自负地说，“他为什么要这么做？这不合理。”

“法官”再次转向消防队长。“我想您应该已经找过这间屋子的建设公司了吧？”

“是的，我们讯问过他们，因为他们很熟悉这栋屋子的情况。”

“请您告诉我，除了大门之外，有没有其他方法进入那个房子？”

队长想了想。“嗯，下水管道正好从房子下面经过。我不排除有人从建筑物内部进入房子的可能性。”

“法官”转向她的几位男性同事。“这是一个你们没有考虑到的可能性。也就是说，住在这栋房子里的人可能有另一种掩人耳目的方法出入这里。袭击者可能也是用这种方法在纵火后逃之夭夭。”

米拉没想到肖顿会表态支持自己，她感激在心。但她不会对此抱有太多幻想。

“法官”终于看着她说：“亲爱的，您的同事之所以会怀疑您，是因为您完全无视等级制度，不等上级指示就擅自行动。除此以外，您还影响了调查工作，要想重新理清头绪已经很难了，因为如果有证据的话，它们也已经在大火中付之一炬。”

米拉很想开口道歉，但是她这么说可能听起来会像是闷闷不乐的谎话。于是她默不出声，低头继续听“法官”说。

“如果您觉得您比我们优秀的话，请尽管说。我知道您的工作表现，我很清楚您有多能干。但是我没想到一个经验老到的女警官会搞出这种事来。”肖顿转身看着其他人，然后说：“让我们两个单独待一会儿。”

34

三个男人迅速交换了眼神，然后走开了。

尽管数量上占优势，这些男性在“法官”面前永远是甘拜下风的部下。

现在只剩下她们两个了，肖顿像是在斟字酌句一般等了几秒钟，然后说:“我很想要帮您，瓦斯克兹探员。”

等着另一通责骂的米拉大吃一惊。“抱歉，您说什么？”

“我相信您。”

这远远多过于是支持，听起来完全是一种结盟的提议。

肖顿开始往前走，米拉跟在她的后面。“我来这里的路上古列维奇督察向我汇报了最新情况。他说您想把一些二十年前发生的事件写进报告里。”

“是的，长官。”

“魔术师，灵魂诱惑者，安眠主宰者……对吗？”

“还有凯鲁斯。”米拉补充道。

“啊，是的。”“法官”停下来说，“还有这个名字。”

米拉确信肖顿之前一定听过这个名字。也许她是少数几个知道真相的人之一。

“我记得失眠者一案。”“法官”说，“那件案子之后，证人保护计划也终止了。几年后，一名参与案子的特别探员涉嫌另一起丑闻，名誉扫地。”

米拉知道她指的是西蒙·贝里什。她没有问发生了什么，但肖顿却自己告诉了她。

“他接受贿赂，放跑了一个他本该保护和监视的犯罪组织的线人。”

米拉不敢相信这就是贝里什被排挤的原因，她没办法把贝里什想象成一个腐败的警察。但是她看出肖顿迫不及待地想告诉她这件事，于是附和她说：“我想那名探员一定已经不在警局工作了。”

“法官”停下来，转身看着米拉。“很遗憾，我们一直没有找到证据证明他有罪。”

“您为什么要告诉我这些？”

“因为我不想您去找他。”她开诚布公地说，“无论发生什么，您都只会来找我，好吗？”

“好。要是我决定在报告中提到凯鲁斯，您会不会反对？”米拉试探着问道，不知是否会激怒她。

“完全不会。”“法官”轻描淡写地说，随后悄声说，“不过，如果您想要一个建议的话——同为女性的角度——我不会这么做。那件案子是二十年前的陈年旧事了，没有任何证据或线索，很可能会让您陷入困境。那些绰号也没有任何意义，它们只是媒体编出来吓唬民众、增加收视率或者报纸和杂志销量的把戏罢了。千万别做追查虚构人物这么可笑的事情。”

然而，米拉不禁想起那天晚上在屋子里遇到的人影。他和所有人一样，是一个有血有肉的人。也许当下的各种因素——那个巢穴、幽暗的环境，还有自己的恐惧——让这个人的形象变得异常可怕，但他绝不是凭空想象出来的恶魔。

的确有这个人，他是真实存在的。

“那要是我在报告里说我是被一个陌生人袭击了呢？”

肖顿笑了。“这样肯定好多了。”随后，她紧盯着米拉，“我从调查一开始就关注您的表现，我认为您很出色。我也知道对于这一系列凶杀案背后存在着一个恐怖组织的假设，您持怀疑态度。”

“事实上，我仍然不相信这种说法。”

“我能否冒昧地寄希望于您的想法，瓦斯克兹探员？”

米拉不知道她的话是什么意思。

“古列维奇请求我把您踢出调查，但我觉得您可以在其他方面派上用场。”肖顿示意她的司机，只见他立刻从车上下来，递给她一个褐色文件夹。

“法官”把它交给米拉，米拉仔细地看着文件夹，它很薄。“这是什么？”

“我想让您换个新的调查方向。我确信，这里面有一样东西，您肯定会感兴趣。”

35

办公室一直都是他的避难所，但如今却变成了一个牢笼。

贝里什来来回回地走着，试图找到逃出这里的方法。

“我没有击中他。”他对着窝在角落、脑袋跟着焦虑不安的主人的脚步转来转去的希什说。

贝里什为了前一晚发生的事情惴惴不安。他的手在黑暗中颤抖了，没有击中目标。毕竟他已经有段时间没有拿枪了。他忍不住自嘲，仰仗身手的男人变成了精于思考的男人了。

但最糟糕的是，他没有看清那个让他二十年来饱受折磨的人的脸，现在又多了好多疑问，让他不得安宁。

凯鲁斯回来了。他不断告诉自己。

那天晚上，在他离开工地之前，米拉对他说了这几天发生的所有事情，从罗杰·瓦林犯下的大屠杀到娜迪亚·尼韦尔曼和埃瑞克·文森迪的杀人案。所有人都和安德雷·加西亚一样人间蒸发，然后再度现身，而目的只有一个——杀人。

贝里什认真听了犯罪报告，它们一开始被定性为复仇，后来又被认为是恐怖主义行动，与此同时，一种沉寂多年的熟悉的恐惧在他内心深处滋长起来。他觉得喉咙被什么东西哽住了，仿佛所有的疑惑和忧虑都涌向那个部位。

发生了什么事情？为什么会有一连串的凶杀案？

每次他焦躁不安的时候，西尔维娅都会想办法安抚他。记忆仿佛是在迷雾中闪着光的海市蜃楼般穿过那层无形的痛苦弥漫开来。西尔维娅微笑着轻抚他的手，给他慰藉。

贝里什日日夜夜都在想她。

即使他自以为能够将那段记忆放逐到连他自己都无法触及的地方，西尔维娅却像是一只每次都能找到回家的路的猫咪，总有办法出现在他的脑海。他总是会因某些物件或某处风景突然看见她的身影，或是在某首歌的歌词里听见她对他说话。

尽管他们的恋情如此短暂，他依然深爱着她。

他们俩的关系刚结束时，一种狂热的情感在他内心激烈涌动着，像是在质问他为什么会这样，责怪他毁了这一切。而现在，这种情感转而成为一种遥远的怀旧之情。它在心中浮现，贝里什会用手指触碰它那么一小会儿，像是欣赏令人回味的景致一般注视着它，然后任凭它再次沉入心底。

初次见面时，她乌黑的辫子就拨动了贝里什的心弦。没过多久，他发现西尔维娅解开发束的时候，是在传达她想要做爱的讯号。那天的她并不美，但贝里什立刻意识到自己不能没有她。

三声敲门声把贝里什拉回了现实。

他愣在房间正中间。希什也警惕起来。

没有人会敲这间办公室的门。

“我们在那房子里看到的那个男人可能利用下水道逃出了火场。”

米拉的情绪太激动了。贝里什把她拽进办公室，希望没有同事注意到她。“你怎么到这儿来了？”

她晃了晃手里的褐色文件夹。“肖顿跟我说起你了。是她主动提的，她建议我，不，应该说警告我要离你远远的。既然局长特别交代，说明这背后一定有隐情。”

贝里什吓了一跳。他猜不出肖顿对米拉说了什么，或许他完全可以想象，只是不希望米拉受到她的影响。不过既然米拉来这儿找他，这种可能性就能被排除了。

“我知道你宁可被当成叛徒。”米拉见他不说话，于是说道，“我明白，但现在你过得未免也太舒服了吧。我要知道所有事情。”

贝里什想要让她说话小点声。“我已经把所有事都告诉你了。”

米拉指着门说：“在外面那个现实的世界里，我不得不为你撒谎。我跟局长说了一大堆谎话，就是为了不让你惹上麻烦，你欠我一个人情。”

“我昨晚救了你一命，这还不够吗？”

“我们两个现在都脱不了身。”

随后，米拉把她带来的文件夹放在办公桌上。

贝里什看着文件夹，好像它是颗随时会爆炸的手榴弹一样。“那里面是什么？”

“证明我们到现在为止一直都没有错的证据。”

贝里什绕过办公桌坐了下来，十指交叠撑住下巴。“好吧。你想知道什么？”

“全部。”

二十年前，那七名失眠者的失踪案另有下文。

联邦警局调查过同性恋退伍军人、快递小伙、女学生、自然课的退休教师、寡妇、床上用品商店女老板和大型百货公司女店员之间的共同点。

要是他们能找到某种关联，或许就能知道他们是不是真的被人掳走，以及为什么有人对他们产生兴趣，让他们消失。不过，除了失眠症这个太没有说服力的细节之外，他们一无所获。

它看上去像是媒体基于单纯的巧合故意编造出来的夸夸其谈。毕竟，这座城市里每天会有多少人消失？又有多少人在服用安眠药？不过，就算警方不以为然，舆论依然喜欢这一连串事件背后有一个幕后主使这个骇人听闻的理论。

就在这个时候，出现了一些证人。

“总有人看到或自以为看到了什么。我们在警局早就能训练有素地辨别出那些想出风头的夸大其词者或偏执狂，我们知道该怎么对待他们。首先，我们会观察他们是不是等待了很久才现身。其次，他们讲的版本通常都相差无几，也就是那个经典的故事。他们会说觉得那些失踪者的家门口有个可疑分子。然后，我们会建议他们绘制人像拼图。不知道为什么，大家描述的罪犯长相几乎都一样：小眼睛，宽阔的前额。根据人类学的解释，这是我们在进化过程中继承下来的：敌人在注视我们的时候目光会变得锐利，而当我们在空旷的地方寻找躲藏着的敌人时，最先注意到就是额头。不管怎样，如果出现这两个身体特征，几乎就能确定这幅人像拼图派不上什么用场了。”贝里什清了清嗓子，“但是，其中一个证人给我们提供的人像拼图似乎是可靠的。”贝里什打开办公桌抽屉，递给米拉一张人像拼图。

凯鲁斯这个让人消失的男人长着一张中性的面孔。

这是米拉在仔细观察图片，确认他是否就是她前一晚在贝里什开枪时的火光中瞥见的那个人时最先注意到的一件事情。尽管这幅平面人像拼图笔触单调，缺少透视效果，她仍然能从画中看出精致纤巧的五官。它们的重点全部集中到一双黑色的眼眸，它们像是一对漩涡把周围的光线都吸收了进去。深色头发像王冠一般覆盖在瘦骨嶙峋的前额上。颧骨很高，嘴唇饱满。下巴中间的美人沟给人一种力量和优雅兼而有之的印象。

就像意料中的一样，凯鲁斯长得根本不像恶魔。

“证人的证词精准翔实，每个细节都有据可查。据其描述，凯鲁斯身高一米七左右，运动身材，四十多岁。证人会注意到他是因为他们见面时，对方有一个举动给其深刻的印象。”

安眠主宰者笑了。

“他无缘无故地笑了，好像他只是单纯想要证人记住他一样。证人说有一种不舒服的感觉，其中还夹杂着焦虑。”

警方把证人保护起来。但事情并没有这样结束。

“证人在受警方保护期间消失得无影无踪了。”

贝里什的脸上浮现出一个面对威胁却不明就里的人特有的表情。

“这就像是去电影院看恐怖片，结果怪物从银幕上爬出来一样。你花钱买票体验的那种恐惧变成了另一种你不知该怎么称呼它的东西。它是一种恐慌，但比恐慌更可怕。感觉像是无路可逃。你忽然意识到，无论你逃得多远，危险都在你身边，来不及了，死神已经知道你的名字了。”贝里什伸出手梳弄斑白的头发。“我们召唤了他，而他现身了：安眠主宰者就在我们中间。他不只有一张脸孔，而且还挑选了自己想要的绰号。”

“凯鲁斯。”

“唯一一个看到他脸的人失踪三天后，警察局收到了一个包裹。里面有一绺证人的头发。此外还有一张字条，上面只有一个单词，一个名字——凯鲁斯。”

“它不仅仅是用那种方式公开现身，更是在对他们宣战。”

“他好像在对我们说：到目前为止你们都是对的。从头到尾都是我干的。你们有我的人像拼图，现在也有我的名字了。来找我吧。”

“警局被笼罩在一片沉重的挫败气氛中，所有人都吓坏了。因为如果这是一种挑衅的话，那么受害者就不仅仅是最无足轻重的人，所有人都有可能受到威胁。”

“事情至此结束，我们再也没有听到人们谈起凯鲁斯，也没有新的失踪案发生。”贝里什继续说，“安眠主宰者最成功的玩笑就是给我们留下了一个巨大的问号。他不能被称为杀人犯，因为没有找到尸体。他也不能被定义为绑架犯，因为没有证据显示那些人是被迫消失的。关于他和他的动机，只有假设而已。”

凯鲁斯创造了一种没有名字的犯罪。就算他被抓，警方也不知道该给他定什么罪。不过，那些消失的人仍然被称为受害者。

“那个证人叫什么名字？”

“西尔维娅。”

36

证人是个女人。

米拉注意到贝里什在说出那个名字时有片刻的犹豫，好像这么做需要费点力气一样。“这个叫西尔维娅的证人已经告诉你们凯鲁斯的长相，为什么他要让她消失呢？”

“为了让我们见识他的能耐，还有他的决心。”

“他确实做到了。”米拉苦涩地说，“显然，就算有人像拼图，你们也一无所获，于是决定在被失败彻底击垮前结案。但其实你们掩盖了真相：我在‘灵薄狱’的档案室里只找到一份被清理过的档案。你们辩解说安眠主宰者只是编造出来的人物，一个传奇故事，只是虚张声势罢了。”说到这儿，米拉气愤极了，“但他当时其实是真实存在的，就像现在他也是真实存在的一样。昨晚他就站在我们面前，这就是证据。”

贝里什似乎对红砖小楼里发生的事情心有余悸。

“你当时在证人保护计划里是斯蒂夫的手下，所以由你负责保护西尔维娅，对吗？”米拉的脸上流露出失望之情，“你和斯蒂凡诺普洛斯队长都和那个案子有关，除此之外还有其他人吗？”

贝里什坦诚布公地回答米拉的问题。“乔安娜 · 肖顿和古列维奇。”

米拉愣住了。“‘法官’？”难怪她先前主动说要帮忙。“你们和斯蒂夫队长为了挽救你们的职业生涯达成协议。没有人再去找那些消失者。你们根本就不在乎。”

“你和我谈职业生涯？”贝里什发出了讥笑声。“斯蒂凡诺普洛斯主动申请调到‘灵薄狱’，正是因为他不想放弃。”

“但是你任由其他人为了一己私利放弃调查。你等于是他们的同谋。”

尽管贝里什觉得自己受到这样的指控罪有应得，但他还是想要反驳。“如果我能回到过去，我还是会这么做，因为肖顿和古列维奇是最出色的警察。我这么做不是为了他们，而是为了警局。”

米拉纳闷为什么贝里什要为那些瞧不起他的同事辩护。她还记得“法官”对她说她觉得贝里什可能收受贿赂。有那么一瞬间，她怀疑“法官”说的一切都是真的。

不过，米拉也开始明白为什么从罗杰·瓦林的大屠杀案开始，有关这几天发生的谋杀案不能走漏半点风声。她的上司并不是为了确保调查不受干扰，而是为了保护自己不会因为二十年前的事情而身陷丑闻。“克劳斯·鲍里斯知情吗？”

“你和你的朋友只是这场游戏里的棋子罢了。”

听到贝里什的话，米拉松了一口气。她不知道这是不是实话，但这还是安抚了她的情绪。“那‘法官’为什么要把那个档案给我？”她指着桌上的褐色文件夹。

“我不知道为什么。”贝里什不得不承认，“事实上她应该把你踢出这个案子的。不过，你永远猜不透乔安娜的想法，她很会用人。”

“如果你看一下里面的内容，就会知道她其实给了我一条重要线索，让我有机会了解你们二十年前的所作所为。”

贝里什苦笑着说:“你相信她吗?她这么做估计是因为她已经意识到不管怎样事情都会败露。相信我，她只是在为最坏的情况做准备罢了。”

他也可能是对的。所以米拉决定，对她而言，是否和一个曾经受贿的警察有瓜葛已经不重要了。“你为什么不看看那个文件呢?说不定看过后，你可能会决定助我一臂之力……”

贝里什轻蔑地哼了一声。他看看米拉，然后再看了看那个褐色的文件夹，最终还是把手伸向桌子，拿起文件夹，仔细阅读起来。

他在看文件夹里唯一一张纸上的几行字时，米拉一直在观察他。看完后，贝里什放下了纸。

“如果这上面说的都是真的，那么一切都不一样了。”

37

那是九月末的一个周二，天气热得像夏天一样。

热浪像无法挣脱的怀抱裹住他们不放。希什把脑袋伸出现代的车窗外，享受着汽车行进过程中制造出来的人工微风。

米拉观察着路况，而坐在边上的贝里什正在第无数次阅读那个褐色文件夹里的内容。

他的袖口有一个咖啡渍，他不停地把外套袖子往下拉，想要把它遮住，这几乎是下意识的行为。米拉用眼角的余光注意到这个动作，觉得他的举动很可爱。贝里什很在意自己的形象，倒也并非是他的外表，更多的是衣着打扮。这让她想起了她父亲在世时，每天早上都会细心地把鞋子擦得锃亮。她父亲说穿着体面非常重要，这是对其他人的尊重。尽管贝里什的年纪没有她父亲当时那么大，但他的行为举止却带着老派男人的风范。这让米拉觉得他很可靠。

“你多久没睡觉了？”他心不在焉地问她。

“我没事。”

刚过去的二十四小时里发生了一系列的疯狂事件。但是午后的热浪却缓解了米拉的紧张情绪。他们驶过的这片郊区很安静，这一带有形形色色的家庭小别墅，住户主要是工薪阶层。他们在这里工作、生儿育女，除了安稳的生活之外别无所求。社区邻里关系想必很融洽，毋庸置疑，这里的人都彼此认识。

他们经过街区尽头的浸礼会教堂，那是一座带尖顶钟楼的白色建筑物，位于一片大草坪中间。尽管教堂外面停着一辆殡仪车，里面却传来了欢乐的圣歌声。

米拉正好在殡仪车边上拐弯，然后停在那条街的第三栋房子前的一棵大榆树树荫下。

他们从车上下来，一阵炙热的劲风迎面吹过。那是一栋朴素的单层住宅，房子前面的花园里有三个孩子——两男一女。他们本来在玩耍，突然停了下来，盯着两个闯入家中的陌生人。他们脸上布满了红色小斑点。

“你们的妈妈在家吗？”贝里什边让希什下车边问道。

三个孩子马上把注意力转到了霍夫瓦尔特犬身上，没有回答他的问题。

就在那个时候，屋子门口出现了一个女人，手里抱着一个两岁多的小男孩，有那么一刻男孩带着怀疑的神情打量着他们，但随即也朝着狗笑了。

“早上好。”那个女人说。

“早上好。”贝里什彬彬有礼地回答。

“您是罗伯逊太太吗？”

“对，我就是。”

于是他们俩绕开玩具和一辆三轮车，走过那条步道，然后登上通往门廊的楼梯。

“我们是联邦警察局的。”贝里什走到门前，从褐色文件夹里抽出唯一的一张纸，用两个手指夹起来给那个女人看。“记得这份报案书吗？”

“记得。”罗伯逊太太有些困惑地说，“但是后来我再也没有接到任何消息。”

贝里什迅速和米拉交换了眼神，然后再次转向女主人。“可以让我们进去吗？”

不一会儿，希什就在花园里和罗伯逊太太的几个大一点的孩子玩起来了，而两名探员此刻坐在这栋房子的客厅里。

他们脚下的地毯上零零散散地放着积木和拼图。餐桌上放着一个篮子，里面堆满了要熨烫的衣物。一个脏餐盘在沙发扶手上摇摇欲坠。

“家里乱七八糟的，抱歉。”女主人边把怀里的小男孩安顿到游戏围栏里边说，“和五个没长大的小孩子在一起，实在很难面面俱到。”

她之前已经解释过，年纪大一点的几个孩子因为得了麻疹没去学校。老四也和她一起在家，因为幼儿园生怕他也得了麻疹会传染给别人。最小的那个只有三个月大，现在正在房子进门处放着的摇篮里睡觉。

“您别这么说。”米拉说，“反倒是我们没有事先通知就冒昧登门造访。”

卡米拉·罗伯逊是一个三十出头的精壮女人，可以看得出黄色衬衫下那壮实的手臂，一条挂着银质小十字架的项链很引人注目。栗褐色短发，白皮肤，红扑扑的面颊突显出她湛蓝的眼眸。总而言之，她给人的感觉是一位忙忙碌碌同时又幸福快乐的母亲。

“我丈夫是街角那个浸礼会教堂的罗伯逊牧师。”女人拿走沙发上的那个脏盘子后，边在他们身边坐下边说，她觉得有必要告诉他们这个，“我们社区的一位朋友昨天过世了，他正在主持他的葬礼，我这会儿本该和他一起在那儿的。”

“我们为你们朋友的死深表遗憾。”贝里什说。

女人对他投以真诚的微笑。“您不必感到遗憾，他现在有上帝庇佑。”

家里的装修很简单，唯一的装饰物是放着家庭合影的相框和耶稣、圣母马利亚或者最后的晚餐的画像。不过，米拉觉得它们不像是装模作样的摆设，宗教信仰已经深入到这个家庭生活的方方面面，而它们正是对此的敬意。

“要不要喝点什么？”女人问。

“您不用麻烦了，罗伯逊太太。”贝里什答道。

“叫我卡米拉就好。”她纠正他。

“好吧……卡米拉。”

“咖啡可以吗？我只要一会儿就行了。”

“老实说，我们有点急。”贝里什想要阻止她，但罗伯逊太太已经起身走向厨房了。

他们只好乖乖等她几分钟，期间她两岁的儿子一直从游戏围栏里面盯着他们。卡米拉拿着一个托盘和两个热气腾腾的杯子回来了，她立刻把它们端给客人。

“您能和我们讲一下那次报案的事情吗？”米拉为了抓紧时间问道。

罗伯逊太太再次坐到沙发上，双手合在一起放在膝间。“我能说什么呢……那是很久以前，确切地说，是上辈子的事情了。”

“您不必描述得很准确，只要把您记得的部分告诉我们就行了。”贝里什怂恿她多说一点。

“让我想想……我当时快十六岁了，和外祖母一起住在铁路边上的公寓里。我母亲生性漂泊，不懂得怎么照顾我，在我只有几个月大的时候就把我丢给了外祖母。至于我父亲，我从没见过他。但是我并不恨他们，我早就原谅他们了。”她冲着游戏围栏里的儿子做了个鬼脸，小男孩张开没长牙的嘴回了她一个微笑。“我的外祖母诺拉一直不想要我，她总说我对她来说是个负担。她年轻时在厂里干活髋骨骨折，所以靠残疾人救济金生活。她觉得要不是因为我，她早就能用那些钱过得更好，她不得不过着猪狗不如的生活，这都是我的错。她好几次想把我丢到收容机构，但我每次都逃出来回到她身边。天知道那是为什么，后来……有一回，在我八岁的时候，我被交给了一户人家。他们都是好人，有六个孩子，其中有几个和我一样不是他们亲生的。他们融洽地生活在一起，总是幸福洋溢。可我很困惑，因为我不懂他们为什么要给我这么无私的爱。那女人不是我母亲，却照料我的生活：她替我洗衣服，为我准备吃的，还有其他类似的事情。我觉得我应该用某种方式表示感激，或者说满足他们对我的期待。就这样，一天晚上，我学着半夜在外祖母家的电视里看到的电影情节，脱掉衣服钻到她丈夫的床上。那个男人没有生气，他礼貌地告诉我对一个女孩来说，这样的行为是不妥当的，叫我把衣服穿上。但是我立刻察觉到他非常焦虑不安。我又怎么会知道我想和他做的事情是成年人才做的呢？从来没人跟我解释过。第二天，一名社工把我带走了。之后，我再也没有见过他们。”

卡米拉·罗伯逊轻描淡写地叙述这段往事，这让米拉感到惊讶。好像她已经和过去彻底了断，可以安宁度日而不再担心要掩饰什么了。她的语气没有一丝怨恨，只隐约带着一抹忧伤。

贝里什本想让她快点切入正题的，但他觉得最好还是让她畅所欲言。

“我十六岁生日那天接到了第一通电话。电话响了一会儿，当时是下午两点，外祖母通常都要午睡到六点。铃声停了，然后又响了，那时我才接起来。电话另一边是个男人，他祝我生日快乐。这很奇怪，因为没有人记得我的生日。直到那天前我只在辗转于收容机构期间收到过一个插着蜡烛的蛋糕，当时我和五个差不多时间出生的孩子一起吹灭蜡烛。那是个美好的日子，但一点也不特别。所以，当电话里的男人告诉我他是为我打来电话时，我感到……受宠若惊。”

米拉观察着客厅里四处摆放的罗伯逊太太的照片。有数十张照片上面是生日蛋糕和沾着奶油的笑脸。

“那个男人有没有告诉您他是谁？”贝里什问。

“我根本没有问过他是谁，我也不在乎。其他人都叫我‘诺拉的外孙女’，而诺拉在需要我的时候总是用很难听的话把我叫去。所以，重要的是他知道我的名字。他问我过得好不好，想要了解我生活中的琐事，比如我怎么去学校，我的朋友是谁，我最喜欢的歌曲或组合。但是，他也知道很多，他知道我喜欢紫罗兰色，知道我口袋里一有点钱就会跑去电影院，知道我对有关动物的电影着迷，也知道我很想要一条狗，给它起名叫本。”

“他知道那么多关于您的事情，您不感到吃惊吗？”米拉不可思议地问。

卡米拉·罗伯逊忍俊不禁，摇摇头。“我向您保证，我更惊讶的是有人会对我感兴趣。”

“后来呢？”

“他会定期来电话。一般是周六下午。我们会聊二十来分钟，但主要都是在聊我的事情。通话很愉快，我并不在意他是谁或者长什么样。相反地，有时候想到他选择和我建立一种特殊的关系，我还觉得挺不错的。他从没有叫我不要把我们的谈话内容告诉别人，所以我不会怀疑他居心不良。他也从来没有要求和我见面或是要我为他做什么。他是我不为人知的好朋友。”

“你们这样通话持续了多长时间？”贝里什问。

罗伯逊太太迅速地思考了一下。“我想差不多有一年……然后就没有来电了。但是我还记得倒数第二次通话。”她停顿了一下，然后严肃起来，“他的语气变了。他问了我一个从来没有问过我的问题，意思差不多是：‘你想要一个全新的生活吗？’然后他跟我解释了那句话的意思。如果你想的话，你可以改名换姓去另一座城市重新开始，不用和你外祖母在一起，或许还能养一条叫作本的狗。”

米拉和贝里什迅速会意地看了一下对方。

“他并没有解释这是怎么办到的，只是对我说，如果我想的话，他能帮我实现愿望。”

米拉凑到小桌前把咖啡杯放好，她的动作非常缓慢，生怕破坏了营造出来的气氛。

“我觉得这太疯狂了，所以以为他是在开玩笑。可他非常认真。我向他保证说我过得很好，不想要另外一种生活。其实，我只是想要让他安心，我不希望他觉得我很可怜。他叫我好好想想，等到下个周六再答复他。一个星期后他再打来的时候，我和他说了同样的话。他好像没有为此生气，我们又开始聊起天来。我当时不知道那是我们最后一次通话。我记得七天后电话铃没有响起时，我觉得自己被抛弃了，这是我一生中从未有过的感觉。”摇篮里的男婴哭了起来，卡米拉·罗伯逊从她的思绪中回过神来。“抱歉。”她边起身过去看看情况边对他们说。

米拉转身对贝里什小声说：“我觉得她有很多事情要告诉

我们。”

贝里什用手指了指放着报案记录的褐色文件夹。“而且我们还必须好好问一下这个……”

38

不一会儿，卡米拉·罗伯逊抱着孩子回来了。

她站着用双臂怀抱着婴儿哄他入睡。“他怕热，实话说，我也怕。上帝今年赐给了我们一个漫长的夏天——荣耀归于我主。”

“继续说下去吧，卡米拉。”米拉说，“您后来又和那个男人通电话了……”

“那是许多年后的事情了。我那时二十五岁，过着见不得人的生活。我成年后，外祖母就把我赶出家了。她说对我再也没有要尽的义务了。不久后她就死了，我每天都为她祈祷，盼望她上天堂。”

“自从您无家可归后，事情似乎就往不好的方向发展了。”贝里什插话说。

卡米拉毫无惧色地看着他。“对，没错。起初我很害怕，但我坚信自己不管怎样都会幸福快乐。只有上帝才知道我错得多离谱……睡大街的头一个晚上，我身上寥寥无几的那些东西就被偷了。第二天我的一根肋骨断了，躺在急诊室里面。一个星期后，我明白了怎样才能生存下去，开始卖淫。一个月后，我第一次吸食快克可卡因，发现了可以在那个人间地狱里过得幸福的秘密。”

越是观察面前这个心平气和的女人，贝里什越是无法相信她讲的那个人是她自己。

“我被逮捕过好多次，反反复复进出监狱或戒毒所，但每次都会重蹈覆辙。有时候我为了买毒品几天不吃饭。客人也可以把毒品当做钱付给我，其实我的客人也没剩几个了，因为我瘦得皮包骨头，头发都掉了，牙齿也都蛀了。”她在说话的时候，婴儿正试图透过衬衫吸奶。

他们眼前的这幅纯洁景象和罗伯逊太太所诉说的往事令人联想到的画面根本是天差地别。

“记得一个冬天的晚上，下着倾盆大雨，周围一个人影也没有，为了买一剂毒品，我不得不站在外头想办法赚钱。而且，我也没有别的地方可去。绝大部分时间我都活在一个平行空间里，没人和我来往。我在吸毒的时候是这样，清醒的时候也是这样，因为我仅有的生存本能不会让我想吃饭或睡觉，只会让我想要嗑药。我在暴风雨中找到了一个电话亭避雨。我不记得在那儿等雨停等了多久。我湿透了，冷极了。我试着用手揉搓身体取暖，但一点效果也没有。就在那时，电话亭里的电话响了。我还记得我盯着那部电话许久，完全没有意识到发生了什么。我就让它一直响着，因为我没有勇气拿起听筒。内心有个声音对我说，那个人没有打错，就是打给我的。”

米拉耐心等待她娓娓道来，仿佛她又回到了那个电话亭，和许多年前一样，在记忆中重新拿起听筒。“那个人说的第一句话就是我的名字——卡米拉。我立刻听出了他的声音。我记得他问我过得怎么样，但我知道他已经知道答案了，于是我放声大哭起来。你们无法想象，那么多年来第一次痛哭是一件多么美好的事情，尽管这些年里有太多理由能让我这么做了。这个世界残酷无情，我不能让自己软弱地哭泣，不然我就死定了。”她的声音哽咽起来，“然后，那个男人第二次问了我那个问题：‘你想要一个全新的生活吗？’我对他说我想。”

小家伙在妈妈的怀里睡着了，而另一个男孩正安静地在游戏围栏里玩耍。门外，三个大一些的孩子欢叫着追逐希什。屋子里的卡米拉·罗伯逊被她的挚爱包围着。她尽心尽力建立起那个小小世界，好像除此之外她别无所求。

“他有没有跟您解释怎么给您一个全新的生活？”贝里什问。

“他给了我准确的指示。我要买一些安眠药，然后晚上去一家宾馆。在那儿我会找到一间用我名字预订的房间。”

安眠药这个细节立刻引起了米拉和贝里什的兴趣。也许他们离找到失眠者之谜的答案已经非常接近了。但他们俩不想打断罗伯逊太太的陈述，就连彼此交换眼神也省去了。

“我要躺在床上，服下安眠药入睡。”卡米拉继续说，“然后，我会在另一个地方醒过来，我就可以一切从头开始了。”

米拉默默记住她提到的细节。她还不能相信那个故事是否是真的，但是它听起来很合理。“那您做了什么呢？您去了那个宾馆吗？”

“对。”女人确认道，“房间已经为我预订好了。我走上楼，打开门。除了脏乱的环境外，没有什么东西让我担心的，我也不觉得有什么危险。我拿着安眠药瓶躺到床上，连被子都没有掀开，衣服也没有脱。我记得膝间的两手紧握着药瓶，盯着天花板看。我吸了七年的毒，却在那一刻害怕吃一颗安眠药。我不断问自己会发生什么事情，问自己到底有没有做好开始新生活的准备。”

“后来呢？”贝里什问。

卡米拉·罗伯逊带着疲惫的眼神看了看贝里什。“我真的不知道我居然会那么清醒，我告诉自己，如果我不靠自己的力量摆脱困境，而是一头扎进一片虚无，我必死无疑。您明白吗，贝里什探员？我头一次意识到，不论我多么自暴自弃，我都不想死。”她深深吸了一口气，脖子上的十字架随着胸膛起伏。“我从床上起身，然后离开了。”

贝里什从外套口袋里拿出凯鲁斯的人像拼图。他摊开纸递给那个女人。“您见过这个男人吗？”

看到贝里什递来的东西，卡米拉·罗伯逊迟疑了一会儿。随后她从贝里什手中接过那张纸，害怕似的远远地拿着它。她看着那张脸，不放过画像的每一笔和每一处细微变化。

贝里什和米拉屏住呼吸等待着。

“没有，我从没见过他。”

两名探员虽然很失望，但表情却毫无所动。

“罗伯逊太太，如果您不介意的话，我们还有几个问题。”米拉说，“您后来接到过电话吗？”

“再也没有了。”

米拉相信她的话。

“没有打来电话的必要了。”卡米拉补充道，“经历了那件事后，我加入了社区，认认真真做事。我在那儿认识了罗伯逊牧师，然后我们结婚了。就像您看到的，我靠自己的力量办到了。”她最后带着自豪的口吻说。

这是骄傲之罪，但贝里什笑着表示谅解。“为什么您决定在多年后告发那个人呢？”

“随着时间流逝，我对他的看法改变了。我不再确信那个男人是不是善意的。”

“为什么会这么想呢？”贝里什对她的看法很感兴趣。

“具体我也说不上来。我认识我丈夫后，看到他是怎样为他人无私奉献的，不禁觉得纳闷，为什么一个有良好意图的人需要躲在暗处。而且……”

贝里什和米拉静静等待她说下去。

“而且……有什么东西是……邪恶的。”

贝里什思考着这个回答。他不想让卡米拉觉得自己说的是无稽之谈，事实上他觉得她的话是合理的。

“最后一件事。”米拉问，“您记得您那天去的那个宾馆的名字和房间号码吗？”

“当然，我应该记得……”卡米拉 · 罗伯逊抬头望着天花板回忆起来，“安布鲁斯宾馆 317 号房间。”

39

安布鲁斯宾馆是一个毫不起眼的地方。

那是一栋狭窄的平行六面体建筑，夹在一排一模一样的楼中间。

它的外立面和别的建筑一样。每层四扇窗户，一共六层。周边有一座铁路桥，大约每三分钟会有一列火车开过。宾馆的屋顶上立着一块霓虹灯招牌，不过在下午那个时间点是关着的。

汽车在外面排起了长龙，喇叭声和汽车收音机里传来的浩室音乐[①]交织在一起。市中心的上班族们不得不穿过这里开到环城公路上，然后前往中产阶级居住的市郊。不过，他们中的很多人，特别是男性职员，都会在这里逗留几个小时。事实上，这里到处都是等待着客人光顾的红灯酒吧、脱衣舞俱乐部和情趣用品商店。对那些想要短暂逃离现实的男人而言，闪烁的广告牌是他们无法抵挡的诱惑。浓妆艳抹的漂亮姑娘全都聚集在地铁入口附近。

安布鲁斯宾馆在当地经济中发挥的作用不言而喻。

米拉和贝里什穿过旋转门，来到一个布满灰尘的大厅。因为铁路桥的关系，这里自然采光不足，而黄色的壁灯没办法照亮那个被笼罩在橘黄色暗光下的空间。空气中弥漫着烟臭味。

室内仍然能听到外面喧嚣的交通声，但现在变得低沉了。大厅里传来一阵悠扬的音乐，贝里什从歌手的嗓音听出那应该是一张伊迪丝·琵雅芙的老唱片。它正好营造出一种伤感的氛围，迎接那些客人，他们心甘情愿地来到这个因机缘巧合而变成人间地狱的饭店。

破旧的皮沙发上坐着一个年迈的黑人男子，他穿着大方格外套，衬衫领口扣紧了，但没有戴领带。他目光空洞，注视着眼前某个地方，低声哼唱着背景播放的歌曲，一只手拄着一根白色拐杖。

米拉和贝里什从盲人面前经过，沿着地毯上的酒红色指示一路走到前台。另一侧没有人，他们静静等待。

“你看。”他指着放钥匙的架子说，每把钥匙都被系在一个黄铜球状物上，上面刻着房间号码。“317 号房间是空着的。”

通向内屋的红丝绒窗帘动了。伴随着电唱机的音乐声，一个瘦削的男人从里面向外张望，他穿着牛仔裤和黑色 T 恤衫。贝里什发现，原来是他在听伊迪丝·琵雅芙。

“祝你健康。”他边往嘴里塞进最后一块三明治边说。

“祝您健康。”贝里什用过时的问候语回答他。

男人五十来岁，他用纸巾擦干净双手。手臂肌腱紧绷着，皮肤布满了褪色的纹身。斑白的头发剪成了利落的寸头，左耳垂上戴着一个金色的环形耳环，鼻梁上架着一副老花镜，整个人就像是个上了年纪的摇滚明星。

“需要房间吗？”他在前台另一侧的座位上坐下来，然后马上低头看起客房登记簿。显然，宾馆的常客不喜欢被门房仔细打量，所以他尽可能避免眼神接触。

---

① 一种电子音乐风格。

米拉和贝里什迅速交换了眼神。他把他们当成一对想要偷欢的男女。

“对。”她回答，就让门房继续误会下去吧，“谢谢。”

“想好用什么名字登记入住了吗？或者我来想？”

“您来吧。”贝里什回答。

“要毛巾吗？”门房用笔指了指床品推车上的一堆毛巾。

“不用，这样就可以了。”米拉想结束对话，但她又补充道，“可以给我们 317 号房吗？”

男人抬起头。“为什么？”

“那是我们的幸运数字。”贝里什身体前倾，靠在柜台上。“有什么问题吗？”他观察着门房的反应。

“你们是撒旦信徒？灵媒？还是纯粹好奇？”

贝里什不明白他的话。

“是不是有谁叫你们来这儿的？否则这说不通。”

“什么说不通？”米拉问。

“妈的，别装作不知道了。我告诉你们，如果要那间房间，那得多付百分之十五。你们别想耍我。”

“没问题，我们付。”贝里什为了安抚他说道，“现在您可以告诉我们 317 号房有什么特别的吗？”

男人大手一挥，摆出责难的姿态。“啊，都是些蠢事罢了……据说三十几年前有个人被杀了，所以时不时会有人来问这个，然后指明要去那个房间打炮。”随后他盯着他们。“你们不是玩什么捆绑的吧？几星期前我不得不把一个穿着皮内裤的男人拽下来，他叫一个妓女把他吊在了衣柜里。”

“放心吧，我们不会给您惹麻烦的。”贝里什打断他的话，向他保证。

“那些脑子有病的人总是蜂拥而至。要是让我逮到谁在乱传317号房发生的事情，我一定让他好看。”男人边转向架子去取那个带着房间号码的黄铜球形吊坠，边说，“一个小时够吗？”

“太好了。”贝里什说。

他们付了钱，拿走了钥匙。

上楼要乘坐电梯。木头轿厢里勉强能挤进两个人。绳索和滑轮构成的机械装置缓慢地把他们带上了四楼。到达那个楼层时，电梯略微震了一下。

电梯门需要手动打开，贝里什推开把他们和楼层地板隔开的栅栏。然后关闭轿厢，两人跟着房间布局图的指示往前走。

他们来到要找的那间房间门口，那是走廊尽头的最后一间，就在货梯旁边。黑色涂漆木门，和其他房间的房门一模一样，上面赫然镶着三个青铜制成的数字——317。

“你怎么看？”趁贝里什还没把钥匙插进锁眼，米拉问。

“房间位置靠近货梯，这样搬走睡着的人就不会有任何问题了。”

“所以你认为安眠主宰者一直都用同一间房间引诱受害人？”

“有何不可呢？我不知道这里是不是真的发生过命案，但毫无疑问，这种传言成了凯鲁斯的有利条件。”

“确实如此。”米拉表示同意，“即使是用假名，经常预订同一间房迟早会让人起疑。但是多亏了它骇人的名声，317号房已经是宾馆最热门的房间了。我想这是一个再合适不过的选择了。”

贝里什转动了门锁里的钥匙。

他们走了进去。

317 号房和普通的宾馆客房一样。墙上贴着深红色的墙纸，地板上铺着同样颜色的地毯，但是上面多了巨大的蓝色花卉图案，酒店刻意选择这种地毯，这样客人就不会注意到上面的陈年污渍了。一盏布满灰尘的吊灯下放着一张褐色漆木双人床。酒红色绸缎床罩上面有一些烟头烫出来的洞眼。床两侧摆着灰色大理石桌面的床头柜，其中一个上面放着一部黑色电话。床头墙壁上方的十字架虽然早在多年前就被移除了，但还是能看到它留下的印迹。所有窗户都位于房间西侧，面向街道。三十米开外的地方就是高架铁路，来来往往的列车从这儿经过。

贝里什没有多作解释，立刻在房间里找起什么来。

“你真的认为我们会找到一些线索，好让我们弄明白凯鲁斯的动机吗？”米拉问。

“你看。”他边打开衣柜和抽屉边说，“他打电话给他们，许诺他们一个新的生活，逐渐把他们攻克。他找的都是那些活在痛苦和冷漠中的人，所以要让他们动摇不用花费什么力气。他只需要像个朋友一样，给他们别人从没给予的关注就行了。然后，等到时机成熟，他就叫他们带着一盒安眠药来这里。我们在睡着了以后是最没有防备的。他说服他们把脆弱的自己交给他。你知道要说服一个人做出这种事有多么困难吗？凯鲁斯就是有这个能耐。”

除了一排空衣架、几条积灰的毯子和一本刻着宾馆标志的仿皮封面的旧《圣经》，贝里什一无所获。可他没有放弃，走到卫生间继续他的搜查。

卫生间的墙上铺了白色瓷砖，地上铺了黑白棋格地砖。里面有洗手台、抽水马桶还有浴缸，但是没有冲淋房。

米拉站在浴室门口，她看见贝里什从镜柜里拿出一瓶用了一半的沐浴露和一盒空的避孕套。“你还没回答我的问题……为什么安眠主宰者要那些人？”

“他在组建一支军队……影子军团，记得吗？”

“记得，但他们回来行凶的目的是什么呢？”

贝里什正准备回答她的问题，房间里突然响起刺耳又恼人的电话铃声。他们在卫生间门口看着对方，然后一起望向房间。

床头柜上的黑色电话正在召唤他们。

贝里什迈出一步走到地毯上，而米拉一直站在卫生间门口，无法移动半步。

他转向她，指了指电话。“我们必须要接电话。”

米拉看着他，好像他刚刚提议的是要和她一起从窗户口跳下去一样。

与此同时，电话铃持续响着，呼唤他们快点过来。

米拉觉得自己该接起电话，终于朝床头柜走去。正当她打算伸手拿起听筒时，她想起了安眠主宰者对受害者说的话。

你想要一个全新的生活吗？

她确信在电话另一端等待着她的是一模一样的话。她拿起听筒，铃声戛然而止。米拉把听筒放到耳边，什么都没有，只有宛如来自一个幽暗的无底洞的空寂。

贝里什疑惑地看着她，她正打算开口打破那令人窒息的寂静，此时电话里传来了音乐声。

那是一首古典乐，一段久远的旋律。

米拉把听筒移到两人中间，这样他也能听见。

这条神秘的讯息证明他们的调查方向是对的。这可能是把他们带向下一起谋杀案的线索。而且证实了凯鲁斯已经预先知道了他们的行动，他在远处监视着他们。

电话挂断了。

就在那一刻，米拉感到一阵前所未有的战栗。她看着贝里什，重复她已经问过他的那个问题，不过这次换了一种问法。从他们踏进 317 号房间开始，她已经问了两遍了，可他一直没有回答。这一次，米拉问得更直接了。

“贝里什，影子军团是什么？”

“我可以告诉你的是，他们不是恐怖分子。”

“那他们是什么？”

“一个异教团体。”

40

“你有没有听说过邪恶论？”

西蒙·贝里什的声音回荡在偌大的图书馆里。米拉坐在阅览室的一张长桌边上，她四周环绕着年代久远的书架，上面的书被高高堆起。桃心木桌面上零零散散地放着各种书，全是贝里什从书架上找出来的。这会儿，他焦躁不安地在米拉身边走来走去。而希什却在宽敞的空间里心满意足地到处乱跑。

图书馆里只有他们几个。

“没有。”米拉回答。

“首先，我觉得有必要明确的是，这和恶魔或撒旦、上帝或圣人无关。”

“那它和什么有关？”

“和异教团体的思想有关，它和宗教没有关系，如果是宗教性活动，那么到目前为止发生的就都应该是带有祭祀仪式的谋杀案，这种案件的特点是具有明显的象征符号，而且会重复相同的死亡仪式。当然，我们的谋杀案里有许多相似点，但我们更应该关注不同点。”

米拉在贝里什的眼中看到一种不同于往常的光芒，仿佛处于愉悦的顿悟中一样。“好，共同点我们已经都知道了。”她说，“杀人犯都是在消失了很长一段时间后再次现身的。头两起案子里，杀人动机是仇恨。”

“看起来似乎是这样。”贝里什纠正她，“但其实并非如此。”他提高嗓门分析起来，“罗杰·瓦林杀光了医药企业主全家，是因为能够延长他母亲寿命的药太贵了？这样的理由太站不住脚了。”他把双手放在身体两侧。“娜迪亚·尼韦尔曼杀了老公的律师。但居然没有找她老公算账？”

“她想让他在恐惧中度日。”

“那为什么她自杀了？”

米拉沉默了。老实说，她没有想过这一点。对约翰·尼韦尔曼的折磨历时太短了。

“正如你看到的，这两起案子里，因仇恨而产生的复仇动机都很弱。现在我们再看看另外两名杀人犯的案子……埃瑞克·文森迪杀了‘挖墓人’，一个和他毫不相干的放高利贷的。”

“安德雷·加西亚的案子中，他和被害者也没有任何关系。”米拉确信地说，“他为什么会和一个毒贩有仇？我们查了，这名退伍军人在消失前并没有沾染毒品。”

米拉第一次看清这一连串事件中的矛盾之处。先前她太忙于排除恐怖袭击的假设，而疏于思考自己的理论了。“那么你的意思是那些人被杀，纯粹是因为他们罪有应得？”

“不，也不是这样。”贝里什把手放在桌上，倾身向前看着她。“答案就在邪恶论里。”

他拿起一本书，绕到米拉身边把它递给她，米拉看到那是一本年代久远的动物学书，书被翻到了讲述动物伦理的那一章。

“有一个人类学假设，恰好很契合这个主题。”

他指着一张图，一只母狮正在袭击几只斑马幼崽。尽管这张图是黑白的，但依然栩栩如生。

“看到这幅画，你有什么感觉？”

“不知道。”米拉说，“惊愕，也觉得有点不公平。”

“好。”贝里什简单回应了她一句，然后把书翻到下一页。

第二张图上，同一头母狮在用斑马肉哺喂自己的幼崽。

“现在又有什么感觉？”

米拉想了想。“我觉得母狮的行为至少是情有可原的吧。”

“这就是重点。母狮为了哺喂自己的孩子杀死斑马幼崽，这是善还是恶？当然，斑马会因为自己孩子的死伤心欲绝，但为了不眼睁睁地看着自己的孩子饿死，这是母狮唯一的选择。世上没有吃素的狮子，对吧？善与恶的界限变得模糊难辨。在动物世界里，当一个选择是不得已而为之时，我们无法给出确定的价值评判。那对人类而言呢？”

“我们的进化程度更高。应该更容易区分善恶。”

“答案其实隐藏在另外一个问题里。如果地球上只有一个人，他是好人还是坏人？”

“不好也不坏……也许兼而有之吧。”

“完全正确。”贝里什说，“这两种力量根本不能被一分为二，它们不必全然对立，所以没有恶就不会有善，反之亦然。有时候，善和恶是习惯的产物，更重要的是，它们没有绝对的形式。事实上，邪恶论告诉我们：有些人的善行恰恰是另一部分人的恶行，反之亦然。”

“这有点像是在说作恶可能就是在行善，而为了行善，有时候也必须作恶。”

贝里什点点头，他对米拉这位新学生很满意。米拉十分欣赏他在论证过程中引导自己的方式。她没想到，邪恶论概括出她身为警察，每天接触案件的心得精髓，也解释了有关她的许多东西。

我从黑暗中来，也必须时不时地回到黑暗中去。

对于贝里什而言，孤独和多年来的边缘化在他身上留下了深深的印迹。显然，他迫不及待地想把长期积累的心得与人分享。米拉觉得自己很幸运。

“那么，现在告诉我：怎样把罗杰·瓦林、娜迪亚·尼韦尔曼、文森迪或加西亚这样的受害者变成一个杀人犯？”贝里什问。

“说服他们，他们要做的最终会造福他人？”

“没错。”他说，“然后呢？”

“对瓦林和尼韦尔曼来说，这不是复仇。在挑选目标的时候，他们选择的是自己熟悉的人。驱使他们这么做的不是仇恨，而是他们的经历。”

“娜迪亚·尼韦尔曼的动机是如此决绝，以至于她亲自到地铁站把牙齿的线索交给你后立刻自杀，以免被警察逮捕，但更重要的是，她对异教团体的信仰是如此坚定，就算选择死亡也在所不惜。”随后，贝里什补充道，“异教团体的创始人建立起一个新的社会群体，规模或大或小，制定它的行为准则，树立一套新的正义典范。”

“凯鲁斯激励了他的信徒。”

“他把他们从悲惨的生活中解救出来，教导他们，给他们一无是处的人生一个目标。他让他们参与一项伟大的事业：一个计划。利用他人的不幸贩卖毒品的毒贩，明明可以挽救更多人的生命、但唯利是图的医药企业家，本该捍卫司法公正、但使用欺诈手段使其客户逃避法律制裁的律师，剥削债务人、让他们倾家荡产的放高利贷者。杀手们选择这些人并不只是为了要惩罚他们的罪行。杀掉他们就等于根绝了一个问题。”

“这是一项使命。”米拉说。

“纳粹、千禧年说、拉斯特法里教的极端分子[①]，甚至是十字军东征都用邪恶论为自己的思想或行动找借口。”贝里什继续说，“他们称其为‘必要的恶’。”

“根据你所说的，凯鲁斯是一位导师。”

“远不止于此。”贝里什的声音变得低沉厚重，“他是一名传道者。”

最后这句话的回声飘到天花板，渐渐消散。刹那间，寂静再次占据了那座图书馆。

在互联网时代的网络统治下，这个曾经的知识宝库变成了一座过时的遗迹，就像飓风中的雨伞一样无用。不过，如果一场信息灾难突然让数字时代终结，人们还是会来这里的吧。贝里什心想。然后，他看着希什，他和它相隔了几百万年的进化差距，而这座图书馆恰恰证明了人类至高无上的地位。

不过，人类也有动物的本能，这是每个人最脆弱的部分。传道士就是通过它对人施加影响的。贝里什告诉自己。随后他又想到了那些失眠者。

凯鲁斯帮助他们消失，之后把他们从受害者变成刽子手。

西尔维娅可能也遭遇了相同的命运。不过此时此刻，贝里什不想考虑这种可能性。

“所谓的‘意识操纵者’可以分为很多种。”他试着循序渐进地解释，“愤怒播种者不用现身就能创造出一种邪恶的理想，

① 20 世纪 30 年代在牙买加兴起的基督教宗教运动和社会运动。

期盼能让众人对此深信不疑：他们制造和传播虚假信息，煽动他人诉诸暴力。然后是寻仇者，他们可以对一群陌生人施加影响，让他们去消灭一个敌人。”贝里什在米拉背后弯下身，准备给她看另一本书，这次是本人类学书。在他倾身向前时，他闻到了米拉身上的味道，是从她的头发和脖子散发出来的。那是汗水和止汗剂混合在一起的气味，但并不令人讨厌，其实恰恰相反。那种偷偷摸摸的快乐不禁让贝里什自问，他有多久没这么靠近一个女人了？答案是，真的太久了。

“不止这几种，是吗？”为了回到讨论的主线，她问道。

“是的。”贝里什直起身回答，“事实上，还有第三种。而它才是我们要关注的……那就是传道者。”

他又想起凯鲁斯叫卡米拉·罗伯逊去安布鲁斯宾馆 317 号房间之前在电话里问她的问题——“你想要一个全新的生活吗？”

这是安眠主宰者在招募信徒时给出的承诺。

“传道者的主要特质是伪装，我们花了二十年时间都没找到凯鲁斯，想必他深谙其道。或许，他装作一个知心朋友潜入人们的生活。他关心他们，和他们建立起良好关系，然后赢得他们的信任。传道者的第二个特质是自律。他满怀热忱、一丝不苟、坚定不移地恪守他的信念。”贝里什走到米拉面前，为了强调这些话挥舞着拳头，“他有坚定不移的意志，热情激昂的愿景，全盘掌控自己的信徒。称其为‘异教团体’是因为它和真正的宗教信仰一样，信众盲目地崇拜他们的领袖，对他言听计从。不过异教团体的领袖不是假想出来的遥远神灵，而是一个有血有肉的人。”

米拉从桌边站起身，这只是条件反射的动作，她也不知道要去哪儿。

贝里什知道那个动作中带着恐惧和迷惘。他那股冲动的热情突然消失了。或许，他急着要把自己的理论解释清楚，不小心说错了什么话。或许，他太迟钝了，没有察觉到她的反应。

“不，我没办法……没办法再来一次。”米拉摇着头，自言自语着。

贝里什知道米拉想到了低语者一案，还有她为此不得不经受的一切。而现在，历史命中注定般地重演了。又有一个隐形的敌人——又一个操纵意识的罪犯——威胁到她的生活。在贝里什说出邪恶论、异教团体和传道者的理论之前，她从来没有从这样的角度看待凯鲁斯。

但问题没那么简单。肯定还有别的原因。

他靠近她。“发生什么事了？”

“我觉得自己还没有准备，仅此而已。”

“为什么？”贝里什证实了他的猜测，他确定米拉拒绝他的原因不仅仅与多年前发生的低语者一案有关，而且关乎她现在的生活，于是坚持问她，“你是追查安眠主宰者的最佳人选。为什么现在要打退堂鼓？”

米拉转过身，惊恐地看着她。“因为我有个女儿。”

41

那天晚上回家不是一件易事。

对米拉而言，她似乎在往回走，她好像又被生活带到了她再也不想回去的地方，尤其是她内心世界的某个地方。

“我做不到。”这是她和贝里什分开前说的最后一句话。她是认真的。第二天早上她就会打电话给“法官”辞去任务。贝里什一开始的时候就不希望她介入，按理说现在应该觉得如释重负才是，不过，他非常失望。米拉知道，贝里什和凯鲁斯有些旧账要算。

但她不想和这个案子有任何瓜葛。

走访安布鲁斯宾馆 317 号房，听到电话中那段年代久远的音乐，邪恶论……她受够了。

所以，当她距离公寓只剩最后一小段路时，才会走得那么着急。广告牌上那对巨大的夫妇向她露出和往常一样的笑容。那一瞬间，米拉回过神来，发现自己忘了那件例行公事。

她没有给住在家门口的巷子里的流浪汉留晚饭。

她见他躺在纸板床上，身上盖着毯子，像孩童一般安静地睡着。米拉走过去，从口袋里掏出一些零钱准备放到他的脚边。但是她不由得想起贝里什说的邪恶论。那种慷慨解囊的行为应该能满足施与者的道德心，但对接受它的人来说，未必是件好事。这个流浪汉可能会拿这笔钱去买酒，继续着破落不堪的状态，而不是用它买一顿热乎乎的晚饭。

但是米拉还是放下了那些硬币。

毕竟，那个男人和她并没什么不同。他像个苦行僧或是中世纪骑士，一直在和冷酷无情的世界斗争。身上的臭味是他的盔甲，可以让敌人退避三舍。

米拉让他继续做着美梦——或是噩梦。到家门口的时候，她忽然迫切地想进去，于是迅速拿出钥匙。她太累了，不知道多久没睡觉了，最近这几天几乎没怎么睡。她知道自己的直觉已经变得迟钝了。

不过，在好好休息之前，她要看看她女儿。

米拉给她起名叫爱丽丝，那是她从小就一直爱看的书的主人公的名字[①]。那是一个暧昧不清、危机四伏的童话，一个关于某个隐秘的平行世界的故事，和那个她每天造访的世界一样，一般人永远都不会知道它是真实存在的。

家里没有开灯，米拉穿着浴袍躺在床上，电脑屏幕在她周围投射出一个光环。

爱丽丝六岁了。如果非要让她妈妈用一个词来形容她的话，一定是“机灵”。她会用深邃的眼神注视你，好像具有超龄的解密能力。

不过，和米拉不同的是，爱丽丝对别人的情绪非常敏感。她总是知道该怎么安慰别人或者向他们表露自己的感情。她的举动不是人们惯用的那些，有时甚至会令人大吃一惊。

---

① 指《爱丽丝漫游奇境记》，主人公爱丽丝从兔子洞掉进一个奇幻世界。

有一回，在公园里，一个小男孩擦伤了膝盖哭了起来。爱丽丝走到他身边，一句话也没说，伸出手指收集他的泪水。从地上的到衣服上的，然后是面颊上的，一次一滴，把它们放在一块手帕上。起初小男孩没有注意，但后来他惊讶地看着爱丽丝。她继续收集泪水，男孩忘了自己的伤，甚至都忘了哭了。等他彻底停止哭泣后，爱丽丝也停了下来，她朝他微笑着，然后拿着那些珍贵的泪滴走了。米拉觉得那个小男孩一定会感觉自己丢了什么。你扔掉的东西，我捡起来收好。下一次他再为了一点小事就绝望地大哭大闹时，应该会先好好想一想了。

米拉注视着电脑屏幕中的女儿，她正在别人家中的床上睡觉。她背朝着隐藏着的微型摄像机镜头，长头发铺散在枕头上，米拉知道，它是灰金色的。

和她爸爸的发色一模一样。她在心里暗叹，没事想这个干什么。

和低语者一样，那个男人的名字也被米拉从她的生活中抹去了。她无法忘记这两个人还有他们对她所做的一切，所以痛下决心，再也不提他们的名字。

在怀孕的时候，她曾一度觉得自己应该能走出阴霾。她想象着自己和女儿一起过上安宁的生活。那段时间，她觉得自己就像一个重见光明的盲人又能体会别人的情绪了。但并没有持续太久，这段时间只是让她明白，自己永远也不可能逃出恶魔的掌心，“离得远远的”对她来说永远都不可能“足够远”，无论她在哪儿，黑暗都能找到她。

米拉的共情能力在分娩后便消失了。

她这才发现自己的猜测没有错：她在这段短短的时间中又变成一个有血有肉的人，都是宝宝的功劳，不是她的。所以，她下定决心，爱丽丝不该由像她这样的母亲抚养长大。她怕的不是自己无法体会情感，而是无法体会女儿的情感。一想到她永远无法知道女儿是不是伤心或不快，什么时候需要她的帮助，她就感到惶恐不安。

头几个月过得很糟糕。小孩会在大半夜醒来，然后在摇篮里哇哇大哭。米拉躺在床上，她醒着，尽管知道女儿在绝望地求援，但她就是无法做出任何回应。她在感情上完全绝缘，无法理解那个脆弱的小生命的需求。*我对女儿的痛苦浑然不觉，可能会害她在睡梦中窒息而死。*她对自己说。几个月后，她央求爱丽丝的外婆来照顾小孩。

伊内丝在婚后不久就守寡了，她只有米拉一个女儿。尽管岁数不小了，她还是答应照顾外孙女。米拉经常去探望她们，一般会在那儿过夜，第二天再走。她尽可能少地和爱丽丝互动。米拉也试过像一个正常的母亲那样亲吻或拥抱她。但就连小家伙都觉得那些动作好别扭，所以不再要求她这么做。

米拉把女儿藏了起来。

不过，并不是为了要避开这个世界，而是为了避开她这个母亲。她为自己在女儿生活中的缺失感到内疚，而在她房间里放上微型摄像机，时不时地看看她，只是为了让她不那么自责罢了。不过，有时候，某件事情会让她的努力全部白费，让她觉得自己是个不够格的母亲。

如果你不知道你女儿最喜欢的洋娃娃叫什么名字，你就不是一个好母亲。

有些套话隐含着令人不安的真相，这就是其中一句。自从米拉听到那个可悲的母亲说出这句话后，它就成了她的执念。

所以，她仔细在屏幕上搜寻起来，然后在床头柜旁边的地上找到了那个爱丽丝从不离手的红发洋娃娃，应该是在她睡着了以后从她手臂中滑落下来的。

米拉不记得它叫什么了，或许，她一直都不知道它叫什么。她应该赶快弄清楚，否则就太迟了。她知道，这不会让她成为一个更好的母亲，她还有许多别的缺点。但她的内心就是有某种力量驱使着她至少要弥补一下。

就在她思考着这个问题，决心改变的时候，她的眼皮变得越来越沉。米拉想起在安布鲁斯宾馆的电话里听到的那段音乐。这一回，优美的旋律战胜了所有潜藏的恶意。她沉浸在记忆中的旋律中，困意像一条温暖的毛毯把米拉包裹起来。最后残留的一点意识渐渐和神志不清的睡意交织在一起。

就在她快睡着的时候，米拉看见屏幕里有一只手缩进了女儿的床底下。

42

“快，接电话啊。”

她一边开车一边用脖子夹着手机紧贴耳朵。铃声在另一端响个不停，但没有人拿起听筒，那个一成不变的声音发出绝望的信号，令她精疲力竭。米拉踩下了油门。

一阵惊恐之后，她回过神来，立刻打电话联系母亲。与此同时，她重新穿好衣服，竭尽全力保持冷静。她还记得要带上放在衣橱里的备用手枪，因为她平时执勤用的佩枪在凯鲁斯的藏身所被付之一炬时丢了。除此之外，她不知还能做什么。

她仍然记得那个被拉长的手慢慢缩回爱丽丝黑漆漆的床底下的画面。画面非常短暂，但米拉确信她没有看错。

她不能通知警局的同事。她不知道该跟他们说什么，而且他们也不会相信她的。此外，她也不想浪费宝贵的时间。

现代在街上飞驰，频频避让那些这个点出来冒险和惹是生非的夜猫子。米拉一路闯红灯，不带刹车疾驰过路口，只能祈祷自己运气好，不会出车祸。

米拉经常冒险，只有这样她才会觉得自己是活着的。不过，这一次不同，她从没这么奋不顾身过。她终于明白那种常听别的父母说起，自己却从没亲身体会过的感觉。也就是她母亲说的“自从生了孩子后，就会从眉心冒出来紧盯着这个世界的第三只眼睛”。

这就是孩子带给你的新感官，和传统的五感截然不同，它会让你对身边的事物产生一种不可思议的感知力。忽然之间，所有牵涉到你的孩子的事情，都与你息息相关了。

“如果你全神贯注的话，你会感觉到爱丽丝的快乐和痛苦。”她母亲还这么说过。但米拉从来没有这种体验。她不想让她母亲知道自己没有共情能力，这会让她失望的。她不顾一切地飞车希望尽快赶到女儿的家，不知道占据她内心的这种焦虑是否能和别人体会到的某种感觉相提并论。

痛苦是她再熟悉不过的感觉，它总能帮她忘却这个世界的丑陋。但她知道，如果她女儿遭遇什么不测，这一次的痛苦将是她无法承受的。

山丘上的住宅区像个外星球一样与这座城市的其他区域彻底隔绝，这里的房子亦然，每栋都是独立的世界。

米拉就是这么长大的。她和父亲、母亲一块儿，就他们三个。他们就像是位于不同轨道、几乎没有交集的三颗行星。

汽车没有减速，猛地开过减速带，激烈地震了好几下，金属板发出了一声闷响。路的两旁是寂静的花园，快到目的地的时候，车子转弯了。在长距离刹车后，现代冲上了人行道，车轮陷在了家门口的草坪里。

米拉把手机扔在副驾驶座上，拿起手枪，然后下车。她甚至不确信自己是否还能正常呼吸。

两层楼高的小别墅的窗户一片漆黑。

她冲向门廊，一盏白色的灯守护着绿色的大门。四周只有蟋蟀的叫声。她猛按门铃，然后用手掌拍打木门，这儿是她长大的地方，她却连家门钥匙都没有。应答她的只有邻居家的狗叫声。

才不过几秒钟的时间，米拉就忘了在警局培训时学到的那些准则。她没有检查屋子周围是否有破门而入的痕迹。她忘了要考虑自己的安全，不能暴露自己，让敌人有可乘之机。而且，她违反了最重要的一个守则，也就是无论发生什么，都必须保持冷静。

米拉继续不断地敲门，可还是没人应答，她准备朝门锁开枪了。但她一下子恢复理智，想起她母亲总是习惯把备用钥匙藏在花园的某个花盆下面。于是，她回到花园，找了三个地方后，在一盆海棠花下面找到了。

她终于进入屋内，迎接她的是一片死寂。

“你们在哪儿？”她大声问，“快回答我。”她叫着。

她看到楼梯顶部的灯亮了，三步并作两步冲上去。米拉的母亲边系好睡衣腰带边靠在栏杆旁探头张望。“出什么事了？米拉，是你吗？”她的声音还带着睡意。

米拉走到楼梯平台，闪过母亲，直奔爱丽丝的房间。

“这是怎么……”伊内丝差点没站稳，结结巴巴地说。

米拉的心跳太剧烈了，仿佛有一头童话故事里的巨兽在她体内行走一般。

她走到走廊尽头，身后的灯也逐一亮起，爱丽丝的房间里一片漆黑，米拉伸手去找电灯开关。

一盏蜜蜂形状的吊灯照亮了房间。

小女孩已经睡下了，米拉一只手抓住她，仿佛那张床变成了一个可怕的怪物，而她要把她从它的血盆大口中救出来一样，她另一只手举起枪。爱丽丝吓得尖叫。米拉置之不理，踢开床垫，看看下面到底藏着什么。

接下来的几秒钟，米拉能听见的只有她吸气入胸的声音。她像是从不知道多高的地方坠落下来，耳朵突然听不见了。她试着深呼吸，一次，两次，都没有用。然后，她慢慢又能听见周遭的声音了，最先听到爱丽丝的嚎啕大哭，她拼命想挣脱米拉的怀抱。

地板上只有一团毯子、长毛绒玩具和枕头。

43

伊内丝在厨房准备花草茶。

米拉看着她拿着水壶忙碌着，觉得又回到了她儿时的场景，母亲头上卷着一模一样的卷发夹，穿着一模一样的粉红色睡衣，每次夜里做噩梦惊醒的时候，母亲都会为她煮一些热水，安抚她的情绪。

“我不知道我这是怎么了。”她说道，“我很抱歉。”

米拉不想告诉母亲自己在女儿房里偷偷安了一台摄像机，没人知道这件事。她也不想让伊内丝以为自己不信任她。所以她撒了谎。

“我知道，我从来不在晚上打电话过来，但我突然想知道爱丽丝是不是安然无恙，你没有接电话，我就慌了。”

“你已经告诉过我了。”伊内丝微笑着转过身，“别再跟我重复了。我也有错，我睡得沉，不然我早就听见电话铃响了。”

伊内丝把爱丽丝哄回床上，安抚她，然后耐心地等她再次入睡。米拉留在走廊上，肩膀靠着墙，低头听她母亲的一举一动，她又一次替代了她的角色。

她也想告诉女儿一切都好，她没有危险，是她搞错了，没人躲在床底下。而且，房子没有入侵的迹象。我已经超过四十八小时没睡觉了。她为自己辩解。由于缺少睡眠，她对现实的感知能力变弱了。加之她刚得知还有一个操纵人们意识的罪犯逍遥法外。这一切都唤醒了她内心的恐惧，她害怕低语者一案的日子又要回来了。

伊内丝把水壶里的热饮倒进两个杯子，然后端到桌上，和米拉一起坐下。低垂的吊灯散发出温暖的光，仿佛在她们周围形成了一个保护罩。

“那么，你最近怎么样？”她母亲问她。

“我很好。”她不想细谈，简洁地回答道。她知道伊内丝只要听这些就够了，她不会再细问。母亲不赞成她当警察，她觉得其他职业会更好，比如医生或者建筑师。她肯定也希望她能嫁人。

“我已经有段时间没和你谈谈了，米拉。”

她的声音带着焦虑。

“是关于爱丽丝的。她前天在学校爬到了三楼的飞檐上。他们花了好久才说服她离开那儿，因为她不想下来。她说一点都不危险，反而还挺好玩。”

“又来了？”米拉抱怨着。这已经不是她们第一次说起这个了。

“爱丽丝没有危险意识。还记得去海边的那次吗？她游得好远，都快要淹死了。还有一次，我一下子找不着她了，然后发现她走在马路中央，汽车按着喇叭避让她。”

“爱丽丝是个完全正常的孩子，医生也是这么说的。”

“我觉得听听别的意见更好。儿童心理医生知道什么？他们又没有天天花几小时的时间和她在一起。”

米拉低头看着杯子。“我也没有，你这么说的意思是什么呢？”

伊内丝叹了口气。“我不是这个意思……我只是想说，这个孩子和我生活在一起，所以我比其他任何人都更了解她。我并没有说她有什么不对劲的地方，我只是担心她，因为我不可能一直盯着她。”她伸出手握住她女儿的手。“我知道你很在乎她，我也知道，和她保持距离让你付出了多大的代价。”

米拉受不了她母亲把手臂放在自己手上的重量。她不喜欢肢体接触，很想把手收回来。这感觉就好像是一条毛毛虫正从她的指缝间爬来爬去一样，但她还是硬着头皮忍着皮肤上的疼痛和排斥感。“你觉得该怎么办？”

伊内丝松开手，满含着怜悯看着女儿。“爱丽丝总是问我她父亲的事情。也许你应该让她见见……”

“不要说他的名字。”米拉打断了她的话，“我再也不想说出他的名字了。确切地说，我已经绝口不提那个人了。”

“好吧，但是爱丽丝至少该知道他长什么样吧。”

米拉想了想。“好吧。明天我带她去他那儿。”

“我觉得这样是对的，她已经够大了。”

米拉从椅子上站起身。“我明天下午再过来。”

“为什么不留下来过夜呢？”

“没办法，我一早要去上班。”

伊内丝不再坚持，她知道这么做也没有用。“照顾好自己。”

她看上去非常担心米拉。只有做母亲的才会赋予“照顾好自己”这句话多重含义，伊内丝想用这唯一一句嘱托告诉米拉，为了她自己着想，她必须要有所改变。米拉本想回答她一切都很好，但这话听上去言不由衷。于是她就此作罢，拿起放在桌上的手枪，当她走到厨房门口时，又转身看着母亲。接下来要问的事情让她扭捏不安。“爱丽丝最喜欢的洋娃娃是那个红头发的，对吗？”

“我去年圣诞节买给她的。”伊内丝确认道。

“你知道她叫她什么吗？”她的语气听起来像是随口问问。

“她好像叫她‘小姐’。”

“‘小姐’。”米拉跟着复述，细细玩味这个名字，“现在我得走了。谢谢。”

44

米拉希望能在中餐馆找到他。

带着这个想法，她满怀期望地走进去。挤满警察的餐厅里，西蒙·贝里什的桌子空无一人。不过，在他常坐的位置上还放着没有吃完的早餐。

米拉正打算问女服务生他走了多久了，却在这时注意到椅子下面的希什。不久之后，她便看到它的主人从洗手间出来，手里拿着一张餐巾纸，拼命用力擦干净衬衫上的咖啡渍。不难想象刚才发生了什么。餐厅最里面那群常来的警察发出嘲笑声。其中一个就是几天前把鸡蛋和培根溅到贝里什身上的那个警察。

贝里什回到自己的座位，冷静地继续享用他的早餐。米拉挤过去来到他身边。“这次我请。”她说。

贝里什惊讶地注视着她。“我已经有好一阵子不和同类联系了，所以变得有些迟钝，猜不透手势和言语的准确含义。我不懂什么双关语，也听不出话中有话，甚至连比喻也很难参透……所以，你说要请客的意思是不是在告诉我，你想要和我合作？是这样吗？”

贝里什的尖酸话语让她差点笑出来，幸好她忍住了。在第无数次被同事侮辱后，那个男人是怎么做到如此彬彬有礼的？

“我知道了，我这就住嘴。”看到米拉前后截然相反的表情，他举起手，做了个投降的动作。

“很好，这样我们就能开始了。”米拉坐下来。她为自己点了些吃的，还有一份外带的食物。

贝里什纳闷那是给谁的，但他觉得还是不要多管闲事为好。在等女服务生走远的时候，他看着她，提出一个在他心中藏了多时的问题。“为什么像你这么能干的警察，一个能够破了低语者一案的警察，会选择在‘灵薄狱’工作？”

米拉想了想，尽管她心中早就有了答案。“这样我就不用去抓捕罪犯了。我找的是受害者。”

“这是诡辩，但是很合理。那你能跟我解释一下为什么人们管你们部门叫‘灵薄狱’吗？我一直都想知道这个名字的出处。”

“也许是因为前厅的墙上挂的那些照片吧。那些人处在某种生死不明的状态……活着的人不知道自己依然存活人间，已死的人却无法入土为安。”

贝里什琢磨这个说法，觉得言之有理。第一类人像幽灵一样在这个世界上游荡，没有人和他们接触，他们被人们忽视，只能等待着有人告诉他们，其实他们依然活着。而第二类人被错误地归到活人之列，因为等待他们回来的亲友无法接受他们可能已经死亡的事实。

关键词是“依然”，它是一段无休无止的漫长时光，终结它的唯一方法是接受事实或释怀忘却。

“你还是认为不该告诉‘法官’、古列维奇和鲍里斯你参与了我的调查工作？”

米拉的提问把贝里什带回现实。“就让他们把注意力放在恐怖分子身上吧，我们要调查的应该是那个异教团体。”

“怎么进行调查？你有什么想法了吗？”

贝里什压低声音，倾身向前靠着桌子。“记得我们在安布鲁斯宾馆的电话里听到的音乐吗？”

“记得。然后呢？”

“我知道它是什么曲子了。”贝里什兴奋地说。

米拉难以置信。“你是怎么做到的？”

“我承认，我不是什么古典乐专家……今天早上我去了音乐学院，请求和一名老师谈谈。”在讲到接下来的故事时，他有些尴尬，“我跟他描述了主旋律，他一下子就听出是哪首曲子了。”

“你的意思是你唱给他听了？”米拉忍俊不禁。

“我别无选择。但作为回报，那个老师送了我这个……”贝里什从口袋里拿出一张 CD。

伊戈尔·斯特拉文斯基的《火鸟》。

“这是音乐家 1910 年创作的芭蕾舞剧……我们跟着这条线索就能找到下一起谋杀案。”

“老实说，我不知道你打算怎么利用这条线索……”

“在芭蕾舞剧中，我们听到的那段音乐对应着伊万王子捕获火鸟的那一幕。”

米拉开始思考。“有三个元素：捕获、火鸟和伊万这个名字。第一个元素可能意味着一种挑战。”

“你只说对了一部分。”贝里什说道，“凯鲁斯并不是在和我们竞赛：作为传道者，他想要向我们灌输他的信仰。所以，他不是在挑战我们，而是在测试我们。每次他测验我们的时候都想要我们过关。打到 317 号房间的那通电话也是。他羞辱我们，让我们觉得自己略逊一筹，但从某方面来说，他是站在我们这一边的。所以，这就是为什么他那些复杂的谜团的答案总是很简单。”

“火鸟这个形象里有什么简单的讯息？”米拉并不赞同。

“我不知道，但我们一定会弄明白的。目前我觉得应该把精力放在伊万这个名字上。”

“你认为他是下一个受害者的名字？”

“或者是下一个凶手的名字……你好好想想：要是我们根本无法找到答案，他告诉我们这个名字又有什么意义呢？”

“去哪儿找呢？”

贝里什用手拍了一下桌子。“我们得筛查失踪者档案，找到和伊万这个名字有关联的线索。”

“这牵涉二十年的时间跨度，你知道我们要调查多少人的资料吗？”

“不知道，你才是这方面的专家。”

“我们没时间了。距离上一起谋杀案已经过去太久了，想必传道者的其他信徒已经准备好在不久之后动手了。”

贝里什有些失望，他本以为他的主意能管用。

“我们必须想想别的办法。”米拉为了安慰他说道，“或许我们应该问问自己，安眠主宰者真正想从我们这儿得到的是什么。”

贝里什抬头看着她。“走上这条不归路后，谜底就会揭晓了。”

有那么一刻，米拉的眼神涣散开。“我不知道能不能一直撑到最后。”

“我猜这还是因为你的女儿。”

米拉觉得自己说得太多了。要是贝里什误以为她的恐惧仅仅是因为爱丽丝，那就随便他吧。如果黑暗世界中出现什么状况，我就必须过去查清楚。她本该这么警告他的。不过，米拉决定还是让贝里什相信他的推测，然后问道:“你成家了吗，贝里什？”

“我从没结过婚，也没有孩子。”他想到了西尔维娅，想到如果他们还在一起的话会过着怎样的生活。但贝里什不想让回忆妨碍现在的调查，“我不会像你那样冒险，这点我很清楚。但我也知道这个风险是可以被预估出来的。”

“你指什么？”

“他们也是人。”

“你说的是我们的敌人。”

“他们和我们所有人一样，都是脆弱的生灵。只不过我们看不见他们罢了。但是他们的行为是有合理的解释的。也许这在我们看来可能很荒唐，但人类学教会我，这种事到头来都要归因于人性。”

他们静静地思考着这句话。尽管被各种喧哗吵闹声包围着，两人都在忽然间感到寂寞的寒意。米拉准备结账，女服务生把账单和打包的食物交给她。

“你也养狗？”贝里什为了打破沉默问道，他原本决定不多管闲事的，但他食言了。

“其实是给一个住在我家楼下的流浪汉的。”她不再多说什么。

可贝里什似乎对此挺感兴趣。“他是你的朋友？”

“我连他叫什么名字都不知道。说到这个，叫这个名字或叫那个名字对他来说又有什么用呢？对于一个刻意选择被人遗忘的人来说，这完全是多余的，你不觉得吗？”

贝里什似乎赞同这个想法，而且他好像还受到了启发。“或许你刚才的话给了我灵感，我知道该怎么利用藏在斯特拉文斯基的作品中的那条线索了。”

“怎么做呢？”

“要找到某个名字，我们需要某个没有名字的人助我们一臂之力。”

45

贝里什进了公用电话亭打那通电话。

米拉和希什一起在车里等他，她不知道他为什么如此谨慎。通话结束后，贝里什放下听筒，继续站在那里。米拉不懂。然后，他在人行道上来回踱步，好像在等谁。

二十分钟过去了，什么事都没发生。

米拉正准备从现代上下来，过去问他这么做的原因，就在这时，电话响了，贝里什返回公用电话亭。他和一个神秘人物谈了一会儿，然后回到她那里。

“我们得去几个地方。”他言简意赅地说。

米拉发动汽车，虽然她有不少疑惑，但是她什么也没问。他们先去了贝里什住的地方。他没有请她上去，不一会儿，他一言不发地下来了。不过，在他上车的时候，米拉发现他外套的内侧袋里有个信封。

他给她指了路，半小时后，他们来到位于靠近城市西端的工业区，整排的仓库一模一样，货车在马路上来来往往。他们的目的地是一家肉制品加工厂。

抵达这家公司的停车场后，贝里什示意她停车熄火。

没有标识名的白色建筑物旁摆放着装卸坡台。动物就是从那儿进入生产线的。烟囱冒着灰色的烟，空气中充斥着一股令人作呕的刺鼻气味。

“那么，你的朋友是谁？”贝里什到现在还对她守口如瓶，米拉有些不耐烦了，于是好奇地问。

“他不喜欢提问。”他只丢下这句话，提醒她不要多嘴。

米拉不知道自己还能忍多久，只希望贝里什能快点停止在这件事上三缄其口的可笑态度。

贝里什又一次陷入沉默。随后，从工厂后面的一扇小门后面走出来一个又矮又壮的男人，他五十多岁，穿着白衬衫，戴着头盔，他两手插在口袋里，快步朝现代走过来。

贝里什打开了车门安全锁，让他上来。

“你好，探员，好久不见。”小个子男人开口说。

希什冲着他大叫。

“还养着这条笨狗呢？”

显然，他们互相看不顺眼。

然后，那个男人看着米拉。“她是谁？”

“瓦斯克兹探员。”她没好气地自我介绍。“你又是谁？”

那个男人无视她的提问，又转向贝里什。“你没有告诉她我不喜欢有人问问题吗？”

“我和她说了。”贝里什用责备的目光瞪了米拉一眼。“但我还没告诉她我们要在这里做什么，我觉得还是交给你来说明比较好。”

男人似乎很欣赏贝里什的谨慎周到，所以这次他直接对米拉开口了。“我没有名字。”他对她说，“我的工作也不存在。一会儿你听到的事情，应该全部忘光。”

“我还不知道你是干什么的。”米拉回答。

男人微微笑了笑。“我可以让人消失。”

十五分钟后，米拉理解了那句话的意思。

“假设你是一个碰到点法律问题的富商，像我这样的人可以帮你销声匿迹。”

“你真是干这个的？”米拉惊骇地问，“帮助那些罪犯逃避法律制裁？”

“我只帮那些犯了税务或者金融罪的。我也有我的职业道德，信不信由你。”

贝里什开口了。“我们这位朋友是位逃脱大师，在帮人脱身这件事上，他是真正的专业人士：他用一台电脑就能侵入执法人员没有搜查令绝不可能进入的地方，清除一个人存在的痕迹，比如国家档案馆、银行和保险公司的数据库等等。”

“我可以把你过往生活的踪迹清除得干干净净，还能帮你制造虚假记录以防有人调查。我可以帮你买一张飞往委内瑞拉的机票，然后用你的信用卡在香港机场的免税店里购物，最后租一架派珀飞往安提瓜岛，但其实落地的时候飞机上只有飞行员一个人。反正就是这样：在追查你的人被我的花招搞得晕头转向时，你已经悠然自得地在伯利兹的沙滩上晒太阳了。”

米拉盯着贝里什看。“真能办到吗？”

他点点头。这个无声的回答意味着安眠主宰者的受害者可能也用了相同套路。就算没有高级融资经理那样的经济实力，只要有个 IT 高手帮忙，一样可以人间蒸发。

凯鲁斯本人可能就是这么一位专家。

“凡事都有合理的解释，记得吗？”贝里什又搬出他几小时前说的话。

这一回米拉真心点头同意。

“不过我们这位逃脱大师也能反其道而行之，也就是侵入最为机密的数据库，找到那个我们正在追查的人的踪迹。”为了说得更明白，他又补充道，“是你们‘灵薄狱’没法办到的事。”

米拉和他们聊了才不过几分钟，已经意识到自己惯常的办案手法实在太匮乏。前厅里的那些脸孔终有一天会质问她。

贝里什在座椅上转过身看着那个没有名字的男人。“那么，你能帮我们个忙吗？”

米拉从后视镜里看到贝里什边说边把那个他来这儿之前从公寓里拿的信封塞进他的口袋里。

他们把希什留下来看着车子，然后跟着那位专家进入屠宰场的走廊。

“等我们弄完了以后，你可以给你的狗带块肥美的牛排。”小个子向贝里什保证。

“你怎么会在这儿工作？”米拉忍不住问。

这次他并不生气。“我从没说过我在这儿工作。”

“抱歉，你说什么？”

“我没有电脑、手机或是信用卡。我并不存在，记得吗？这些东西都会留下踪迹，贝里什通过一个语音信箱给我留言，我平均每小时会听一次，然后依照他留给我的那个电话号码回拨给他。”

“那我们来这儿干什么？”米拉越来越好奇了，于是问。

“有个职员今天病了，所以有台电脑空出来了。我们就用那台。”

其实也不必追问他是怎么知道这个的。那家伙在获取信息方面的确有一手。米拉心想。

他们碰上了好几名工人，但没有人注意他们。那个地方太大了，不会有人察觉到可疑的活动或者生面孔。

他们来到一间办公室门口，那位专家四下张望着，确认四下无人，拿出万能钥匙打开了门。

房间不大，里面有一张办公桌和两个档案柜。还有几张奶牛在吃牧草的海报，在那个地方出现这种东西倒有些令人毛骨悚然。除此之外，还有几张在那儿办公的职员的家庭照。

“放心吧，没人会来的。”男人向他们保证。然后他便在电脑前忙碌起来。“你们要找什么？”

“我们在找一个在过去的二十年里失踪的家伙，他叫伊万或者类似的名字。”贝里什说。

“这线索太模糊。”专家表示，“没有别的了吗？”

贝里什把斯特拉文斯基的芭蕾舞剧《火鸟》中的细节，也就是王子捉到火鸟的那个场景告诉了他。“给我们留下线索的人希望我们朝着这个方向找到答案，所以这应该不是办不到的事情。”

“挑战来了。”男人满意地说，“很好，我喜欢挑战。”

*你错了，这是场测试。*米拉心想，她本想纠正他的话，就像贝里什在跟她解释传道者的目的时说的。然而她并没这么做，只是认真地观察他埋头工作。在一片宗教般神圣的寂静中，他在键盘上输入指令，通过互联网进入了银行、医院、报社甚至是警察局的数字档案。他的手指在键盘上轻盈地移动着，好像它们知道通向信息世界任意一个地方的路径。密码、电子钥匙和加密代码都被他不费吹灰之力地破解了。屏幕上显示出各种信息：新闻报道、病历表、犯罪记录、银行对账单等等。

差不多一个小时过去了，贝里什一句话也没说。他在房间里坐立不安地转悠，时不时地望向窗外。米拉走到他面前。“你们是怎么认识的？”她边说边用头部动作指向那位专家。

“他为证人保护计划工作过，帮助我们的证人躲避那些想要杀人灭口的人。”

米拉没再多问什么，她觉得贝里什也不愿意再多说什么了。或许应该说，她不想知道全部真相，因为贝里什偷偷把一个可疑信封塞给那位专家的画面依然在她脑海中挥之不去。她又想起乔安娜·肖顿影射贝里什的话：“一名参与案子的特别探员涉嫌另一起丑闻，名誉扫地……他接受贿赂，放跑了一个他本该保护和监视的犯罪组织的线人。”

专家的咨询费显然不菲。更重要的是，贝里什怎么会在家里放那么多现金？

键盘的滴答声突然停止了。那个没有名字的男人准备说出答案。

“他叫迈克·伊万诺维奇，六岁的时候失踪的。”

和爱丽丝的年纪一样，米拉立刻想到这点。说也奇怪，自从她生下女儿后，儿童失踪案就特别触动她。

“大家一直认为他被一个疯子绑架了。”专家继续说，“如果他真的就是那个人的话，现在应该快二十六岁了。”

米拉看着贝里什。“他是在失眠者相继失踪的那段时间消失的。”

“如果当时我们没有把他算进凯鲁斯的首批受害者里，想必是因为他这起案子没有牵涉到安眠药。”

七个人凭空消失，再加上证人西尔维娅，她是第八个。我们现在又有了第九个。

“这段时间他跑去哪儿了？”米拉问。

“这个我不知道。”专家回答，“但我可以确定的是，一星期前，网上又突然出现他的踪迹，几乎算是‘正式’重返人间。”

“就算没有安眠药这个细节，我也觉得这太巧了，你们不觉得吗？”贝里什相当亢奋，“我觉得他就是我们要找的人。”

米拉赞同他的想法。“我们现在怎么找到他呢？”

“我之前提到的踪迹恰恰能帮上你们。伊万诺维奇打给一家电话公司激活了一个手机号码，他留下了姓名。然后，他又申请了一个网上银行账户，不过他留了另外一个地址。这意味着迈克只是希望有谁能看懂他这么做的涵意。他想让你们知道他是谁，但同时又不希望被发现行踪。”

*因为他有任务在身，他得行凶杀人。*米拉心想。

“那现在呢？”贝里什问。

“我有你要的答案。”那位电脑奇才笑了。“迈克·伊万诺维奇小时候的医学诊断报告显示，他患有一种非常罕见的先天性异常，叫做全内脏逆位。”

“意思是？”米拉问。

“意思是他所有的器官都是左右倒置的：心脏在右边，肝脏在左边等等。”贝里什回答。

米拉从没听过这种疾病。“那我们能用这个信息做什么呢？”

“95%的内脏逆位患者患有心脏病，所以他们要经常去体检。”男人补充道。

贝里什抓到了重点。“我们不用调查他的名字，只要找他的病例就可以了。这样，就算他这些年来用的是假身份，我们还是能通过他的就诊信息查清他的动向。”

“没那么简单。”那个男人立刻给贝里什泼了冷水，“网上没有任何病历描述一位患有内脏逆位的二十六岁男子。”

“这怎么可能？”贝里什问。

“也许迈克·伊万诺维奇那么多年来从没去过医院，他找的是全科或专科医生。要查到他们是谁需要花些时间。”

贝里什抱怨着说。“问题是，我们没有那么多时间给你。”

男人双手一摊。“抱歉，但目前我无能为力。”

“好吧。”米拉开口说，然后她转向贝里什。“灰心丧气也没用。我确信，如果我们让他继续找资料，他会查到一些关于我们这个迈克的事情的。”

贝里什也想乐观一点。“嗯，我们试试吧。那在等的时候，我们做什么？”

米拉看了看时间。“我约了人。”

46

爱丽丝第一次问起她爸爸的事，是在她差不多四岁的时候。

不过，这个问题在她的心里酝酿了好一阵子了。小孩子经常会把疑惑用其他形式表现出来，比如手势或者言辞。爱丽丝在画她的家人的时候，忽然加上了一个她从未听人谈起的角色。没人知道她是怎么意识到自己有个爸爸的。想必是在和同龄人聊天的时候吧，或者听伊内丝谈起了她丈夫，也就是她外公。如果米拉有爸爸，为什么她就不能有呢？不管怎样，针对这点，她提出的第一个问题还算含蓄。

“我爸爸几岁了？”

这是一种迂回的问法，但主旨仍然非常明确。

过了一段时间后，爱丽丝重拾这个话题，这次问起了他的身高。好像这些特别珍贵的信息会成为她人生的转折点一样。自那以后是接二连三的问题：眼睛的颜色、鞋子的尺码、他最爱的一道菜。

爱丽丝似乎想要慢慢拼凑出她父亲的形象。

这是一个令人精疲力竭的练习，尤其对一个小女孩来说，米拉很清楚。伊内丝开始暗示米拉或许是时候让父女相见了。米拉却一拖再拖，她想等待时机成熟，尽管她也不清楚到底要等到什么时候。前一天晚上，伊内丝又谈到这个的时候，米拉毫不迟疑地同意了，好像她们之前从来没有就此有过争论一样。在她带着恐慌和不安闯入家中之后，米拉觉得自己对爱丽丝有所亏欠。她可能不是个好妈妈，但她不能阻止这个小女孩当个好女儿。

好女儿一定会去探望自己的爸爸。

此外，那个星期发生的事情让她不可避免地回想起“低语者”的日子。答应小女孩的请求似乎也不是那么难了。或许她注定要面对过去。又或许，爱丽丝想要告诉她，人不可能对过去的伤痛置之不理。

这也是因为，如果没有那段伤痛，她也不会出生。

道路被蕨类植物的树叶轻抚着，艰难地攀爬在山丘上。

爱丽丝望着车窗外，有那么一刹那，米拉觉得好像在后视镜里看到小时候的自己。她也喜欢凝视那些稍纵即逝的瞬间。一幅幅画面从眼前一闪而过，只能抓住些许碎片。一栋屋子，一棵树或是一个晾衣服的女人。

母女俩在这段短途旅行刚开始的时候就不怎么说话。米拉从现代的车尾行李厢里取出安全座椅，放在爱丽丝坐的汽车后座上，然后让伊内丝安顿好小外孙女，确认她的安全带都系好了，她最爱的洋娃娃陪着她。

那天伊内丝给她穿了一条棉质的玫红色露肩吊带裙。她穿着白色运动鞋，头上别着一个相同颜色的发夹。

开了几公里后，米拉问她热不热，想不想听电台，爱丽丝摇摇头，把红头发洋娃娃，也就是“小姐”抱得更紧了。

“你知道我们要去哪儿，对吗？”

小女孩继续盯着外面。“外婆和我说了。”

“我们要去那儿了，你高兴吗？”

“我不知道。”

爱丽丝斩钉截铁的回答让米拉不知该怎么聊下去。别的妈妈应该会去追问原因。别的妈妈说不定会提出打道回府。别的妈妈或许知道该怎么做。然而米拉觉得自己对爱丽丝而言已经是“别的妈妈”了，因为真正的妈妈是她的外婆。

远处出现了那座灰色砖石建筑。

过去的七年里，她去那里探望过多少次？今天应该是第三次。第一次是事情发生九个月后，但她无法走进大门口，最后落荒而逃了。第二次她一直走到了他的房门口，看到了他，但是什么也没有说。毕竟，他们在一起的时间短到没有什么共同话题。

和他在一起的唯一那个夜晚给她带来的伤痛胜过千刀万剐。她体会到的痛苦是毁灭性的，但又是如此美妙和如此强烈，任何一种形式的爱情都无法与之相提并论。他脱去她的衣服，露出她满是伤痕的身体，他亲吻她的瘢痕，把所有的绝望都毫无保留地倾注在她身上，他知道，她会沉溺在其中而无法自拔。

她至少有四年没来看他了。

一个黑人护工在停车场迎接她们。米拉之前已经电话告知她们会来。

“早上好。”护工微笑着问候，“真高兴你们来了。知道吗，今天他好多了。快来吧，他在等你们。”

这是为爱丽丝演的一出戏，这样就不会吓着她。一切都必须看起来很自然。

他们从正门进去。接待台后面一动不动地站着两个私人保安，他们问米拉是否还记得进入建筑物的流程。她交出佩枪、警察证和手机。他们还检查了那个红发洋娃娃。爱丽丝没有抗议，而是好奇地按照他们说的做。随后，母女二人通过了金属探测器。

“他还在和死神搏斗。”护工说的是他们那儿情况最严重的病人。

他们一路经过走廊，两边有好多紧闭的门。空气中有一股消毒剂的味道。爱丽丝时不时会因为跟不上米拉而不得不加快脚步。有一瞬间，她想伸手牵住妈妈的手，但她立刻意识到这个错误，马上把手收回来。

他们乘坐电梯来到三楼。这一层也有许多走廊，但是比楼下更热闹些。房间里传出有规律的声响，那是呼吸器的声音和心电监护仪发出的滴答声。那里的工作人员都穿着白色制服，训练有素地重复着日常工作——加满注射器，更换点滴，倾倒袋子或扔掉导液管。

每个人负责一位病人，直到其生命走到尽头。至少那儿的一位医生是这么对米拉说的。“我们之所以在这儿工作，是因为这些人出生的时候就有问题，能撑到现在他们已经是赚到了。”而在她看来，这算是造物者的一个错误，仿佛生与死在进行一场缓慢的竞赛，它们同时出发，直到死亡获胜。

但躺在那家诊所病床上的人当中，没有人奢望可以在这场旅行中回头。

死去的人不知道自己已死，而活着的人无法离世。米拉是这么跟贝里什描述“灵薄狱”的消失者的。发生在这儿的事情和它并没有分别。

护工把她们带到那个房间。“你们想单独和他待一会儿吗？”

“是的，谢谢。”米拉回答。

米拉往前走了一步，爱丽丝还站在门口，双脚整齐地并拢，紧紧抱着那个洋娃娃。

她注视着那个仰卧在床上的男人，雪白的毯子刚好盖到了他胸口，双臂露了出来，双手掌心向上摊在毯子上面。固定在喉咙处的呼吸管上包了一层纱布，这么做应该是为了避免吓到他年幼的小访客。米拉心想。

爱丽丝目不转睛地看着她的父亲。或许她想把眼前这个人和她脑海中想象出来的形象对上号。

米拉本可以让她一开始就以为她父亲已经死了，这样对她们俩来说都更容易。不过，这是撒谎。总有一天，她必定要面对那些重要的问题，而答案远不止眼睛的颜色或鞋子的尺码那么简单。同样，她终究要跟女儿解释，那具没什么用处的躯体里困着她父亲被诅咒的灵魂。

好在对她们俩而言来日方长。

爱丽丝一动不动，她的脑袋稍稍倾斜了一下，好像察觉到这个场景中成人无法看到的某个细微变化一样。然后，她转向米拉，只说了一句：“现在我们可以走了。”

47

在迈克·伊万诺维奇消失的年代，把失踪儿童的照片印在牛奶盒上面是很常见的寻人方法。

这是一个简单有效的调查方法，每天早上，全国家家户户的餐桌上都会出现孩子的脸孔。通过这个权宜之计，他们自然而然就记住了孩子的长相，这样如果偶然间看见了就可以报案。如果是绑架犯所为，那么这种方法会让他觉得自己已经被全面通缉了。

但这也会产生一个副作用。

失踪的儿童变成举国上下关注的焦点，成了人们生死未卜的儿子或孙子，每天晚上，大家都祈祷他平安归来，他们的心态就像在等待彩票开奖，人人充满信心，确信一定会有一个赢家。

然而，问题也随之而来：警方和牛奶厂家不知道孩子的照片该在牛奶盒上放多久。因为过去的时间越久，找到他的可能性就越小。到那个时候，没人喜欢在吃早餐时看到一个可能已经死掉的孩子的脸。就这样，一个又一个早晨过去了，照片忽然消失了。没有人抗议，大家都选择了遗忘。

迈克·伊万诺维奇——大家亲切地称他为“小迈克”——的照片在牛奶盒上放了十八个月。六岁生日刚过一个星期，他就人间蒸发了。当时他的父母正忙着办离婚手续。媒体含沙射影地称他们忙着争吵，没有给独子该有的关注。所以，有人利用了这一点趁虚而入，然后带走了迈克。

事情发生在一个晚春的下午，就在他母亲工作地点对面的小公园里。迈克在秋千上玩耍，而他母亲正在一部公用电话上激动地和马上要成为前夫的男人争吵。她向调查人员发誓，她的眼睛一刻也不曾离开过儿子，而且她一直能听见秋千摆动的吱吱声，所以她觉得没什么可担心的。

那块木板是一直在来回摆荡，只不过迈克不在上面。

绑架男孩的嫌犯是一个三十五岁的水管工。他的同居女性朋友在家里找到了男孩失踪那天穿的绿底白条纹 T 恤，于是报了案。但那个男人声称自己在垃圾桶里找到那件衣服，决定留下它，因为小男孩已经成了知名人物，而他想要拥有一件“名人的纪念品”。最后，警方相信了他的说法，只判了他妨碍公务罪。

除此之外，二十年来没有出现任何有关迈克 · 伊万诺维奇的线索。没人发现他的踪迹或听到他的声音，连一个错误的调查方向都没有。尽管人们不说，所有人都认为他已经死了。

和类似案件的处理方式一样，全国各地的法医会收到一份机密通知，里面是男孩的病理解剖报告，这样要是有人发现儿童的尸体，可以帮助他们进行比对。

其中有一个从未向媒体披露的细节，迈克 · 伊万诺维奇患有一种先天性异常，叫做内脏逆位。

多亏米拉先前给的密码，贝里什可以进入“灵薄狱”的档案库下载打印资料，贝里什看完后合上档案。

按照时间顺序，他是安眠主宰者的第九位受害人，他对自己重复着。

但是从文件里看不出谁可能是迈克·伊万诺维奇的目标。他失踪的时候年纪太小，不可能像罗杰·瓦林和娜迪亚·尼韦尔曼那样基于个人经历挑选目标。和埃瑞克·文森迪还有安德雷·加西亚一样，受害人和凶手之间的联系肯定是偶然的。

凯鲁斯这次选择了他最年轻的弟子执行杀人任务，这意味着他想要调查人员尽一切可能找到他。这是为什么？

“他应该是想让我们觉得无能为力。”贝里什大声自言自语，“这次，他有一个重要的袭击目标。”

贝里什几乎整个下午都待在他的办公室等那位 IT 专家朋友的电话。研究完迈克·伊万诺维奇的档案后，他把它放回抽屉，看了看时间，然后看着静静待在角落没有一声抱怨的希什。已经六点多了，他们俩都饿了。于是，他决定带上狗出去。

他启动了电话语音信箱，然后和希什一起出门买点吃的。

距离警局门口几步远的地方有个卖三明治和饮料的售货亭。热狗是希什的最爱，贝里什心想，这或许是因为它名叫“热狗”吧。

他们和别的警察一起排队，和往常一样，他们对贝里什投来了鄙视的目光。这是他很久以来第一次觉得他们的目光刺痛了自己，仿佛一直以来保护他的盔甲威力变弱了。

希什一定也察觉到紧张的气氛，它抬起头叫了一声，想要确信一切安然无恙。贝里什摸了摸它的脸。轮到他们的时候，他买了两个热狗、几个金枪鱼三明治和一罐红牛，然后匆匆离开。回去的路上，他又想了想刚才发生的事。一切都没有变，一切似乎都变了。沉寂那么多年后，重新回归工作让他感觉自己充满活力。在十来次审讯中，他成功地让杀人犯或其他罪犯认罪，他当然知道自己不是那种恶徒，但他也一直认为嫌犯对他敞开心扉是因为某种程度上，他们把他当作同道中人。

我看起来不像警察，所以他们会对我吐露实情。

而此时此刻，这种天赋才露出真实的面目，它是对贝里什的惩罚。他内心有个声音在说，是时候结束监禁了。

你已经付出足够的代价了，西蒙。是时候重新做回一名警察了。

他沉溺在自己的思绪里，一路走过通往办公室的走廊。贝里什一手拿着三明治袋子，一手拿着那罐红牛，完全没意识到自己应该腾出其中一只手来开门。

是希什把他拉回现实，他这才发现门是开着的。

“你好，西蒙。”

贝里什手里的红牛罐子险些掉下来。还好他控制得住，不然早就心脏病发作了。“我的天，斯蒂夫！”

“灵薄狱”的队长双腿交叉坐在办公桌前。“对不起，我不想吓着你。”随后他拍拍手吸引希什的注意。“快过来，帅小伙儿。”

希什立刻跑向斯蒂凡诺普洛斯，他双手托住它毛茸茸的脑袋不断揉搓，很是疼爱。

贝里什喘了口气，关上身后的门，然后把热狗放在食盆里。“当一个人习惯被无视的时候，有些惊吓可能会出人命。”

斯蒂夫笑了。“我知道。可我刚才敲门了，我发誓。”随后，他变得严肃起来。“如果不是有什么重要的事情要找你商量，我也不会跑到你办公室等你的。”

贝里什观察着他这位老上司的表情。“要不要三明治？”他边在办公桌另一侧坐下边说。

“不用了。你吃吧，没关系，我不会占用你很长时间。”

贝里什打开红牛，喝了一大口。“那么，发生什么事了？”

“我就不兜圈子了，你直接回答我就行。”

“没问题。”

“你和米拉·瓦斯克兹是不是未经上级授权，偷偷进行调查？”

“你怎么不去问她？她不是你的手下吗？”

斯蒂夫似乎不满足于这种间接承认的回答。“是我叫她去找你的。”

“这我知道。”

“但我没想到你们会联手调查。你难道不知道这可能有损她在警局的声誉吗？”

“我觉得她可以应付这个情况。”

“你他妈的根本不懂。”斯蒂夫一贯的浮躁脾气又上来了，“黑暗对于米拉来说就像果酱对孩子一样具有巨大的吸引力。她小时候曾经遇到很可怕的事，是你我都无法想象的可怕的事，感谢上帝。她有两种方法面对这段过去：在恐惧中度过余生，或者把恐惧当作一种可以利用的资源。米拉总是挑战最危险的处境，因为她觉得必须这么做。这就像战争中幸存的老兵想要回到前线一样，对死亡的恐惧会让人上瘾。”

“我知道那类人。”贝里什打断他的话，“但我也知道，我们俩谁也不可能说服或制止她。”

斯蒂凡诺普洛斯不赞同地摇摇头，然后注视贝里什的双眼。“你确信你能抓住凯鲁斯，是吗？”

“这次是的。”贝里什确认。

“你跟米拉说过为什么你那么想和安眠主宰者做个了断吗？”他停顿了一下，“你和她说过你和西尔维娅的事吗？”

贝里什往椅背上一靠。“没有，我没和她说过。”他冷冷地回答。

“你打算说吗？或者你觉得这只是一个可以忽略的细节？”

“我为什么要告诉她？”

斯蒂夫用手拍了一下办公桌，希什吓了一跳。“因为就是从那时候起你开始一蹶不振。你变成了一个混蛋，自毁前程，成为警察局里的边缘人。这都是因为发生在西尔维娅身上的事。”

“我应该保护她的，但……”

“但凯鲁斯把她带走了。”

你想要一个全新的生活吗？

房间里响起了安眠主宰者在电话中对受害者说的话。不过现在只有贝里什一个人听见。

西尔维娅是不是也去过安布鲁斯宾馆 317 号房间？她是不是也坐电梯到四楼？她看见了深红色的墙纸？也走在巨大的蓝色花卉图案的地毯上？然后服下一粒安眠药，让安眠主宰者带走了她？

在漫长的寂静过后，斯蒂夫又开口了。“你到底错在哪儿，贝里什？是被一个怪物欺骗还是爱上了唯一一个目击证人？你好好想想。”

“我应该保护她的。”他像一张坏掉的唱片一样，坚定地重复着那句话。

“你和她在一起有多久？一个月？你觉得为了那么短的时间毁掉余生是件正常的事吗？”

贝里什沉默不语。

或许斯蒂夫意识到继续说下去也无济于事，所以他站起身走近希什，弯下身抚摸它。“作为证人保护计划的指挥官，我和你一样要为发生的事情负责。”

“所以你去了‘灵薄狱’埋葬你的前途。”

队长忍不住苦笑一声，站起身，握住门把准备离开。“有些消失者相继回来了，你认为她也会回来，是吗？求求你让我听你亲口说我错了，告诉我，你不会以为西尔维娅还活着吧？”

贝里什斗胆面对老队长的锐利目光，但他其实不知该回应什么。寂静变得越来越凝重，但斯蒂夫不肯放弃。最后，是电话铃声打破了僵局。

贝里什拿起听筒。“喂？”

“一会儿你该爱死我了。”是那个无名氏 IT 专家的声音，背景传来工业机械的噪音。天知道他是用哪部安全电话打来的。

“你有什么要告诉我吗？”斯蒂夫还在门口盯着他，所以贝里什尽可能含糊其辞词。

“差不多一个月前，迈克·伊万诺维奇用假名看了一位私人医生。”

“确定吗？”

“听听这个：医生觉得这是天赐良机，他可以为医学杂志写篇关于内脏逆位的好文章，所以对伊万诺维奇的心脏状况异常关心。但伊万诺维奇立刻发现了他的企图，马上逃走了。那个医生不肯放弃，一路跟踪他回家。迈克估计发现了，第二天，毫无防备的医生和他的车子一起被烧成灰烬。警方和保险公司认为是电气系统故障瞬间引发了火势迅猛的火灾，驾驶员在劫难逃，他甚至连离开座舱的时间都没有。调查人员不想深究下去，首先，这种事情时有耳闻，其次，那个医生不像是会树敌的人。就这样，事件以一起普通事故了结。不过，我花时间仔细研究了医生笔记本电脑里的资料，然后从他的动机出发，弄明白了整件事情的经过。”

“稍等一下。”贝里什捂住听筒，转向斯蒂凡诺普洛斯，“我保证，我会跟米拉说西尔维娅的事，而且我会尽一切可能不让她惹祸上身。”

斯蒂夫似乎对这话信以为真。“谢谢。”说完后他离开了房间。

斯蒂夫走后，贝里什继续和电话另一端的人说。“你找到地址了？”

“那是当然，我的朋友。”

专家说出了地址，贝里什记了下来，满心希望迈克·伊万诺维奇还住在那儿。他正准备挂断电话，然后打电话通知米拉，电话那头的声音却阻止了他。

“还有一件事……伊万诺维奇有上千种方法杀死那个医生。但有一个细节应该会引起警方和保险公司的怀疑。”

“是什么？”

“根据事故报告，烧毁的汽车的安全锁存在缺陷，但或许它可能只是被人动了手脚。另外，法医认为根据尸体的状况，他可能是被缓慢地烧死的，所以这不是‘火势迅猛的火灾’。因此我不排除另一种可能，就是凶手安排了这一切，然后在现场附近享受这场表演。”

贝里什想起斯特拉文斯基的芭蕾舞剧中的火鸟。“你的意思是迈克·伊万诺维奇是个纵火狂？”

“我觉得我们这位朋友喜欢看人被活活烧死。”

48

他们约在距离迈克·伊万诺维奇的住址两条街的地方碰面。

两人是分别抵达的。贝里什让希什跳上现代的后座，然后自己坐下，没有问米拉下午去哪儿了，不过，他还是能从她的表情看出有什么事情不对劲。

“确定他就住在那儿吗？”米拉问。

“我们的线人是这么说的。”

“那我们怎么行动？”

贝里什看了看时间，刚过八点。“他可能在家。”

“你打算搜查那个地方？”

“我不知道我的计划是什么，也许应该通知你的朋友鲍里斯。”

米拉忍不住露出不满的表情。“你真的希望我跟他解释我是怎么得到这条线索的吗？他肯定会问的。”

贝里什没想到这点，这么做意味着暴露他的线人。米拉不可能用别的方法调查到迈克·伊万诺维奇。“你说得对。不过，如果我们发现了他的袭击目标，一定得通知警局。”

“到时候再说吧。”贝里什也同意，点点头。

环形分布的公寓共有两层，整栋建筑围着一个被污水填满的长方形池子，之前那是个游泳池。

贝里什和米拉从大门进去后立刻朝建筑物背面走去。为了掩人耳目，他们得走疏散楼梯上去。迈克·伊万诺维奇的公寓是4B。

他们走到楼梯下面，贝里什嘱咐他的狗："如果有人来了你就叫。明白吗，希什？"

霍夫瓦尔特犬正如它们的名字[①]，是理想的护卫犬。希什像是听懂了指令一样，乖乖地坐下来。

两人都拔出了手枪。

"这把不是我惯用的枪。"米拉告诉贝里什，"我在凯鲁斯藏身地的火灾现场弄丢的那把更顺手，所以我什么都不能保证。"

贝里什知道，米拉特地这么说明是在委婉地提醒他，他在红砖小楼的迷宫里曾有机会朝凯鲁斯开枪，但他的枪法并不准。他很感激她这么做，但"火灾"这个词同时也让他想起IT专家最后对他说的关于迈克·伊万诺维奇的事情。

我觉得我们这位朋友喜欢看人被活活烧死。

他和米拉说了这件事，但并没有告诉她那个细节令他忧心忡忡。他从犯罪人类学著作中学到的是，纵火狂是嗜虐人格最极端的表现形式。

所以像伊万诺维奇那样的罪犯会有一个专有名词。"纵火"是很危险的，因为这种暴徒的目的不仅仅是死亡，而是彻底毁灭。

他们到了门口，没办法看到里面的情况。两人看了看对方。贝里什把耳朵贴在门上，但听到的只有邻居家传来的电视声——

① 源于德语Hofewart，意思是"守护资产的卫士"。

有几户人家受不了闷热的天气开着窗。

两人必须尽快做出决定，再这样下去可能会有人注意到他们。

贝里什点点头示意，米拉立刻蹲下来仔细研究门锁的构造好把它撬开。

几秒钟后，锁开了。

贝里什推开门，用手枪对准一片漆黑的屋子。米拉在他身后打开手电筒，灯光下是一个小饭厅，中间有一张铺着旧报纸的餐桌，上面放着一些空瓶子。公寓的其他空间是沿一条走道分布的，看起来空无一物。

他们走了进去。

贝里什向前走了几步，米拉关上身后的门。那个地方应该不大，最多只有三个房间。他们在客厅门口停下，竖起耳朵听家里的动静.

“好像没人。”贝里什低声说，“不管怎样，我们还是别放下枪。”他叮嘱道，好像的确有必要这么做一样。

“你是不是也闻到了？”米拉问。

贝里什猜她指的是那股浓烈的人造香料的气味，有点像地板清洁剂的味道。但那儿看上去不怎么干净。他不知道这味道是从哪儿传来的，于是摇摇头。

房间里的大件家具是一个褐色沙发，表面撕开了，里面的填料被人拉了出来。角落里有一台旧式阴极射线管电视机，墙边放着一个空书橱。除此之外的家具少得可怜，只有两把不成套的椅子和一张小桌子。屋子上方有一盏罩着钟形磨砂玻璃罩的四头吊灯。

这儿不像是一个有人生活的地方，更像是个暂住地。贝里什立刻明白，这里肯定不是迈克 · 伊万诺维奇二十年来的住所。

他不久前才搬来。他对自己说。在没有完成任务之前，这里被用作他的藏身处。任务完成后，他就会离开这儿。

“我们这位朋友不喜欢沙发的位置。”米拉用手电筒照着沙发下面说。

贝里什注意到，沙发其中一条木腿已经坏了。“他可能在下面藏了什么。”

两人抓住扶手把它移到一旁。他们用手电筒照了一下，什么都没有。

贝里什看上去很失望。

“也许他对房间里的其他家具也做了同样的事情。”米拉边说边指着搬动书橱时在木地板上留下的划痕。

如果伊万诺维奇只打算在这屋子里暂住，为什么要变动家具的位置？贝里什百思不得其解。

他们右侧有一块脏兮兮的帘子将客厅和一间小卫生间隔开。米拉掀开帘子，里面有一个开裂的抽水马桶，一个积满水垢的劣质陶瓷水槽和一个淋浴间。

“水龙头不见了。”她提醒贝里什。它们被拆了。他心想。又一个诡异的地方，他希望他的人类学知识能救急，帮他理解迈克这么做的动机。

“我们去看看那儿有什么。”米拉的提议打断了他的思绪。

最后一间房间很可能是迈克·伊万诺维奇睡觉的地方。门半开着，米拉把手电筒照向门缝里。

“看。”

贝里什走到她身旁，然后朝屋里看。

房间的墙上用图钉钉着一张市区地图，上面有个区域被人用红笔圈出来了。

“你觉得……”米拉不需要把话说完，因为显然，那里应该就是凶手打算袭击的地方。他们只需要确认一下就行了。于是，米拉准备走进房间。

贝里什看着她自信地往前走，瞬间意识到，不可思议的是，她的行动未免也太好猜了。在米拉做出那个动作之前，他早就料到了。

迈克·伊万诺维奇为什么要留下一个这么明显的重要线索？也许他充满自信，觉得自己的藏身处绝不会被发现，但贝里什不信这种解释。人类学让他想到了答案。

在不到半秒的时间里，贝里什把一系列表面看来毫不起眼的线索分析了一遍。

他们闻到清洁剂的气味，那是最容易买到的易燃液体。他把浴室里的水龙头拆了，而水能灭火。他搬动了家具，这样如果有人闯进来，他就不得不站在他想要他站的位置。画着红圈的地图是在诱使他们走进另一间房间。半开的房门是启动开关。

“站住！”

米拉转过身困惑地看着他。

贝里什抬头看着天花板上的吊灯。

他拿起米拉手里的手电筒，照向上面，发现了灯泡插座外面的导线，钟形磨砂玻璃罩里装满了某种油状液体。

“那是什么？”米拉一边退后一边问。

“一枚燃烧弹。”

贝里什用手电照着导线，它们一直通到卧室房门那儿。他把手电筒的光对准房门侧面，其中一个铰链上连着一个简陋的装置，两个电极和一个低压电池被绝缘胶带固定在一起。如果米拉打开门，电路就会不可避免地闭合上。贝里什知道这不会引发爆炸。但燃烧的液体会浇在他们身上，迅速烧掉他们的衣服然后是他们的皮肤。

这不是死亡而是一种凌迟折磨。这是纵火狂特有的爱好。

“我们的迈克很聪明。”贝里什仔细想着这个简易而精巧的陷阱。

米拉很不安。“我应该更小心才对。”

贝里什拔掉一根线拆除了那个装置，然后两人走进房间。

他们走到地图前，发现那个红圈标的是一条街的位置。

“那地方不远。离这儿才九条街。”但米拉看到贝里什脸上露出了和刚才一样的怀疑，“谁知道这是迈克·伊万诺维奇给我们的真正线索还是又一个让我们掉进火灾陷阱的诱饵？”

“嗯，我们亲自跑一趟就知道了。”

49

他们一看到街上的人，就立刻明白他们来对地方了。

米拉和贝里什来到一栋六层高的小楼前。楼里响着火警，居民正忙着疏散。但是现场看不到烟。

他们注意到外面停了辆巡逻警车。驾驶员那一侧的门开着，闪光灯亮着。

“这一区的巡逻警察比我们快了一步。”米拉边下车边说。他们立刻找到了正在帮忙疏散人群的门房。她和贝里什一块儿走过去，向他出示警察证，希什跟在他们后面。

“哪儿着火了？”米拉试着让自己的声音盖过警报声，大声问。

“我不知道，不过烟雾探测器显示是五楼的一间公寓。”

“谁住在那儿？”

“警察局的一位高官。他一个人住，叫古列维奇。”

听到这个名字，米拉和贝里什脸色都变得煞白。

“发生了什么事？”贝里什问。

“火警响的时候我马上就出来帮忙疏散了。你们有位同事应该在上面。”

“这是唯一的入口吗？”

“背面还有一个。”

“所以您没看到陌生人从楼里出来……”

“没有，不过现场那么混乱，我不确定。”

贝里什看着米拉。“你得打电话给克劳斯·鲍里斯，让他派特勤队过来。”

她点点头。“我们现在做什么？”

“当然是上去。”

楼梯井里的火警声更加响得令人难以忍受。

贝里什示意希什坐着等他们。它乖乖地听从指令，进入警戒状态。

他们到楼梯平台后，米拉看见古列维奇的公寓门是半开着的。她和贝里什迅速彼此点头示意，随后两人站到门的两侧。他们一起点了三次头倒数一二三，然后贝里什举着枪跨过门槛，米拉在他身后掩护。

公寓内一片昏暗，站在门口什么都看不见。两人往前走了几米。没有火，也没有烟。但从他们面前的过道传来一股浓郁的焦味。米拉发现这不是火灾现场常有的气味。那股臭气里还有别的什么，那是一股刺鼻的味道。过了一会儿，她才想起那是什么，当她需要感受疼痛时，曾经用烧红的铁割开自己的皮肤，当时散发出的蒸汽就是这个味道。

她看见贝里什用一只手捂住嘴巴忍住呕吐，看来他也知道那是什么了。贝里什示意她他们必须继续前进。于是两人一起往里走。

房间里都是古董家具和古董画。所有东西都带着浓郁的年代感。深色墙纸和地毯营造出一种肃穆的氛围。

主过道像一个博物馆的长廊。他们没时间纳闷为什么一个警局督察会过得如此奢华。他们要做的就是继续往前走。

他们走到一个房间门口。门开着，脚下的地板上有条拉长的光束。两人检查了一下周围，确定没有地方可以让凶手藏身，好把他们引入另一个陷阱。随后，他们又一起倒数一二三。

这一次也是贝里什先踏进门。米拉发现他突然一阵惊慌。

地上躺了两个人，彼此相距不远。

巡警躺在地毯上，鲜血从喉部的伤口涌出，浸湿了毯子。他仰面躺着，头转向他们，奄奄一息。

古列维奇面目全非。他身上冒着一股恶臭的烟。烧焦的脸上，一双眼睛显得格外惨白，一动不动地盯着天花板。米拉以为他已经死了，但他的瞳孔转向了她，好像认出她一样。

“你去照顾那个巡警。”她对贝里什喊叫着，这样才能盖过警报声，“他交给我。”

她跪在督察身旁，不知道怎样才能减轻他的痛苦。他的衣服像一层炽热的岩浆粘在皮肤上。不远处有一块丝绒帘子被谁从杆子上扯了下来。应该是那名巡警用来扑灭伊万诺维奇的火攻的。那儿还有一个伊万诺维奇用来泼洒易燃液体的油桶。

米拉转身看着贝里什，他盯着门口，同时弯身蹲在那个警察身边听他胸膛是否还有心跳。不一会儿后，他站起身摇摇头。

“古列维奇还活着。”她告诉他。

“警车正赶过来，肯定还有救护车。”

“我们不知道伊万诺维奇是不是还在这房子或者大楼里，他刺了那名可怜的同事的喉咙，所以很有可能持有武器。我们必须封锁现场彻底排查。”米拉看得出来，贝里什和她一样，要绞尽脑汁才能想出对策。

“我们其中一个得去下面，告诉我们的人现在的状况。”贝里什说。

就在那时，古列维奇抓住米拉的手。“他受了惊吓，还是你去吧。”米拉说。

“我会用无线电请求业务大厅让我直接联系救护人员，这样就能马上把伤员的情况告诉他们。你不要贸然行动，明白吗？”

米拉发现贝里什的口吻听起来出奇地关切，有那么一瞬间让她想到了斯蒂夫。“好的。”她向他保证。

贝里什一边频频回头看，一边走下楼梯。门房说过，大楼还有一个后门，所以迈克·伊万诺维奇可能已经从那儿逃走了。

希什待在之前他们分别的地方。它很安静。

当他们走出大门时，贝里什看见街道尽头的警车闪光灯正在逐渐靠近。

警车的警报声和火警声交织在一起，形成一种刺耳的声音，让贝里什从某种程度上更焦躁不安了。

除了大楼住户外，还有许多人聚在现场围观，第一辆联邦警局的汽车就停在人群边。从车上下来了三个穿着特种部队制服的男人，其中有一个是小队长。贝里什不假思索就走了过去。

“案发现场在五楼。一个我们的人死了，古列维奇督察身受重伤，米拉·瓦斯克兹探员和他在一起。凶手名叫迈克·伊万诺维奇，他肯定持有武器。他可能已经逃走了，但我也不排除他还在楼里的可能性。”他发现小队长认出他了，八成这会儿正纳闷一个警局的边缘人在那儿搅和什么。“请您吩咐您的手下，搜查一下围观群众。”他用头指向人群。“凶手是纵火狂，他喜欢欣赏火场的景象，所以可能还在附近。”

“是，长官。救护车马上就到。”随后，小队长走到在大楼前集合待命的特种兵那儿，向他们下达命令，安排他们做好上去的准备。

为了不妨碍他们，贝里什朝那名死掉的巡警的车走去，那儿现在没有人。他坐在驾驶座上拿起无线电对讲机。“呼叫总机，我是特别探员贝里什。请你们马上接通赶往古列维奇督察家的救护人员。”

扬声器里传出一个女人的声音。“没问题，探员，我们正在连线。”

在等待与救护人员连线的时候，贝里什食指不耐烦地敲打着对讲机，四处张望着。住在周边的和好奇的围观者越来越多了。

迈克·伊万诺维奇那一刻在哪儿呢？他是不是就躲在人群中看着这一切？也许他想闻一闻那股依然在贝里什鼻子里挥之不去的气味——烟和烧焦的人肉的气味。他觉得自己永远也不会忘记那个味道。

“266号救护车组员，”无线电里传来一个男人的声音，“情况怎么样？完毕。”

“我们这儿有一名烧伤患者。他呼吸困难，情况看上去很严重，但他意识还是清醒的。完毕。”

“他是被什么烧伤的？完毕。”

“我们认为是一种化学物质混合物。患者很痛苦，是纵火犯干的。完毕。”贝里什边说边把目光转到后视镜。

他看到希什一边叫一边在车子后面转悠。

因为警报和无线电通话声，贝里什之前一直没有听到。

“火被扑灭了吗？完毕。”急救人员问。

贝里什专注地盯着巡逻车后面，没有理会。

“长官，您听清我的问题了吗？完毕。”

“我再打给你们。”贝里什切断了通讯。

他把对讲机扔在座椅上，下车朝汽车后面走去。希什越来越激动了，贝里什看见它在冲着后备厢叫。

他在里面，贝里什对自己说。为了躲避追捕，迈克·伊万诺维奇藏在这里。再也没有比这儿更合适的地方了。

贝里什四处张望，寻找他的同事，但根本没有人朝他这儿看。他知道自己只能一个人行动了。他掏出手枪，紧抓不放，另一只手伸向后备厢。他猛地按下厢锁按钮，同时把手枪瞄准车内。

金属车盖弹开的那一刻，迎面扑来一股熟悉的气味。这个人身上有和古列维奇相同的烧伤，但比他的稍微轻些。

他还有意识，身上一丝不挂。

眼前这个男人不是迈克·伊万诺维奇。尽管他没有穿制服，但贝里什记得在中餐馆吃早餐时见过他。

发生的一切像是电影般在他脑海中回放，他瞬间明白了。电影的最后一幕是他蹲下身听那名重伤的警察的心跳声，或许是他太心急了。震耳欲聋的警报声固然影响了他的判断，但他还忽略了一个事实——他把耳朵搁错了地方，他听的是左边。

内脏逆位患者的心脏在右边。他对自己说。他立刻抬头，望着大楼的五楼。

50

古列维奇失去意识的那一刻，他从地毯上起来了。

死而复生的警察脸上带着诡异的笑容。他手里握着一把刀，当米拉意识到自己掉进他的陷阱时，他正望着米拉，好像她是他的猎物一般。

发生在米拉眼前的是一幅不真实的画面。她的大脑一团乱，尽管如此，她还是拼命想要确定那个起死回生的家伙的身份。

刹那间，她恍然大悟。

迈克 · 伊万诺维奇拦下了巡逻车，摆平车上的警察后穿上他的制服。他穿成警察的样子出现在古列维奇家门口，有了那身打扮，就算深夜造访，也不会引起任何怀疑。他放了火，但没来得及逃出大楼。他听见他们上来的声音，立刻用刀割破喉咙，伤口足以让他流血造成死亡的假象。

假冒警察的迈克一只手擦干净脖子上的血，果然只是皮外伤。他另一只手丢掉刀子，从制服口袋里掏出一个奇怪的东西。那是个装满橙色液体的小塑料瓶，里面浸着两根导线，它们从瓶盖伸出来，连着一个黑色绝缘胶带包裹的盒子。

米拉马上猜到那是一个引火装置。

或许她可以在伊万诺维奇继续逼近前先朝他开枪。但因为那个东西，米拉现在不确定这是否是个好主意了。她不知道那个装置是不是靠一个按钮启动的，他会不会在中枪倒地之前就能按下它引爆。

伊万诺维奇依然在微笑。“知道吗？火可以净化灵魂。”

“不许动！”她命令他。

迈克·伊万诺维奇把手臂伸向身后，像一位准备投出完美一掷的掷铁饼运动员，做了一个优雅的动作。米拉举起枪瞄准他。正当她准备开枪时，她看见伊万诺维奇身后有一大片白色的云雾迅速将他吞噬，然后朝着她扑来。

在灭火器释放的化学烟雾中，米拉隐约看见特警的身影。他们激动地喊叫着，但移动的速度却像放慢了一样。他们仿佛是外星人或幽灵，从另一个世界或次元赶来营救她。

不到一秒钟后，他们扑到迈克·伊万诺维奇身上，把他压倒在地。特警们按住他，夺走他手里那个危险的玩具，米拉发现伊万诺维奇露出了讶异的眼神。

凯　鲁　斯

16－01－UJ/9号证物

××××年9月28日××××联邦警察局审讯录音摘要

时间：17∶42

审讯官：她在哪儿?

嫌犯：沉默。

审讯官：昨晚发生了什么事?

嫌犯：沉默。

审讯官：你和米拉·瓦斯克兹探员的失踪有什么关系?

51

执念是一种日常规律的退化过程。

这就像是习惯不断重复相同行为的心理机制，在突然停止后仍会无止境地继续重复那个行为，赋予它一种不可替代、近乎生死攸关的重要意义。

不过，既然是“近乎”生死攸关，也就表示仍然有可能停止这种重复行为，让自我从这种执着的心理奴役中解脱。

西蒙 · 贝里什从人类学研究中悟出这个定义的那一天就意识到他无法从他的执念中解脱出来，他会一直想念西尔维娅，直到他生命终结的那一天。

人们说，一段爱情的记忆会影响一切。爱，就像射线。

所以，每次他触碰属于短暂的二人时光的东西，比如她用过、拿过或碰过的东西，储存在那件物品中的隐形负能量就会辐射出来，从他的手进入身体，爬上手臂和肩膀，最后进入他的心脏。

在西尔维娅走进他生活的一个小时前，贝里什正在削土豆准备晚餐。他打算做鸡肉吃。虽然他的厨艺并不出色，但是还能应付。

那是六月的一个下午，城里的光线变得不同了，它褪去了五月的灰色和鲜黄色基调，变成粉红色和天蓝色。二十度的气温微微透露出夏天的气息，让人忘记忧愁的天气。厨房窗户开着，外面传来孩童在游戏场上对决的激动声音。一阵燕子的叫声飘过，随后消失在陌生的远方。无线电开着，电台里播放的都是老歌：比莉·荷莉戴的《我爱的那个男人》，妮娜·西蒙的《希望我知道自由的滋味》，艾灵顿公爵的《给我摇摆，其余免谈》，还有查尔斯·明格斯的《Moanin'》。

西蒙·贝里什穿着牛仔裤和蓝衬衫，袖子卷得老高，身上套着一条滑稽可笑的淡黄色围裙，正面带着一些装饰褶边，他在餐桌和灶台之间来来回回忙活，动作像一个舞者般轻松自在。而且，他还吹起了口哨。

不知道为什么，他觉得自己的心情出奇地愉快。

他喜欢他的工作，喜欢他的生活。他很满足。在部队待了两年后，他知道自己的职业归宿非警局莫属。贝里什在警校脱颖而出，没多久就出人头地，晋升特别探员的速度大大快于那一区的惯例。他被提拔加入斯蒂凡诺普洛斯负责的证人保护计划更是锦上添花，那一年他永生难忘。

所以，在那个工薪阶层居住的街区，在这间旧公寓的厨房里，他完全有理由快乐，也完全可以用烤鸡的香味、明格斯、艾灵顿、西蒙和比莉·荷莉戴犒赏自己。他余生都该记得那些时光。因为一个小时后，一切都变了。这些让他志得意满的事情在西尔维娅出现后，终将变成他余生的慰藉。

一星期前，贝里什用假名签约租下房子。他从证人保护计划的经费里取出需要的数目。除了假证件和医保卡之外，他还拿到一笔日常开销的钱。

公寓里的家具基本齐全，但为了让邻居注意到37G单元的新住户，西蒙还是在那天早上集中把自己家的家具和装饰品搬了进来。

要想不引人注意，你就得把自己置于众目睽睽之下。

如果他只是悄悄地住进去，大家肯定会打探这个不知道从哪儿来的神秘住客的事情。对于干他这一行的人来说，流言蜚语是最大的危险，它会以光速迅速扩散出去。不过，他仍然有必要保持低调。

如果你和别人并无不同，那么没人会窥探你，也没人会对你感兴趣。

所以，把东西从货车上卸下来后，他打开窗户散散密闭房间里的气味，然后把每件东西放在合适的位置。

他在扮演一个为家人准备爱巢的细致周到的丈夫，但这出戏里还少了新婚妻子。现在只有一个问题。

贝里什从没见过她。

不过，他在斯蒂夫给他的档案里看过关于她的信息。这不是他的第一个任务，但直到那之前他还没有演过丈夫这个角色。“这就像是相亲结婚，明白吗？”队长是这么和他说的，他给了他一枚结婚戒指，不过只是镀金的。

公寓位于一楼。它的位置看似危险，但贝里什特意选了这间，万一需要撤离，可以有更多选择的路线。“在保护证人的时候别去做什么枪手，你应该和他一块儿逃跑。”斯蒂夫总是这么叮嘱他。

门铃响了，西蒙放下正在洗的盘子，在围裙上擦干双手后把它脱了，随后走到大门口迎接他的新婚妻子。

对讲机旁站着一头亮眼金发的乔安娜·肖顿，她一看见贝里什就立刻露出她一贯的灿烂微笑。贝里什纳闷，为什么像她那么可爱的姑娘找不到男人。警局的其他男同事都对她这种魅力望而生怯，或许因为这个，他们才给她起了“法官”这个外号。但西蒙觉得她很好相处，而且也很有能力。

乔安娜像老友一样热情问好。“我看你气色不错。”边说边轻轻拍了一下他的肚子，“看来婚姻生活有助于保持身材。”

他们哈哈大笑，像两个交情很深的老朋友。

接着，乔安娜说：“我把我的朋友给你送过来了，我刚从车站接到她。她说这几天很想你。好好照顾她。”

于是，她退到一旁，贝里什看见人行道上一动不动地站着一个女人，她编着乌黑的辫子，身上穿的蓝色外套对她瘦削的身材来说太大了。她一只手提着一个行李箱，箱子的重量让她的身体微微歪向一侧，另一只手握着拳头，免得手指上的婚戒掉下来——他们没有找到合适她尺寸的戒指，现在这个太大了。

西尔维娅带着困惑和忧伤的神情四下张望着。

西蒙想要补救气氛，于是笑容满面地朝她走去。她接受了他的拥抱，贝里什用力亲吻她的脸颊，然后轻轻在她耳边说：“你最好给我一个拥抱，不然我们的开场就太惨了。”

西尔维娅没有回答，她放下行李箱，然后照他说的做了。但她不只是简单回抱他而已，她的动作持续时间未免太长了。西蒙发现她不想放开他，在她用尽全力抱住自己时，他感受到她的恐惧。

那个动作足以让他决定，就算远远超出了他的职责范围，他也一定要保护她。

乔安娜在确认他们没有其他需要之后向他们道别。不过，她在门口把西蒙拉到一边。

“她情绪很不稳定。”她指的是西尔维娅，“我觉得她支撑不住，她可能会让这次行动告吹。”

“不会的。”

“搞不好事情可能更糟。”她带着女性典型的黑暗心理说，“总的来说，她挺可爱的。你还记得斯蒂夫让我‘嫁’的那个一头头皮屑、戴着啤酒瓶底眼镜的程序员吗？你算走运的了。”

西蒙有一瞬间走神了。

“你怎么了，脸红了？”乔安娜不留情面地问。

“对，对，你高兴了吧？”不过随后他严肃起来。“你觉得安眠主宰者会来找她吗？”

“我们连他是不是真实存在的都不知道。不过，虽然我不该说这种话，但是……我真的被他吓得半死。”

这是她的肺腑之言。在大家印象中，乔安娜·肖顿是个天不怕地不怕的警察，或者说，她至少是个绝不会承认自己害怕的警察。但当时发生的一切也改变了她。安眠主宰者的人像拼图让所有人都神经紧绷起来。

稚气的面部轮廓，一动不动的双眼如此深邃，看起来活灵活现。

他们都是训练有素的警察，是警局最优秀的调查人员。那个长着一张娃娃脸的怪物却是他们的超级劲敌。

“我一小时后就下班了。”乔安娜边准备离开边说，“如果你有任何需要，今晚有个新同事值班，他叫古列维奇，我觉得他不错。”

他和西尔维娅在公寓的第一个晚上几乎没有怎么接触彼此。

贝里什打开电视，把音量调高，让邻居觉得这里确实有人住在里面，不过事实上他们俩都没在看电视。西尔维娅把带来的寥寥几件物品放在卧室里，她没有关门，刻意留下一点缝隙，这样她随时能看见贝里什。西蒙时不时地从门口晃过，好让她知道他一直都在，不会离开她的视线。

其中有一次，他在走廊里注视着她把衣服挂到衣橱里。贝里什也没意识到自己在盯着她看，直到西尔维娅看到他，吓了一大跳，这才让他反应过来。他觉得自己很失态，立刻走远一些。

之后，他们一起吃了晚餐。鸡肉和土豆不算美味，但她什么也没有说。两人在用餐时说的极少几句话只有递面包或者矿泉水。

快十点的时候，她去了自己房间。西蒙把枕头和毯子放到沙发上。他一只手臂放在脖子后面盯着天花板，无法入睡。他在想西尔维娅的事情。除了在档案上看到的资料以外，他对她知之甚少。只知道她无亲无故，在孤儿院和寄养家庭长大。她没有什么梦想，一直靠着不起眼的工作维持生活。没人喜欢她，也没人注意过她，除了她在安眠主宰者的某个受害人最后被目击者看见的地方撞上了一名可疑男子。

“我没有注意到他，是他看到了我。他朝我笑了，从那之后我就再也无法忘记他的脸。”

西蒙躺在沙发上思考着，就在不久前，七名消失者的案子，也就是媒体说的“失眠者”案子只是报纸和电视新闻上的报道。联邦警局启动正式调查只不过是为了应付舆论的声音，免得丢了颜面。

然而，大家并不知道有一名目击证人，也不知道人像拼图的事情。

斯蒂凡诺普洛斯说服上司把调查工作交给证人保护计划小组。正常情况下，不应该是他们负责这个案子的，但警局的督察长眼也不眨地同意了，他这么做主要是因为调查很可能无疾而终，而他不必为它带来的麻烦而烦恼了。

起初没有人愿意相信西尔维娅。只有斯蒂夫觉得这不是一个为了吸引媒体注意力而编造的骗局。见到她之后，西蒙也相信她说的是真的。

就在他胡思乱想的时候，他发现西尔维娅一动不动地站在客厅门口。他转过身，看见她穿着睡衣。一开始他不知道她想做什么，正打算开口问她，但她先他一步朝他走来。西尔维娅一声不吭，慢慢地准备躺下。西蒙有些吃惊，挪开身体为她腾出地方。

西尔维娅背对着他蜷缩起来，把头枕在他的手臂上。西蒙把头重新枕到枕头上，松了一口气。

“谢谢。”她羞怯地对他说。

二十年后，一想到他们一起在沙发上度过的第一个夜晚，贝里什依然无法忘记西尔维娅的身体在他身上留下的温度，她孱弱的身躯依偎在他的怀抱里，希望他可以保护她。

或许某个人对她的影响更大。

你想要一个全新的生活吗？

凯鲁斯在电话里对受害者说的话让贝里什产生新的设想。直到不久前他才参透这一点。有一群人相继来到安布鲁斯宾馆 317 号房，现在他们时刻准备为传道者做任何事情。这个设想让贝里什不寒而栗，就连今天发生的那起事件，都无法让他不去思考这一点。

古列维奇的死让警局上下大为震惊。不过更重要的是，它让大家看到那个男人私生活中不为人知的一面。

仅靠一个督察的工资是无法负担那间摆放着昂贵家具的公寓的。显然，他的钱是从别的地方来的。

贝里什觉得这事另有蹊跷，包括乔安娜·肖顿在内，其他在火灾后踏足那个房间的人肯定也都起了疑心。许多年前，一个污点证人给某个特别探员打了一大笔钱，在证人保护计划的监视下逃之夭夭。

人人都认为贝里什就是要为那件事负责的探员，尽管没有证据，他一直被同事嘲弄和鄙视。

但是，古列维奇可能才是罪魁祸首的事实并不能还他清白。相反地，他的死可能让所有平反的机会化为泡影。

迈克·伊万诺维奇在另一边的某个房间里接受审讯，而贝里什和希什一起待在自己办公室里等待他的命运。

上司们应该会决定如何对他未经授权私自展开调查进行处罚。

谁知道"法官"会不会借机彻底毁掉他这个警局的边缘人，这样一来，一个过世的督察的人生就不会有污点了。不过，他现在最关心的并不是这个，让他最焦虑不安的是"影子军团"。

他不得不问自己，他的西尔维娅是不是也是其中一员。

52

房间里笼罩着柔和的暗光。

屋里没有窗户，墙壁被涂成黑色。里面的陈设包括三排一模一样的座椅，像电影院一样面朝同一方向摆放，不过，它们前面不是大银幕，而是单面镜透光的一面。

克劳斯·鲍里斯正在玻璃另一侧审讯迈克·伊万诺维奇。

米拉是唯一一名观众。

其他人宁可舒服地坐在自己办公室的监视器前，看闭路电视摄像从不同角度拍摄的审讯画面。现在已经没有人再去那个有单面镜的房间了。

所以，这里是避开众人的绝佳场所。

米拉双臂交叉注视着玻璃。审讯室里开着氖光灯，中间有一张巨大的桌子和两张面对面摆放的椅子。伊万诺维奇戴着手铐坐在其中一张椅子上，督察像一只猫一样焦虑不安地在他身边转悠，在扑上去之前要先研究一下他的猎物。鲍里斯戴着耳机，应该是为了及时接收“法官”的指示。

红发绿眼的纵火狂迈克脱去了警服。他们给了他一件绒布 T 恤和一条运动裤，他脚上穿着一双拖鞋。这么看上去，他似乎是个性情温顺的人。但他隐藏着的危险就像是灰烬中的余火一触即发。

米拉看到他手臂上不同寻常的纹身，令人触目惊心。

上面没有纳粹十字或者逆十字图样，也没有象征仇恨或死亡的标记，只是一连串和谐共处的符号。它们从手腕攀到二头肌，然后被T恤衫遮住了。戴着脚镣的脚腕上也有类似的图样。

它们不是纹身。*我打赌，它们是你自己弄上去的，因为你喜欢皮肤被灼烧的感觉。*米拉心想。

伊万诺维奇看着他的审讯官。

“你有麻烦了，知道自己现在大概是什么状况吗？”鲍里斯问道。尽管他在里面已经待了三个小时了，他一直没有脱外套，连领带也没有松开。“我们可以指控你伤害巡警，谋杀警局高官，搞不好还杀了那个想要写一篇关于你的学术文章的医生。”

在长时间的对峙后，是时候摊牌了。伊万诺维奇自顾自笑了，他没有看审讯官，露出了嚣张的表情。

“我很高兴你这么自得其乐，但这意味着你最好的下场就是把牢底坐穿。”

“随您怎么说，长官。”

“你在耍我吗，迈克？”

“没有啊，长官。我什么都没做。”

“没做？那是谁做的？”

“我脑袋里有个声音，是它告诉我该做什么。”伊万诺维奇像是故意复述某段台词那样，语气平缓地说。

克劳斯·鲍里斯倾身向前。“还在用这一套糊弄我？”

“我说的是真的，长官。您为什么不愿意相信我呢？”他的口气变得无礼。

“我不信你的鬼话，迈克。比你更厉害的角色我都有办法让他们乖乖听话。”

“真的吗，长官？”

“嗯，真的。你编这些故事出来根本不管用。”

“随您便，长官。”

鲍里斯静静注视着他。随后，他觉得受够了，于是打开门，不一会儿，他走进米拉待的那个单面镜房。

审讯室里的声音通过扬声器不断传来，鲍里斯索性把它关掉。

“我需要你给我一个解释！”他一边从饮水机里倒了一杯水，一边不容她反对地说。

“好吧。”米拉知道这一刻早晚会来临，但她不想直视鲍里斯指责的目光。

“我来‘灵薄狱’斯蒂夫办公室找你，提议让你加入调查小组的时候，并没有想到一个星期后我们的友谊会面临考验。为什么会这样？”

“我知道，我应该随时让你知道最新进展的。”

“你真认为这是唯一的问题吗？”

“那你直说吧……”

鲍里斯喝了一小口水，然后闷哼一声。“我以为你相信我。”

“你知道我是忠于职守的。如果需要的话，我会来找你，但我真的没办法及时告诉你我的调查进度，因为你一定会阻止我或者觉得应该报告‘法官’。说实话，鲍里斯，现在你是体制内的一员了，而我不是，我也永远不会是。”

“在你眼里，我哪里做错了呢？我们倒来听听看……因为我有家庭要记挂在心上？我在乎工资和前途？好吧，事实确实如此，你说中了。我是一个循规蹈矩、听从上司命令的人，而米拉·瓦斯克兹在乎的是别的东西……”他捏扁杯子，怒气冲冲地把它扔到一旁，“你说你尊重我，你忠于职守，可你居然相信西蒙·贝里什那种人。”

克劳斯·鲍里斯和别的警察一样，在评判别人的时候总是盲目从众。米拉不禁想起她之前也对贝里什产生了误解。当时他拿出藏在家里的那个神秘信封，然后把它交给 IT 专家。她说服自己她压根不在乎，但这其实并不能真正消除她的疑虑。直到进了古列维奇的家，她才恍然大悟。这会儿，鲍里斯这样对待同僚，不肯承认他可能是无辜的，米拉感到很气愤。“迈克·伊万诺维奇杀死古列维奇的动机，就是要让所有人知道他贪赃枉法，你难道还认为是西蒙·贝里什吗？”

这就是邪恶论——杀掉一个伪君子警察，为同胞们做一件好事，米拉对自己说。

鲍里斯有些吃惊。“你根本不知道你自己在说什么。”他试着反驳。

“告诉我，你还能用自己的头脑思考，不会帮乔安娜·肖顿包庇她的左膀右臂，她这么做只是为了自保。”米拉见她的朋友犹豫了，“‘法官’会牺牲贝里什，让大家仍然以为他是叛徒。他又一次要为他没有犯下的错埋单。”

“你真的想讨论什么是对，什么是错吗？那你听好了……”在继续说下去之前，鲍里斯脱掉外套，坐在第一排的一张椅子上，“我们永远无法为迈克·伊万诺维奇的受害者伸张正义了。”

“你这是什么意思？”

鲍里斯靠到椅背上。“‘法官’希望我们对纵火狂启用反恐程序。她觉得我们该把他遣送到某个秘密监狱，然后严刑逼供出所有他知道的事情。”

米拉觉得肖顿又一次搬出恐怖主义理论，无非是为了把人们的注意力从古列维奇的丑闻转移开。“检察官同意了？”

米拉的天真想法让鲍里斯忍不住摇头。“迈克在接受审讯的时候，他的律师不在场，你不觉得奇怪吗？”

米拉恍然大悟。“律师在和检察官协商。”

“你知道这会儿他正跟检察官说什么吗？他说他的当事人没有行为能力。”

米拉大为震惊。“迈克的头脑很清醒，他策划了古列维奇的谋杀，聪明地骗过了我们，他怎么可能没有行为能力？”

鲍里斯指着镜子另一边的迈克，他正一动不动地等待着可能早在他计划之中的命运。“你听到那个变态是怎么说的吗？他听见脑子里有人对他说话，他想让我们以为他疯了。辩护律师称迈克还是孩子的时候被人从家人身边绑走，所以他经历了精神创伤。此外，他因为内脏逆位而患有严重的心脏病，监狱规定不能关押这种人。最后，他是一个有明显精神失常表现的纵火狂。这还不够吗？”

“那你觉得检察官会怎么做？”

“他会说，只要嫌犯的精神状况不符合要求，我们不但不能启用任何反恐程序，甚至都不能把他当成普通嫌犯扣押。伊万诺维奇必须立刻被移送到关押精神病患者的地方，我们只能探监。如果医生确诊，他会在司法医院服刑，说不定哪天还能从那儿逃出去。”

米拉心灰意冷。“他杀了一名警察，检察官不该跟我们对着干的。”

“很抱歉，我们也无能为力。”

“如果放走伊万诺维奇，我们永远也找不到凯鲁斯了。”米拉搬出安眠主宰者，她确信鲍里斯已经知道所有事情了，包括二十年前，“法官”和其他警察串通一气掩盖失眠者一案的真相。

鲍里斯犹豫了，但他不知该怎么回答。

米拉继续向他施压。“消息早晚会走漏出来。肖顿一心希望保住自己的光彩颜面……关键就掌握在迈克·伊万诺维奇手里。如果我们能让他供出是谁教唆他的……”

“没人会承认一个虚构的怪物是真实存在的，警方以前也选择了视而不见。”

凯鲁斯从没杀过人，所以他不是谋杀犯。如果那些消失者又重返人间，那他也不算是绑架犯。米拉心想。安眠主宰者在法律上是根本不存在的。

就在那一刻，迈克转身看着他们的方向。他不可能从镜子里看见他们，但他却与米拉四目相接。

“一会儿他们就会过来接他，把他带到一家安全的医疗机构。”鲍里斯灰心丧气地说，“要让他露出马脚，我们必须采取一个复杂的策略，要有恰如其分的表演和明确的角色分工。我们还必须跟他玩心理战……我在升职前做审讯专家的时候会这些，我知道该怎么做。但现在没时间了。”

米拉转身看着鲍里斯。“我们还有多久？”

“也许两小时吧。为什么问这个？”

“你知道，除了这次，我们再也不会有机会打败凯鲁斯了。”

“认命吧，我们问不出来的。”

米拉停顿了一下，她知道自己接下来要说的是个大胆的提议。“我们应该让他试试。”

鲍里斯没有明白她的话。“你说谁？”

“目前警察局最优秀的审讯专家。”

督察从椅子上起身。“你想都别想。”

“我们欠他的。”

“你指什么？”

“这是贝里什挽回名誉的机会。而且他是最合适的人选，这点你很清楚。”

鲍里斯仍然表示反对，但米拉坚持认为贝里什跟她说的关于邪恶论和传道者的所作所为的事都是真的。

他们会潜移默化地灌输理念。

米拉走到鲍里斯身边。“我也很恼火那个混蛋造成我们一死一伤后逍遥法外，不能让他们白白牺牲。”说完后，她把一只手放在他的肩上。

这个举动似乎让鲍里斯吓了一跳，因为米拉厌恶肢体接触。

“好吧。但我先把话说清楚，想说服‘法官’可没那么容易。”

53

“想都别想！”

“法官”的声音穿透了紧闭的房门，她正在她办公室里和克劳斯·鲍里斯开会。

“我绝对不允许他让警局变成别人的笑柄！”

“可毕竟我们已经走到这地步了，还会有什么损失呢？”

“我不管。”

米拉待在走廊里，低头看着地板，免得让那个独自一人就引发世界末日的男主角觉得尴尬。而西蒙·贝里什双手交叉，泰然自若地靠在墙上，好像什么都不能撼动他一样。米拉很羡慕他有这种自制力。

“我们应该让他试试。”鲍里斯说，“所有人都知道，他这些年在审问犯人方面很出色。”

“我不会把我们所剩无几的时间浪费在一个外行身上，让他在迈克·伊万诺维奇身上做他的人类学实验！所以，再给我想想别的办法。”

没人知道她的督察朋友为了说服肖顿会不会讲出古列维奇可能贪污的事。米拉希望他那么做了。不过，面对房间里传来的冷嘲热讽，贝里什的冷静表现令人难以置信。米拉走到他面前。“你怎么能忍受这一切？”

贝里什耸耸肩。“时间久了你就习惯了。”

米拉鼓起勇气问：“我从没问过你，你真的收了那笔钱吗？还是古列维奇？”

“我怎么可能知道别人做了什么呢？”贝里什立刻泼她冷水。

“难以置信，你到现在还在为他辩护。”

“我不可能对一个死人落井下石。”

米拉不知道他这种态度是勇气可嘉还是脑子有问题。“我现在为了帮你已经两肋插刀了。”

“又没人叫你那么做。”

“至少告诉我发生了什么事吧？”

显然，贝里什不想说，但他还是开口了。“当时我负责监视一个转作污点证人的罪犯。我们给了他假身份，把他保护起来，同时也要监视他的一举一动。我和古列维奇搭档。”

“那为什么他逃跑的时候，别人只怀疑你呢？”

“因为那天晚上我和监视对象在一起，当时他儿子得了急性阑尾炎，他求我陪他一起去医院看他。在被迫和他共同生活的那段时间里，我们并没有成为朋友，我也并不同情他，但他决定与警方合作，这点我很欣赏。一个人选择一条道路，不管是正道还是邪道，决定冒着生命危险改变一切谈何容易。”

“你当时到底做了什么？”

“我违反了规定，把他带去医院。后来他逃跑了，因为这件事，大家都认为我是同谋。他们一直没有找到赃款，所以指控不成立，但既然惹了一身腥……这种印记就很难洗清了。”

“我不懂。”米拉说，“在没有证据的情况下，同事们是没有权利批判你的。”

“警察哪管什么事实真相，他们评判同事的标准又不是法律。”

米拉再也无法忍受他的挖苦。“我不明白你为什么还要保护古列维奇的名声。你明明是无辜的，可你又不想让别人知道事情的真相。”

“死人无法替自己辩护。”

“重点不是这个。就像你说的，你已经‘习惯’这么生活了。事实上，你甚至还乐在其中。你就没有一点自尊吗？你把别人对你的羞辱当作折磨自己的一种方式。或许这么做你就能欺骗自己，让你觉得自己高人一等，因为你能接受其他人对你的不公和霸凌。”

贝里什沉默不语。

“所有人都会做蠢事，贝里什。但我们不会像你那样因为这个忍受他人的折磨。”

“是的。这就是为什么所有人都想保持正面形象，即使事实并非如此。他们只有在我这样的人面前才会承认自己的罪行。”他朝米拉逼近。“你知道为什么我成了警局里最出色的审讯专家吗？那些罪犯不认识我，不知道我是谁，但他们一见到我就知道我和他们没什么两样，我也有不为人知的秘密。”贝里什指着米拉说，“不管是不是真的，这就是我的强项。”

“你为此骄傲吗？”米拉决定采取和贝里什一样的尖锐态度。

“没人愿意无条件承认自己的罪行，米拉。就连你也不例外。”

她想了一下。“你记得那个住在我家楼下的流浪汉吗？”

“你给他带东西吃的那个？”

"我这么做并不是出于无私。他在那儿至少有一年了，我只是想赢得他的信任，这样就能引他出来，让我看到他的脸，或许还能和他聊上几句。我并没把他放在心上，只是要弄明白他是不是'灵薄狱'要找的人中的一个。我不在乎他过得幸不幸福。只有当别人的不幸折射出我们自己的不幸时，我们才会关心他们。"

"你想说什么？"

"我想说的是，我也会在需要的时候扮演某个角色，但我不会因为这个牺牲我的基本原则。"

"这就是你的罪啊？"贝里什嘲讽地说，"你怎么不跟我说说你女儿的事？"

听他提到爱丽丝，米拉很想冲过去给他一拳。

但贝里什没给她反应的机会。"至少我没逃跑。我为我自己的错误付出代价。而你呢？为了推卸责任，你把你女儿丢给了谁？显然，她对你来说并不存在，或者说她是否存在完全由你说了算。"

"你知道什么？"

他们的声音几乎要盖过办公室里的热烈争论了。

"那你告诉我，她最喜欢什么颜色？她喜欢干什么？你不在的晚上，她是不是有个陪她睡觉的洋娃娃？"

米拉没有料到，最后那句话给她带来意想不到的巨大打击。

要是我连我女儿最喜欢的洋娃娃叫什么名字都不知道，我又算哪门子母亲呢？

"有！它是个红头发的洋娃娃，叫'小姐'。"米拉冲着他吼道。

"真的吗？你是怎么知道的？是她告诉你的，还是你偷偷监视她的时候知道的？”

米拉哑口无言。贝里什这么说只是为了反唇相讥，却没想到被他说中了。

“我必须保护她。”她辩解道。

“保护她不受什么伤害？”

“不受我的伤害。”

贝里什觉得自己太愚蠢了，他意识到自己对米拉恶言相向，归根结底是因为他觉得自己处于劣势，或者，这是多年来忍受无尽欺凌的压力宣泄方式。同样，他也没有开诚布公地对待米拉，他到现在还没和她提西尔维娅的事情。不过此时此刻，他只想要向她道歉。

就在那时，另一个房间也恢复了平静，门开了。鲍里斯一声不吭地从里面出来，然后是“法官”。

乔安娜·肖顿盯着贝里什看了一会儿，好像不认识这个人一样，然后直接转向米拉。“好吧，瓦斯克兹探员，您的人得到批准负责审讯了。”

两人似乎都很惊讶，刚才吵架的事立刻被丢在一边。

随着细高跟鞋发出的声音回荡在走廊里，“法官”离开了，和往常一样留下一股过于甜腻的香水味。

米拉和贝里什又是一个阵营的了。

“你听到她说的了，不是吗？”克劳斯·鲍里斯的话是针对米拉的，“她叫他‘你的人’，意思很明显，你要为他负责。要是出什么差错，你们俩会一起完蛋，到时候我什么办法也没有。”

西蒙·贝里什希望米拉这时能转过身看他，他会用眼神告诉她一切都会顺利。但是她没有。

“我知道。”她说。

鲍里斯走到贝里什面前。“我们还剩差不多一小时。你审问迈克·伊万诺维奇需要什么？”

贝里什毫不迟疑地说：“把他从审讯室放出来，带他进一间办公室。”

54

摄像机藏在柜子里的档案堆中间。

贝里什觉得没必要把它藏起来，最好把它架在三脚架上放在显眼的地方。但“法官”听不进去，她这么做只是为了强调她才是调查案的主导者。

办公室隔壁的房间里，乔安娜·肖顿站在第一排，准备欣赏监视器前的直播画面。鲍里斯和米拉站在后面，距离她一步远。米拉还在为走廊里和贝里什的争论而心绪不宁，但她依然希望他能成功。

*让这场噩梦到此为止吧。*她在心里替他鼓劲。

目前屏幕上只有贝里什一人，出于安全考虑，他把办公桌上可能被迈克·伊万诺维奇拿来袭击他或是弄伤自己的东西都收走了。贝里什在桌上零散地放了几份文件，免得桌面看起来太干净，他还留了一本笔记本、两支铅笔和一部电话，但距离迈克坐的位置保持了适当距离。

他之所以选了一间普通的办公室，是因为不希望让受审者觉得自己处于一个敌对的环境。

不一会儿，两名探员扣住迈克·伊万诺维奇的手肘把他押送进来。

他拖着步子，因为脚踝上的脚镣让他无法自由活动。两名探员帮他坐下，随即离开房间，剩下他和贝里什两人。

“这样坐舒服吗？”贝里什问。

作为回答，迈克把身体往椅背上一靠，因为手腕上戴着手铐，费了些力气才把右手肘搁到桌子上。

贝里什没有坐在他对面，而是坐在他旁边的那把椅子上。隐藏的摄像机可以拍到两人的上半身。

“你情况怎么样？他们给你吃的和喝的了吗？”

“喔，给了。他们都很客气。”

“很好。我是特别探员贝里什。”他朝他伸出手。

伊万诺维奇先是盯着那只手看，然后有点费劲地伸出带纹身的手臂，和贝里什握手。

“我可以叫你迈克吗？”

“当然，那本来就是我的名字。”

“我敢打赌，今天你被问了很多问题，但我不想骗你：现在这个也是一次审讯，迈克。”

囚犯安静地点点头。“我明白。是不是有台摄像机在拍我们？”他一边环顾四周一边问。

贝里什指着摄像机说：“它就藏在那些档案里面。”

看到那个男孩朝着他们的方向挥手打招呼，肖顿怒气冲冲地说：“都是他，害我们看起来像一群白痴。”

“你的律师非常优秀。”贝里什看着手表说，“五十分钟后你就能离开这儿了。现在你想聊些什么呢？”

伊万诺维奇觉得很有趣，继续配合他玩下去。“我不知道，您来定吧。”

贝里什装作思考的样子。“消失二十年可能也有积极的一面。比如，可以有许多不同的身份，你可以是任何人，也可以谁都不是，而且那种情况下还不用交税。”他眨眨眼睛，“你知道吗，在我小时候，失踪是我最大的愿望之一。它排在第二位，第一个愿望是拥有隐身的能力，这样可以偷窥别人，但不会被人发现。”

伊万诺维奇咧嘴笑了。他似乎有些好奇。

“我真希望能消失一回。”贝里什继续说，“一天天过去，再也没有任何消息。我会漫无目的地在树林里晃悠，我那时候特别喜欢露营。过了一两个星期后，我会回家。我相信，大家看到我以后都会如释重负。我妈妈一定会落泪，连我爸爸也会大为感动。我奶奶会给我准备我最爱吃的甜点，然后我们一起和亲戚还有邻居庆祝。我住在北方的表兄弟们也会来，就算我从出生后最多只见过他们两次。所有人都会为我的归来到场祝贺。”

伊万诺维奇轻轻鼓起掌。贝里什点头以示感谢。

但肖顿不喜欢眼前这一幕。“他在干什么？跟嫌犯说他的事吗？应该反过来才对。”

米拉知道，贝里什正在想法建立他和嫌犯共同的对话基础。她瞥了一眼时钟，期望他知道自己在做什么，因为已经过去五分钟了。

“这故事真不错。”伊万诺维奇说，“那您后来这么做了吗？”

“你问我有没有离家出走？”

囚犯点点头。

“是的，我离家出走了。”贝里什严肃起来。“你知道发生了什么吗？我逃跑的时间绝对不到一个星期，事实上只有几个小时而已。我觉得时间应该够长了，于是回到了家，可是，根本没有人在那儿迎接我，甚至没有人发现我不见了。”

贝里什静静等待，给迈克一些时间思考他最后那几句话。

“但对你来说事情不是这样的，对吗，迈克？你当时才六岁，那么小的年纪不会离家出走。”

伊万诺维奇沉默不语。

米拉发现，屏幕中迈克的表情发生了变化。贝里什正在试图刺激他，他起身，开始在屋子里来回踱步。

“一个小男孩在秋千上被人绑走。没有人察觉异样，也没有人看见，包括他母亲在内，即使男孩玩耍的小公园就在她工作地点的正对面。她一直带儿子去那个小公园和别的孩子玩。但是那天只有小迈克一个人，他的母亲当时在打电话，所以注意力不在他身上。二十年来，没人知道那个小男孩去哪儿了。事实上，过了那么久之后，人们把他忘了。只有两个人知道真相。其中一个是小迈克，这些年他已经逐渐长大成人。另一个就是那天带走他的人。”贝里什停下来，注视着迈克的眼睛。“我不会问你那人是谁，反正你也不会告诉我。但或许你愿意告诉你母亲。你不想再见见那个生下你的女人吗，迈克？她赋予了你生命，你难道不觉得她有权知道真相吗？”

迈克·伊万诺维奇沉默不语。

“我知道他们把她接来了。她现在就在外面，如果你愿意的话，我可以让她进来，我们还有时间。”这是谎话，但伊万诺维奇信以为真，或者装作信以为真了。

“她为什么要见我呢？”

贝里什找到了一个突破口：这是迈克第一次向他提了一个与自己有关的私人问题。贝里什紧抓住这一线希望。“这些年来她备受煎熬，你不觉得应该让她从自责中解脱吗？”

“她不是我妈妈。”

米拉注意到伊万诺维奇的语气中带着一丝嫌恶，贝里什抢下了一分。

“我明白了。”贝里什顺着他说，“那就算了。”

他为什么突然停了？他好不容易才和迈克建立互动。米拉不明白。

“你不介意我抽烟吧？”还没等对方回答，贝里什就从外套里拿出一包万宝路和一个打火机。

米拉先前看见他问另一位警官借了这些东西。但贝里什没有点烟，只是把它们放在桌上。

伊万诺维奇将目光投向打火机。

“我可没同意他这么做。”乔安娜·肖顿叫起来，“他不可以冒这种险，审讯到此结束！”

“等等，请您再给他一分钟吧。”鲍里斯恳求道，“他知道自己在做什么，我从没看到他失败过。”

屏幕中的贝里什把双手放在口袋里，在迈克身边转来转去。囚犯努力让自己看起来漠不关心，可他的眼睛却一直盯着桌上的打火机，他无法抵挡火的诱惑，就像探测水源的人无法抵挡水的诱惑一样。

“你喜欢足球吗，迈克？我特别爱看球赛。”贝里什没来由地问。

“您为什么问我这个？”

“我只是不知道你这二十年干了什么，仅此而已。你应该有什么爱好。人一般都会有一个兴趣或一件热衷的事情来消磨时间。”

“我和他们不一样。”

“啊，这我知道。你很……特别。”

贝里什过于夸张地强调最后那两个字。

“您不抽烟吗，探员？”

“再等一会儿。”贝里什装着在思考别的事情草草地回答，但也许他想要的恰恰就是那个结果。

尽管如此，米拉却担心起来。伊万诺维奇渴望看到火，而贝里什正在把打火机当作施压工具，想借此从他那儿问出什么。不管他在打什么主意，目前看来并没有起作用。

伊万诺维奇从办公桌上拿起一支铅笔，心不在焉地在笔记本上涂写起来，这证实了米拉的焦虑。

“你在古列维奇督察家里对瓦斯克兹探员说过一句话，它让我很好奇。”贝里什继续从一个话题转到另一个没有明确逻辑关系的话题。

“我不记得了。”

“别担心，我来帮你回想一下……你当时问她知不知道火能够净化灵魂。”贝里什露出不屑的表情，“我觉得这句话也没什么了不起。也许你不那么认为，但我觉得它乏味得很。”

“我不那么觉得。”迈克反驳道。

贝里什走到那包万宝路旁，抽出一根。他把烟放到嘴里，然后拿起打火机，在两手之间抛来抛去，迟迟不点燃它。伊万诺维奇的视线跟着打火机移动，像个被变戏法的人迷得团团转的小孩子。

“他在干什么？给他催眠吗？”“法官”轻蔑地开玩笑说。

米拉希望贝里什仍然能稳住局面。

贝里什点燃打火机，举到他们俩中间。“火里有什么，迈克？”

囚犯的脸上露出邪恶的笑容。“所有你想看到的东西。”

“这是谁告诉你的？凯鲁斯吗？”

纵火狂的眼睛闪着光，照亮了他的瞳孔。然而，那不是点燃的打火机在他眼中的倒影，它更像是从他灵魂最深处燃起的火光。与此同时，迈克还在漫不经心地涂写着什么。

贝里什从外套口袋里拿出一张折好的纸。他像个魔术师那样，左手手腕轻弹了一下，在囚犯眼前打开那张纸。上面是安眠主宰者的人像拼图。他把纸凑近打火机。

“他想干什么？”肖顿抗议道，“再过两分钟，我就终止审讯！”

与此同时，屏幕里，迈克像个迫不及待想开始玩一个新游戏的孩子，脸上洋溢着激动的神情。

“你的导师还跟你说了什么？”贝里什坚持问。

迈克似乎走神了，笔记本上的手在颤抖，铅笔快要把纸给捅破了。“有时候，必须走到地狱尽头才能了解关于自己的真相。”

贝里什逼问他：“地狱尽头有什么，迈克？”

“您迷信吗，探员？”

“不，我不迷信。为什么问我这个？”

“有时候，如果你知道恶魔的名字，只要说出那个名字，他就会回应你。”他手里的铅笔像压力指针一样，在纸面上不断快速移动。

为什么贝里什要由着他装疯卖傻？米拉不明白。他正在让迈克·伊万诺维奇有机可乘，证实他确实患有精神疾病，让他所有的努力白白浪费。而他们的时间所剩无几。

“你们到那儿去给我终止这出闹剧。”“法官”下令，“我已经看够了。”

然而，贝里什并没有给他们时间干涉审讯。他吹灭火焰，取出嘴里的万宝路。伊万诺维奇脸上的狂热像被控制住的火势一般消失了。

贝里什把打火机放回口袋，把人像拼图揉成一团。“好了，迈克。我想就到此为止吧。”

米拉哑口无言。乔安娜·肖顿看起来坚决要贝里什好好给她一个交代。

克劳斯·鲍里斯转向米拉。“很抱歉。”

随后，他们一起去了用来审讯的那间办公室。

迈克·伊万诺维奇刚被带回牢房，走廊里就响起“法官”对贝里什说的攻击性言辞。“你完了，而且不只是这件案子。我会亲自确保你再也不会搞破坏。”然后，她的话更伤人了。“你就是个失败者，贝里什。我们多年前有机会把你撵走的，真不知道当初为什么要手下留情。”

米拉发现贝里什没有打断“法官”，他还是和往常一样对那些指责无动于衷。忽然，她有一种可怕的感觉，这场闹剧会不会是贝里什在报复他们？他在报复古列维奇，古列维奇贪污受贿，却把罪责推在他的头上。他在报复肖顿，她为了自保一直袒护真正的罪人，即使在他死了之后也在保护他。最后，他在报复整个警局和它代表的体系。

更糟的是，米拉愚蠢地以为贝里什只是想挽回自己的名誉，没想到在他实施这个复仇计划的时候她助了他一臂之力。

贝里什整理了一下领带，像是什么都没发生一样，准备离开办公室。肖顿显然不习惯被人忽视，立刻挡住了他的去路。“我还没说完。”

贝里什礼貌地避开。“你听说过意念动作效应吗？”

他的提问激怒了肖顿。“那是什么？你的另一个人类学大发现吗？”

“嗯，确切地说是精神分析学。”贝里什强调，“指的是想象中的画面会产生下意识的行为。”

肖顿正打算开口说话，但让她爬到今天这个位置的直觉让她乖乖闭嘴。

贝里什继续说：“审讯官的某个动作或某句话会引起受讯者的某种行为。所以我才让他看到火焰。”

“所以呢？”肖顿傲慢地问。

“这就像是你在餐桌上和人聊天时会把盘子里的食物摆成某些形状，或者在打电话的时候下意识地用面前的纸和笔涂鸦。通常来说，你画的东西没有任何意义，但有时候并非如此。所以，如果我是你们，我现在一定会仔细看看那个……”

他指着他们身后的某样东西。米拉第一个转身，然后是鲍里斯和“法官”。房间里一片寂静。所有人都盯着桌子上的同一个位置。

迈克刚才涂写的笔记本。

纸上画了一栋长方形的四层公寓楼，屋顶有一排天窗，一扇巨大的门，还有许多窗户。

其中一扇窗后面有一个人影。

55

他本想跟她道歉的。

然而，在审讯囚犯的那间办公室和警局高层短暂见过后，在他还沉浸在打败乔安娜·肖顿的喜悦中时，她不见了。她可能回"灵薄狱"了，也可能回家了。不过，更有可能的是，她不想和他说话，所以匆忙离开了。

在走廊的争吵中，他怎么会想要提起米拉的女儿呢？他太残忍了，他无权这么做。

不过，西蒙·贝里什确信自己戳到了米拉的痛处。不然的话，米拉为什么要告诉他那么多关于自己的事情？为什么要跟他说那个她施舍食物的流浪汉？为什么告诉他她在远程监视自己的女儿？米拉为什么要对他忏悔自己的罪行？

*所有人都愿意和西蒙·贝里什谈心。*他想起这一点。

这对米拉奏效，对迈克·伊万诺维奇也一样。

贝里什回到公寓，希什在他的房间门外，他的脑海里仍然回响着迈克的声音。

火里有什么，迈克？

所有你想看到的东西。

贝里什把钥匙扔到桌上，他没有开灯，身体陷进靠窗的皮沙发里。街灯凄冷幽暗的光从窗外照射进来。他松开领带，用脚后跟脱去鞋子。希什跑来趴在他脚边。

他应该给米拉打个电话。除了请求她原谅之外，他还有一件事要跟她说。刚才他并没有把所有事都告诉他们，笔记本上的涂鸦不是审讯的唯一收获。

伊万诺维奇手臂上的纹身图案让他产生了一个想法。它们是一种特殊的语言符号，一种火的语言，像是刻在皮肤上的象形文字，等待着他去解密。贝里什刚才用了同一种无形的暗语跟他对话。

你的导师还跟你说了什么？

有时候，必须走到地狱尽头才能了解关于自己的真相。

说这话的并不是想要装疯卖傻的迈克·伊万诺维奇，这一点贝里什深信不疑。

地狱尽头有什么，迈克？

您迷信吗，探员？

就是这个天马行空的问题给了他启发。这个问题太即兴，太脱离语境了。那个纵火狂想要给他一个讯息。他内心的那个声音是凯鲁斯。

不，我不迷信。为什么问我这个？

有时候，如果你知道恶魔的名字，只要说出那个名字，他就会回应你。

贝里什确信，那些胡言乱语中藏着一条关键信息，它能帮他找到伊万诺维奇无意识涂鸦的那栋建筑物，更重要的是，它能帮他查出窗户后面的那个人影是谁。

贝里什在昏暗的屋子里听见外面下起了倾盆大雨。雨水在他的脑海里噼里啪啦落下，本该被冲刷干净的万千思绪却向他涌来。

雨声也唤醒了过往的回忆。

工薪阶层居住的街区内，老房子的灯关着。快六点的时候，下起了大雷雨，顷刻间，天空一片漆黑。西尔维娅发着高烧，西蒙不得不出门买抗生素。通常是古列维奇负责这些事情的，乔安娜说得没错，新来的同事很能干。他帮他们买生活用品、付账单，有时候还会留下来吃晚饭。贝里什对外宣称古列维奇是他的弟弟，时不时来他们家做客。

但那次算是突发状况。

西蒙觉得都是他的错。他应该好好检查药箱，以防遇到这种情况的。家里有纱布绷带、创可贴、阿司匹林和消炎药，就是没有抗生素。把西尔维娅一个人留在家里太危险了，他之前从没这么做过。但是因为雷雨的缘故，古列维奇被堵在了路上，最快也要两个小时后才能到。

西尔维娅昏迷了一下午。刚开始的时候，西蒙还能用家里的东西应付过去，他在她额头敷了一块冰凉的毛巾，给她吃了扑热息痛，但效果并不怎么样，她的病情越来越严重。

所以，最后他还是拿着伞，没穿外套，跑到了街尾的药店。在柜台前面排队结账的时候，他一直盯着窗外看：从那儿可以看到他们家的大门，但贝里什焦急万分，因为如果有人从窗户进去，他就看不到了。

付完钱后，他一把抓起纸袋，连伞都没有撑开就匆忙赶回家。到家的时候他已经浑身湿透。他走上那几级台阶，感觉心脏快要跳到喉咙口了，生怕自己打开家门发现最可怕的噩梦成真了。一进屋他就立刻冲向卧室。

她不在那儿。

恐惧让他无法思考，他本能地把手伸向手枪。贝里什本想大声喊她名字的，但他没有。倾盆大雨倒在屋顶上。他转过身，在客厅看到了她。

西尔维娅站在窗前，因为出汗的关系，睡衣贴在了皮肤上。她背对着他，所以没听见他的脚步声。她两手握着听筒，好像它无比沉重。

她在和谁打电话。

起初，西蒙没有明白这到底是什么情况。他走到她身边，才发现她没有说话，而是在静静聆听。

“是谁？”他警觉地问。

西尔维娅吓了一跳，转过身看着他，她额头冒着汗，因为发烧的关系眼神迷离，颤抖着说：“电话铃响了，我起来去接。但电话那头没有人。”

他小心翼翼地从她手里接过听筒，听见电话占线的声音。之后，他陪她回到床上，想着或许是她生病产生幻觉了。

你想要一个崭新的生活吗？

那天晚上，西尔维娅听到的是不是这句话？这个年轻的姑娘遭受过生活虐待，而凯鲁斯的话打动了她？是不是安眠主宰者说服她去安布鲁斯宾馆 317 号房间，把自己交给黑暗世界？

许多年后，西蒙·贝里什在家里的沙发上又一次受到执念的折磨，它像一位故人，轻轻地拍打他的肩膀，叮咛他千万别把它忘了。

作为回报，贝里什看到了希望。痛苦而毫无意义的希望。

几年前，他学会接受西尔维娅已经消失的事实，然后，某个月某个星期某一天的晚上，电话铃响了。他一接起来就听到雷雨的声音。他第一反应就是朝窗外看，却只看到天空中皎洁的月光，这才明白那场雷雨一定距离他很遥远，非常非常遥远。

在暴雨声中，他好像听见了呼吸声。

然后电话挂断了，留给他的只有一个残忍的问题。他全身毛骨悚然，直觉告诉他是西尔维娅打来的。她要让他想起那个她发烧的夜晚，那个下着倾盆大雨的夜晚。

自那以后，贝里什便不再颓唐下去。或许她还活得好好的，这一线希望该给他带来些许安慰，毕竟，在他那么多愿望中，至少有一个实现了。然而，他又多了一个新的疑问。

为什么她没有留下来和我在一起?

在昏暗的屋子里，街灯的光线从窗外照射进来，贝里什突然觉得很疲倦，不过，他离事情的真相也越来越近了。

你的导师还跟你说了什么?

有时候，必须走到地狱尽头才能了解关于自己的真相。

地狱尽头有什么，迈克?

您迷信吗，探员?

不，我不迷信。为什么问我这个?

有时候，如果你知道恶魔的名字，只要说出那个名字，他就会回应你。

他就会回应你，贝里什对自己重复着最后一句话。迈克·伊万诺维奇消失的时候只有六岁，他年纪太小了，不可能知道恶魔的名字，别人也不可能问他是否想改变自己的生活，他根本不会想到这种问题。他太小了，不可能一个人去安布鲁斯宾馆 317 号房……

贝里什突然有一种直觉。但他必须等到明天才能证实他的猜测。

“她不是我妈妈。”伊万诺维奇在审讯过程中提到他母亲的时候是这么说的。贝里什注意到他的话中带着强烈的怨气和恨意。但他不明白为什么迈克要特意强调这一点。

只有他的亲生母亲才可能知道个中原因。

贝里什决定第二天一早给米拉打电话，跟她解释一切。然后两人一起去一个地方查明真相。

在去那儿的路上，他会想办法跟她道歉。

就算他是边缘人，但至少米拉会原谅他。

56

她突然想看看爱丽丝。

在过去的几个小时里，米拉突然担心自己会失去她，这很荒谬，她不知道是什么让她产生这种想法，而且她从来不曾有过这样的感受。

她开着现代以最快的速度赶往母亲家，上次她这么冲过去是因为自己愚蠢的幻觉，但这次的心急如焚却与上次不同。米拉想在爱丽丝睡觉前看看她。她不想半路折回，没有看到爱丽丝，她绝不会走，只要几分钟就够了。

米拉一直觉得自己不是个称职的妈妈。但经历了和贝里什的争吵，目睹伊万诺维奇在审讯中的反应之后，她开始觉得自己的错误已经无法弥补了。

她不是我妈妈。

迈克是这么说的。但是他在六岁的时候被人掳走，他不肯相认的母亲有什么错呢？或许，父母永远要为发生在子女身上的事负责，原因很简单，是他们把孩子带到这个黑暗无情又毫无理性的世界的，除了邪恶之外，这个世界的一切似乎都是不合理的。

米拉开着车，但她眼前看到的并不是道路、车辆或房屋。挡风玻璃变成了回放记忆的屏幕。她的双眼在玻璃上投射出遥远过往的影像。

没有七年前的那一场恶行，爱丽丝就不会出生。如果那些小女孩没有被绑架杀害，如果那些父母没有痛失爱女，米拉就不会遇见她女儿的父亲。是低语者把他们联结在一起的。

是他让他们成了一家人。

他是始作俑者，他预见了这一切。他们掉进了他设计的圈套。然后，爱丽丝出生了。为了保护她，米拉不能靠近她，她也不想知道低语者是否也给她的女儿打上了黑暗的烙印。

邪恶论在她身上也适用。或者说，对她来说尤其适用。

杀死斑马幼崽，给孩子喂食的母狮是好的还是坏的？因为无辜女孩的死，爱丽丝才来到这个世上，这到底是件好事还是件坏事？

如果米拉决定履行母亲的职责，像个正常家庭一样，在女儿身边照顾她，那么她就得承认，发生的那些恶行是她获得幸福所必须付出的代价。

所幸的是，米拉快乐不起来。她没有感同身受的能力，自然也不可能知道自己失去了什么。但是爱丽丝有权利过上开心的生活。她和这一切无关，就算直到最近这星期，直到那个下午前，米拉都没有明白这一点。现在，她必须赶快冲到女儿身边，弥补这一切。

今晚，光是透过小型摄像机在电脑屏幕前盯着女儿，已经不够了。

家里的灯还亮着。她走过门口的小径，拿起海棠花盆下面的钥匙开门。

屋子里有一股饼干的香味。

她的母亲从厨房里探出身，身上穿着围裙，手指上沾着面糊。“我们不知道你要来。”她一脸疑惑地说。

“我待一会儿就走。”

“不，不，留下来吧。我正在做巧克力奶油酥饼，爱丽丝的学校明天组织野餐，她要早起。”

“那她已经睡下了。”

伊内丝看出米拉有些失望。“发生什么事了？”

“关于爱丽丝的问题……我担心她会不会是一种自闭症。”

女儿终于流露出对爱丽丝的关切了，伊内丝觉得有责任打消她的疑虑。“她没问题。”

米拉深深地叹了一口气。“但愿你是对的，如果真是这样，等她长大了就会慢慢有危险意识了。不管怎样，我们只能等。在这期间，我们要好好盯着她。我不想她在屋顶上玩杂技或者放火把房子烧了。”

“不会的。”伊内丝努力表现得很自信，好安慰女儿，也是安慰自己，“你为什么不去看看她呢？你可以趁她睡着的时候给她一个吻。”

米拉起身，随后她又转过身。“爸爸死的时候，只剩我们两个人相依为命，你是怎么撑过来的？”

伊内丝在围裙上擦干净双手，靠在门柱上。“我那时候很年轻，没什么经验。你爸爸在照顾你这件事上比我强很多。我以前一直开玩笑说，他才是你的妈妈。”她笑了，但很快又忧伤起来，“他死后，我无法接受失去他的事实。我卧床不起，无力照顾我们，照顾你。我的悲痛变成了最好的借口：你爸爸不在了，我也不是一个好妈妈。也许你不记得了，当时有好多天我几乎都没办法下楼。”

米拉记得，但她没有告诉母亲。

"我知道，让你和我一起在这个空荡荡的家里承受回忆的痛苦，特别是让你来照顾一个决定活活葬送自己的母亲是不公平的。"

"你为什么没有把我送走？"

"因为一天早上，你跑进我的房间，改变了一切。你站在我的床前对我说：'我才不管你是不是难过，我饿了，我要吃该死的早餐。'"

她们俩都大笑起来。伊内丝从来不说脏话，她很在意形象，总是生怕给人留下坏印象。听到她说那个字眼，米拉觉得特别别扭。

笑声停止后，伊内丝走到米拉面前，用沾着面糊的手背抚摸她。"我知道你不喜欢别人碰你。但这次破例吧。"

米拉什么也没说。

"我跟你说这些，是因为你也会遇到同样的事。有一天，爱丽丝会说出一句让你吃惊的话，或者做出一个让你吃惊的举动。到时候你会想把她带回家，再也不离开她。在那之前，我帮你照顾她，就当作是暂借给我的吧。"

母女俩看着彼此。米拉想谢谢她跟她说的话，谢谢她的安慰，但她没必要这么做，因为伊内丝都已经知道了。

"有个男人。"她没有意识到自己把这个说了出来，"我认识他的时间不长，但是……"她不知该怎么说下去。

"但他是会让你挂念的人。"伊内丝替她说了出来。

"他叫西蒙，是个警察。我不知道，但我觉得也许……那么长时间以来，我第一次觉得和一个人那么亲近。可能是因为我们在一起工作，事情就更简单了。不过，我觉得我相信他。"她停下来，然后补充说，"自那以后我再也没有相信过谁。"

伊内丝冲她笑了。“这对你来说是件好事。说不定对爱丽丝来说也是。”

米拉感激地点点头。“我过去看看她。”

走廊尽头，爱丽丝的小房间被笼罩在百叶窗里透进来的琥珀色幽光下。米拉以为她已经睡了，可走到离门口一米远的地方时，她听见了她的声音，所以停住了脚步。

她从衣橱镜子里清楚地看到她的倒影。爱丽丝坐在床上，正在和那个红发娃娃说话。

“我也喜欢你。”她对娃娃说，“你要相信我，我们会永远在一起的。”

米拉正准备进去，准备要亲她一下——尽管她几乎从来没那么做过。但她又想了想。

独自玩耍的孩子就像是梦游的人，不应该唤醒他们。重新回到现实世界可能会给他们造成创伤，他们天真烂漫的魔力就支离破碎了。

所以，她继续站在那儿听爱丽丝用关切的语气跟她的“小姐”说话。这当然不是从她那儿学到的。

“我不会丢下你一个人的。我不像我妈妈，我会永远和你在一起。”

这句话像是重重的一拳打在米拉的胸口。没有哪次身体上的创伤会让她如此痛彻心肺，没有哪把刀会给她带来如此巨大的折磨。只有女儿的言语才会产生这种毁灭性的力量。

“晚安，‘小姐’。”

米拉看见爱丽丝和娃娃一起钻进被窝，然后紧紧地把它抱在怀里。她觉得全身无力，无法呼吸。归根结底，小女孩说的就是事实。她母亲是抛弃了她。但亲耳听见她说出来是另一回事。如果米拉知道怎么流泪的话，她一定会哭，可她的双眼却干涩灼热得发疼。

等她终于有力气挪动脚步时，她迅速奔向大门，冲了出去，然后用力地关上了门，她没有跟母亲道别，留下伊内丝一个人在厨房里瞠目结舌。

米拉把现代扔在了禁停区，她管不了那么多了。她快步朝家里走去，心里只想着一件事。床底下藏了一个纸袋，里面有所有她需要的东西。

消毒剂，药棉，创可贴，最重要的是，一整包刀片。

对面那栋楼的广告牌上，那对巨大的夫妇在高处看着米拉从下面经过。小巷子里的流浪汉抬头看着她，期待着今天的食物，但米拉对他置之不理。

开门的时候，她的手指因为慌乱而抖得厉害，几乎无法拿钥匙开门。她必须控制住自己，过一会儿举刀的时候手必须要稳。米拉三步并作两步跨上台阶，冲进公寓里的那个隐秘空间。

堆满一间间屋子的书本此刻变得悄无声息，里面的故事和人物已经消失，只剩下一张张白纸。米拉打开床头灯，连外套也没有脱。她唯一迫切想做的就是用刀割伤自己，体会她这一年来想用恐惧替代的那种感觉——看着钢片刺入大腿内侧的肉里，感觉皮肤像一层薄纱一样撕裂，鲜血像热油脂一般流淌出来。

用痛苦缓解痛苦。

米拉俯下身去取床垫下面的袋子，再过几秒钟，一切就绪，她就可以忘掉爱丽丝。很久以前，她决定戒掉自残见血的习惯后，便把东西藏在了那里。

她伸手去够那个袋子。又试了一次后，她的指尖摸到了它。再往里伸几厘米后，她抓住袋子往外拉，然后毫不犹豫地把它打开。

但是，里面没有自残的必需品，等待她的是另一样东西。

米拉望着手里那个奇怪的东西，她根本没有多想，这个挂着钥匙的黄铜球形吊坠是怎么跑到她床下的？

安布鲁斯宾馆 317 号房间。

57

伊迪丝·琵雅芙在唱《一天的恋人》。

空无一人的大厅笼罩在一片藏红花色的幽光下。没有一个住客，那个穿着大方格外套、失明的年迈黑人没坐在皮沙发上，连那个骨瘦如柴、头发斑白、留着寸头、左耳戴着镀金耳环、身上有褪色纹身、像个上了年纪的摇滚明星的门房也不在。

那里有的只有音乐，像一段被人遗忘的回忆令人心碎，又像是一首摇篮曲般舒缓人心。

米拉走向电梯，按下按钮，等待轿厢下来接她。

不一会儿，她来到四楼。米拉沿着走廊，顺着房间号往里走。她一路经过一扇扇黑色的漆木门，直到来到她要去的那间房间门口。

三个铜牌做成的数字——317。

米拉从外套口袋里拿出挂着黄铜球形吊坠的钥匙，转动门锁。门开了，里面一片漆黑。

她踏了进去，然后马上把手伸向墙壁打开开关。床上的吊灯发出朦胧的亮光，那是老式白炽灯的钨丝产生的昏暗的光。

墙纸是深红色的，巨大的蓝色花朵仿佛悬浮在深红色地毯上。酒红色的缎子床罩上有烟头烫坏的洞眼。房里有两个床头柜，右边那个的灰色大理石桌面上放着一部黑色电话，墙上能看到十字架留下的陈年印迹，电话旁边，那个印迹的正下方，放着一样东西。

一份安眠主宰者的礼物。

我从黑暗中来，也必须时不时地回到黑暗中去。

一杯水，两颗蓝色药丸。

58

手机一直在响，但是没有人接听。

也许她还在生气，所以不想和他说话。这完全能理解。贝里什心想。这是他罪有应得。早上这个点她不可能还在家里，他应该去一趟“灵薄狱”跟她解释清楚。

但是他起晚了，要不是希什吵着要出门，他还不会醒。

不过，更糟糕的是，他在靠窗的旧沙发上睡着了，身上还穿着昨天的衣服。这会儿，他的背脊疼得要命，更别说颈部肌肉了。

在贝里什的记忆里，他已经好多年没有睡得那么沉了，机体好像进入了一种休眠状态。他没有因为别扭的睡姿醒过来，整个晚上他一点也没觉得不舒服。他没有做梦，从闭眼到醒来，像是经历了一段漫长而连续不断的旅程。

尽管浑身酸痛，但他现在精神百倍。

迅速冲完澡后，他换掉衣服，穿上一套蓝色西装，然后喝了一杯咖啡。现在是早上十一点，天气有些凉。秋风终于赶走了让人头疼的夏天。贝里什给希什的盆子里装满食物和水。这次他不能带上它。

他叫了辆出租车，赶紧去确认他昨晚在疲倦地入睡前凭直觉想到的猜测。

贝里什希望米拉能和他一起去，但也许她还需要点时间消消气。毕竟，他认识她的时间并不长，不知道应该怎么对待她才好。

最多一个小时，他就能带着他期望得到的结果出现在“灵薄狱”，到时候米拉就会忘记他们争吵的原因。老实说，贝里什自己也不记得了，或者说根本不存在什么原因。有时候发生这种事在所难免。

出租车停靠在白色公寓楼门口。英式草坪上的旗杆上，一面旗子迎风飘扬。他下车时，唯一能听到的只有旗子扣环发出的叮当声。贝里什把钱付给司机，随即走进疗养院的大门。

那个地方很漂亮，看上去根本不像是护理病人的疗养院。主楼背后是一栋栋用钴蓝色涂料修饰的白色小屋。

前台的人告诉他迈克·伊万诺维奇的母亲住在哪儿，这会儿，贝里什正走在建筑群的小径上寻找那个门牌。

他敲了敲门，手里准备好警察证，等着有人开门。过了几秒钟，大门开了。

迎接他的是一个坐在轮椅上的女人。她的目光立刻落在了他的警察证上。“我已经把所有事情都告诉您同事了。滚出去。”还没等贝里什开口，她就下了逐客令。

“等等，伊万诺维奇太太。这件事很重要。”这是他最先想到的话，然后他意识到，应该事先准备好借口才是，现在已经来不及了。

“我儿子是杀人凶手，我已经二十年没有见过他了，还有什么事情很重要？”

门马上要关了，贝里什不知道怎么停住已经启动的机关。他后悔没叫米拉一起来，她肯定更擅长和人打交道。他避世多年，也被世界孤立，这让他不知道该怎么和受讯者之外的人互动。

“我昨天和您儿子谈过。我想迈克有句话要跟您说……”

他在骗她。事实上，伊万诺维奇的态度非常明确。

她不是我妈妈。

门在距离他几厘米的地方停住了。女人缓缓打开它，注视着贝里什，焦急地想要知道答案。

*她希望得到原谅，但是我没办法满足她的期望。*贝里什在进屋前对自己说。

伊万诺维奇太太把轮椅推到客厅另一端的角落，贝里什关上身后的门。

“他们昨天晚上来找过我，说迈克回来了。他们告诉我他的所作所为，根本不考虑我身为他母亲的感受。”

那个女人最多五十岁，但看起来比实际年龄要苍老得多。灰白的头发被剃得非常短，她住的地方也和她的模样很相称，功能设施齐全，像是一间医院病房，而陈设简陋得和监狱牢房差不多。

“我能坐下来吗？”贝里什指着一张盖着防水布的沙发问。

伊万诺维奇太太示意可以。

贝里什不确定自己是否能说出安慰她或者是拉近距离的话，他觉得也没有这个必要。那个女人的声音里已经充满了怒意。

“我看过您儿子的失踪档案。”他开口说道，“想到六岁的迈克被一双看不见的手掳走，您现在都会害怕得颤抖吧。”

“天知道为什么所有人都会这么认为。”女人否定了他的猜测，“您真的想知道，对我来说什么才是周而复始的折磨吗？如果我早一刻转过身，事情就不会发生。那个电话亭离那儿只有十米远。只要一瞬间，只要我在那通该死的电话中少说一句话就够了。我们学习要如何计算秒、分钟、小时、天和年，却没有人告诉我们一瞬间有多重要。”

那种多愁善感的表述给了贝里什希望，也许伊万诺维奇太太会敞开心扉。“当时您和您的丈夫正在办离婚手续对吗？”

“对，他有了别的女人。”

“您丈夫喜欢迈克吗？”

“不喜欢。”她立刻回答，“我儿子要对我说什么？”

贝里什从小桌子上抽出一本杂志，从外套的内袋里拿出笔，开始在封面的角落上画迈克·伊万诺维奇在接受审讯时在笔记本上留下的涂鸦。

“喂，您在我的杂志上干什么？”

“抱歉，我也没有别的办法了。”

他画了一栋四层楼的长方形公寓楼，屋顶上有一排天窗，大楼有一扇巨大的门和许多窗户，其中一扇后面有一个人影。随后，他把画递给那个女人。

迈克·伊万诺维奇的母亲盯着画看了一会儿，然后把它还给贝里什：“这是什么？”

“我希望您可以告诉我……”

“我不知道它是什么。”

贝里什发现她没有说实话。“迈克画它的时候说了一些看似不知所云的话。”

“他们说他大概疯了。如果他杀了人，放火烧了他们，我看这很有可能是真的。”

“可我觉得他只是想让我们这么以为罢了。我问他火里有什么的时候，他说火里有所有你想看到的东西。他的话让我产生了一个想法，您知道这是为什么吗？”

“我不知道，但我相信您一定会告诉我。”她一脸怀疑地说，看来这些年形成的戒备心是不会消除了。

尽管如此，贝里什还是想试一下。“我们总是习惯停留在表象，以至于看不到火焰背后的东西。”他停顿了一下，注视着那个女人。“火焰隐藏了某个东西，伊万诺维奇太太。”

“是什么？”

您迷信吗，探员？

不，我不迷信。为什么问我这个？

有时候，如果你知道恶魔的名字，只要说出那个名字，他就会回应你。

“所以有时候，必须走到地狱尽头才能了解关于自己的真相。”他一字不差地复述出迈克的话。

女人睁大双眼，刹那间，贝里什觉得她儿子的表情映照在她的脸上。

“您知道地狱尽头有什么吗，伊万诺维奇太太？”

“我每天都活在地狱里。”

贝里什点点头，好像在仔细琢磨她这句话。“您以前是做什么工作的，在那之前……”

女人看了看瘫痪的双腿。“我是个法医。很讽刺，是吗？”她皱了皱鼻子。“我跟尸体打了十年交道。不断有人死亡，您甚至不知道他们的死因。我见过很多东西……人世间的恶魔比地狱多太多了。您是警察，您知道我在说什么。”

“有时候，如果你知道恶魔的名字，只要说出那个名字，他就会回应你。”顺着女人说的，贝里什又引用了迈克·伊万诺维奇的话。

她斜着眼瞄他。“您是在挑战上帝还是挑战恶魔，探员？”

“我们无法打败恶魔。”

房间里的两人陷入了寂静的沉思。女人用疲倦的眼神观察着贝里什。

“您迷信吗，伊万诺维奇太太？”

“这算什么问题？”

贝里什冷静地说：“不知道，您儿子也问了我这个问题，我不知道该怎么回答。这是他说的最后一段话。”

“您一直在耍我。您跟我说的话还有那幅画……都和我没有关系。您到底想要什么？”

贝里什站起身，现在他的身躯比坐在轮椅上的女人高出很多。“您看……今天早上在来这儿之前，我还不确定这一切是否和您有关，但在您给我开门的一瞬间，我的猜测被证实了。”

“滚出去。”女人冷冷地说。

“我马上就走。”他从头开始分析，“凯鲁斯通过电话走进受害者的生活。”

“凯鲁斯是谁？”

“为什么这么问？您觉得我叫他安眠主宰者更好是吗？不管怎样，他打电话给那些绝望无助的人们，提出给他们更好的生活。但我纳闷的是，他是怎么接近迈克的……他只有六岁，不可能明白对他来说什么才是更好的生活。所以他应该是绑架了他。但是为什么要这么冒险呢？其他消失者，或者说失眠者都是自愿把自己交给他的。他应该有什么特别充分的理由……”

“您在胡说八道。”女人想让他住口。

贝里什注视着她。“迈克得了一种叫做内脏逆位的先天疾病，这也导致了他患有严重的心脏病。”

“没错，所以呢？”

“您和您的丈夫当时正在办离婚，迈克的父亲要重新组建家庭，那里恐怕容不下生病的儿子。而您又没办法照顾他，对吗？我猜那个时候您已经出现了某种退化性疾病的最初症状，这种病让您现在不得不坐在轮椅上。”

女人沉默不语，不知所措。

“迈克需要一直有人照料。无父无母，他会被送到福利机构，有谁愿意领养他这样的孩子呢？除此之外，他的治疗费用很高。您是学医的，应该很清楚之后会发生什么。没有足够的经济支持，您的儿子能活到几岁呢？”

女人低声地哭起来。

“但是，有一天，一个陌生的声音打来电话。电话那头的男人做了言之成理的分析，赢得了您的信任。他让您从不同的角度看待事物，给您带来了希望。尽管您不知道他是谁，您还是觉得他是您这么长时间来的唯一一个朋友。然后，他问了您一个问题：‘您想要一个崭新的生活……为您的儿子着想吗？’”

贝里什停下来，让这句话慢慢沉淀。

“您做了什么，伊万诺维奇太太？您做出了在您看来最好的选择：给迈克一个机会……您把他带到安布鲁斯宾馆 317 号房间，给他吃下安眠药，等他睡着。然后您离开了，把他留在那张床上，您知道再也不会见到他了。然后，您编了那个秋千的故事。”

一滴滴泪从迈克母亲的脸上落下来。

“我对您深表遗憾，伊万诺维奇太太。”贝里什尽他所能地怀着同情说，“对一个母亲来说，这应该是很可怕的。”

女人咬了咬嘴唇。“当你可能失去某个东西的时候，你当然无法接受。但当你要失去一切的时候，你会发现你其实一无所有……我当时希望自己可以早点死掉，可我居然苟活到现在。”

贝里什很想立刻离开那里，因为他觉得自己和此时的气氛格格不入。一个没有子女的人怎么可能体会类似的痛苦？而为了进门问话，他甚至骗了她。

她不是我妈妈。

贝里什的脑海里一直回想着迈克那句鄙夷的话。如果他知道那个女人为他做了什么，为了他牺牲了什么……或许他真的知道，而他就是为此不原谅母亲。不管怎样，贝里什不能再继续同情那个女人了，因为在离开那个屋子前，他必须得到所有的答案。于是他继续往下说。

“正如我刚才说的，凯鲁斯冒险地选择了一个男孩，我们知道，人们特别关注失踪儿童，他们会在牛奶盒上印孩子的照片，不会轻易放弃寻找……所以，如果凯鲁斯决定铤而走险，留下一个随时可能反悔、向警方供出实情的证人，那么，他一定有相当充分的理由。”

女人摇摇头。

“作为回报，他问你要了什么，伊万诺维奇太太？”

迈克的母亲低头看着杂志封面上那栋长方形的公寓楼。“我没想到，过了那么久他还记得……您明白吗，探员？我儿子没有忘记我。这栋房子就在我一直带他去玩的那个小公园对面。”

贝里什感到难以置信，迈克失踪的公园秋千，他母亲的痛苦煎熬，他在接受审讯时的涂鸦，这一切像个完美的圆环一样全都能说得通了。贝里什举起画着那栋建筑物的杂志，又给那个女人看了一遍。“这是什么地方？”

“我做法医的时候在那个停尸房待了十年。”女人承认。

贝里什靠近她，一只手搁在她肩上。“迈克变成了怪物，并不是您的错。但是我们还能阻止那个把他变成这样的人……二十年前，凯鲁斯到底问您要了什么？”

“一具尸体。”

59

他觉得自己快要受不了如此紧张的气氛了。

真相呼之欲出，只要最后确认一下就行了。他想把这事告诉米拉，她必须在场。贝里什相信，只要看着她的双眸，贝里什就能确认一切都是真的。

贝里什在前往警局的出租车上快要坐不住了，肾上腺素在他的血管里迅速地流动着。他不再打米拉手机了，他需要在她面前详细陈述他掌握的事实真相。

他足足花了二十年的时间，现在真相即将揭晓，他再也无法按捺住激动。

与此同时，他设想了各种可能的场面，有的合情合理，有的不合逻辑。但是他确信，每块拼图最终都会回到自己的位置。

这场大骗局的始作俑者——魔术师，灵魂诱惑者，安眠主宰者或者凯鲁斯——心思缜密，肆无忌惮。

但他依然能打败他。

贝里什让出租车司机把他放在广场附近，那里有座大喷泉正对着联邦警局总部。

大楼的玻璃幕墙反射出午后的太阳，晴朗的天空中鲜有白云。人人都知道，星期五是一周里最清闲的一天，他一直纳闷这是为什么。也许警察和罪犯忙了一个星期，都想在周末喘口气。

话虽如此，今天却能看到探员们在警局里进进出出忙碌着。

贝里什走到人群中，朝着大门走去。

前往大楼入口的一路上，他发现自己经过许多人身边时，他们都转过头望着自己，像是追逐一缕阳光的向日葵一样，他们的目光都聚焦在他身上。

平时对他视而不见的同事，这会儿都投来异样的眼神。他们的神情中并没有什么特别的东西，只不过往常的冷漠变成了惊讶。

周围看他的人越来越多，贝里什本能地放慢脚步，他很困惑，不知道究竟发生了什么事情。

有人在他背后大喊大叫，他起初没有明白那话是对谁说的。他环顾四周，和其他人一样害怕。

“站住！贝里什！”那个声音再次响起，这次加上了他的名字。

贝里什转过身，看见克劳斯 · 鲍里斯伸着手朝他走过来。他居然拿枪对着他，这是真的吗？

“不许动！”

贝里什才刚举起手，其他警察立刻扑上去给他戴上了手铐。

60

审讯室里鸦雀无声，沉默其实是一种拷问手段。

不过，它是一种隐形的暴行，没有任何一项法律禁止他们这么做。

就在几小时前，这里关的还是迈克·伊万诺维奇，而现在却是西蒙·贝里什。和其他在这个房间待过的人不同，贝里什知道为什么白色墙壁上包了吸音材料，这是“消声室”原理，声音无法进入这个房间。这种机制会让人在无声环境下产生假想的声音，比如耳鸣和叮叮当当声，时间越久就越难区分现实和幻觉。

长此以往会让人发疯。

不过贝里什知道，他们不会把他一个人留在那儿很久，所以他想借着安静的机会思考。

他一直问自己他们会指控他什么，可他百思不得其解。他坐在那儿，等着有人坐在桌子另一头，好好跟他解释发生了什么事。与此同时，他拼命让自己看起来轻松自在些，这样，从各个角落监视他的摄像机拍下的只有他不动声色的画面，当然他也不能表现太过分。他确信，单面镜后面一个人也没有。

贝里什太了解审讯技巧了，他知道，他的同事在现身之前会把他晾几个小时。他要做的只有忍耐。他不能要水喝或是要求上厕所，因为这些请求会被视为缴械投降的征兆，从某种程度上来说，它们也确实是。为了证明自己的清白，他不能让他们的计划得逞。

过于激动或过于冷静的嫌犯几乎百分之百有罪。不停问为什么会被带到那儿的人也一样。太冷漠的很快就会招供。镇定的嫌犯可能会把牢底坐穿。无辜的人会有上述所有表现，不过通常还是不会有人相信他们。所以，秘诀在于泰然自若。

泰然自若会让他们摸不着头脑。

大约过了三小时后，房间的门开了。克劳斯·鲍里斯和“法官”拿着文件夹，满怀决心地走了进来。

“贝里什探员。”警察局长开口说，“我和鲍里斯督察有几个问题要问你。”

“你们想了那么久，想必是很重要的问题。”贝里什讽刺道。可事实上，他已经害怕了。

“你和受审者打交道的经验很丰富，可以和我们耗一整晚。”鲍里斯说，“所以我们不跟你兜圈子，我希望你也不要给我们制造麻烦，希望你马上配合。”

“如果你不这么做的话，西蒙，我们就不得不中止审讯，交由检方处理。我保证，我们已经掌握了足够证据起诉你。”

贝里什伸出双臂，笑着说。“那很抱歉，我们为什么要坐在这儿呢？”

“我们什么都知道，但我想给你一个减刑的机会。”肖顿用一根手指指着他的脸。“她在哪儿？”

贝里什沉默不语，他也不知道说什么。

“昨晚发生了什么事？”

有一瞬间，贝里什忘了昨晚睡得很香，还真以为自己干了什么。所以他依然保持沉默，希望能突然想出答案。

两人显然不吃这一套，乔安娜·肖顿走到他右边，弯下腰凑近他耳朵。贝里什感受她温热的呼吸，过于甜腻的香水味让他浑身不自在。

“你和米拉·瓦斯克兹探员的失踪有什么关系？”

贝里什被这个问题吓呆了，倒不是因为他被关押的谜底终于揭晓了，主要是因为他根本不知道该如何回答。

“米拉失踪了？”

在贝里什如此真实的焦虑面前，两人交换了一下眼神。

鲍里斯开口说道：“昨天晚上她惊慌失措地从她妈妈家夺门而出。后来她妈妈打她家里电话，但是没有人接，手机也联系不上。”

“我知道，我今天早上也打了好几次。”贝里什说。

“这可能是你给自己找的不在场证明。”“法官”立刻暗讽道。

“什么事情的不在场证明？”他生气了，“你们有没有找过她？”

两人无视他的质问。

鲍里斯在他对面坐下。“告诉我，贝里什，你是怎么重新卷进凯鲁斯这个案子的？”

贝里什耐心地为自己申辩。“是米拉·瓦斯克兹找我的。从红砖小楼着火的那个晚上开始，我和她一起办案。”再次想到凯鲁斯的藏身处让他一阵颤栗。

肖顿靠在桌角。“你在那儿？为什么你没有站出来？为什么你让瓦斯克兹一个人扛下责任？”

“因为米拉不希望我被卷入这件事。”

“你希望我们现在信你说的，是吗？”“法官”缓缓摇头，“那天夜里，是你在红砖小楼袭击她的，对吗？”

“什么？”贝里什目瞪口呆。

“你拿走了她的枪，是你袭击了她。”

“当时有人在那个房子里，但他逃跑了。你们也确认过可以从下水道进出那个地方。”贝里什正在失去自控力，他知道这对他不利。

“如果可以从大门出入，为什么要在下水道弄脏自己呢？”克劳斯·鲍里斯嘲弄地说。

“你们到底在想什么？”

“你确信如果我们搜查你的公寓，不会找到米拉的手枪？”

“为什么你们老是提那把手枪？我不明白。”

肖顿叹了口气。“你看，这是因为今天早上我们的人完成了火灾现场的搜查。一具尸体在那么高的温度下早就化为灰烬了，塑料或者纸也是一样。但是金属不同，在找到的东西里面没有米拉的手枪。所以，它去哪儿了呢？”

“伙计们，你们如果真想把我牵扯进去，就该编造些更实质的内容出来。”贝里什讽刺地说，“不然你们只是白白浪费一个周末晚上罢了。”

两人又交换了一次眼神。贝里什有种不好的预感，或许他们手里真握有什么证据。只是他们现在还在和他周旋，要等待最合适的时机打出那张决胜牌罢了。

“失眠者那个案子，付出最大代价的人就是你。”肖顿说，“我、古列维奇，甚至是斯蒂凡诺普洛斯，我们都从那个案子走了出来继续我们的职业生涯。而你，你投入了自己的感情，接连犯了一个又一个错，最后成了警察局的边缘人。”

“你我都很清楚事实是怎样的，还有我顶替了谁的罪。”贝里什挑衅地说，“你只不过是在想方设法让我闭嘴罢了。”

然而，“法官”似乎非常自信。“我不需要你对古列维奇的事保持沉默。我也不需要用什么小伎俩让你认罪。相反地，你没有受贿，贪污的另有其人，恰恰是你的动机……”

此刻，贝里什真的害怕了，但他绝对不能让他们看出来。“什么动机？”

“失去同事对你的尊重是很痛苦的。”“法官”装作同情他的样子说，“承受他们的攻击，听他们诋毁你，而且不是在你背后说，是当着你的面说。这真的很伤人，尤其是当你知道自己是无辜的时候。”

乔安娜说那些话想要干什么？贝里什不明白，但他已经发现情况不对。

“这会导致一个人怀有恨意，或许他会想，总有一天，所有人要为此付出代价……”肖顿说。

“你们是在暗示我是所有事的幕后主使？是我教唆那些消失的人再次出现实施谋杀？”

“你成功地说服他们，因为你和他们一样，一生都在忍受凌辱。古列维奇还有整个警察局都是你憎恨的对象。”肖顿言辞激烈，“恐怖组织需要一种意识形态和一项计划。把政府机构作为目标是再合适不过的了。你可以用武器摧毁它，但这造成的损害远不及诋毁它的公信力来得大。你一直都对警局怀恨在心。”

贝里什无法相信自己听到的。“这和米拉的失踪又有什么关系？”

“因为她发现了你的阴谋。”鲍里斯说，“她从一开始就是你手里的棋子，是你把她引到红砖小楼去的。”

“我没有。”

“法官”装作质疑的样子说:“你玩弄了瓦斯克兹探员，让她相信你在同她合作。这么做只是为了确保她不会对上司透露任何你们的事。”

“你想想，如此一来，你就能身处最有利的位置进行调查。”鲍里斯帮腔说，“你可以袖手旁观，同时对一切了如指掌。”

“不过，瓦斯克兹探员发现了，然后你就杀了她。”

“什么?”

“我昨天听见你们在走廊里激烈争吵了。”鲍里斯确信地说。

“一次争吵并不能说明什么。”贝里什也坚定地强调。

“对，它不能证明什么。”“法官”显得镇定自若，“但是有目击证人昨晚看到你把她带走了。”

贝里什觉得这不是真的，他们在故弄玄虚。“是谁?”他挑衅地问。

“斯蒂凡诺普洛斯队长。”

61

他们手里没有证据。

审讯室里又剩下他一个人，他不断告诉自己，肖顿和鲍里斯指控他绑架米拉只是在给他下套罢了。但为什么偏偏是斯蒂夫？为什么队长要对他做出这样的事情？

有一瞬间，他害怕他们对他隐瞒了米拉的事情，搞不好她真的遭遇了不测。可随后他又放下心来，因为对他们来说，最省事的办法是直接指控他……即使是在心里，他也不想说出“谋杀”这个词。贝里什在这个问题上已经绕了有段时间了，迟迟不能面对它。

不过现在，他有别的事情迫切需要解决——喝水和上厕所。他们还把他关在那儿，显然，表现得泰然自若这个策略不管用。

*此时此刻，检方应该已经起诉他了。*他对自己说。*我应该会被转移到牢房。*

对了，现在几点了？为了迷惑嫌犯，让他失去时间概念，审讯室里没有时钟。他的表在被捕的时候和手枪还有警察证一起没收了。但是，贝里什心算了一下，应该是晚上八点多了。

可以说，今天开始是一帆风顺的。见过迈克·伊万诺维奇的母亲后，他或许拿到了破案的关键信息，但荒谬的是，他现在并不能用上它。他曾想过和“法官”还有鲍里斯谈条件，但作为回报，他能问他们要什么呢？他们不会放他走的。

而且，他们也不一定会相信他。

贝里什唯一的希望是肖顿灵光一现，觉得自己可能从中获益。他太了解她了，为了把古列维奇的丑事和自己撇得干干净净，她愿意接受任何条件。但要想乔安娜这么做，必须让她看起来是这场比赛的真正赢家，一个在二十年后揭开凯鲁斯和失眠者之谜的赢家。贝里什确信，媒体已经听到一些风声，事情很快就会被公之于众。

他们瞒不了多久。

就在这时，他看见审讯室的门缓缓地开了，于是立刻在椅子上坐直身子。看来，他的对手回来了。贝里什忍住口渴和上厕所的冲动，准备好第二轮对峙，祈祷自己能尽可能撑得久一些。

然而，进来的那个人一直背对着他，他是一个身穿蓝色运动服的男人，别着警局徽章，戴着一顶帽子，帽舌压得很低，快要遮住眼睛了。贝里什的直觉立刻告诉他，需要这么遮遮掩掩乔装打扮的人肯定不怀好意。

贝里什站起身，除此之外他不知道还能做什么。男人转过身。是斯蒂凡诺普洛斯。

队长关上门。贝里什困惑地看着他。

“我们时间不多了。”斯蒂夫摘下帽子立刻说。

“你在这儿干什么？不是你陷害我的吗？”

“确实如此。”他轻易地承认了，“对不起，但我必须这么做。”

贝里什觉得难以置信，他怒火中烧。“必须？”

“听着。”斯蒂夫抓住他的肩膀，“在米拉失踪前，他们就决定要抓你了。你对他们来说是最合适的人选：一个怀恨在心的警察做了恐怖组织头目。他们不必把二十年前的事情再拿出来跟媒体说，只需要讲你和西尔维娅的那部分，那可以证明你有多靠不住。”

“但你的口供给了他们之前缺少的证据。”

“对，但等我翻供的时候，他们的指控就站不住脚了，到时候他们就不得不跟媒体解释了。”

贝里什陷入沉思。这是个不错的计划，只要斯蒂夫愿意翻供就没问题了。就在那时，他想起有好多摄像机正对着他们。

“他们正在监视我们，而你刚刚承认了……”

“别担心。”斯蒂夫急忙说，“所有人都在和‘法官’开会。而且，我在来这儿之前已经关掉了闭路电视的录像系统。现在说我来这儿的第二个原因……”

贝里什不知道等待他的是什么。

斯蒂夫的双眼流露出忧虑。“等他们知道真相后，他们就不会再找她了。”

“什么？你在说什么？”

“你知道，关于失踪案，距离受害人上一次被人看到至今超过三十六小时才能启动搜寻工作。如果受害人是警察，这个时间会缩短到二十四小时，即便是这样，对她来说还是太长了。”

“我不知道你在说什么。”

“米拉的妈妈今天早上报案说她失踪后，他们去她家查了。现代还停在大楼下面。家门没有非法闯入的迹象，不过这也不代表什么。她没有带手机和钥匙，甚至连备用手枪也没带，自从在火灾现场弄丢了执勤用的佩枪后，她就一直带在身上的。”

贝里什慢慢懂了。“如果这可能是一起犯罪事件，就不需要等一天的时间。你指控我绑架她是为了让他们尽快展开搜查。”

“为了给她一个机会。”队长纠正他，为自己辩解道，“反正你已经被栽赃了，他们本来就准备用恐怖主义起诉你。”

贝里什紧盯着他的老上司。“你觉得这次轮到她了，对不对？你觉得她是自愿消失的……”

斯蒂夫看起来很沮丧。“我不知道是不是有人绑架了她，然后把她的东西带回公寓，让我们以为她是自愿消失的。但我跟你说过，米拉习惯以身犯险。她有一种自我毁灭倾向，总是被危险事物吸引，就像飞蛾扑火一样。”

贝里什试着理清思路。“据肖顿和鲍里斯所说，昨晚她离开女儿的住处时非常惊慌失措。”

原因很有可能和那个小女孩有关。或许，什么积蓄已久的东西突然爆发了。贝里什想起迈克·伊万诺维奇母亲的话:“当你可能失去某个东西的时候，你当然无法接受。但当你要失去一切的时候，你会发现你其实一无所有”。

贝里什恍然大悟，“一切”和“某样东西”之间的差别就在于凯鲁斯能否有机可乘。

“我想米拉想亲眼看看黑暗世界里有什么。”斯蒂夫说，“但是，黑暗世界里除了黑暗，什么都没有。”

贝里什觉得自己必须当机立断，没有时间可以浪费了。他下定决心说:“我知道凯鲁斯是谁。”

队长哑口无言。他好像突然心肌梗死一般脸色惨白。

“现在我只能告诉你这么多。”贝里什继续说，“你得帮我从这儿出去。”

斯蒂夫想了想。“好。”

队长离开房间，几分钟后，他带回了贝里什的警察证和一副手铐。贝里什刚才没有请求要回他的枪，追捕逃犯的时候，他有没有携带武器是有很大区别的，他不想给同事多一个朝他开枪的理由。

“你要警察证做什么？”斯蒂夫一边把东西还给他一边问。

“我要去个地方。”他没有再说什么，然后立刻把手腕伸进手铐里。

斯蒂凡诺普洛斯抓住他的胳膊，两人一起进入走廊。

负责看守的警察诧异地注视着他们。和所有清楚自己在做什么的指挥官一样，斯蒂夫选择无视他们。他甚至还命令其中一名警察和他一起押送囚犯去厕所。

贝里什之前没有提出上厕所，所以这个请求听起来是合情合理的。

他们一边沿着走廊往前走一边四下张望，希望不会撞见鲍里斯或者肖顿的其他跟班。快到被捕或被拘留的犯人专用厕所时，斯蒂夫没有停下，而是径直往前走。

“长官，您要去哪儿？”一同押送贝里什的警察问。

斯蒂夫转过身，斜眼打量着他。“在他没有被定罪前，我不会让我们的警察兄弟去囚犯厕所撒尿！”

于是，他们朝着警察专用厕所走，里面的窗户没有装铁栅栏。到了那儿以后，斯蒂夫让那个陪他们一起去的警察在门口守着，自己和贝里什一同进去。

“五分钟后，我就会通报有紧急情况。”他指着窗户对他说，“你有足够的时间跑到‘灵薄狱’，那里有个从大楼背面出去的紧急出口。”他把办公室钥匙、自己家的钥匙和他那辆大众的车钥匙一起交给贝里什。“车子停在中餐馆附近。”

“你得去我的公寓接希什。”贝里什对他说，“它独自待了好几个小时了，可怜的小家伙。它需要喝水，然后出去遛遛。”

“别担心。”队长向他保证，“我马上过去。”

“谢谢。”

“别谢我，是我让你惹上这堆麻烦的。”为他解开手铐后，他把带帽舌的帽子戴在贝里什头上，“去找凯鲁斯，然后，去找米拉。”

62

贝里什坐在一片漆黑中听着远处的警报声。

他们在找他，他们在追捕他。待在斯蒂凡诺普洛斯的家里并不安全。很快他的同事就会去那儿搜查，不过不是马上，这会儿他们正忙着在别的地方找他。但考虑到队长让囚犯从眼皮底下逃跑了，无论如何他的公寓都肯定是搜查目标。

当然，他们一定会觉得奇怪，为什么关键证人会去审讯室见他指控的嫌犯。他们很有可能已经察觉到什么，也开始调查了。不过就算是威胁斯蒂夫，他也什么都不会说的。

目前，贝里什还有一点优势。

他笔直坐着，凝望前方，双手工整地搁在膝盖上，其中一只手攥着他的警察证。

这不仅仅是一张证明身份的证件，它是打开亡者世界大门的钥匙。

贝里什看了看时间。已经过了午夜十二点。他站起来，可以动身了。

把斯蒂夫的大众停妥后，他站在那儿注视着前方。

一栋四层楼的长方形公寓楼，屋顶有一排天窗。一扇巨大的门，许多窗户。不过，和迈克 · 伊万诺维奇的画不同的是，窗户后面没有人影。

不过，他要找的男人就在里面。

国立停尸房是一座孤零零的巨型水泥建筑，主体部分位于地下。

有时候，必须走到地狱尽头才能了解关于自己的真相。

凯鲁斯的那名年轻门徒说得对。贝里什想要去的正是最底下的一层。

他来到入口处的门卫室，里面的门卫正在聚精会神地看某个电视节目，门厅内回响着观众的笑声和掌声。

贝里什敲了敲玻璃隔窗。门卫没想到这个点还有访客，吓了一跳。“您有什么事？”

贝里什向他出示警察证。“我来这儿辨认尸体。”

“您就不能明天早上再来吗？”

贝里什一言不发地盯着他看。没过几秒钟，门卫就决定照他说的做了。

不一会儿，男人打电话通知地下室的同事，有一位访客要下来了。

国立停尸房的十三号房间是安放沉睡者的。

在钢制的电梯轿厢缓缓降到地下时，西蒙·贝里什在思考选择这个数字的理由。

“您迷信吗，探员？”迈克·伊万诺维奇是这么问的。

酒店或者摩天大楼的建造商在给房间或者楼层编号时一般都会跳过十三这个数字。不过在这儿没这个必要。

*不，我不迷信。死人也不会迷信，还有什么比死更倒霉的呢。*贝里什心想。

下降的电梯在一声橡胶发出的嘶嘶声中停了，在漫长的寂静过后，电梯门开了，露出一位看守红彤彤的脸。

那个男人的身后是一条很长的走廊。

贝里什本以为会看到一个白色瓷砖和惨白的氖灯照亮的空间，让访客虽然身处地下几米的地方，还能产生这里很宽敞的错觉，也不会幽闭恐惧症发作。然而，这里的墙壁是绿色的，护墙板上有一排等距离的橙色灯。

“彩色可以避免产生恐慌。”穿着蓝色衣服迎接他的看守边递给他一件蓝色工作服边解释。

贝里什穿上衣服。两人出发了。

“这层存放的尸体主要是无家可归的人或者非法移民。他们没有证件，没有亲属，一命呜呼后被送来这里。他们全都在一号到九号房。”看守解释道，“而十号和十一号房是给像我和像您一样的人的，他们交税，在电视上观看比赛，却在一天早晨心脏病发作死在了地铁上。某个乘客装作去帮忙，其实是拿他们的钱包，瞧，好戏上演了：那个人就这么永远消失了。不过，有时候纯粹是官僚习气惹出的麻烦：某个女公务员的文书工作乱七八糟，把你的亲属叫来认尸，看的却是另一个人的尸体。于是，他们会继续找寻你的下落，好像你没死一样。”

贝里什注意到看守想要在他面前出风头，但他不为所动。

“然后是自杀或意外，集中在十二号房。尸体状况可能实在惨不忍睹，以至于根本无法相信那原来是个人。”看守补充道，“不管怎样，法律规定所有人都应得到一视同仁的待遇：在冷冻库里待上不少于十八个月的时间。过了这个期限，如果没人认领或取回遗体，警方也没有进一步调查的需要，他们就能被批准火化处理。”看守背出这项规定。

的确。但对某些人来说事情并非如此。贝里什心想。

“接下来是十三号房的尸体。”看守像是看出了他的心思，说道。

他说的是那些未侦破的凶杀案的无名被害人。

“法律规定，在确定凶杀案被害人的身份前，尸体被视为证据的一部分。”看守说道，“在没有证明被害人真实存在之前是不能判谋杀嫌疑人有罪的。没有名字的尸体是这个人存在过的唯一证据，所以它没有保存期限。这是律师们喜欢的那些吹毛求疵的法律规定之一。”

只要与死亡相关联的罪行不被确定，遗体就不能被销毁或任其自然腐烂。但贝里什知道，如果不是这项自相矛盾的规定，他今晚也不会来这个地方。

“我们管他们叫沉睡者。”

他们是无名的男人、女人和孩童，杀害他们的罪犯还逍遥法外。他们年复一年地等待着某个人出现，把他们从仿佛依然在世的魔咒中解放出来。就像是恐怖故事里的情节那样，解救他们只消一个密语。

他们的名字。

收容他们的十三号房位于走廊尽头。

他们来到金属大门前，看守在一串钥匙里胡乱翻找着，直至找到正确的那一把。门一开，一阵污浊的空气飘了出来。贝里什发现，地狱里充斥着的不是硫黄味，而是消毒剂和福尔马林的味道。

一踏入漆黑的房间，天花板上的一排黄色感应灯随即亮了起来。正中央有一张尸体解剖台，周围环绕着数十个冷冻柜组成的高墙。

那是一个钢铁铸成的蜂巢。

"您得在这里签字，这是规定。"看守边说边递给他一本登记簿。贝里什觉得在那个房间里把个人信息写在一张纸上，真是个残酷的玩笑。

*你的名字是你来到这个世上后学到的第一件关于自己的事情。*西蒙·贝里什想。一个几个月大的婴儿就能辨认出它的声音，知道是在叫自己。随着你不断长大，你的名字告诉别人你是谁，也是别人问你的第一个问题。你可以给自己取个新名字或者编个假名字，但你永远知道哪个才是你的真名，你绝对不会忘记。你死后，留在这个世界上的不是你的身体，也不是你的声音，只有你的名字。你做过的事，早晚有一天会被人遗忘。所有关于你的记忆都是用你的名字命名的，没有名字，人们怎么怀念你？

*一个没有名字的人不能称之为人。*西蒙·贝里什做出了这个结论，然后心不在焉地在登记簿上签名。

"您想看哪一具？"看守带着些许不安问。

贝里什终于开口了："在这里存放时间最久的那一具。"

AHF－93－K999。

贴着这个标签的柜子在左边那面墙，下面数上来第三个。看守对着访客指了指它。

"在所有的尸体中，他的故事也算不上是最独特的。"看守觉得有必要进一步解释，说道，"一个星期六的下午，几个男孩在公园里踢足球，球掉进灌木丛里：他们就这样发现了他。头部中枪。没有身份证件，也没有家里的钥匙。面部完全可以辨认，但是没有人打紧急救助电话询问他的下落，也没有失踪人口报案纪录。在等待一个可能永远无法确认的罪犯出现时，唯一能证明罪行的证据就是这具尸体。所以法院决定保存他，直到侦破这个案件，正义得到伸张。”他停顿了一下，然后说，“那么多年过去了，他还在这里。”

二十年了。贝里什心想。

看守跟他讲这个故事，八成是因为他一直待在这里，很少有机会跟活人聊天。不过，这些贝里什已经都知道了，就在今天早上，迈克·伊万诺维奇的母亲都已经告诉他了。

看守肯定无法想象，几厘米厚的钢板后面隐藏的秘密远不止一个名字那么简单。贝里什之所以在午夜造访停尸房，是因为某个更重要的谜团，因为有太多人因此丧命。

那具尸体就是解开它的关键。

“打开吧，我想看看他。”

看守像是听从贝里什的命令一样，他转动气阀打开柜子，然后静静等待。

沉睡者即将被唤醒。

储尸柜的铰链往后缩，柜身缓缓滑动而出。塑料布套下面躺着的是迈克·伊万诺维奇的母亲不得不向安眠主宰者付出的代价。

那具尸体。

看守揭开他的脸，尽管二十年过去了，他还是那么年轻。这是死亡唯一享受的特权，贝里什心想，你永远也不会衰老。

根据西尔维娅的描述制成的人像拼图，凯鲁斯的身上没有留下一点岁月的痕迹。

贝里什本该唏嘘的是，这张脸竟成了自己这么长时间来的执念，真正的敌人用一个雕虫小技就能骗他苦苦追寻一个死人的下落，而传道者却继续在他们周围安然自在地作案。

然而，他想到的却是自己竟然在沉睡者中找到了安眠主宰者，这是多么讽刺。

贝里什仍然觉得自己走进了死胡同。直到刚才，关于这个案子的一知半解或是这几天的发现都可能是一个骗局。

他不知道，也无法证实这是不是真的。

这意味着他再也无法找到西尔维娅，更重要的是，他查不出米拉的下落。

“所以，他是谁？叫什么名字？”看守迫不及待地问。

贝里什注视着他。“很抱歉，我不认识他。”

他转身准备上楼，突然感到双腿特别沉重。

看守盖上了尸体的脸，自那刻起，他的名字依然是 AHF－93－K999。

有时候，如果你知道恶魔的名字，只要说出那个名字，他就会回应你。

但是，贝里什这才明白，恶魔的秘密恰恰是没有名字。他无计可施，只能离开那里。

看守在他身后忙着推回储尸柜，关上柜门，不知过了多长时间，只听到一声金属的铿锵声。“那个人也是这么说的。”

贝里什停下脚步。“什么？”

男人耸耸肩，没有停下手里的活。“几天前来这儿的那个警察。他也没认出那具尸体。”

贝里什顿时如鲠在喉说不出话来。过了一会儿，他终于问出一句话：“他是谁？”

亡者看守指了指刚才给贝里什签字的登记簿。“上面写了他的名字，就在您的前一页。”

63

被通缉的头号要犯又回到了联邦警局的总部。

凌晨两点的警察局看起来像正午时分那么忙碌，但没有哪个警察会想到，西蒙 · 贝里什会蠢到又回来。

他把大众停在了边上的小巷子里，然后走向他几小时前逃跑时走的紧急出口，从那儿可以直接去“灵薄狱”。

他走进前厅，数千双无声的眼睛注视着他。被这些消失者重重包围，贝里什觉得自己像一个闯入者，他充满了罪恶感，因为他还活着，或者说，他至少知道自己还没有死。

他的脚步发出巨大的回声，响彻所有房间，高调宣布他的到来，但贝里什一点都不在乎。

他确信，尽管这么晚了，但有人正在等他。

他听见希什在叫——它应该认出了它的主人。它被拴在了办公室门外。贝里什摸摸它，让它平静下来，然后解开狗链，示意它坐在那儿乖乖等他。

门半开着，里面的灯是亮着的，可以瞥见一个人影。

“进来吧。”一个男人的声音请他进去。

贝里什把手掌放到木门上，慢慢将它推开。斯蒂夫坐在他的办公桌前，身上还穿着蓝色的运动套装，上面别着他从下午就一直戴着的联邦警局徽章。他的鼻梁上架着一副眼镜，正忙着写什么。

“坐吧，我快好了。”

贝里什照他的话做了。他在桌子另一侧坐下，等着斯蒂凡诺普洛斯写完。

几秒钟后，“灵薄狱”的队长放下笔，盯着贝里什。“抱歉，但刚才的事很重要。”他镇定自若地摘下眼镜，“我能为你做什么？”

“原来我们追查到现在的其实只是一个鬼魂。”

“所以，你找到那具尸体了。”斯蒂夫似乎很满意，但他的笑容和他苍白的面容格格不入。

“米拉第一次来中餐馆找我的时候，我告诉她，并不存在什么凯鲁斯，那只是一个幻想。我并没有说错。”贝里什沉默了一会儿，“是你让那些人消失的。二十年前，媒体和公众舆论把最初七个失踪者联系在一起，天真地称他们为失眠者，差点把真相公之于世。”

“我当时经验不足。”斯蒂夫有些懊悔地承认，“但后来我就高明多了。”

“当时你必须在我们发现你之前转移调查方向。办法只有一个：找个替罪羊。然后，沉寂一段时间之后，再继续开始让人们消失。但这一次就没有任何障碍了。”

“看来你做了不少功课。”

“二十年前，你找到在停尸房当法医的迈克·伊万诺维奇的母亲。你向她保证会救她儿子的命，给他一个新的家庭和必要的治疗……你用改变命运的承诺成功劝诱她，就和你说服西尔维娅的方法如出一辙。”

斯蒂夫合上两手放在下巴上，他的动作算是承认了贝里什所说的事。

“但你提出了一个条件：一具无名尸体。为了满足你的要求，迈克的母亲只需等待一个正确的时机，那个时机很快就来到了：几个在公园里踢足球的孩子偶然发现了一具身份不明的尸体。没有人会察觉这个骗局，毕竟停尸房里的尸体来来去去，相比一个脑袋挨子弹的可怜无名氏，警察有更重要的谋杀案要调查。法医报告上的死亡日期没有任何意义，伊万诺维奇太太肯定篡改过，把它往后推迟一个月就可以了。”贝里什停顿了一下，“那个可怜的男人不能‘正式’死亡，对吗？他必须等待三十天，让你有时间实施你的计划……于是你创造了凯鲁斯。迈克的母亲拍了一张完整的尸体面部照片，你把它拿给西尔维娅看，教她如何向警方作证。”

“凯鲁斯为了让人记住他所以朝她笑了，这故事不错，是吗？”队长得意地问，“我自己都为这个好主意感到惊讶。”

“西尔维娅站出来以后，我们就把她保护起来了。但不会持续很久，因为，如果要让这一切奏效，你必须让证人也消失才行。”

“确实如此。”

“几天后，警察局收到了西尔维娅的一绺头发，证明凯鲁斯带走了她。”

“因为推迟了死亡时间，停尸房的死尸在证人被绑架那天还是活着的。没有人会识破这个诡计。”斯蒂夫说，然后笑了，“如果有人坚持找安眠主宰者，那我会想方设法让他偶然发现一具身份不明的尸体，然后结案。”

“凶手意外死亡：运气真好，这是上天赐予的礼物。尽管这听起来像个笑话，但是这个伪造的真相能不着痕迹地终止调查。”贝里什突然觉得自己成了他的同谋，“但并不需要多此一举，在此之前调查就被搁置了。这得感谢我、乔安娜和古列维奇。而你，你当时是我们的指挥官，你只要点头同意就可以了。万一有人——比如说我——不肯罢休，等着他的是那具十三号房的无名尸体。”

斯蒂凡诺普洛斯缓缓拍了三次手，承认了他说的每一句话。“还有一个细节。”他说，“我肯定，你现在就会问我。”

贝里什照着他的话问:“为什么?”

斯蒂夫的嘴唇颤抖着，但被问到这个时，他看起来依然很欣喜。“因为我帮助消失的那些人是不幸的可怜人。生活夺走了他们所有的快乐甚至是尊严。就拿第一个消失的安德雷·加西亚来说，他因为同性恋的身份被迫退伍。或者是迪安娜·穆勒，她不得不为那个把她带到世上来的女人犯下的错付出代价。还有罗杰·瓦林，只要他母亲还在世一天，他就必须照料她。而娜迪亚·尼韦尔曼呢?她永远也无法逃离那个混蛋丈夫的家暴。更不用说埃瑞克·文森迪了，一个在我眼前，在这间办公室里，因为那些无法侦破的失踪案而日复一日痛苦煎熬的警察。他们所有人都应该得到第二次机会。”

“你利用证人保护计划的资源和业务之便实施了你那荒唐的计划。你可以拿到制造假身份的钱和文件，那些明明都是我们用来提供线人新生活的资源。”

“他们是罪犯。”斯蒂夫纠正他，“不值得我们出手相助。”

队长努力让自己看起来沉着冷静，但他的额头上已经冒出豆大的汗珠。

“你是怎么在电话中说服他们的？”贝里什问。

“他们需要我。他们一生都在等我，只是他们自己不知道罢了。我从来没有现身，但他们还是信任我，这就是证明。我把所有指示告诉他们，对他们说如果他们真的想要彻头彻尾地改变，就得去安布鲁斯宾馆 317 号房，躺到床上服下安眠药，那是一张通向未知世界的单程票。”

“或是通向地狱的单程票。”

“然后，我会去那儿，用货梯带走他们，把他们从悲惨的生活中解救出来，有时候也是把他们从自我的桎梏中解救出来。”

“最近几次还有埃瑞克 · 文森迪一起帮忙。”

斯蒂夫笑了。“我是刻意挑他的，我年纪大了。”

“他们醒来后会发生什么？”贝里什无法掩饰自己的怨气。

队长失望地摇摇头。“你难道不明白吗？我给了他们新生。他们可以从头开始。多少人希望能拥有这样的机会？”

贝里什知道这位年老的长官心理扭曲了。“你是什么时候开始脱离现实的，斯蒂夫？你是什么时候开始辨别不了真实和虚幻的？”

队长的嘴唇仍和先前一样颤抖着。

“为什么是我？”贝里什几乎是恳求地问他，他恨自己的语气变成这样。

“你好好想想西尔维娅的事……”斯蒂夫倾身靠向他，注视着他的眼睛，“你和其他警察并没有分别。你真正在意的不是那个女孩，而是她带给你的感觉。难道你从来没想过，或许你对她来说并不是正确的选择吗？”

“不是这样！”贝里什回应道。

“我从那么多年的职业生涯中学到了一点，那就是没有人真正关心受害者，受害者对警察、对媒体或者对舆论而言根本不重要。事实上，到最后，所有人记住的一直都只是罪犯的名字，受害者会被遗忘。‘灵薄狱’的存在，证明了我说得没错。”斯蒂夫激动起来，提高嗓门说，“你们所有人都只关心抓住恶魔，只想知道恶魔的名字，然后在你们自己的法庭上判处他的罪行……所以我为你们创造了凯鲁斯。”他突然大笑起来，“那是我小时候邻居家猫的名字。我就是这么起的名字，想不到吧？”

贝里什想了想，他觉得自己被背叛了。

“我让他变成了你的执念。”队长继续说，“这些年，你是靠着他才活下去的。”

“是我让他存活下来！”贝里什的拳头捶向办公桌，“他夺走了我的生命，才能在这个世界上活下去！”他停顿了一下，试着冷静下来，“事实上，是你夺走了我的生命，因为你就是凯鲁斯。”

斯蒂夫觉得好笑。“你根本不知道自己在讲什么。”

“邪恶论。”贝里什突然说出这句话。

但队长不明白。“什么？”

“出于行善的目的伤害别人。善可以转变为恶。”

“我救了他们！我从来没有伤害过任何人！”

贝里什注视着他。“不，你伤害了他们。你一直在盯着那些消失的人，或许是为了你做的好事而自鸣得意。你觉得自己是他们的大恩人。但是，当你发现你赋予他们的新生活并没有带给他们快乐时，你就说服他们回到原来的生活报复一切，报复所有人。你就是那个传道者。”

“不，不是这样的。”斯蒂夫听到贝里什的指控惊慌失措，试图为自己辩解，“安眠主宰者是真实存在的。”斯蒂夫像是被恐惧击垮一般睁大双眼。“都是因为我们。是我们这些年一直在拼命追查他的下落，是我们召唤他的。而他最终现身了。”

“你说的是一派胡言。你疯了。”

斯蒂夫把手伸过办公桌，一把抓住贝里什的胳膊。“因为这个，我几天前去了停尸房。我必须确认凯鲁斯还在那个储尸柜里，他没有醒来，用他的双腿走出那里。那么多年过去了，我——他的创造者——必须当面看看他。”

贝里什抽开胳膊。“够了，斯蒂夫。是你把我和米拉卷进这件案子的。”

然而，斯蒂夫已经听不进他的话了。“我没办法阻止他。我什么都做不了。”他瘫在椅子上，双手放在膝间。

“不，你可以的，告诉我她在哪里。”

斯蒂夫突然看着贝里什。

贝里什看到他从办公桌底下取出手枪，抵着自己下巴。枪响的那一刻，他说出了最后一句话。

“快去找她。”

斯蒂凡诺普洛斯的身体向前倒下，脑袋摔在了办公桌上，盖在桌上的纸散落在房间里。那时，贝里什才一下子站起身。

外面的狗叫了起来，贝里什转到桌子另一侧扶起尸体，让他靠在椅背上，轻轻合上他的双眼。

他发现自己的双手沾着血，后退一步。他也有错。斯蒂夫流汗的额头，颤动的嘴唇，还有苍白的脸色已经预示着他会做出那个疯狂的举动，但贝里什没能解读出来。

就在他忙着理清思路时，他的目光落在斯蒂夫身旁放着的那把用来自杀的手枪上。

他望着枪把上的刻字。除了一串编号之外，还有拥有这把佩枪的警官的名字缩写。

M.E.V.

玛利亚·埃莱娜·瓦斯克兹，他自言自语着。那是米拉在红砖小楼起火前弄丢的手枪。贝里什不敢相信，那天晚上斯蒂夫竟然在凯鲁斯的藏身地。他在贝里什朝他开枪的时候逃走了。如果当时他打中他的话，那么整起事件早就落幕了。

不过，贝里什还发现了另外一个事实——他完蛋了。

“法官”和克劳斯·鲍里斯早就认定是他拿了那把该死的手枪，现在他们正好可以把斯蒂夫的死归咎于他。他们会指控他杀了想要指证他的证人。就算他让那把手枪消失也无济于事，因为只要一份弹道测试报告就能确定凶器是米拉的佩枪……对了，米拉——他不安起来。

虽然只是短暂的一会儿，贝里什把她给忘了。

斯蒂夫死了，找到米拉的所有希望也化为泡影。

西蒙·贝里什一动不动地看着现场许久。房间里的一切都在指控他是杀人凶手。他得到了答案，可代价呢？现在他不知道自己或者米拉会有什么下场。

尽管他觉得很难做到，但他还是必须保持冷静。不然的话，他就得马上自首。如果有哪怕一种可能性可以洗清他的罪名，他现在就得找到它。对他来说，已经没有以后了，以后已经是个毫无意义的字眼了。

他要做的第一件事是回忆自他踏进这间办公室后发生的一切。只有这样他才能找到犯罪现场的漏洞，为自己辩护的时候可能用得上。

他回想起打开办公室门的那一刻。斯蒂夫请他进去，但当时他已经坐下了……他在写什么东西。

也许是一张解释他为什么要自杀的便条。

贝里什立刻查看散落在地板上的纸。他不可能知道那张便条上写了什么——他居然没有留意，该死。他像疯子似的拿起一张又一张纸，看完后就把它们扔在一边。一张便条引起了他的注意，上面的字迹潦草慌乱，那是一个陷入绝望的男人决定结束一切时写下的。不管这是不是正确的调查方向，贝里什别无选择。

“快去找她……”斯蒂夫在死前是这么说的。

事实上，那张纸上写了一个地址。

64

小镇距离市中心约两百公里。

他开了斯蒂凡诺普洛斯的车去。现在的处境下，坐火车或公交车都是非常冒险的。他没有走高速公路，而是选择支线公路，这样可以避开两个检查站。

开死人的车绝非上策，尤其是当你被指控杀了那个人时。但贝里什别无选择。他开了一整晚的车，估算着，或者更确切地说，是迫切希望办公室里的尸体要过几个小时后才被发现。

他在出发前把希什寄放在狗舍，跟他们解释说因为有紧急状况才这么做。他不想带着希什，因为他不知道他会有什么发现，他怕他唯一的朋友会受到伤害。

也许这种恐惧是毫无根据的，但贝里什最近这段时间产生了一种奇怪的妄想症。他喜欢的人都从他生活中消失了。西尔维娅是第一个，然后是米拉。他路上一直都想着米拉。米拉会出事，他也要负部分责任，这个念头一直缠绕着他。

可她到底出了什么事呢?

因为迟迟找不到答案，他决定再次冒险。比方说，开车去一个他从未去过的小镇找一个陌生地址。

快到早上六点的时候，他到了那栋房子门口。街上除了几个慢跑和遛狗的人之外冷冷清清的。公司职员们的汽车整齐划一地停在一条条小道上。

贝里什在服务站买了一份地图，根据上面的指示，他来到那个地址所在的区域，那是一片安静的社区，位于小镇另一头的边缘地带。这里直到不久前应该还是农田。

他照着门牌号码找到了一栋两层的白色房屋，斜坡屋顶，还有一个精心打理过的花园。

他把车停在人行道一侧，没有下车，试着透过窗户观察里面的情况。与此同时，他也在仔细审视眼前的这座房子。

首先，房子不像是个藏身所或监狱。*屋主看上去应该有一定经济实力，是为了送孩子上大学省吃俭用的人。有家庭的人。*他心想。

但这可能只是表象罢了。

贝里什无法判断里面是不是藏着传道者的信徒，他们是不是把米拉关在那栋房子里。也许不用多久他就会看到“灵薄狱”的同事埃瑞克·文森迪从门口出来，那么，他就可以确定自己的推测都是对的。但目前，他只能在车子里等待。急于打探情况是毫无益处的，况且他身上没有武器。他能做什么呢？

他面临着巨大的危机，而且还孤身一人。

影子军团在他的周围，他们无处不在却又无影无形。每一个人背后暗藏着多重样貌。这就是他的敌人：一个邪恶的灵魂和许多张脸孔。*但所有这一切和恶魔之类的超自然现象无关。*贝里什想道。凡事都有合理的解释。所以，他知道，他仍然有获胜的可能。

他太久没合眼了，现在疲倦慢慢袭来。背上的肌肉因为压力而酸疼，他双手放在方向盘上趴了一会儿，竟出乎意料地觉得如释重负。紧张的神经开始放松，车内的温度让他的眼睑低垂下来。在全然不知的情况下，他快要睡着了。

他忘记一切，闭上双眼。突然之间，肾上腺素把他猛地带回现实。就在那一刻，他看见一个穿着睡衣的女人从小径上取好报纸正准备回家。

最后一次见到西尔维娅是一个六月末的晚上。在她消失之后，他才意识到自己连一张她的照片都没有，所以，这二十年来，她唯一的形象被珍藏在他的记忆里。

他不知花了多大力气，连那张脸上的一条细纹都不忍忘却。有多少次他的记忆蠢蠢欲动地想和那些过往一起溜走。那天，他惊觉自己不记得她的声音时，他是多么痛苦。

六月的一个晚上，也就是他记忆中永恒的“最后一晚”，他们像一对普通夫妇一样在露台上吃晚餐，对潜在的危险毫无所知。

任何看到他们的人都会以为他们是 37G 单元的年轻夫妇。没人会怀疑他们其实是一名警察和一个他正在保护的证人。或许这是因为他们真的彼此相爱。

在他们第一次接吻后，贝里什对她产生了情愫，他本该毫不犹豫地辞去任务的。他知道，感情牵绊会给她也会给自己带来危险。但是他却继续留在那里。他为他们两人做出了决定，这不是诚实的做法。

意识到这一点的时候为时已晚，命中注定的最后一晚之后的那个早晨，他才看清了事实。

入睡之前，他们做爱了。她热情地接受他，把头埋在他赤裸的双肩下嗅着他皮肤的气味。

黎明时分，西蒙仍然留恋她的气味，于是伸手穿过床单想要抚摸她。可她已经起床了。所以他躺在她的床单和枕头上，想着至少还能感受一下她的体温。

然而，一片冰冷。

当时他惊慌万分，多年来，这种感觉一直让他难以忘却。他立刻跳下床，把被子裹在身上。贝里什在整栋房子里到处找她，但他心里已经知道发生了什么。

他的胃因为恐慌一阵难受，马上跑去厕所呕吐，这当然不是一个老练的警察该有的行为。他从洗脸池里抬起头的那一刻，看见镜子前的搁板上有一样东西。

安眠药瓶，他恍然大悟。

二十年后的一个类似的早晨，贝里什又一次有想呕吐的感觉。

"快去找她……"斯蒂凡诺普洛斯指的不是米拉，现在他明白了。

尽管西蒙觉得自己已经有所准备，他还是害怕了。每次他想象自己可能会再找到她的时候，画面总是停留在与她重逢的那一刻。之后会发生什么依然是个谜，只有由他自己去发现。

他走下车，无视一切，朝门口走去。

65

西尔维娅开门的时候，她的样子和他记忆中的一模一样。

除了略微有些灰白之外，那条乌黑的辫子也一点没变。

她裹紧自己的睡衣，花了好一会儿才认出面前的男人是谁。“哦，我的上帝……”她突然惊呼。

贝里什不知道该做什么，直接把她抱进怀里。自她离开后，他很少和人有肢体接触。他愤怒、失望、痛苦。不过，这些负面情绪慢慢消失后，留下的是无害的麻木，它像是宇宙中的一股无声的力量发挥了作用，让一切归位。

西尔维娅从他怀里离开，露出不可置信的微笑。但那欣喜的表情立刻变成了担忧。“你受伤了？”

贝里什朝她看的方向低下头，发现自己的手上还有衣服上沾了干掉的血渍。他忘了先前扶起斯蒂夫的时候弄脏了自己。

“不，那不是我的。”他马上澄清，“我一会儿再跟你解释。”

她看了看四周，然后挽着他的胳膊，轻轻把他拉进屋。

她帮他脱去外套，让他坐在沙发上，这会儿正用一块湿海绵帮他擦拭脖子上的血迹。

那个亲昵的举动让贝里什有些受宠若惊，但他还是任由她那么做了。“我必须离开这儿。他们在找我，我不能留在这儿。”

“不管出于什么理由，你现在哪儿都不准去。”她温柔却坚决地回答。

他乖乖配合，有一瞬间，贝里什觉得自己回到家了。但那儿不是他的家。家具和墙上的相框里的照片就是证明。照片上的西尔维娅和他认识的不同。她微笑着。贝里什焦虑不安，觉得自己真没用，因为他从来没有让她这么笑过。

和她一起的还有一个小男孩，然后他变成了一个小伙子，贝里什的面前摆着他的整个成长历程。奇怪的是，他的脸有些眼熟。他不禁想到，如果他们在一起也许也会有这么一个儿子。

然而，真正折磨他的是没有出现在照片上的那张脸孔，为他们拍照的那个人的脸。

西尔维娅发现贝里什的目光在扫视这间房间。“我儿子很帅气，对吗？”

“你一定很为他骄傲。”

“确实。”她满意地说，“那会儿他还是个孩子。可你知道吗，他现在长大了。看到他长大成人会让人觉得自己老了，过时了。”

“他是不是随时会回来？万一他看到我在这儿怎么办？”

他准备起身，但她轻轻把手搁在他肩上，让他重新坐下。“放心吧，他离开家已经有段时间了，他说得自己‘长长见识’。”她皱着额头说，“我又怎么阻止得了他呢？孩子就是这样，前一天跟你吵着要喝巧克力牛奶，后一天他就嚷着要独立了。”

刚见到西尔维娅的时候，贝里什还担心斯蒂夫也就是“传道者”也找上了她，想说服她去杀人，作为他二十年前有恩于她的回报。不过，也许斯蒂夫连试都没有试过，因为西尔维娅已经拥有一个彻头彻尾的新生活了。那个屋子里看不出一点能被他利用的沮丧或仇恨的迹象。

贝里什将目光从西尔维娅身上移开，只有这样他才敢问出他迫切想知道的那个问题。“我很好奇，是谁帮你和你儿子拍照的？”随后纠正道，“我想说的是，你有没有丈夫或者伴侣，我不知道……”

她忍不住做了一个被逗乐的鬼脸。“我的生活中根本没有男人。”

西蒙不想喜形于色，但听到这个回答，他的确很开心。不过，他几乎是立刻就后悔自己有这种自私的想法，因为西尔维娅在世上一直都是孤身一人，她比其他人都更值得拥有一个家庭。

“这二十年来你都在做什么？”他期待她的回答能赋予逝去的时间某些意义。

“遗忘。”西尔维娅的口吻很坦率，“这很难，你知道吗？需要决心和毅力。你认识我的时候，我是个郁郁寡欢的女孩。我不知道父母是谁，在收容机构度过了大部分的童年时光。没有人真正在乎我。”说完最后那句话后，她后悔地垂下眼，“当然，我指的不是你我之间的事情。”

“我正好相反，这些年来，我一直拼命想要牢牢记住关于你的一切。但是那些细节还是模糊了，而我无能为力。”

“对不起，西蒙。”她打断他，“抱歉二十年前你因为我被卷入那场风波。毕竟，你是个警察。”

“风波？”他有些惊讶，“我当时爱着你啊，西尔维娅。”

但西尔维娅的表情让他明白，对她来说，事情并不是这样。

原来这二十年来，他一直在自欺欺人。他觉得自己是个傻瓜，竟然没有早点明白。

“你不可能把我从我的不幸中解救出来。”她试图安慰他，“只有靠我自己才行。”

西尔维娅最后几句话让贝里什想起米拉跟他说的那个流浪汉，他住在她家楼下，米拉总是给他带吃的东西。

我想引他出来，让我看到他的脸……我并没把他放在心上，只是要弄明白他是不是“灵薄狱”要找的人中的一个……

寥寥几句话勾勒出她完全没有共情能力的特质。

我不在乎他过得幸不幸福。只有当别人的不幸折射出我们自己的不幸时，我们才会关心他们……

贝里什忽然明白自己和米拉并没有很大差别。他从来没有真正问过自己西尔维娅的感受。因为他自己很快乐，所以理所当然地认定她也一定很快乐。

我们总是期盼自己的感情得到回报，当事与愿违时，就觉得自己遭到了背叛。不过几秒钟的时间，贝里什明白了这个道理。

“你不需要多解释。”他抚摸着西尔维娅，对她说，“有人给了你一个新生活，而你抓住了这个机会。”

“我为此撒谎了。”她指的是关于凯鲁斯人像拼图的伪证，“最重要的是，我骗了你。”

“重要的是你安然无恙。”

“这话是认真的吗？”她的眼里含着泪水。

贝里什握住她的手。“是认真的。”

西尔维娅感激地朝他笑了。“我去给你冲杯咖啡，再给你找件干净的衬衫。”她对他说，“我儿子有件衬衫应该可以。你休息一会儿，我马上回来。”

贝里什看着她站起身，拿着帮他清洗血渍的海绵离开房间。

他没问她儿子叫什么名字，她也没告诉他。但或许这样更好：西尔维娅那一部分的生活并不属于他。

他现在意识到，为了了解人性，他多年苦心研究人类学，但是他却一直忽略了一点，分析人类行为必须基于情感层面。因为每个举动，即使是最不起眼的举动，都受到某种情感因素的支配。他和西尔维娅只聊了一会儿，就能猜到米拉发生了什么事。

克劳斯·鲍里斯说过，她心慌意乱地从母亲家中跑出来。

贝里什先前没有在意那句话。而现在，他觉得米拉很可能在消失前的那个晚上受到了巨大的打击。

这肯定和她女儿有关。

他想起来，自从米拉发现凯鲁斯是一个传道者后就不愿继续调查了，这个案子和低语者一案的相似之处让她害怕了，她怕这会影响到她的女儿。

如果她和她女儿之间真的发生了什么，那么她能去的地方只有一个。

对许多人而言，包括西尔维娅在内，那个地方可以让不幸终结。就像斯蒂凡诺普洛斯说的，在那里，米拉可以拿到一张通往未知世界的单程票。

“我怎么会这么迟钝？”贝里什没有意识到他在自言自语。

他看到西尔维娅站在门口，手里拿着一件干净衬衫，她肯定听见了。

“你为什么不告诉我他们找你的原因呢？”她阴沉着脸问。

“说来话长，我不想把你再卷进来了。所以，我这就离开，而你可以像之前那样继续你的生活。没有人会把我和你或者和你的儿子联系起来，我保证。”

“至少睡一会儿吧，你看起来很累。你可以躺在沙发上，我给你拿条毯子。”

“不了。”他说，这次他很坚定，“我已经找到答案了，而且是我最希望的那个答案。现在我得走了，还有人需要我。”

66

旋转门里映出贝里什的身影，他又一次来到安布鲁斯宾馆这个架空的空间。

贝里什觉得自己走进的不是一家单纯的酒店。他仿佛又一次踏入一个平行世界——一个蒙蔽人们的造物主照着我们熟悉的世界虚构出来的世界。如果说，地心引力在这里起不了作用，人可以在墙上行走的话，他也不会感到惊讶。

希什似乎也紧张起来，它可能也有类似的感觉。贝里什把它从狗舍接回来了，因为他需要它的灵敏嗅觉。希什很高兴再次见到主人，兴奋地扑向了他。

“喂，那个动物不能进来。”门房从服务台另一侧的红丝绒门帘后探出身来，立即斥责道。

贝里什发现他的穿着打扮和上次一样——牛仔裤和黑色T恤衫。他敢发誓，和上一次相比，他手臂上的纹身更鲜亮了，向上拢起的灰头发颜色似乎也更深了。他觉得自己就像是经历了一次时光旅行，站在他面前的是年轻时的门房。

但这只是错觉罢了，因为那种焦虑让他难以忍受，因为他需要给这些年来发生在那儿的事情一个解释，即使那个解释是荒谬的。

这个地方积蓄着一种能量。

它是数千个过客在那些房间里私会、过夜和宣泄低级本能的痕迹。每次他们都会整理床铺，清洗床单、毛巾和地毯，可房间里还是会留下原始人性的残迹，它们是肉眼无法看到的。

门房想用伊迪丝·琵雅芙悦耳的声音掩盖它们，但这是徒劳的。

他向希什投来的责备的目光，贝里什却置之不理，他从那个一直镇定地坐在旧沙发上的失明黑人身边经过，靠近服务台好和他说话。

“还记得我吗？”

门房打量了他一会儿。“祝你健康。”这算是给他肯定的回答。

“我想知道上次和我一起来的朋友最近有没有来过这儿。”

男人想了想，然后歪歪嘴，摇摇头。“没见过她。”

贝里什怀疑他说的是不是真的。但从希什在他周围坐立不安，想要引起他注意的样子看，它已经闻到了她的气味。

米拉去过那里。

但贝里什没有证据，他也不能指控门房说谎。“最近有没有人订过 317 号房间？”

“生意不太好。”他指着身后的架子，“您看，钥匙一直在那儿。”

贝里什慢慢地探过身去，一把抓住他的衣服。

“喂！先生！”门房抗议着。不消贝里什多说什么，他便说：“我不知道那个房间里发生了什么，客人来来去去，我也不会留心去看。我是这儿唯一一个门房，还得上夜班。我就窝在这后面，有人要开房的时候才出来，这里只收现金，预先付款的。”

贝里什放开他。“我第一次来的时候，你提过三十年前 317

号房里发生过一起血案……”

门房似乎不太乐意重提旧事，这让他坐立难安。

“我三十年前根本不在这儿工作。而且也没什么好说的。”

“你尽管说，我很好奇。”

他的目光变得幽暗。“我的朋友，在这儿，好奇是有代价的。”

贝里什明白了他的意思，把手伸进口袋，然后递给他一张钞票。

门房把钱藏到服务台下面。“一个女人被捅了二十八刀。据我所知，凶手一直没被抓到。但是当时有一名目击证人：死者年幼的女儿藏在床底下躲过了一劫。”

贝里什本想问他这是否就是故事的全部，他期待着一条线索，好让他弄明白斯蒂凡诺普洛斯和317号房间之间是否存在某种特殊关联。不过，他仍然觉得他第一次来这儿时的直觉是对的。

传道者出于某种策略选择了那个房间。最受欢迎的房间也最不容易被人怀疑。如果它靠近货梯那就是最完美的选择了。

如果米拉真的回到安布鲁斯宾馆——对此他非常确信——那么斯蒂夫帮助她消失了，而且是她心甘情愿的。

米拉的情绪已经崩溃了。她不会回头了。

现在没有人能洗清贝里什的罪名了。他们会指控他杀了斯蒂夫，光凭这一条就能把其他罪责全都推到他身上。

跟一个入土为安的传道者相比，一个活得好好的罪犯更有新闻价值。

队长说得没错。没人在乎受害者，所有人都只关心恶魔。

他已经做好了心理准备。

67

河谷那一边，夕阳的余晖渐渐消逝。

贝里什坐在公园长凳上欣赏这个景象，一只手抚摸着他的狗。一整个下午他们都在闲逛，这会儿他们都累了。

希什猜到他们很快就要分开了，它知道他们安静地散步到它最喜欢的地方其实是最后的道别。它把脸搁在贝里什的大腿上，一双充满人性的褐色眼睛注视着他。

希什还是小狗的时候，贝里什把它从牧场抱了回来。他还记得它在他家度过的第一个晚上，他临时围了栅栏不让它从房间跑出去，他买了一个球给它玩，还买了狗粮，希什到了陌生环境兴致勃勃，充满了好奇，当它的新主人上床睡觉时，它绝望地哀嚎起来。

尽管牧场的女饲养员和他说过，如果他想要希什习惯独处，不管发生什么，他都要装作没看见，但是那一次贝里什没办法狠下心来。于是，在希什哀怨地哭叫了快一个小时后，他从床上爬起来安抚它。他席地而坐，让希什趴在他交叉的双腿间，不断抚摸它，最后一起在地板上睡着了。

他领养希什是因为他相信狗不会评判别人，所以，对一个像他这样的边缘人来说，希什是最完美的朋友。但随着时间流逝，他的想法变了。狗比任何人都知道怎么评判别人，只不过对人类来说幸运的是，它们不会说话。

贝里什已经决定去自首了，但他还想再享受一会儿和希什在一起的时光，也再享受片刻闲散的自由。他知道，不用等到被戴上手铐的那一刻，自从警方决定追捕他之后，他就已经不是自由之身了。

再过几个小时，他就会坐在审讯室里面对某个人，真心诚意地想忏悔他所有的罪，尽管他的同僚们唯一想听的那些并不是他所为。

不过，在那之前，他还有最后一件事要做。这是他欠他唯一的朋友的，也是他欠一个小女孩的。

他觉得有些懊悔，但这感觉很快便随着最后一缕阳光一起消失了。黑暗笼罩着河谷，它像涨潮的海水一般，朝着他蔓延过来。

贝里什决定是时候动身了。

米拉的母亲一开门，立刻就认出她刚在电视新闻上看到的逃犯。

“对不起。”贝里什立刻说，除此之外他不知道还能说什么，“我来这里绝对不是要伤害您的，我不知道您女儿在哪儿，我发誓。”

伊内丝惊魂未定，她一边努力平复情绪，一边观察他。“他们跟我说了关于您的事，太可怕了。”她说。

有那么一瞬间，贝里什以为她会关上大门然后报警。然而她并没有那么做。

“米拉失踪前的那个晚上和我说的最后一件事情就是她相信您。”

“那您相信您女儿吗？”贝里什不敢抱太多希望。

她点点头。“我相信她。因为米拉知道什么是黑暗世界。”

贝里什看看四周。“我不会耽误您太长时间，我已经决定了，离开这儿后我就去自首。”

“我觉得这是正确的选择，至少您有机会为自己辩护。”

事实并非如此。贝里什本想这么对她说。但他选择了沉默。

“我叫伊内丝。”她向他伸出手，自我介绍道。

贝里什握了握她的手。“如果您同意的话，我有个礼物要给您外孙女。”

他让到一边，好让希什进来。

“我想过要给她一条狗的。”伊内丝有些惊讶，然后承认道，“这样，她就不会因为她妈妈失踪的事情胡思乱想。”

她让他们进来，然后关上了门。

“它很安静，也很听话。”贝里什向她保证。

“你为什么不亲自告诉爱丽丝呢？”她提议说，“这样她会高兴的，今天不是一个开心的日子，她在公园里奔跑的时候摔倒了。”

“小孩子常这样。”贝里什说。

“米拉没和您说吗？”伊内丝看上去有些担忧，“爱丽丝没有危险意识。”

“她从没和我说过。”

“也许这是因为她认为自己对她女儿来说就是个危险。”

那句话让贝里什明白了许多事情。

“如果您想和她聊聊的话，爱丽丝就在她房间里。”

她陪他们过去，然后站在门槛边看着。贝里什先踏进了房间。小女孩穿着睡衣坐在地毯上，膝盖上贴着一大块彩色的创可贴。

她在玩喝茶的过家家玩具。所有的洋娃娃都受到了邀请，不过主宾的位置留给了一个红头发的娃娃。

“你好，爱丽丝。”

小女孩心不在焉地转过身，看看刚才叫自己名字的男人是谁。“你好。”然后她的注意力集中到了访客身后的那条狗身上。

“我叫西蒙，它叫希什。”

“你好，希什。”小女孩仿佛把这个名字当成一个小礼物，欢喜地收了下来。

听到自己的名字，希什叫了两声回应。

“我们可以和你们一起玩吗？”

爱丽丝想了想。“好啊。”

贝里什坐在地上，希什立刻在他边上蜷曲着身子趴下。

“你喜欢喝茶吗？”小女孩问。

“非常喜欢。”

“要不要喝一杯？”

“乐意之至。”

她假装为他倒了一杯茶，然后递给他。

贝里什把杯子举在半空中，鼓起勇气开口。“我是你妈妈的朋友。”

小女孩没有说话，她好像正试着保护自己不被这个令人心痛的话题伤害。

“米拉和我说起过你，这让我很好奇。所以才会过来找你。”

小女孩指了指茶杯。“你不喝吗？”

贝里什把茶杯举到嘴边。他的心一阵刺痛。“你妈妈很快就会回来的。”他并不知道这个承诺到底是事实还是谎话。

“‘小姐’说她再也不会来了。”

起初贝里什没明白，然后他想起“小姐”是她最爱的那个洋娃娃的名字。这是米拉在他们俩最后一次谈话，也就是那次争吵时告诉他的。

是我惹恼了她。他对自己说。

那你告诉我，她最喜欢什么颜色？她喜欢干什么？你不在的晚上，她是不是有个陪她睡觉的洋娃娃？

有！它是个红头发的洋娃娃，叫“小姐”！

“你妈妈不能没有你。”贝里什对着小女孩说，衷心祈求他的预言能实现。

“‘小姐’说反正她也不爱我。”

“那她错了。”他回答得太激动了，爱丽丝臭着脸看了他一眼。“我的意思是……‘小姐’又不懂，她怎么会知道呢？”

“好吧。”小女孩只是机械地回答。

贝里什觉得必须继续和她谈谈。但是他还不够了解她。“你妈妈回来的那天，你们可以一块儿去游乐园，或者去电影院看一部小朋友最爱的卡通片。如果你想的话，你们还可以吃爆米花。”他意识到自己的伎俩很拙劣，因为爱丽丝只是不断地点头，小孩子拥有世界上的大智慧，有时候他们对待大人的态度就像是在迁就疯子一样。

贝里什长大后也失去了这种宝贵的智慧，变成了这个星球上无数个疯子中的一个。他决定应该到此为止，爱丽丝却在他起身前叫住了他。

“你不和我们一起玩吗？”

贝里什在这个问题面前有些不知所措。“我要离开一阵子，所以想请你帮个忙。”

小女孩看着他，等他说下去。

“我去的那个地方，狗是不能进的……所以，如果你觉得可以的话，就由你来照顾希什吧。”

爱丽丝惊讶地张大了嘴。“真的吗？”

其实，她在问交叉着双臂站在门口的外婆。外婆点头同意后，她出乎意料地拿起她最喜欢的洋娃娃，递给贝里什。

“我想你要去的那个地方一定可以带洋娃娃，所以它可以和你在一起陪你。”

他不知该说什么。“我会照顾好她，我向你保证。我发誓，‘小姐’和我在一起会好好的。”

小女孩困惑地看着他。“她不叫‘小姐’。”

“不是吗？”

“不是。‘小姐’不是个洋娃娃。她是个真的人。”

贝里什像被施咒一般哆嗦了一下，如鲠在喉，有话说不出来。“听着。”他扶住爱丽丝的肩膀，让她看着自己，“你说的这个人是谁？”

小女孩想了想那个问题，然后说：“‘小姐’是那个祝我晚安的女士。”对她而言，这好像是再自然不过的事情了。

听到她用凯鲁斯的其中一个别名称呼一名女性，贝里什感觉血管中流淌的血都凝固了。等他回过神来，体内的血又像是在一股陌生的黑暗力量驱使下突然开始逆流了。

“爱丽丝，这很重要。”贝里什说，“你告诉我的是真的，对吗？”

小女孩郑重地点点头。

在你小的时候，你的房间对你来说是世上最不安全的地方。在这里，你不得不在深夜，在一片漆黑中独自入眠。衣橱里躲着妖魔鬼怪，而床底下总是隐藏着什么威胁。贝里什心想。

但爱丽丝无法察觉到危险。他想了起来……

或许这也正是她母亲要远程监视她的原因。

尽管感到恐惧，贝里什知道他下一步该做什么。

68

米拉的小公寓里没有开灯。

唯一的光源，也就是电脑屏幕发出的浅绿色光，映照在贝里什的脸上。屏幕上是爱丽丝房间的夜视画面。他的四周围堆了数百本书，就像一座高筑的堡垒。

他在笔记本电脑里翻查前几个晚上的拍摄记录，从里面找到两天前也就是米拉消失的那个晚上的录像。

录像画面里能看到米拉在衣橱镜子上的倒影，她一动不动地站在走廊里。她在偷听。或许，她一会儿要听到的话给她带来了致命打击。

爱丽丝坐在床上，轻声地说话。

“我也喜欢你。”她说，“你要相信我，我们会永远在一起的。”

但她不是在跟手中的红发洋娃娃讲话。

有人站着躲在角落里。那个人影比别的影子更幽暗，贝里什不得不靠近屏幕辨认。

“我不会丢下你一个人的。我不像我妈妈，我会永远和你在一起。”

贝里什觉得难以置信，一阵冰凉的恐惧在他背脊蔓延开来。

“晚安，‘小姐’。”

说完那些话后，小女孩钻进了被子。在同一时刻，米拉狂奔离去。

那时，人影离开墙面，往前一步去抚摸小女孩。

“小姐”是那个祝我晚安的女士。

她不知道微型摄像机拍下了她的一举一动，所以抬头望向镜头的动作完全是无意识的。

69

黑漆漆的屋子被一片寂静笼罩着。

西蒙·贝里什的幽影映在后门玻璃上，不一会儿，他小心翼翼地进来，然后关上了门。

他后悔把米拉的枪留在斯蒂凡诺普洛斯办公室里，这会儿他什么武器都没带。

不过，西尔维娅应该没想到有人会在凌晨三点过来。或许她自信满满地认为胜券在握了，又或许她一直都保持着警惕。他不得而知。

现在，他觉得一切都很难说。

街灯的光如同一阵灰白色的雾照进屋子。贝里什借着光亮搜查，他走进厨房边的小餐室，脚步发出轻轻的飒飒声，他竖着耳朵不放过其他任何一个声音，慢慢地往里走。

到了走廊，他做的第一件事就是朝客厅看，她曾经在那张沙发上充满爱意、无微不至地帮他擦拭斯蒂夫的血。贝里什现在还能感受到她的手在他脖子上的爱抚，那是她在他身上留下的无形的邪恶烙印。

他朝着通向楼上的楼梯走。他必须弄明白西尔维娅在哪儿，这个点她应该在睡觉。他登上楼梯，一次一级台阶，木头嘎吱嘎吱作响。楼梯仿佛没有尽头。

走到楼梯平台后，他等了一会儿。

继续走下去之前，他驻足在墙上挂着的相框前，浅灰色的月光照亮了那些照片。那天早上，西尔维娅跟他说起她的儿子。

我儿子很帅气，对吗？

他们就在那些相框里，在游乐园里，在沙滩上，在生日蛋糕后面。如果凝神细看，会发现他们的笑容似乎并非发自内心，只是装出来做做样子的。

那个小男孩在他母亲身边像是被施了魔法一般长大了，他的脸让他又一次产生了似曾相识的感觉。不过，这次贝里什发现，他长得和迈克·伊万诺维奇很像。

她不是我妈妈。

审讯完迈克后，他不明白那句话是什么意思，但现在真相大白了。他曾经纳闷斯蒂凡诺普洛斯在安布鲁斯宾馆317号房间带走那个六岁男孩后，究竟把他交给了谁？现在他知道了：他把他给了他宝贵的证人。西尔维娅早就谈好了条件，作为回报，她收留了那个男孩。

她依照异教团体的信条把他抚养成人，然后派他回来完成他的行凶任务。她知道，就算警方抓到他，他也绝不会背叛她。

邪恶论又有一种新的表现形式。善转化为恶，恶转化为善，然后善又一次转化为恶，构成一个永不停息的生死循环。

所有碎片渐渐被拼凑起来。但是，和那个早晨一样，他仍然不知道是谁用相机定格了那些家庭时光。

随后，他在其中一张照片的背景里瞥见一辆他熟悉的汽车车头。

那是斯蒂凡诺普洛斯的大众。

他的猜测得到了证实。

两名传道者。

一男一女。他从没想过，安眠主宰者具有善与恶双重性格。

快去找她……

这是斯蒂夫说的最后一句话。他指的是西尔维娅。确切地说，是凯鲁斯，贝里什纠正自己。

都是因为我们。是我们这些年一直在拼命追查他的下落，是我们召唤他的。而他最终现身了。

斯蒂夫是这么说的。他当时以为他在胡言乱语。

不过现在没时间继续推论下去了。面朝走廊的每一道房门都是开着的，贝里什开始一个一个检查。走到最后一间时，他发现那间是主卧。

他探头过去好看清楚西尔维娅是不是在熟睡，同时也在思考能用什么方法制服她。

然而，床上根本没有人。

他陷入沉思。问自己她在哪儿是没有意义的，她可能在任何一个地方。但贝里什确信这栋房子还有别的他不知道的秘密。

他回到走廊想去楼下再找找。但警察的直觉告诉他不能忽视任何蛛丝马迹。

当他转身准备下楼时，背对着唯一一扇窗户，发现对面的墙上有一个细长的影子在缓缓地来回摆动，就像一个钟摆。

他抬起头，看见头上的天花板上吊着一根细绳。

他伸手抓住绳子往下拉。铰链上的活板门滑动起来，他面前出现了一把梯子，像一个巨人嘴里的舌头，或是通往另一个世界的舷梯。

贝里什爬上通向阁楼的梯子。

他把头伸出地板，闻到一股灰尘和蜡烛烧尽的味道。透过天窗照射进来的清冷光线在偌大的空间中央形成一个白色光池。

他四周的墙上挂着数百张照片。

那效果和“灵薄狱”前厅的墙很相似。不过，在墙上注视着他的是那些在安布鲁斯宾馆317号房间消失的人。

活着的人不知道自己依然存活人间，已死的人却无法入土为安。

他们那么悲伤，像久久不得超生的魂魄。他们如此疲倦，好像有太多无法忘却的记忆。

在那些眼神的尽头，贝里什认出了躺在一张帆布床上的身影。不用猜那人是谁，他立即跑过去，握住她的手。

“米拉。”他轻声呼唤她的名字。

没有任何反应。他把耳朵贴到她嘴边，希望能听见一声呼吸或者感受到她的气息。可他太紧张了，没办法确定她是不是还活着，于是只能听她的心脏部位。

虽然很微弱，但是还有心跳。

他本想感谢上帝，但随后看见了米拉不堪的模样。她身上只穿着内衣，头发被汗水湿透了，内裤沾了尿液发黄，嘴唇因为干燥而开裂。皮肤上的瘢痕是老的，但是赤裸的双臂上有新的瘀伤，伤口很深而且化脓了。

静脉注射麻醉剂，他们让她陷入类似于昏迷的睡眠。他心想。

她现在就像她爱过的那个男人一样。贝里什知道他们的事，也知道他们俩遇到相似的悲惨境遇。在陷入昏迷之前，那个男人让她有了爱丽丝。

但同样的事情不会发生在米拉身上，绝不会发生在她身上，贝里什暗暗发誓。

他全然不顾屋子里潜藏的危险，抱起她准备带她离开。她几乎没有什么重量。转过身后，贝里什看见了西尔维娅。她正盯着他看。

“如果你愿意的话，我可以帮忙。”她说。

那句话听起来那么正常、合理和冷静，比任何威胁都更让他胆战心惊。她的脸上没有任何精神失常的神色，语气里也丝毫没有恶意。

“我是认真的，我可以帮你一起把她送下去。”她坚持道。

“不许靠近她。”贝里什冷冷地命令她。

她没有带武器，身上还穿着那件睡衣。二十年后，她又一次欺骗了他。

贝里什抱着米拉，在墙上那些消失者的注视下走到西尔维娅面前，有一瞬间他觉得她会挡住他的去路。他们像是两个努力认出对方到底是谁的人凝视着彼此。然后，她让开了。

他保持平衡，走下扶梯。贝里什知道西尔维娅还盯着他，但他选择视而不见。他一路走到楼下，听见身后西尔维娅的脚步声，她像个小女孩一样，一直远远地跟在他后面。

魔鬼看上去是那么脆弱，那么像普通人。

在走出大门之前，他转身看着她。一个问题从嘴里脱口而出。

“你们究竟有多少人？”

西尔维娅笑了。“一个影子军团。”

跨过门槛后，警车的灯光闪得他睁不开眼睛。警局的同事们在屋子前排成一队，不过他们并没有敌意。

他瞧见鲍里斯神色紧张地朝他走来。“她怎么样？”他问的是米拉。

“她需要立即治疗。”

急救人员抬着担架跟在鲍里斯身后。一名男护士从他手中接过毫无生息的躯体，在那之前贝里什轻轻抚摸了一下米拉。他们把她抬上救护车，车子拉响警笛离开了。

他沿着街走，目光跟随着那辆救护车。

“谢谢你打电话过来。”鲍里斯对他说。

然而贝里什根本没有听见他的话，他也没看见警察给西尔维娅戴上手铐然后默默地把她带走。

西蒙·贝里什——一个被视为边缘人的警察——只想人间蒸发。

安布鲁斯宾馆 317 号房间

2121–CLLT/6号证物

××××年2月29日23点21分录音文字整理

主题：安布鲁斯宾馆夜班门房致紧急救助电话××××来电。接线员：克莱夫·欧文探员

备注：来电日期距今已有三十年。

接线员：警察局，请说。

门房：（声音焦虑不安）这里是安布鲁斯宾馆，我是门房。有个女人死在了我们的客房里。

接线员：死因是什么？

门房：她身上全是刀伤，是被杀死的。

接线员：您知道是谁干的吗？

门房：不清楚。

接线员：没关系，先生。凶手会不会还在酒店里？

门房：……

接线员：先生，您听见我的问题了吗？

门房：是的，我听见了。

接线员：那么您能回答我吗？

门房：房间里有个小女孩，我们听到叫声后赶到那儿，是她帮我们开的门。

接线员：您没有回答我的问题。

门房：听着，我不想失礼……可您没明白我刚才跟您说的吗？我

们赶到的时候，317 号房间是从里面锁上的。

接线员：明白了，我马上派巡逻警车去你们那儿。

录音结束。

70

他为她买了鲜花。

经过十天在生死线上挣扎的重症治疗和十天普通的住院治疗，米拉准备出院了。

贝里什不想错过机会。他几乎每天都去看她，夜里他会站在重症监护室的玻璃窗外观察那具熟睡中的身体的每一个细微变化。在被囚禁的短短几天里，米拉摄入了药力很强的麻醉剂，这让她出现了药理性昏迷，医生唤醒她的时候贝里什也在那儿。当时米拉情况非常危急，阿片制剂放慢了她的呼吸，在没有氧气的情况下，她在慢慢地走向死亡。

不过，医生最终还是成功地把她救了回来。检查报告显示，缺氧并没有造成太多损伤。

米拉有一些肌肉运动障碍，特别是一条腿有些问题。但除此之外，她恢复得不错。

米拉在苏醒后被送回普通病房，之后贝里什的探病次数少了很多。米拉成了被媒体捧上天的女英雄，他不想撞见蜂拥而至、挤在她病床前探望的市政府官员和警察局要员。

凯鲁斯事件引起了轩然大波。

贝里什是唯一一个没有从中得益的人。不过，总的来说，作为警局之耻的他躲开了所有麻烦事，比如，他不用像个被人操纵的木偶曝光在麦克风和镜头前。

继续做个边缘人其实也有他的好处。

不管怎样，有些事情还是起了变化。再也没有同事在中餐馆里找他麻烦了。几天前，有个警官甚至还跟他打招呼。当然，这都是微不足道的事，他知道。就算真正受贿的人是古列维奇，在他们眼里，他永远也无法彻底恢复自己的名誉。不过，现在他走进餐馆时，至少能安安静静地吃完早餐了。

贝里什手里拿着一束剑兰，走向医院大门，他觉得自己看起来一定非常可笑。花店的人说服他买下它，但现在他不太确信这是否是最适合米拉的礼物。她身上真的没有什么娇柔的女性特质。不是说她男性化，只是她体内隐藏着某种狂野不羁的东西。正是这一点吸引了贝里什。

快到自动玻璃门的时候，贝里什在吸烟区看到一个大烟灰桶，于是把那束花塞了进去。

随后，他走进了医院。

米拉的房间是私人病房，位于警方管辖的那栋楼。贝里什恰好赶上最忙乱的时候。走廊里站着一群警察，他们刚护送某人进入病房。

贝里什认出了克劳斯·鲍里斯，前一天晚上他打电话到他家，叫他今天过来一趟，这会儿他正友好地伸出手朝他走来。

“她今天情况怎么样？”贝里什边回握他的手边问。

“比昨天好多了，明天还会越来越好。”

贝里什指指房门。“我们现在进去？”

“这次他们没有请我。”督察递给他一个黄色文件夹。“看来你是唯一一位男性。祝你好运。”

“我们还要核实一些信息。”说话的是乔安娜·肖顿。“法官”坐在两张单人床中的一张上，双腿交叉着摆在身侧，好显出她穿的丝袜。房间里弥漫着她的香奈儿 5 号的香味。

米拉在另一张床上，她已经不用再躺着了。她脸色苍白，眼睛凹陷下去，黑眼圈很深。她身上穿着连帽运动服，但脚上还没穿鞋，双脚悬空在地板上来回摆着。她虽然坐着，不过还是要靠双臂维持平衡，身边放着一根拐杖。不远处有一个放着她个人物品的包，已经准备好和她一同回家。

“过来吧，西蒙。”

“法官”的语气很亲昵，和他们还是朋友那会儿一样。

贝里什手里拿着黄色文件夹朝屋子中间走去。米拉朝着他默默地微笑。是她提出见面的。贝里什真心希望这是个好主意。

“我刚才正在讲最新进展。”乔安娜·肖顿跟他解释，然后立刻继续刚才的话题，“就像我刚才说的，我们找不到罗杰·瓦林、埃瑞克·文森迪和安德雷·加西亚的下落。我们怀疑这个异教团体的其他成员协助窝藏了他们。”

贝里什觉得欣慰的是，警局高层已经不再执迷于恐怖主义这个无稽之谈了。

“正如我们所知，娜迪亚·尼韦尔曼和迪安娜·穆勒死了。”肖顿继续说，“迈克·伊万诺维奇在一家精神病院，依然宣称自己精神失常。最后，传道者，也就是我们认识的‘西尔维娅’已经入狱，她一句话也不说，把自己彻底封闭起来。”

贝里什注意到米拉的脸上闪过焦虑的神色。

“至少你们知道有多少消失者加入了那个异教团体。”米拉大胆地试探。

“他们囚禁你的阁楼墙上贴了许多照片。”“法官”承认。

米拉点点头。

“不过，还有很多没有解决的疑问。”肖顿看看贝里什，示意让他继续说。

“所以，斯蒂凡诺普洛斯自杀了。”米拉仍然无法相信这个事实。

贝里什明白她的感受。“他受到良心的谴责，在我眼前自杀的。”

所有人都愿意和贝里什谈心。她想起这个来。

“斯蒂夫知道自己要为西尔维娅的所作所为负连带责任。但对他来说，在一张纸上写下一个住址，让我去找这个谜团的答案要比承认自己的过错容易多了。”

“所以真的有两个人……”米拉不敢相信地失神了片刻。

乔安娜趁着这个机会迅速和贝里什交换眼神，然后看了看时间。“我四十分钟后和罗奇市长有个会，所以得走了。如果您不介意的话，瓦斯克兹，贝里什会告诉您剩下的事情，然后回答您的所有疑问。”“法官”伸出一只戴着几个夸张的戒指、涂了指甲油的手，“您要快点好起来，亲爱的。我们还需要您。”

肖顿在出去的时候，再次回避贝里什的目光。门关上了，现在只剩下他们两人。

米拉到那时才注意到贝里什带在身边的黄色文件夹。“那是什么？”

“好吧。”他近乎郑重其事地说着坐到她身边，“那么，我们从头说起吧……”

71

“还记得我跟你说的邪恶论吗？”

“善与恶无法被分割开，它们同时存在，甚至交织在一起。”

“正是如此。斯蒂凡诺普洛斯是这件案子中的善。正如你所知，大约二十年前，队长决定利用证人保护计划的资源帮助人们消失。在他看来，那些人值得拥有第二次机会。根据他的思维，解决这些人的问题的方法就是重新开始……他为他们准备了新的身份和足够的钱，让他们可以在一个没有人知道他们过往罪孽的地方生活。”

“斯蒂夫是个好人。”米拉替他辩护，好像任何对老队长单纯的质疑都会让她受伤一样。

“他觉得自己是在行善，可是他对现实的看法是扭曲的，而且随着时间的流逝变本加厉。”贝里什并没有说斯蒂夫的心理很可能出了问题，但他就是那个意思。“我想，他最后被一股更强大的力量吞噬了。其实，当他发现他创造的这套体系出了问题后，他没有站出来说出真相。与此同时，像瓦林或文森迪这样的人能够在不受干扰的情况下大开杀戒。为了不让更多人被杀，斯蒂夫唯一采取的实际行动是叫你来找我，让我们俩认识。”

米拉叹了口气，算是赞同他的说法。“他想要我们侦破这个案子，因为他自己也不知道这到底是怎么回事。”

“为了确信这一点，他跟踪我们来到凯鲁斯的藏身地。在我们发现后，他便放火灭迹。”

米拉带着疑惑的眼神望着他，然后开口问:“斯蒂夫当年失算的地方在哪儿呢？”

“在他那个乐善好施的计划里有一个邪恶因子。这还是能用邪恶论来解释。”贝里什停顿了一会儿，“有两个传道者，一个行善，另一个作恶。西尔维娅就是这个案子里的邪恶元素。”他仍然需要花很大力气才能说出那个名字。“为了误导调查方向，斯蒂夫选择她作为关键证人，证实凯鲁斯是真实存在的。斯蒂夫很信任她，所以把小迈克交给她照顾。但西尔维娅并不像她看上去那样善良。她把继子养育成一个纵火犯，而且还利用了那些斯蒂夫帮助过的人。她是他的影子，在他全然不知的情况下背着他行事。就这样，她和斯蒂夫自以为救助过的人取得联系，说服他们加入异教团体，因为对一个不知道该怎么活下去的人来说，仅仅是再给一次机会是不够的。这也是斯蒂夫真正的错误。他们是疲于生活的人，想也知道，这些人没办法应付新的环境，他们会心怀怨恨。对他们而言，这种改变最终只是一场令人痛苦的白日梦。”

“所以西尔维娅成了他们的领袖，斯蒂夫其实是为她招募了这些人。”米拉总结道，“那个女人和队长从一开始就有联系。不过，他们是怎么认识的？”

贝里什吸了一口气。“安布鲁斯宾馆 317 号房。”

米拉将信将疑地挑眉看着他。

“我们第一次去那儿的时候，门房跟我们提过三十年前的一起血案。因为那起案子发生在最早一批失眠者消失的十年前，所以当时我们没有在意。我们错了。”

“在凯鲁斯出现之前，317 号房间发生了什么？”米拉迟疑了一下，然后问。

“一起谋杀。”贝里什努力保持镇定，不让米拉看出自己有多焦虑，“酒店刚开业没几天。一天晚上，一个女人被人刺死。但真正引起众人注意、轰动一时的是，被害者的女儿目击了谋杀，她一直躲在床底下，所以逃过了一劫。”

“西尔维娅。”她几乎不假思索地说。

贝里什点头确认她的直觉是对的。“因为她可以辨认凶手，小女孩立刻被交给了证人保护计划。当时的负责人就是斯蒂凡诺普洛斯。”

米拉似乎吓了一跳。“他们找到凶手了吗？”

“没有，一直没有找到。”贝里什对她说，“但事情并没结束，还有一件事不太合理……有人听见女人的尖叫声，但急救人员赶到的时候，房门是从里面锁上的。”

“难道是她的女儿……”她没有问完。

“谁知道呢。也许是杀人犯逃跑后，那个小姑娘害怕他又回来杀她，所以锁上了门，恐惧会让人做出各式各样的事来。不管怎样，警方认为她是无辜的，还有，凶器一直没有被找到，而法医确定，尸体上的伤口很深，一个十岁的小女孩不可能有这么大的力气。”

似乎这就是事情的全部了，然而，米拉注意到贝里什的异样，他忧心忡忡的，欲言又止。“还有别的事情，对吗？”

“是的。”贝里什带着沉重的口吻承认，随后把黄色文件夹递给她。

米拉盯着文件夹看了很久。

“没关系，慢慢来。”贝里什安抚她说。

她终于打开文件夹。里面只有一张照片。

“是在凶案现场拍的。”他解释。

米拉认出了317号房间，深红色的墙纸，地毯也是相同的颜色，不过上面装饰着巨大的蓝色花卉。那张床和她记忆中的一模一样。墙上钉着一个十字架，其中一个床头柜上有一本《圣经》。唯一缺少的是历经岁月的那种暗淡破旧的气氛，他们拍下这张照片的时候，还鲜有客人踏上那儿的地板，睡在那张床上。一切看起来都是崭新的，完好无缺的。几名酒店员工在门口站成一排：一个黑人行李员，身上穿着白色和酒红色条纹制服，两个女佣，扎着头巾穿着雪白的围裙。照片里的房间装饰一新，安布鲁斯宾馆当时还不是艳遇或幽会的场所。

就像贝里什说的，照片拍的是凶案现场，所以上面有忙着工作的警察和科学鉴证人员。被害者躺在床上，从头到脚盖着一张被鲜血浸湿的床单。不远处，一个十岁的小女孩抽泣着，一名女警官正陪她离开房间。那个小姑娘应该就是西尔维娅。她们身边站着年轻的斯蒂凡诺普洛斯，好像在叮嘱同事要好好照顾她。

米拉继续仔细观察那张照片。所有人似乎都专注于自己的工作或者惊恐地看着床上那具尸体。

只有一个男人看着镜头。

他在房间的角落，也是照片的角落，手里拿着挂着317号房间钥匙的黄铜球形吊坠。他身上穿了一件深红色制服，是酒店门房的工作服。脸上隐约露出微笑。这个刻意摆出照相姿势的男人，就是低语者。

米拉盯着他看。

贝里什握住她的手。“为什么要去安布鲁斯宾馆？为什么吞下床头柜上留给你的安眠药？”

米拉将目光从照片上移开，抬起头。“因为我从黑暗中来，也必须时不时地回到黑暗中去。”

“你想说什么，米拉？我不明白。”

她注视着贝里什。“有什么不明白的？他知道这一点，他了解我。”

贝里什猜她指的人就是低语者。

“他知道我会这么做，因为这种召唤的力量太强烈，我无法抵挡这令人痛苦的诱惑。”她停顿了一下，“要是你不明白这一点……”

她没有说完，但贝里什猜到了她的意思。如果他不理解是什么促使她接近未知世界，他就不可能走进她的内心。

不过，米拉又继续说了下去，像是在安慰他。“我只见过他一次，那是在七年前。他对我说的唯一几句话，在我心中留下了深刻的烙印。那就像是一种预言，或者它只是他随口乱说的，却正好被他言中了。实话说，我不认为那是什么邪恶的魔法。在这件事上，道理也是一样的。因为就像你说的，总有一个合理的解释。”米拉合上放照片的文件夹，“他和其他人并无不同，他要吃饭，睡觉，和所有人一样有相同的需求。他有他的弱点，也终究会死。我们要做的只是抓到他罢了。其余的只是对邪恶的幻想，是毫无意义的。”

最后这些话让贝里什稍稍放宽了心。“你被关在西尔维娅家阁楼那几天的事，真的什么都不记得了吗？”

“我已经说过了，我一直在昏睡。”米拉边把放着照片的黄色文件夹还给他边说，“我没事。”她笑着向他保证，“现在我只想去看我女儿。”

贝里什点点头，准备离开房间。

“西蒙。”她叫住他。

他转过身。

“谢谢。”

10 月 22 日

她妈妈要回家了。

为了用最隆重的方式欢迎她，外婆让她穿上她最漂亮的蓝丝绒裙子和亮晶晶的鞋子。不过爱丽丝不喜欢。只要她一坐下来，腰线就会往上缩，害她不得不一直往下拉。而且，她穿着它的时候也不能好好玩耍，因为伊内丝每一分钟都在提醒她别弄脏了。

那件衣服就是一种可怕的惩罚。

外婆说，那天是个特别的日子，她说米拉刚经历了可怕的事，所以她们必须待在她身边。爱丽丝同意乖乖配合，但是她没想到这会带来那么巨大的变化，没有人告诉过她，也没有人征求过她的意见。伊内丝给她准备了一个小行李箱，跟她说她要搬回妈妈家住，因为米拉想和她多相处一段时间。

目前她只能带上三件玩具。这实在很难选，因为她最爱的红头发洋娃娃肯定要在她身边，所以，她要在所有剩下的洋娃娃、玩偶和毛绒玩具里选出两个，而她不愿委屈它们中的任何一个。

没有她在，它们怎么在外婆家的房间里睡觉呢？她又会不会因为没有它们陪伴而感到寂寞呢？

还好有希什在。那个名叫西蒙的警察告诉过他，他得去一个狗不能进的地方，尽管他后来并没有去那里，他还是没有把希什要回去。他每天都来看它，然后他们一起带它去公园。爱丽丝知道，她的朋友早晚有一天会回到它真正的主人身边，但她还是希望能再留它一段时间。

西蒙说，希什会留在她身边，教她学会明白什么是危险，帮她判断事情有没有威胁。等她学会了，他会把它要回去。

她喜欢西蒙，尤其喜欢他对待她的方式。他从来不会叫她做这个做那个，而是等着她自己明白。

大人总是没有耐心，爱丽丝想。但西蒙不一样。他也问了她“小姐”的事情，不过在提问时，他看她的眼神并没有让她觉得自己做错了什么。

爱丽丝告诉他，花园里的海棠花盆下面藏了一把钥匙，所以“小姐”能进屋来。

一切都是因为那个红头发洋娃娃。

她把它藏在书包里，偷偷带去学校。老师不希望小朋友把玩具带进教室，可是对爱丽丝来说，那个洋娃娃不是玩具。它是她最好的朋友，这显然是有差别的。

然后，可怕的事发生了。

那天爱丽丝很忙，所以完全把它给忘了。下课后，校车来接她回家的时候，那个红头发洋娃娃不见了。

她惊慌失措，不知该如何是好。她也不能告诉外婆，外婆肯定会责罚她的。她想过把洋娃娃的照片交给米拉，因为有一回伊内丝告诉她，她的妈妈专门寻找那些消失的人。

她确信，妈妈一定会找到她的洋娃娃。

但那天晚上妈妈没有来。爱丽丝睡不着，一直在想她最要好的朋友这会儿在哪里，它一个人孤零零地在外面受冷，肯定吓坏了。

在那个焦虑不安的夜里，她感到一只手搁在了她的额头上。起初，她认为自己的祈祷应验了，一定是米拉来了。可当她睁开眼睛的时候，却看见另一个女人坐在她床边。大人们总是怪她没有危险意识，但那次根本没什么可害怕的，因为陌生女人怀里抱着她的红头发洋娃娃。

她是来把洋娃娃还给她的。

“你叫什么名字？”爱丽丝问她。

“我没有名字。”

所以，她就干脆叫她“小姐”。

把那个她以为再也找不到的朋友还给她后，女人问她可不可以经常来看她。爱丽丝说好。她不是每个晚上都来，只是有时候过来。她会问她在学校过得怎么样，玩了些什么。她一直都很友好。爱丽丝曾经怀疑自己是不是违反了外婆的规定——永远不要和陌生人说话。不过，如果“小姐”在她的家里，那么她就不算是陌生人了。

西蒙觉得她说得有道理。所以，爱丽丝才会这么信任他。

但是，她有一个秘密没有告诉他。她跟“小姐”保证过，发誓的那种。那是她最后一次来看她时发生的事情。所有人都知道，发过誓后是不能食言的。学校的一个同学告诉过她，他最大的表哥认识一个小男孩没有信守誓言，突然有一天消失不见了。没人知道发生了什么事情，他的父母到现在还在找他。

爱丽丝不想永远消失不见。所以，只有“小姐”才有解除誓约的能力。

不过，米拉从医院回到公寓，在家里迎接她的时候，她曾经想要把一切都告诉她。但她妈妈拥抱了她。她从来不那么做的。在她抱紧自己的时候，爱丽丝感受不到米拉身体上的任何温度。她觉得怪怪的。这和外婆抱她的时候不一样。有什么东西不对劲。

随后，米拉带她看了她要住的新家。那里到处是书，从一间房间走到另一间房间都费劲，甚至连浴室里也都是书。

那天晚上她们一起吃晚餐了。她妈妈做了肉丸面，东西一点儿都不好吃。爱丽丝什么都没说，不过希什可饱餐了一顿。米拉和平时不一样，比如，她会站在浴室门口看爱丽丝刷牙。之后，希什趴在一张沙发上，而她们俩一起上床睡觉。床垫对两个人来说太小了，枕头也不像她喜欢的那么软。关了灯后，她们俩都一言不发。但爱丽丝知道她妈妈还醒着。慢慢地，她朝她身边靠过去。米拉伸出双臂把她搂入怀中。

这一次的感觉没有“不对劲”了。

爱丽丝在她身边蜷缩起身子。米拉轻轻抚摸她灰金色的长发，她的动作慢慢停止了。根据呼吸的节奏，她知道她妈妈睡着了。但她根本睡不着。米拉动了一下，然后说了什么，不过那只是梦话罢了。爱丽丝又想起“小姐”告诉她的那个秘密。

“有一个特别的人想要认识你。”

“他是谁？”

“他能满足你的所有愿望。”

“随便什么愿望都可以吗？”

“随便什么愿望。”

她半信半疑，但她愿意相信这是真的。只有一个办法可以知道真相。她必须照着给她道晚安的女士要她谨记在心的指示做。于是，她从熟睡的妈妈的臂弯中钻出来，光着脚丫，走过冰冷的地板，来到窗前。

面前的窗外有一栋大楼，一幅巨型广告牌上，一对巨大的夫妇微笑着。随后她低下头，看到了他。“小姐”说得对。他在那里，正抬头朝着她这边的窗户看。他在等她。小巷子里的灰尘在风中打着转。一张废纸绕着他的双腿翩翩起舞，像一个小女孩的幽灵般想要引起他的注意。

爱丽丝举起小手，向他问好。

流浪汉回以微笑。

2573－KL/777号证物

××××××监狱
第四十五号监区

监狱长乔纳森·斯坦恩的报告
10月25日

致伯川德·欧文检察长办公室

主题：机密

尊敬的欧文先生：

针对您提出的定期提供GZ－997/11号囚犯信息的要求，我在此向您汇报。西尔维娅一直被关在单人囚室。她不愿和监狱工作人员说话，一天中的大部分时间都在睡觉。此外，她没有违反规定的行为，也没有提出任何请求。

不过，有一点我必须请您留意，这几天她养成了一个非常特殊的习惯。她会频频清洗自己接触过的每一件物品，收集掉落在枕头上或者盥洗池里的头发，每次用好餐具和马桶后，都把它们擦得干干净净。

如果其他犯人出现这种情况，我们会合理怀疑这种疯狂举动是为了阻止我们掌握她的生物信息以提取她的DNA。但我们已经进行过基因测试，没有得到任何结果，所以我们不知道这种怪异行为的动机到底是什么。直到现在我们也没有找到一个合理解释。

我不得不提醒您，这和另一个囚犯的情况特别相似，很多年前，这名囚犯涉嫌闻名于世的低语者一案。

希望我提供的信息足够详尽，能够令您满意。我会给您发送下一份报告，在此向您致以我最尊敬的问候。

监狱长乔纳森·斯坦恩

作者后记

我们所有人至少会有那么一次，想要就此消失人间。

在某个特殊的情绪低谷，我们会觉得解决问题的方法就是在一个冬日的周二，一个阳光明媚的早晨，来到火车站随便跳上一辆火车逃避一切，哪怕只有几个小时也好。要是我们这么做过，那我们是不会跟人讲述这段经历的。但我们会永远记得那种关掉手机、忘掉互联网、摆脱技术的束缚、任由命运把我们带向未知的那种自由的感觉。

我一直想写一部关于消失者回归人间的小说。可以说，这也是米拉·瓦斯克兹这个人物的灵感来源。

在提笔前，我采访了执法人员、私人侦探和记者。更重要的是，我和那些选择了黑暗或被黑暗选中的人的亲友聊了聊。

然而，在所有会面中，我都觉得自己只挖掘了事情的一部分，也就是暴露在灯光下的那一部分。而另一部分仍然是未知的。

我一直无法摆脱对消失者的执念，直到有一天，他们中的一个联系了我。

《魔鬼在呢喃》出版后，一个自称“完全抹掉”过往生活的男人给我发来一封邮件，他决定用一个不同的身份开启全新的生活，建立新的情感羁绊。

我无法查证他说的是事实还是一个精心编造的谎言。但不管怎样，我们还是开始了通信，在这过程中，我了解了让他产生这个想法然后将它变成一段真实经历的一系列合理事实。

陌生男人跟我分析描述了他如何随着时间推移把最初的幻想变成一个真正意义上的计划。唯一有悖于匿名原则的是，他告诉我他是意大利人，还告诉了我他养的猫的名字——凯鲁斯。

我们短暂的通信终止后，我发现，要想弄明白消失得无影无踪意味着什么，唯一的方法就是自己也消失一次。

不过，我的出走只持续了寥寥几周，这让我有足够的时间专注于我的小说。当然，我通知了最亲近的人，也没有真正切断与我过往生活的联系。尽管如此，我还是关掉手机，暂时不查收电子邮件也不更新社交网络。忽然间，我觉得自己掉进了一个平行世界。

出于很显然的原因，我的试验非常平淡无奇，因为我一直都知道自己消失的时间有一个期限。不过我发现，消失并不总是一种解脱：起初，黑暗会抚慰你，然后它会俘获你，只有在满足了它的条件时才会放你离开。

我回到家时，亲友们都问我去哪儿了。我总是回答说："去几间停尸房转转。"这是简要版的事实。

现在他们知道，这本书里有更详尽的事实。

谈到失踪，人们总是会引用统计数据。然而在这里列出数字或是讨论每一百万居民中，每天平均有二十一人失踪是毫无用处的，报纸上早就刊登过这些信息了。

然而，没有人告诉我们，此时此刻到底有多少消失者就在我们周围，在街上，在公交车上，在我们购物的杂货店。我们看到他们，却不知道他们就是消失者。

而他们也躲在虚假身份的掩护下看着我们。

所以，我要由衷感谢那个发匿名邮件给我的人和他的猫凯鲁斯，不管他是不是真的消失者，是他的信让我明白了这一切。无论你在哪儿，无论你在做什么，我希望你所做的一切都是值得的。

多纳托 · 卡瑞西

鸣　谢

斯特凡诺·墨里，我的出版商，谢谢他的尊重和友谊。对作者的信任，代表了对读者的尊敬。

法布里奇奥·寇可，感谢他一直与我探讨交流，对我而言是不可或缺的。感谢他的黑色幽默和天赋。

朱塞佩·斯特拉泽里、瓦伦提娜·福提基亚利、埃莲娜·帕瓦内托、克里斯蒂娜·福斯基尼、朱塞佩·索曼奇和葛拉奇耶拉·切鲁提。是他们难能可贵的热情成就了我书中的故事。

黛博拉·考夫曼。因为巴黎现在也算是我的家了。

韦托、奥塔维欧、米歇尔和瓦伦蒂娜。真正的朋友会一直提醒你前行的路。

亚历山德罗，为了将来。阿奇烈，为了一切的起点。玛利亚·乔瓦娜·路易尼，为了当下。

我的妹妹奇亚拉，我的父母和我的家人。

艾丽莎贝塔，由衷感谢。

特别感谢我的经纪人，路易奇·伯纳波，生活方式与写作的典范。感谢他的能量、坚持和热情。

感谢我的写作素材来源：

罗马警察局的“马西莫”探员，多年以前，他给了我创造米拉·瓦斯克兹这个人物的灵感。“不管走到哪儿，我都在找他们。我一直都在找他们。”正是他的原话，这也正好勾勒出他在办案过程中所受的煎熬。失踪人口的沉默不语，变成了他的魔咒。

拜伦·J·琼斯，又名“无名氏先生”。他是帮助人们消失的专家，一位真正的逃脱大师。

尚-卢克·维尼耶里，他引领我走进了人类学的幽暗神殿，向我耐心解释，人类学和犯罪学一样也能成为实用的调查利器。

米歇尔·迪斯坦提教授，《异教团体与传道者》一文的作者。

Donato Carrisi
L'ipotesi del male (THE VANISHED ONES)

图字：09－2018－1125号

图书在版编目(CIP)数据

消失者／(意)多纳托·卡瑞西(Donato Carrisi)著；顾力冰译.—上海：上海译文出版社，2020.7
ISBN 978－7－5327－8359－5

Ⅰ.①消… Ⅱ.①多… ②顾… Ⅲ.①长篇小说—意大利—现代 Ⅳ.①I546.45

中国版本图书馆CIP数据核字(2020)第103033号

消失者
［意］多纳托·卡瑞西 著 顾力冰 译
责任编辑/黄雅琴 装帧设计/周伟伟

上海译文出版社有限公司出版、发行
网址：www.yiwen.com.cn
200001 上海福建中路193号
启东市人民印刷有限公司印刷

开本 890×1240 1/32 印张 13.75 插页 2 字数 200,000
2020年8月第1版 2020年8月第1次印刷
印数：0,001—6,000册

ISBN 978－7－5327－8359－5/I·5125
定价：69.00元